光明世纪

El siglo de las luces

[古巴] 阿莱霍·卡彭铁尔 著

刘玉树 译

人民文学出版社
PEOPLE'S LITERATURE PUBLISHING HOUSE

著作权合同登记号　图字 01-2023-3056

Alejo Carpentier
El siglo de las luces

Copyright © Alejo Carpentier，1962 and Fundacion Alejo Carpentier
Simplified Chinese translation copyright © 2021
by Shanghai 99 Readers' Culture Co.，Ltd.
All rights reserved.

图书在版编目(CIP)数据

光明世纪/(古)阿莱霍·卡彭铁尔著;刘玉树译
.—北京:人民文学出版社,2021(2024.3 重印)
(卡彭铁尔作品集)
ISBN 978-7-02-016548-3

Ⅰ.①光…　Ⅱ.①阿…②刘…　Ⅲ.①长篇小说-古
巴-现代　Ⅳ.①I751.45

中国版本图书馆 CIP 数据核字(2020)第 132830 号

责任编辑　朱卫净　欧雪勤　周　展
封面设计　赵　瑾

出版发行　人民文学出版社
社　　址　北京市朝内大街 166 号
邮政编码　100705

印　　制　上海盛通时代印刷有限公司
经　　销　全国新华书店等

开　　本　889 毫米×1194 毫米　1/32
印　　张　13.375
字　　数　258 千字
版　　次　2013 年 1 月北京第 1 版
印　　次　2024 年 3 月第 2 次印刷

书　　号　978-7-02-016548-3
定　　价　109.00 元

如有印装质量问题,请与本社图书销售中心调换。电话:010-65233595

大师中的大师——卡彭铁尔（代序）

陈众议

拉美"文学爆炸"早已尘埃落定，但有关讨论却一直没有终结，在可以想见的未来也难有定论。自从世纪之交转向更为古老的西班牙文学，我已经很少再就拉美文学发声了。这次是个例外：应了老朋友黄育海先生和心仪的九久读书人之约，得以重拾旧梦，聊慰契阔之情。

说起拉美文学，大家首先想到的也许是加西亚·马尔克斯，殊不知先他进入世界文坛聚光灯下的却另有其人。譬如聂鲁达，又譬如阿斯图里亚斯，再譬如卡彭铁尔，等等。后者便是今天的男主角。至于女主角，则可能是九久读书人中的某一位编辑，她的芳名我就不提了。

一、浪子回头

帕斯的名言是"只有浪子才谈得上回头"。此话贴合几乎所有现当代拉美作家。他们囿于各种原因离开美洲大陆，到古老的欧洲寻宝；但开启宝藏之门的并非《阿里巴巴和四十大盗》中的芝麻秘诀，而是蓦然回首。

阿莱霍·卡彭铁尔（Alejo Carpentier，1904—1980）出生在哈瓦那，父亲是法国建筑师，母亲是俄国钢琴家。由于家庭背景特殊，他从小在法国、奥地利、比利时和俄国上学。以上是作家生前的自述。而今，学界有心人经过好一番探赜索隐，发现事实也许未必如此。虽然卡彭铁尔天资不凡，从小精通多种语言，并在建筑、音乐、文学等领域颇有造诣，但出身并不显赫。据后来的传记，他降生于瑞士的一个极为普通的人家，童年时期随父母移民古巴，定居在一个叫作阿尔基萨的乡下小镇。为贴补家用，他小时候一边上学，一边做小工，譬如早晨给临近的居民送牛奶。[①] 青年时期他因参与反独裁活动，一度遭当局通缉，甚至锒铛入狱。

他的文学兴趣迸发于二十世纪二十年代。一九二三年，他在巴黎与同时身处法国的阿斯图里亚斯不期而遇，并双双加入布勒东的超现实主义阵营，尽管因为寂寂无名，并未被后者列入超现实主义诸公名单。为此，他与阿斯图里亚斯携手创办了第一份西班牙语超现实主义刊物《磁石》，尔后又殊途同归，开创了魔幻现实主义。

至此，花开两朵，我只能因循先人，各表一枝。

先说"寻根运动"。它无疑是对现代主义、先锋派和世界主

---

① https://www.biografiasyvidas.com/biografia/c/carpentier.htm.

义的反动，也是拉美文学真正崛起的重要原动力之一。二十世纪二三十年代，针对现代主义和汹涌而至的先锋思潮和世界主义，墨西哥左翼作家在抵抗中首次聚焦于印第安文化，认为它才是美洲文化的根脉和正宗。同时，正本清源也是拉美作家摆脱西方中心主义的不二法门。由是，大批左翼知识分子开始致力于发掘古老文明的丰饶遗产，大量印第安文学开始重见天日。"寻根运动"因兹得名。这场文学文化运动旷日持久，而印第安文学，尤其是印第安神话传说的重新发现催化了拉美文学的肌理，也激活了拉美作家的一部分古老基因。魔幻现实主义等标志性流派随之形成，并逐渐衍生出了以卡彭铁尔、阿斯图里亚斯、鲁尔福、加西亚·马尔克斯等为代表的一代天骄。我国的"寻根文学"直接借鉴了拉美文学，并已然与之产生了具有深远影响的耦合和神交。同时，基于语言及政治经济和历史文化等千丝万缕的联系，西方文学思潮依然对后殖民地国家产生了巨大影响。用卡彭铁尔的话说是"反作用"。它们迫使拉美作家在借鉴和扬弃中确立自己的主体意识或身份自觉。于是，在"寻根运动"、魔幻现实主义和形形色色的作用力和反作用力的催化下，结构现实主义、心理现实主义、社会现实主义等带有鲜明现实主义色彩的文学流派相继衍生，其作品在拉美文坛如雨后春笋般大量涌现，一时间令世人眼花缭乱。人们遂冠之以"文学爆炸"这般响亮的称谓。

再说魔幻现实主义。它发轫于二十世纪三十年代，而始作俑者恰恰是卡彭铁尔和阿斯图里亚斯。卡彭铁尔曾经这样宣称：

"我觉得为超现实主义效力是徒劳的。我不会给这场运动增添光彩。我产生了反叛情绪。我感到有一种要表现美洲大陆的强烈愿望，尽管还不清楚如何为之。这个任务的艰巨性激励着我。我除了阅读所能得到的一切关于美洲的材料之外没做任何事。我眼前的美洲犹如一团云烟，我渴望了解它，因为我有一种信念：我的作品将以它为题材，将有浓郁的美洲色彩。"① "这是因为美洲神话的源头远未枯竭，而这是由美洲的原始风光、它的构成和本原、恰似浮士德世界中的印第安人和黑人在这块大陆上的存在、新大陆给人的启示以及各个人种在这块土地上的大量混杂所决定的。"② 同时，超现实主义对他产生的影响又是毋庸讳言的，并且是至为重要的。它使卡彭铁尔发现了美洲的神奇现实（又曰魔幻现实）。卡彭铁尔说："对我而言，超现实主义有着十分重要的意义。它启发我观察以前从未注意的美洲生活的结构与细节……帮助我发现了神奇现实。"③ 同样，阿斯图里亚斯说："超现实主义是一种反作用……它最终使我们回到了自身：美洲的印第安文化。谁叫它是一个耽于潜意识的弗洛伊德主义流派呢？我们的潜意识被深深埋藏在西方文明的阴影之下，因此一旦我们潜入内心的底层，就会发现川流不息的印第安

---

① Carpentier：*Confesiones sencillas de un escritor barroco*，La Habana：Revista Cubana，1964，XXIV，pp.22—25.
② Carpentier："Prólogo a *El reino de este mundo*"，México：Fondo de Cultura Económica，1949，pp.1—3.
③ Carpentier：*Confesiones sencillas de un escritor barroco*，p.32.

血液。"①

　　卡彭铁尔与阿斯图里亚斯不谋而合。因为，在反叛和回归中，他们发现了美洲现实的第三范畴：神奇现实或魔幻现实。阿斯图里亚斯说："简言之，魔幻现实是这样的：一个印第安人或混血儿，居住在偏僻的山村，叙述他如何看见一朵彩云或一块巨石变成一个人或一个巨人……所有这些不外乎村人常有的幻觉，谁听了都觉得荒唐可笑、不能相信。但是，一旦生活在他们中间，你就会意识到这些故事的分量。在那里，尤其是在宗教迷信盛行的地方，譬如印第安部落，人们对周围事物的幻觉能逐渐转化为现实。当然那不是看得见摸得着的现实，但它是存在的，是某种信仰的产物……又如，一个女人在取水时掉进深渊，或者一名骑手坠马而亡，或者任何别的事故，都可能染上魔幻色彩，因为对印第安人或混血儿来说，事情就不再是女人掉进深渊了，而是深渊带走了女人，它要把她变成蛇、温泉或任何一种他们相信的事物；骑手也不会因为多喝了几杯才坠马摔死的，而是某块磕破他脑袋的石头在向他召唤，或者某条置他于死地的河流在向他招手……"②

---

①　Alvarez，Luis：*Diálogos con Miguel Angel Asturias*，México：Fondo de
　　Cultura Económica，1974，p.81.
②　Lowrence，G. W.："Entrevista con Miguel Angel Asturias"，*El Nuevo*
　　Mundo，1970，I，pp.77—78.

二、豁然开朗

二十世纪三十年代，卡彭铁尔在长篇小说《埃古-扬巴-奥》（1933）中初试牛刀。小说由三部分组成。第一部分写主人公梅内希尔多的童年时代，展示了黑人文化对主人公的最初影响：刚满三岁，梅内希尔多被爬进厨房的蜥蜴咬了一口。照料四代人的家庭医生老贝鲁阿赶紧在茅屋里撒一把贝壳，坐在孩子的床头上向着"主神"喃喃祷告。第二部分是主人公的少年时代，写他如何从一个少不更事的"族外人"变成一个笃信伏都教的"族内人"。第三部分叙述他为了部族的利益，不惜以身试法。结果当然不妙：他不但身陷囹圄，受尽折磨，而且最终死于非命。与此同时，黑人无视当局的禁令，化装成妖魔鬼怪，奏响了古老的鲁库米、阿拉拉和贡比亚，跳起了长蛇舞。在《一个巴洛克作家的简单忏悔》中，卡彭铁尔对《埃古-扬巴-奥》的创作思想进行了回顾，他概括说："当时我和我的同辈'发现'了古巴文化的重要根脉：黑人……于是我写了这部小说，它的人物具有相当的真实性。坦白地说，我生长在古巴农村，从小和黑人农民在一起。久而久之，我对他们赖以生存的宗教仪轨产生了浓厚兴趣。我参加过无数次宗教仪式。它们后来成了小说的'素材'……它们使我豁然开朗，因为我发现作品中最深刻、最真实、最具世界意义的，都不是我从书本里学来的，也不是我在以后二十年的潜心研究中得出的。譬如黑人的泛灵论、黑人与自然的神秘关系以及我孩时以惊人的模仿力学会的黑人祭司的种种程式化表演。"①

　　然后是《人间王国》，它和阿斯图里亚斯的《玉米人》被并称为魔幻现实主义的定音之作，而且同时发表于一九四九年。它们是美洲集体无意识的艺术呈现。过去人们一提到魔幻现实主义，就会想当然地援引加西亚·马尔克斯的话，即拉丁美洲是一片神奇的土地，他的每一句话都有案可稽。他并且据此否定自己是魔幻现实主义作家。然而，他笔下的神奇并非看得见摸得着的现实，而是"人间王国"中人的内心世界。

　　《人间王国》由四部分组成。第一部分写海地黑人蒂·诺埃尔的内心世界，动因之一是十八世纪末黑人领袖麦克康达尔发动的武装起义。但后者实际上只是蒂·诺埃尔迂回曲折的意识流长河中的一个旋涡，一段插曲。麦克康达尔发动武装起义，向法国殖民当局公开宣战。可是起义遭到了镇压，麦克康达尔本人沦为俘虏并被活活烧死。第二部分写海地黑人的第二次武装起义，由另一位黑人领袖布克芒领导。人们用复仇的钢刀和长矛击败了强大的法国军队，但法国增援部队带着拿破仑的胞妹波利娜·波拿巴和大批警犬在古巴圣地亚哥登陆并很快收复失地。第二部分写布克芒牺牲后，蒂·诺埃尔追随白人主子来到圣多明各。不久，法国大革命的福音终于传到了加勒比海，奴隶制被废除了，白人主子失去了一切。人们踌躇满志，岂知黑人领袖亨利·克里斯托夫大权在握，不可一世，成了独夫民

_____

① Carpentier：*Confesiones sencillas de un escritor barroco*，pp.33—34.

贼。第四部分写亨利·克里斯托夫如何仿效拿破仑，在岛国大兴土木，为自己加冕。最后，在全国人民的一片声讨声中，亨利·克里斯托夫在他的"凡尔赛宫"自戕了。此后，自命不凡的黑白混血儿控制了局面。他们比以往任何政府更懂得怎样盘剥黑人。蒂·诺埃尔在苦难的深渊中愈陷愈深。最后，他终于忍无可忍，抛弃了一贯奉行的明哲保身的处世之道，毅然决然地投身于社会革命。这时，神话被激活了。古老的信仰焕发出新的活力。

此后，卡彭铁尔一发而不可收，在《消失的足迹》中旁逸斜出，选择欧陆人物对印欧两种文化进行扫描。小说写一个厌倦西方文明的欧洲人在南美印第安部落的探险之旅。主人公是位音乐家，与他同行的是他的情妇——一个自命不凡的星相学家和懵懵懂懂的存在主义者。他们从某发达国家出发，途经拉美某国首都，在那里目睹了一场惊心动魄的农民革命，尔后进入原始森林。这是作品前两章的内容。后两章分别以玛雅神话《契伦·巴伦之书》和《波波尔·乌》为题词，借人物独白、对白或潜对白切入主题：一方面，西方社会的超级消费主义正一步步将艺术引向歧途；另一方面，土著文化数千年如一日，依然古老雄浑。印第安人远离当今世界的狂热，满足于自己的茅屋、陶壶、板凳、吊床和乐器，相信万物有灵论，拥有丰富的神话传说和图腾崇拜。小说从"局外人"的角度审视古老的美洲文化，仿佛让读者一步回到了前哥伦布时代。阅读《消失的足迹》，读者必定唏嘘不已。

三、四面出击

二十世纪五十年代中叶以降，卡彭铁尔创作了一系列风格不同的历史性小说，每一部都可圈可点。它们包括中篇小说《追击》、短篇小说集《时间之战》、长篇小说《光明世纪》《巴洛克音乐会》《方法的根源》《春之祭》《竖琴与阴影》，以及非虚构《石柱之城》等。其中，《追击》写一个反英雄叛变革命后被人追击并死于非命的故事。小说采用了"音乐结构"，暗合《英雄交响曲》的四个乐章，其中既有呈示部、展开部、奏鸣曲、回旋曲、变奏曲等，也有 E 大调、C 大调、C 小调、降 E 大调快板、慢板、大慢板（哀乐）到急板等乐章的依次转换，是拉美结构现实主义小说的经典之作。

《时间之战》是一部短篇小说集，由主题和形式各不相同的篇什组成，其中既有令人拍案叫绝的倒读体（而非传统意义上的倒叙），也有意识流小说和相当先锋的叙事方法，集结了他不同时期的技巧探索。

《光明世纪》被不少人认为是卡彭铁尔的后期代表作，写法国大革命期间发生在加勒比地区的一段晦暗历史。小说的主人公是一名法国商人，叫维克托·于格。他和无数冒险家一样，到新大陆淘金，结果碰巧遭遇海地革命。他的生意惨遭毁灭性打击。他走投无路，逃回法国。适逢雅各宾派春风得意，他摇身一变，混迹其中，参与了断头台行动。经过这番镀金，他也便自然而然地戴着光环"荣归"美洲。卡彭铁尔凭借对古巴和海地历史的精深了解，既细节毕露，又气势磅礴地展示了一个个令人心颤的历史场景。人物也一个个活灵活现、光彩夺目，彰显了作者巴洛克建筑师般的才艺，故而有"新巴洛克主义巨制"之美称。

《石柱之城》从不同形态的廊柱切入，以"纪实"的笔法书写哈瓦那城的缤纷多姿，是一部献给古城的礼赞，充分显示了卡彭铁尔的建筑学知识及其对造型艺术的审美情趣。它像一座用机巧、形状和结构缔造的巴洛克艺术馆，巍峨矗立于拉美文坛。

《巴洛克音乐会》围绕作曲家安东尼奥·卢奇奥·维瓦尔第的《蒙特祖玛》创作而成，演绎了新大陆被发现和征服的过程。原住民高贵好客；而侵略者如狼似虎、恩将仇报。这是一曲两个大陆、两种文明碰撞所发出的历史最强音，也是有史以来最具史学价值的美洲小说之一。

《方法的根源》则从遥远的历史回到了现实。作为拉美文坛最重要的反独裁小说之一，小说将时间定格在一九一三年至一九二七年，也就是作家的青少年时代。小说楔子部分采用了第一人称，由独裁者、主人公首席执政官叙述他在巴黎的生活、外交以及其他"重要活动"。不久，由于国内发生了武装叛乱，首席执政官被迫离开法国、折回美洲，作者便改用第三人称叙述独裁者如何打着寻求国泰民安的幌子，按照其"竞争的法则"（弱肉强食）、"方法的根源"（绝对权力），不择手段地镇压异己。小说被誉为拉美社会现实主义杰作。

《春之祭》以俄国音乐家斯特拉文斯基的同名作品为题，开篇描写十月革命后俄国流亡者的故事。但这仅仅是一个序曲，作品很快聚焦于古巴独裁者马查多专制时期古巴流亡者的事迹。于是，俄国流亡者和古巴流亡者在巴黎相逢，并且联袂组团演出。而这也仅仅是个开始，因为有关人物不仅参与了西班牙内战，并且由此开始了"万里长征"：潜回古巴参加革命。作品时空跨度大，人物心理描写更是出神入化。这正是卡彭铁尔晚年"溯源之旅"的必由之路。

最后，《竖琴与阴影》又回到了哥伦布：新大陆"一切故事"的开端。小说以典型的现代巴洛克语言将一个平庸的哥伦布、一个黯淡的历史影子，一点点勾描、一笔笔夸大，直至被历史和命运塑造成伟大的冒险家和发现者，以至于罗马教皇皮奥九世在其封圣问题上煞费苦心。其中的机巧和讥嘲充分展示了作者卓尔不群的语言造诣，故而该作被公认为是拉美文坛不可多得的语言宝库和心理现实主义典范。

总之，卡彭铁尔的每一部作品都是错彩镂金、精雕细刻的艺术珍品，开卷有益绝非套话。他因之于一九七七年摘得西班牙语文坛最高奖项——塞万提斯奖，成为第一位获得这一桂冠的拉美作家，同时多次成为诺贝尔文学奖短名单人选。倘使你有幸阅读他的作品，那么一切人设、荣誉皆可忽略不计，我的推介也纯属多余。

二〇二一年于北京国子监边

献给我的妻子

莉丽娅

目录

没有白费唇舌。

——《华美集》①

---

① 《华美集》，13世纪有名的宗教传说著作，据现代考证，作者是西班牙神秘哲学家摩西·德·莱翁。——译者注（本书除注明系作者注释外，其余均系译者注释，并不再加"译者注"字样）。

今晚我看到断头机①重新架设起来了。②那是在船头上，断头机像一扇向辽阔天空敞开的大门。在如此平静而有节奏地晃动着的海面上，风给我们送来了泥土的气息；船载着我们，朝着它的方向缓缓前进，宛如陷入了昏睡，不知有昨日和明日。时间停滞在北极星、大熊星座和南十字星座之间。不过，究竟是不是这些星座，我并不清楚，因为我的本职工作不是研究天文。天上繁星密布，它们闪闪烁烁，交相辉映，在满月的清辉中向世人暗示着吉凶祸福；而这圆圆的玉盘却因银河白光的映照而显得苍白……那"大门"矗立在船头上，它没有门板，只有门楣和框架，铡刀悬挂在门框上端，像倒置的上半截山墙，又似一个颠倒的黑黝黝的三角形。铡刀的斜面刃锋利而又冰冷。

① 断头机是指砍头的装置，把断头机安置在台上后，才称断头台。断头机架设起来后，像个门框。

② 本文是这部小说的引子，是小说中主人公之一埃斯特万在跟随另一主人公维克托·于格乘船由法国赴加勒比海瓜德罗普岛（即瓜达卢佩，此处按法文翻译）途中的回忆和感叹。在这引子中，"某人""掌权人"和"统治者"，都是指维克托·于格。

那赤裸裸的简陋框架重新矗立在人们的梦境之中，它在这里与我们每一个人都同样有干系，是对我们的警示。我们曾经把它撂得远远的，搁置在船艄上，任凭四月的北风吹刮。而现在它却像导航员一样出现在船头——它具有相当精确的平行线和完美的几何形状，酷似一架高大的导航仪。不过，现在既无旗帜也无鼍鼓以及乱哄哄的人群与它做伴。它体会不到那边①人们的喜怒哀乐；在那边，每当嘎吱嘎吱响着的囚车在咚咚的鼓声中驶向刑场时，一大群人围绕着它，似乎在上演一出古老的悲剧。而在这边，此"门"处在护符般的船头纹饰上方，面对着夜幕，在斜面刃反光的映照下，孤零零地站着，木制门框形成了衬托星空的框架。波涛涌来，又擦着船身分开，随即在我们后面合拢。这持续不断、有节奏的浪涛声，因其持久而酷似寂静，这是人类在听不到类似自己的声音时误以为的寂静。这是具有活力、搏动着的、丰满的寂静，而不是那种戛然而止、硬生生的寂静……突然，那斜面刃呼的一声落下，横梁完全呈现在门框顶端，真正成了门楣。原来那是"掌权人"开动机关，把铡刀放下的。他嘟嘟囔囔地说："要小心，不要溅上海水。"他把沥青涂面的大布套从上面放下，把"门"罩住。海风送来那岛上带有腐殖质、粪便、谷穗和树脂的泥土气息。数百年前，那个海岛已置于瓜达卢佩圣母的保护之下，无论在埃斯特雷马杜拉的卡塞雷斯，还是在美洲的特佩雅，都有一个瓜达卢佩圣

---

① "那边"，指法国本土。法国资产阶级大革命时期，在断头台上处决人犯时，常有人群围观。

母像站立在天使托着的月形拱门上方。①

　　三年过去了，我的少年时代也结束了，那时所熟悉的景物都离我十分遥远，就像某天晚上"某人"在猛烈的敲门声中来到我家之前我所患的病痛都已成为遥远的过去一样，就像这位严肃的"统治者"过去曾是我生活的见证人、向导和启蒙者而现在已成为遥远的过去一样。他现在就躺在断头机旁边的甲板上，在沉思着。那罩在布套里的黑色长方形断头机，随着波浪的起伏而摇晃着……有时水面被鱼鳞的闪光或浮游马尾藻团的反光照亮……

---

① "那个海岛"指瓜德罗普岛。哥伦布于1493年11月4日发现此岛，将其命名为埃斯特雷马杜拉地区瓜达卢佩镇的圣母马利亚（西班牙文：María de Guadalupe de Extremadura），在西班牙语中习惯简称它"瓜达卢佩岛"。该岛沦为法国殖民地后，名称按法语拼写改为Guadeloupe，汉译为"瓜德罗普岛"。其实，瓜达卢佩镇的圣母马利亚是瓜达卢佩镇教堂的名称，该镇因此教堂而成为众基督徒的朝圣地。而瓜达卢佩的圣母马利亚习惯上被称为瓜达卢佩圣母。瓜达卢佩镇隶属埃斯特雷马杜拉地区的卡塞雷斯市。特佩雅（或译特佩亚克）是墨西哥城郊的一座山，据传因圣母马利亚曾在那里显圣而在那里建了瓜达卢佩圣母大教堂，众基督徒都去那里朝圣。

第一章

一

　　小船在午后酷热的阳光下向海湾那边驶去。在船上，有的人穿着全套礼服，有的人哭泣，还有人说，死生有命啊……在那少年的身后，遗嘱执行人不等对于死亡的感叹在船上造成忧郁的气氛，又以悲切的声音查点悼亡经文、举十字架的人、祭品、服装、烛台、用以覆盖灵柩的布、花束、丧葬登记簿，以及安魂曲谱集。波浪反射的阳光由于泡沫的作用而闪闪烁烁，十分刺眼。船舱内外一片灼热，连眼睛和每一个汗毛孔都感到发烫，手放到船舷上也感到炙热。那少年身穿赶制的丧服（还在散发着昨天染色的染料味），望着这座城。多奇怪，在这光线反射强烈、投射着长长影子的时刻，此城竟像一盏高大的巴洛克式街灯，灯上绿色、红色和橙色的玻璃给阳台、拱门、圆屋顶、屋顶凉台和百叶窗涂上了恍惚迷离的色彩。自从因最近的欧洲战争而发了横财的居民们掀起狂热的建房潮以来，城里总是到处耸立着脚手架，码放着木料以及泥瓦工使用的木杈和高杆。这是个永远都沉湎于风的城市，无论海上来的风还是陆上刮的风都受欢迎。人们甫感凉风吹来，便把大大小小各色门窗统统打开。吊灯、多烛台灯、带流苏的灯、玻璃珠帘子以及风向标都叮叮当当、哗啦啦地响起来，宣告风来了。于是，芭蕉扇、中国绢扇和花纸扇便都停止扇风。但是，当凉意在转瞬间消失，空气在居室的高墙之间重新停滞的时候，人们又要干起那搅动空气的活儿来。这里，在黎明的瞬间，阳光就凝聚为热力，穿过窗帘，透过蚊帐，射进深宅内院。不过，现在是雨季，午间暴雨（那真是倾盆大雨，雷鸣电闪）过后，云消天霁，街衢泡汤，到处都是湿漉漉的，又闷热起来。宫殿楼宇以其有石刻图饰的楹柱而骄傲，可是在这几个月中也不得不站立在淤泥之中，听凭污泥涂抹，浑身像长满了难以治愈的疮疤。到处都是水坑，车辆驶过时，溅起的一块块泥巴，射向大门、栅栏；水坑之间污水横溢，泛起恶臭，殃及人行便道。那些大家宅第饰有漂亮的大理石，有五光十色的嵌花地板，窗子的铁栅如攀缘植物一样附着在窗上而丝毫显不出是一根根铁条，楼宇尽管如此华美，但一旦屋檐滴水，溅起陈年泥淖中的泥浆，也难免不染上污泥……卡洛斯在想，那么多参加守灵的人为了穿过拐角处，都必须在淤泥里铺设的木板上行走，或者踏着一块块大石头跳过去，才能避免鞋子陷入泥淖。异乡人一旦在舞厅、酒肆和赌场混上三天，就会直呼此乃多姿多彩、嬉笑玩乐之乐土，在那些地方，摆阔的海员们在乐队的鼓噪挑逗下两眼紧盯着女人的屁股玩乐。但是，无论谁仅需在此熬上一年，就会尝到尘土、泥浆和咸水的苦头。那咸水能使门环变绿，侵蚀铁器，腐蚀银器，使古老的木刻上长出蘑菇。而那些绘画和蚀刻画原本因受潮而起伏不平，罩在其上的玻璃失去光泽以后，就总似因冷风吹过而蒙上了水汽一般。那边，在圣弗朗西斯科码头上，刚刚停靠了一艘美国船，卡洛斯不假思索地念那船名：箭号。……遗嘱执行人仍在回味着葬礼的规模，那当然是很有排场的，完全与一个具有诸多美德的人相称：有那么多教堂司事和辅祭、那么多显贵要人出席，场面那么隆重；百货商行里的雇员从唱祈祷《圣诗》到念亡灵弥撒经文，都哭泣有度，有男士风度，符合男士身份……然而，那儿子却心不在焉，满心的不高兴，一脸倦容。他从拂晓起就骑着马在大道小径上奔走，不停地奔走。今晨他刚到庄园（那里的幽静给他获得独立的感觉，在那里他可以在烛光下用笛子吹奏他的奏鸣曲，直至清晨而不会影响他人），消息就到了；尽管不会马上安葬，但他不得不快马加鞭赶回来。遗嘱执行人说："令人难过的详情我就不讲了，但是绝不能拖延。只有我和堪称楷模的令姐离灵柩这么近守灵……"卡洛斯想到守丧，在一年的丧期内，他从最好的笛子产地购得的笛子只能躺在黑色胶布面的匣子里了，原因是在众目睽睽之下，必须遵照"哪里有悲痛，哪里就不得奏乐"的愚蠢主张办事。父亲的去世将夺去他所喜爱的一切，改变他的目标，使他脱离梦幻。他这个对算账一无所知的人必须干起买卖的行当，穿着黑色丧服，坐在沾满墨迹的写字台后面，身边围着伤心的簿记员和职员；这些人因彼此都太熟悉而无话可说。他为自己的前途忧心忡忡，决心再过几天就搭乘便船，毫无顾忌地不辞而去。他正想到这里，小船便拴在一根木桩上了。雷米休哭丧着脸正在那里等候，他的草帽上缀着一个表示哀悼的花结。马车一上大街就搅得泥浆四溅。海水味儿闻不到了，代之而来的是大房子里冒出来的气味，那里堆放着皮革、腌肉、蜂蜡块、黑色砂糖、长期存放在阴暗角落里而发了芽的葱头，以及在过磅时撒落的绿咖啡豆和可可豆。一阵铃声响彻傍晚的天空，紧接着照例走过一群群被挤过奶的奶牛，它们是在回城外牧场去。那冒着烟的劈柴，被踩踏的牛粪，湿漉漉的帆布帐篷，皮革制品厂的皮革，以及挂在窗口的金丝鸟笼里的草籽，这一切都在强烈地表明，现在已临近傍晚。晚霞在黑夜突然降临以前，会把天空映得通红。泡湿的瓦片散发着土腥味，依然湿乎乎的墙壁散发着陈年青苔味。拐角处食品摊上的油炸食品散发着沸油味，咖啡豆炒炉散发着香料岛^①上的篝火气息。从炒炉冒出的一团团黑烟冲向古式建筑物的飞檐，滞留在栏杆之间，仿佛一团热雾围绕在钟楼上某个圣徒像的四周。腌肉散发的味儿很独特。到处都有腌肉，所有地下室和地窖里都储存着腌肉，那刺鼻的味儿满城都是，连宫殿大宅里也是如此，窗帘都被熏上了这种味儿，演歌剧时点燃教堂里用的熏香，也抵消不了这种味儿。腌肉、污泥和苍蝇是此城的灾害，然而，这里也是世界船舶的集散地。卡洛斯在想，那些站在沾满红泥巴基座上的雕像倒是挺悠闲的。突然，从一条死胡同口冒出烟叶的幽香，像是针对腌肉的解毒剂。烟草是堆放在棚子里的，用绳子紧紧地捆着，绳子打的结磨损着烟叶，叶面上还带着绿色，捆儿上鼓起的部分有浅黄色斑点。烟叶在被腌肉分割包围之中

---

① 香料岛，指格林纳达岛。

依然活生生地保持着本色。他总算吸进了一口喜欢的味儿，还夹带着吸进了小教堂拐角处新设的咖啡炒炉里冒出的烟味。卡洛斯想到现在正等待着他的平淡生活，就感觉很郁闷：他将不能吹奏他的乐曲，被迫生活在这个海外都市之中，这无异于生活在岛中之岛[①]。四周有大洋包围，阻挡着任何可能进行的冒险活动；这等于眼睁睁地看着自己被葬送在腌肉、葱头和咸水的恶臭之中，成为父亲的牺牲品，因而他责备父亲——这样做是多么荒唐——死得太早。生活在这个岛上，生活在一块与其他土地无道路相通的土地上，会产生被关押之感。如果有路相通，他是能到别的地方去的，无论是乘车、骑马或步行，都可以穿越边界，在这山望着那山高的思想诱惑下，朝着自己愿去的方向前行，每天在不同的地方住宿；也许在某个城市会被一个昨日尚默默无闻而今日蹿红的女演员的躯体所吸引，便一连数月一个一个剧院跟踪她，同小丑们一起过着不安定的生活……马车弯弯曲曲走了一程，来到一个拐角处，那里有一所房子，屋顶上竖着被咸水侵蚀得发绿的十字架；转过弯，车停在一扇用许多钉子加固的大门前，门环上挂着一条黑布。门廊、前厅和院子的地上撒了一层花，那是从花圈和花束上掉下的茉莉花、晚香玉、白石竹花和千日红。在大厅里，索菲亚等候着，她眼窝发黑，身上裹着一件过于宽大的丧服，仿佛被夹在两块纸板

---

① 当时古巴是西班牙的海外领地，所以称哈瓦那为海外都市。作者把哈瓦那比作古巴岛上的孤岛，所以有"岛中之岛"之说。

中一样。她的身边围着方济各会第二会①的修女们。修女们见有人到来，便突然勤快起来，喷洒起蜜蜂花水、柠檬花香精以及晶体香一类浸剂。人们异口同声地说，升天的已经升天了，老天是赏罚分明的，活在世上的人要有勇气生活，要想得开，要忍耐。"现在我就当你们的父亲。"遗嘱执行人在悬挂着家庭照片的墙角带着哭腔说。圣灵钟楼的钟敲响了七点，索菲亚做了个辞别的手势，其余人都明白了，便默默地退到前厅去。"你们如果需要什么……"堂柯斯梅说。"你们如果需要什么……"修女们说。大门关上，门上的门闩都插上了。卡洛斯和索菲亚穿过院子。院里有两棵棕榈，在芋头植株群中犹如与其他建筑物不相协调的两根柱子。棕榈树冠在开始降临的夜色中显得模模糊糊。他们走进马厩隔壁的房间，这可能是家中最潮湿、最昏暗的房间，然而也是埃斯特万有时能在里面睡一夜好觉而不犯病的唯一房间。

可是，现在他抓着最高的窗柱，挂在那里，拉长着身子，趴在墙上受罪。他光着脊梁，鼓起一根根肋骨，仅在腰间围一条大披巾，胸腔发出嘶哑的哨声，这声音奇怪地变成同时响着的两个音色，而有时又变成哼哼声。他两手还在窗栅上寻找着更高的铁柱，似乎那显露着紫色血管的身子还需拉得瘦长一些。面临这药石对之无奈的病痛，索菲亚束手无策，只能用清水浸

---

① 方济各会，是天主教托钵修会主要派别之一，其第二会专门为女修道者所设。

湿的毛巾给病人擦额角和脸颊。少顷，他放开手，沿着窗柱滑下，姐弟俩把他扶住，埃斯特万躺倒在藤椅里，睁大着眼睛，黑眼珠死死地瞪着，却毫无神采。他的指甲发紫，肩膀耸得高高的，几乎盖住耳朵，脖子缩了进去，两膝竭力向外分开，两肘向前伸去，皮肤蜡黄，那模样就像原始绘画上画的苦行者在拼命磨炼自己的皮肉。"这是可恶的熏香引发的，"索菲亚说着，闻闻埃斯特万放在一张椅子上的黑衣服，"我见他在教堂里开始憋气的时候……"她没有说下去，她回忆起这病人无法忍受的烟味是在父亲隆重的葬礼上焚烧的熏香散发的，而主教在悼词中称父亲为最和蔼的父亲、善良的榜样、男士的楷模，于是她默然了。埃斯特万现在把胳膊搁在用床单拧成的绳子上，绳子两头拴在墙上的铁环上。从他孩提时起，在他犯病时，索菲亚就用玩具逗他：有站在八音盒上的小牧羊女；有断了弦的猴子乐队；有载着乘客的气球——把气球挂在天花板上，拉动绳子，气球就会升降；有青蛙在青铜平台上跳舞的闹钟；还有木偶剧，其布景是地中海的一个港口。木偶剧里的土耳其人、宪警、女侍者和大胡子汉子横七竖八地躺在舞台上：这个掉了脑袋，那个头发被蟑螂咬掉，还有的没有了胳膊，小丑的眼睛和鼻子流着被白蚁咬啮的木屑。望着这些玩具，那股因被压垮而产生的悲哀感更加强烈了。埃斯特万已经滑倒在地上，瘫软无力，充分享受着石板的凉意。索菲亚蹲下去，撑开裙子，把埃斯特万的头托到膝盖上。"我不回修道院去了，"索菲亚说，"这里才是我应该待的地方。"

二

　　的确，父亲去世对他们影响很大。可是，在白天，当只有姐弟三人在长形餐厅里的时候，他们甚至会承认，他们有一种轻松自由感，可以随便享用从附近旅馆订来的饭菜（因为没有想到派人去市场购买）。餐厅墙上有食品静物画：葡萄旁边放着雉鸡和野兔，酒瓶旁边有鳗鱼，烤得焦黄的馅饼把人馋得想咬上一口。雷米休端来了盖着布的托盘，掀开布就看见杏仁鱼、杏仁糖、油炸鸽子、块菌调味食品和蜜饯之类，都与平时家里做的肉汤和填肉食品不同。索菲亚是穿着便服从楼上下来的，她每样菜都尝尝，十分开心，卡洛斯连声称赞嘎尔纳恰①好喝，埃斯特万也喝得精神振奋起来。他们平时看惯了这所房子，对它既熟悉又感到无所谓，然而现在由于他们觉得有责任加以维修以保持房子完好，它的非凡重要性就凸显了，他们觉得哪儿都需要修葺。显然，父亲在世时很忙，连星期日都要在做弥撒之前出门，或去敲定一笔生意，或要先于星期一的提货者去船上提货，根本顾不了房子的事，而母亲又早在城里最厉害的一次流行性感冒中去世了。院子地面上缺少瓷砖，雕像肮脏，许多污泥从街上流进了门廊里，客厅和卧室里的家具都不配套，这同一个大家宅第不相称，倒好像是放在那里拍卖似的。好多年来，海豚喷水池里没有水，海豚没有一点儿声息。内宅

―――――――――――――――――

① 嘎尔纳恰，酒名。

隔扇缺玻璃。不过，倒有几幅画使那些被潮气斑痕弄得灰蒙蒙的墙壁增色不少，尽管这些画是在偶然封港时一套拍卖的绘画作品中卖剩的，不知属于何种流派，并且当时因事情多如乱麻而不能加以挑选。也许有的是大师的真迹，而不是临摹品，那就有价值了。但是，在这个商人的城市里是无法确定的，因为没有那种善于透过破损画布的表面现象来鉴定其是否系现代流派抑或系非凡的古代名画的专家。这是一幅名为《屠杀无辜》①的画，可能是贝鲁盖特②一个弟子的作品；那一幅是《圣丢尼修》③，可能是临摹里维拉④的作品。那边一幅画的画面是在阳光明媚的花园里，几个不正经的男女在打情骂俏。索菲亚很喜欢这幅画，卡洛斯却认为，本世纪初的画家们单纯为了玩弄色彩游戏，会滥用不正经男女这类人物。他倒是喜欢关于收获和摘葡萄这类现实主义绘画；不过他承认，有几幅挂在前厅的静物画——放在乐谱旁边的铁锅、烟斗、水果盘、单簧管等等，单从它们精细的画工看，就不能说不美。埃斯特万爱好想象和幻觉，喜欢站在最新作者的绘画作品前面胡思乱想。这类作品所表现的，都是在未来也不可能出现的稀奇古怪的人和马：什

---

① 《屠杀无辜》，典故源自《圣经》中古罗马帝国属国犹太境内希律王的故事。他为杀害刚出生的耶稣，竟下令屠杀伯利恒城及其周围地区两岁以内的所有男婴。后来许多西方画家都以这一故事作为创作题材。

② 贝鲁盖特（1450—1504），15世纪西班牙画家，其子也是画家。

③ 《圣丢尼修》，丢尼修是古希腊雅典最高法官，后当主教，于1世纪末殉难。

④ 里维拉，指何塞·德·里维拉（1591—1652），西班牙画家，一生大部分时间在意大利度过，主要创作宗教题材作品。

么指头在发芽的人树呀，什么从肚子里流淌出空书夹子的人厨呀……但是，他最偏爱的，却是从那不勒斯来的一幅无名作者的油画。该作者反造型艺术规律而行之，把一场灾难的恐怖情状画成凝固态势，标题是《一座大教堂里的爆炸》。画面表现的是，在向惊恐万状的人群倾泻成吨的石块以前，许多柱子被炸成碎片，在空中飞散，建筑物失去了整齐的线条而浮升起来的这一行将訇然坍塌的场面。（"我不清楚这玩意儿怎么能看。"他的表姐说，其实，她奇怪地被这幅画迷住了。那是静态的地震，寂静的混乱，是对时代末日的描述，挂在那里，处于可怕的悬浮状态，伸手可及。"为了使我逐渐习惯。"埃斯特万答道，连他自己也不知道，为何在回答时有那种下意识的固执劲儿。这种固执只能使人年复一年地在遇到类似情况时重复这种既不风趣也不引人发笑的语言游戏。）再往那边一点儿，有一幅法国大师的作品：他在阒无人迹的广场中央竖起他创造的纪念碑（是亚洲-罗马式的庙宇，有拱门、斜塔和大屋顶）。这总算在到达餐厅之前，在目睹悲剧以后，出现了太平安定的气氛。餐厅里的财产价值都在餐具和重要家具上：两个硕大无朋、经得起白蚁咬啮的橱柜，八把蒙着布套的椅子和那张架在所罗门式台柱上的大餐桌。其余家具"都是老掉牙的破烂"，索菲亚说道，心里却想起她那狭窄的桃花心木床，她老是想拥有一张可以在上面打滚的床，可以在上面随心所欲地睡觉，或仰面八叉，或缩成一团，或撑开手脚。父亲恪守他的老农爷爷的习惯，一直住在楼下一个房间里，睡的是一张帆布床，床头挂着耶稣受难像，床的一边有一个大核桃木箱子，另一边有一个墨西哥银尿盆。每天清早他自己到马厩去，以严肃认真的播种者的沉稳姿态，把尿倒入尿池。"我的祖先是埃斯特雷马杜拉人。"他说道，仿佛这就可以解释一切，并夸耀那不知天下有夜间舞会和吻手礼的俭朴精神。自从妻子死后，他一直穿黑色衣服，死的时候也如此。他在办公室里在一份合同上刚签完字，墨迹未干，就中风倒下了，是堂柯斯梅把他送回家的。他死了，脸上依然死板板的，毫无表情，大有人莫求我、我不求人的神气。最近几年来，索菲亚只偶尔在星期日从方济各会第二会修道院被叫回来吃团聚式午餐时才见到他。至于卡洛斯，小学毕业后，他必须经常去庄园，带去关于伐木、清理庄园或播种的嘱咐。其实写个便条就可以了，因为土地面积不大，而且种的主要是甘蔗。"为了取回这十二棵圆白菜，我骑马跑了近千里路。"这少年去乡下走了一趟回来，一面倾倒裤裆，一面嘟囔。"斯巴达①式的性格就是这样锻炼出来的嘛。"父亲答道，他爱把斯巴达同圆白菜联系在一起，也好把西门大法师②罕见的飞升，以该法师具有电的知识这样的大胆假设为前提而加以解释，并以此为理由，老是推迟实施允许卡洛斯学习法律的计划，因为他本能地害怕大学课堂里提倡新思想、唤起危险的政治热情。他对埃斯特万

---

① 指斯巴达人，即古希腊斯巴达奴隶制国家全权公民的称谓，他们过集体的军事生活。这里指强悍的性格和严格的纪律。

② 西门大法师，诺斯替教创始人之一。诺斯替教是古罗马帝国时期在地中海东部沿岸流行的一种秘传宗教，后来融入基督教，故亦译为"灵智派"或"神智派"。

很少关心。这个体弱的外甥自小就是孤儿，是同索菲亚和卡洛斯一起长大的，像他自己的儿子一样，别人有的，决不会少他的。但是，这个商人很讨厌体弱多病者（如果是他家里的人如此，就更讨厌），最好从不生病，一年到头从早到晚干活。有时他去那病人房里看看，见他在犯病，就皱起眉头，很不高兴，就唠叨起来，说什么这地方太潮湿啦，有人硬要学古代塞尔梯贝里亚人①而睡山洞，那就活该受罪。唠叨一番之后②，便说要把刚从北方运到的葡萄送给他，接着讲述一番杰出的瘫痪病人的形象，才耸耸肩离去，边走边嘟囔几句表示怜悯和鼓励的话，说什么出了新药啦，并且辩解道，对于那些卧病在家而不能从事进步的创造性活动的人，不可为照顾他们而靡费太多时间云云。

"小家伙们"（遗嘱执行人这样称呼他们）在餐厅里尝尝这个，尝尝那个，刚吃几口沙丁鱼，就去咬无花果，把杏仁糖和着橄榄、大香肠一起嚼，乱吃了一通之后，打开通向隔壁的门，那边是店堂的仓库，现在因丧礼而关门三天。在写字台和保险柜后面，是来自各地的麻包、木桶和包裹，排列成行，堆积如山。面粉堆散发着海外西班牙面包铺的香味，在它的尽头，堆放着这里那里的名酒佳酿，酒桶龙头都在滴着酒，散发着酒窖的气味。绳索、渔具堆成的甬道通向堆放臭气冲天的咸鱼的角

---

① 塞尔梯贝里亚人，古代西班牙人，由古代西欧凯尔特人与伊比利亚人相结合而形成的部落。

② 原文提到塔佩亚巨岩（Roca Tarpeya），此巨岩在古罗马神殿附近，古罗马人把罪犯从巨岩上推下摔死。这里指的是索菲亚的父亲嗔怪埃斯特万不住好房，以塔佩亚巨岩暗示他该吃苦头。

落，鱼堆上覆盖的芭蕉叶向地面滴着咸水。少年们从鹿皮堆走过来，回到香料堆那里。只需闻闻箱屉，就知道里面装的是姜、月桂、藏红花和韦拉克鲁斯①的辣椒。拉曼恰②的奶酪码放在木板上，从这里可以通向醋和油的仓库，在这个仓库的尽头，堆放着杂七杂八的商品：一包包纸牌，一匣匣理发工具，一串串锁，红红绿绿的阳伞，磨可可豆的小手磨，经马拉开波湖转运来的安第斯山区的毯子，胡乱堆放的染料木③，以及来自墨西哥的一本本用以贴金、贴银的纸。再往那边走，就是堆在垫板上的一袋袋羽毛（又松又软，像用哔叽布做的大鸭绒被），卡洛斯跳上去，趴在那儿，做着游泳的姿势。埃斯特万一只手随意转动着天象仪圆球。这圆球竖立在这些漂洋过海来的货物世界之中，仿佛成了贸易和航海的标志。在这里也闻到压倒一切的腌肉味，不过因腌肉存放在仓库最里头而不十分令人讨厌罢了。姐弟三人走过蜂蜜堆，回到写字台旁。"脏死了！"索菲亚用手帕捂着鼻子，嘟嘟囔囔地说，"脏死了！"卡洛斯爬上大麦袋，俯视屋顶下的景色，想到他必须当买卖人的日子，不禁害怕起来：他一不了解行情，二不会分辨货物质量，可他得把货物卖出去，买进来，再卖出去；跟别人谈生意，讨价还价；还得给货源发出数以千计的信件、货单、付款通知单、收据、海关估价单，之后又要把这些单据放在箱子里存档。一

---

① 韦拉克鲁斯，墨西哥东南沿海的重要港口城市。
② 拉曼恰，西班牙中部地区。但也可指雷阿尔城，因该城俗称拉曼恰。
③ 染料木，即巴西木，从中可提取染料。

股硫黄味把埃斯特万的喉咙憋住了，闷得他眨巴着眼睛，直打喷嚏。索菲亚被酒味和鱼臭味熏得头晕。她扶着眼看又要发病的表弟，赶快回家。家里，方济各会第二会修道院院长手持一本道德修养书正在等候她呢。卡洛斯最后一个回家，扛着那个天象仪，要把它放在他的卧室里。大厅里是昏暗的，窗子都关着，修女轻声细语地宣讲着，说什么世事皆空，并指出修道院中其乐无穷。此时，两个男孩子围着地球仪，在寻找南北回归线，摆弄着地球的运行轨道。那天下午太阳特别毒，晒得街上的水坑直冒臭气。在这闷热的空气中，他们开始过另一种生活了。晚饭时他们又汇聚在一起。少年们坐在水果、飞禽一类食品静物画下边做起计划来了。遗嘱执行人劝他们到庄园去守丧，由他料理他所记得的死者生前口头商谈而无字据的事项。这样，等卡洛斯回家时，一切就绪，可以最终决定朝经商方向发展了。但索菲亚记得，过去把埃斯特万送到乡下去"呼吸新鲜空气"，反而使他病情加重。闹腾来闹腾去，最不易犯病的地方是马厩旁边的矮房子……他们谈及可能去何处旅游：墨西哥城，那里有许多穹窿屋顶，在海湾彼岸朝他们熠熠闪光。可是，美国进步迅猛，吸引着卡洛斯，他很希望去看看纽约的港口、列克星敦 [①] 战场和尼亚加拉瀑布。埃斯特万梦想去巴黎，那里有画展，有知识分子聚会的咖啡馆，还有他们的文学生活。他想去法兰西学院学习东方语言（对赚钱是没有多少用处的），这对于像他

① 列克星敦，地名（也译作"来克星顿"），在马萨诸塞州东北角，离波士顿不远，是美国独立战争打响第一枪的地方。

这样希望直接阅读最新发现的亚洲手稿的人来说，确实挺有意思。索菲亚想去巴黎歌剧院和法国国家剧院看戏。在国家剧院的前厅里还可欣赏诸如乌东①雕塑的伏尔泰像那么知名而优美的作品。他们在想象的旅游中，观看圣马可广场②上的鸽群、埃普瑟姆城③的跑马比赛；欣赏塞特勒斯威尔斯剧院④里的演出，参观卢浮宫；逛知名的书店，观赏有声望的马戏团演出；参观巴尔米拉废墟⑤和庞贝城⑥遗址；还欣赏希腊街⑦上陈列的埃特鲁利亚⑧泥塑马和黑色斑纹的杯子。总之，他们什么都想看，然而旅行目标一个也没有确定。（两个男孩子本能地喜欢放荡的游乐活动，心中已为这种游乐世界所吸引，他们也许会利用姐姐购物和观光的时候，找到寻欢作乐的机会。）他们没有做出任何决定，祈祷完毕后，哭泣着互相拥抱，感觉在这世界上很孤单，是无人呵护的孤儿。这个冷漠无情的世界对任何艺术或诗歌都不感兴趣，而只热衷于做生意和干不光彩的勾当。他们受不了酷热和从街上飘来的腌肉、葱头和咖啡味儿，就穿着便服，带着毯子和枕头，来到屋顶平台上，仰面朝天躺在毯子

---

① 乌东（1741—1828），法国雕塑家。
② 威尼斯的圣马可广场，那里以众多的鸽子闻名。
③ 埃普瑟姆城，英国城市，自1780年起举办知名的跑马比赛。
④ 塞特勒斯威尔斯剧院，该剧院在伦敦。
⑤ 巴尔米拉废墟，在叙利亚境内。
⑥ 庞贝城，意大利那不勒斯附近的古城，约建于公元前7世纪。公元79年8月火山爆发，全城湮没。自18世纪起，考古学家们发掘该城遗址。
⑦ 希腊街，街道名称，在伦敦。
⑧ 埃特鲁利亚，古代意大利的一个地区，该地农民擅长泥塑。

上，聊起了适于生命居住的行星（在那里肯定已有生命居住），那里的生活也许比在这个永远沉溺于死亡活动的地球上优越。他们谈了一阵就睡着了。

三

索菲亚感到修女们老缠着她，她们坚持不懈而又不急不躁，温和而又反复地催促她做上帝的奴仆，弄得她不知所措，她便干脆充当起埃斯特万母亲的角色。她倒是十分热心干这母亲的新职务的，当他自己不能解衣洗澡时，她就给他脱衣服，用海绵给他擦洗。埃斯特万一向被她视为亲弟弟，其所患病痛，在她本能地为拒绝脱离红尘而进行的抗争中，助了她一臂之力，因而他的病痛反倒成为一件能应急救难的事了。对于卡洛斯，她不管他身体如何强壮，只要他一咳嗽，就让他躺在床上，给他喝浓浓的朋沏①，这使他十分开心。有一天，她手执蘸水笔（她身后跟着的穆拉托②女仆，手捧墨水瓶，像捧着圣体似的），走遍家中的房间，统计不能使用的家具。她费了很大一番工夫，开出了一张像样的住宅所需家具清单，把它交给了一直勉力充当孤儿们的"继父"来满足他们一切愿望的遗嘱执行人……圣诞节前，一箱箱、一包包的东西陆续运到了，依次放在楼底下。

---

① 朋沏，一种甘蔗汁和酒相混合的饮料。
② 穆拉托人，即黑白混血种人。

从大厅到车库堆满了东西，箱子和包裹都被拆开了口，在木板、稻草和刨花之间露出的物品在听候最后的安排。于是，一个由六个黑人搬运工运来的沉重的大衣柜停放在门厅里，挡住了靠墙放着的一个小漆柜而不能将它从钉满钉子的木箱里取出。中国茶杯则埋在包装用的锯末里。用于建立一个具有新思想、新诗歌的图书室的书籍，一本本地被取出来，随处乱放，这里几十本，那里几十本，有的堆在大圈椅里，有的堆在散发着油漆味的木烛台上。台球桌上的绒布像草地一样摊在洛可可①式穿衣镜和一张样子古板的英国细木写字台之间。一天夜里，一个木箱噼啪作响：原来是索菲亚向那不勒斯经纪人订购的竖琴因天气潮湿而发胀，把琴弦绷断了。由于附近的老鼠都来这里到处做窝，猫也就来了，它们在细木家具上磨爪子，那饰有独角犀、白鹦鹉和猎犬的壁毯被它们抓出一根根线来。物理实验室的仪器运到的时候，可就闹翻天了。这些仪器是埃斯特万订购的，是用来替换那些机器人、八音盒之类智力玩具的，有望远镜、流体天平、玛瑙块、罗盘、磁石、螺旋提水器、起重机模型、连接管、莱顿瓶②、摆锤、平衡杆、微型机械模型；此外，厂家为了顶替某些未能供应的仪器，还附赠了一个计算器盒，里面装有最先进的数学计算器。有几夜，这几个少年翻阅一沓沓说明书，胡乱套用一些理论，大卖其力，安装出离奇古怪的

---

① 洛可可，18世纪法国流行的一种浮华的艺术风格。
② 莱顿瓶，即早期的电容器玻璃瓶。

仪器，等候着黎明的到来，以便证实一面棱镜的用途。当看到墙上映现彩虹的各种颜色时，他们兴奋极了。他们渐渐成了夜猫子，这是埃斯特万造成的，他在白天睡得好，愿意熬夜到黎明，因为他在凌晨沉睡时最易犯病。做饭的穆拉托女仆罗莎乌拉就在下午六点开午饭，让他们在半夜里吃一顿凉晚饭。日子一天天过去，家中用木箱搭起了一个迷宫。在这迷宫中他们各自都有自己的角落、阁楼，供他们各自独处，或供他们聚在一起谈论一本书，或围观一个突然运转起来的物理仪器。有一块斜搁着的木板，像一条高山小道，由大厅的一个角落出来，通过一个横放着的柜子上方，就上了"三叠箱"（三个摞起来的餐具箱），站在那里可以俯观下面的景色；从这里爬上由破木板和板条（上面露着钉子，像鱼刺似的）组成的险峻地段。再向前就爬上由九个装运家具的木箱组成的"大平台"，到了这里，探险家们即使低下脑袋，后脖子也顶着屋梁了。"风景多美呀！"索菲亚笑着叫道，同时把裙子紧紧裹住膝盖（因为在这样的高峰必须如此）。但是，卡洛斯说，还有别的办法可以爬上高峰，不过更危险，要从另一边走，需要具有山区人的本领，使出九牛二虎之力，像牧羊犬似的，呼哧呼哧地爬上"大平台"，仆倒在那里。他们或在路上，或在高地，或在旮旯里，或在桥上，各自都在阅读自己所喜欢的东西：什么旧报纸呀、台历呀、旅行指南呀；或者阅读一部自然史、一部优秀的悲剧，有时他们争相阅读一部新出版的描述公元二二四〇年的事情的小说。埃斯特万爬上一个山峰，在那里以不恭敬的声调模仿某个熟悉的神父咕咕哝哝讲道，或者胡乱背诵《雅歌》^①，以此逗恼索菲亚；她就捂住耳朵，大叫男人都是畜生。放在院子里的日晷成了月晷，指针指的时间是颠倒的。流体天平则用来称猫的体重。从木匣里取出的一个小望远镜，可以观看附近房子里的东西，卡洛斯这个孤独的天文学家站在高处，看得一个劲儿地傻笑。新笛子是在一间四壁蒙着褥子的房间（就像是关疯子的房间）里取出的，这样可以瞒过邻居。房间的地毯上散落着乐谱，卡洛斯站在乐谱架前，歪着脑袋，举办起长长的夜间音乐会，他的吹奏技巧逐渐提高，越吹越悦耳。还好，他没有兴之所至地使用最近买到的高音笛来吹奏粗野的舞曲。这三位少年常常在十分亲昵的时候发誓永不分离。索菲亚脑子里早就被修女们灌输了惧怕男子本性的思想，当埃斯特万同她开玩笑（也许是考验她），同她谈到未来的婚事和随之而来的一大群孩子时，她就生气。给家里弄来个"丈夫"，这一向是被看作可恶的事，是对她的人身侵犯，她的肉体是公有的神圣财产，应该原封不动。他们将一起旅行，一起了解这辽阔的天地。遗嘱执行人会为他们很好地料理"隔壁那摊臭气冲天的玩意儿"的，而且，他认为他们的旅行计划非常合适，并向他们保证，他们到哪里，信用证^②就寄到哪里。"应该去马德里，"他说，"去看看邮政大楼和圣弗朗西斯科大教堂的穹顶，这类建筑瑰宝这里是没有的。"在

---

① 指《圣经·旧约》中的《雅歌》。
② 信用证，相当于现在的信用卡。但是，信用证持有人只能在该证指定的银行取钱。

这个世纪，交通工具的发展已使天涯成为咫尺，但这需要在为父亲的升天而举行的无数弥撒做完以后，再由这几个年轻人决定；而现在，每个星期日索菲亚和卡洛斯必须在躺下睡觉之前，沿着空荡荡的街道步行去圣灵教堂做弥撒。眼下，他们不能打开箱子和包裹，不能安置新家具，这类活儿他们一想就觉得受不了，尤其是埃斯特万有病，不能干任何体力活。再说，如果一大早家里拥来一批室内装修工、油漆工这样的陌生人，会把他们与众不同的生活习惯打乱。他们在下午五点钟起床算是早的了，起床以后，同堂柯斯梅打个照面。他和蔼极了，对于订货更是殷勤周到，不论要什么，也不论要付多少钱，他一概应允。他说，商行里买卖兴隆，便总是注意让索菲亚手头宽裕，以便持家过日子。他赞扬她负起母亲般的责任，看顾着两个男孩子，并给那些以引诱大家闺秀出家修道为手段而霸占财产（有此想法者仍不失为好教徒）的修女碰了软钉子。堂柯斯梅蛮有把握地表示，现在卡洛斯不必去商行，说完便行礼告辞。于是，他们各自回自己的迷宫去了。迷宫里的一切都有秘密代号。一堆倾斜、行将坍塌的木箱是"斜塔"，搁在两个柜子上的衣箱是"德鲁伊① 祭司关"。爱尔兰，是指放竖琴的角落；迦尔默罗山②，是指用半张开的屏风做的小亭，索菲亚经常躲在那里阅读

① 德鲁伊，公元前5世纪—公元前1世纪欧洲凯尔特人奉行的多神教。
② 迦尔默罗山，亦译作"迦密山"，在巴勒斯坦西北部海边。据《圣经·旧约·列王记》记载，以色列先知以利亚曾在此山同供奉巴力神的异族祭司斗法而取胜，解决了以色列人拜耶和华与拜巴力神的争端，故又名以利亚山。

令人毛骨悚然的神秘小说。每当埃斯特万开动物理仪器时，他们就说"大阿尔伯特"①开始工作了。他们老是做游戏，把一切常规都打乱，同外界确立了新的秩序。他们的生活场所分三个层次：地面是埃斯特万的地盘，他由于有病，不喜欢登高，但总是嫉妒像卡洛斯这样的人能在高处箱子之间跳来跳去；卡洛斯抓着天花板上垂下的绳子，吊在空中，或者躺在挂在天花板梁下的韦拉克鲁斯吊床上摇晃；索菲亚的活动区在离地面约十拃高的中间地区。她的鞋跟刚好处于她表弟太阳穴的高度。她把书搬到她称之为"她的窝"的各个藏身之所，在那里她可以随意四仰八叉地待着，如果天气太热，她可以解开衣服扣子，脱下袜子，把裙子掀到大腿根儿……再说黎明时分的晚餐吧，那是在大蜡烛照明下、在窜进许多猫的餐厅里享用的。他们为了表示反对平时家里进餐时的沉闷气氛，就像野蛮人一样你抢我夺，专挑好的吃；或用鸡骨头算命，或在桌子底下互相踢脚，或突然吹灭灯火去抢别人盘里的馅饼；他们坐无坐相，歪身子撑胳膊，很不雅观。有时，这个没有食欲，在玩单人戏牌，或制作纸牌屋；那个手捧着一本小说，满脸的不高兴。有时候，两个男孩子串通起来欺负索菲亚，她就说粗话骂他们，不过，只要粗话出自她的口，就惊人地变得文雅而失去了本来的含义。其实，这是对修道院里祈祷后才可进餐、两眼只能盯着盘子那

①　大阿尔伯特，指德国著名的托钵会修士、经院哲学家圣阿尔伯特·马格努斯（1193—1280）。他在当时的神学环境中论证了科学的可能性，并教出了历史上最伟大的经院哲学家之一托马斯·阿奎那。

种做法的挑战，是报复。"你在哪里学到这些话的？"男孩子们笑着问。"在瓦舍勾栏。"她答道，神情泰然自若，仿佛她真在那里待过似的。他们在被打翻的一杯酒弄脏的桌布上，把核桃当作台球打。在斯文扫地、胡闹得累了以后，他们在凌晨互道一声晚安，各自回卧室。走时还要捎带一个水果，抓一把杏仁或端走一杯酒。这时，在被颠倒的拂晓中，可以听到叫卖声和晨祷声。

四

这是经常发生的。

——戈雅 ①

　　一年的全丧期过去了，进入了服半丧的一年。这三个少年丝毫没有改变他们的生活方式，日益喜欢他们的新习惯，埋头读书，在书本中发现世界。他们一直生活在自己的环境里，从不进城，不问世事，偶尔从迟到几个月的一张外国报纸上得悉当时发生的事件。有几户殷实人家，嗅出在这大门紧闭的府邸中住着攀亲的"好对象"，便以种种名义向他们发请帖，企图以此为手段接近他们，表面上是可怜这些孤儿生活太寂寞。但是

---

① 弗朗西斯科·戈雅（1746—1828），西班牙画家。

这些友好举动都遭到了冷落。他们把服丧作为有力的借口，不接受任何邀请，回避任何承诺，特立独行于社会生活之外。因为这个社会古板守旧，企图使人过整齐划一的生活：在固定的时间在老地方散步，在固定的时髦咖啡馆吃点心，在糖厂或阿特米萨①庄园过圣诞节（在那里，圣诞节期间富有的糖厂老板竞相在烟草地边上竖立神话人物像），如此等等。雨季已接近尾声，但街道上仍到处是烂泥巴。一天早晨，当卡洛斯的夜间刚开始并进入半睡眠状态时，听见正门门环砰砰直响。单是这样倒也不会引起他的注意。一会儿以后，听到敲车库门了，再过一会儿以后，又听到敲房子的其他门了。之后，那位急性子叫门者回到正门，第二轮依次乒乒乓乓地敲门，接着是第三轮。这就像一个硬想进屋的人在绕着屋子转悠，寻找可以溜进屋里的地方。由于所有的门都关闭着，叫门声在屋子各个最偏僻的角落里回响，这就愈发使人以为那叫门人在绕着房子转悠。那天是圣星期六②，是节日，商行（是来访者们了解行情之处）关着门，雷米休和罗莎乌拉不是去做复活节弥撒，就是去市场采购了，因为他们没有去应门。"过会儿就不敲了。"卡洛斯想着，脑袋钻到枕头底下。但他发现敲门声还在响个不停，就怒气冲冲地披上便服，下楼走到门廊里。他微微探出头去，看见远处一个男子带着一把大雨伞，急匆匆地正在最近的一个拐角处拐过弯去。地上有一张名片，是从门底下塞进来的：

---

① 阿特米萨，地名，在哈瓦那附近。
② 圣星期六在复活节前一天。

卡洛斯把这个陌生人咒骂一通之后，又躺下睡觉，再也不去想他了。他醒来时，见卡片纸上奇怪地涂上了绿色，原来是从绿玻璃天窗射进的夕阳光线映照所致。"小家伙们"又在大厅里的木箱和包裹之间聚会，"大阿尔伯特"专心做他的物理实验。正在此时，那人又敲门了。这时大概是晚上十点钟，对他们来说时候尚早，但是按城里的习惯来说已经晚了。索菲亚突然感觉害怕起来，她第一次考虑到在她生活的环境中她的特殊地位，便说："咱们不能在这里接待外人。"再说，在这乱糟糟的家里接待一个陌生人，岂不是出卖家庭秘密，把秘密双手捧出，让别人识破家中之谜吗？"天哪，你别开门！"她对满面怒容站起来的卡洛斯喊道，但为时已晚：雷米休刚睡着，被车库门的砰砰声吵醒，就举着蜡烛出去，把那个外国人让进门。来人的年龄难以捉摸，也许是三十岁，也许是四十岁，很可能更年轻。额上过早出现的皱纹，使他整个面部具有一种不动声色的神态，而两颊的肌肉又善于从一种极度紧张状态突然嘲弄般地松弛下来，或者从忍俊不禁变成任性、冷漠的表情（这一特点在同他交谈几句后就可以发现），这表明此人具有把他的意见和信念强加于他人的强烈欲望。他皮肤晒得黝

---

① 太子港是今海地首都。原文是法文。

黑，梳着时髦的蓬松发型，整个形象显得健康、壮实。他的衣服紧紧地箍在魁梧的身躯上，两条臂膀上鼓起肌肉，两条腿十分结实，走路稳健。尽管他的双唇显得平庸而又性感，深色的眼睛却闪耀着威严的、近乎傲慢的神色。此人形象独特，然而，他给人的第一印象却是亲切多于讨厌的。（"这种粗人，"索菲亚想道，"想进别人家的门却只知道砸门。"）他彬彬有礼地问候，然而这很难使人忘却他那持续不断、乒乒乓乓的敲门声。接着，来客开始飞快地讲话，根本不让人插嘴。他声称给他们父亲带来了几封信，并说，他久闻他们的父亲机智过人。又说，当今应该做新的买卖，应该有新的交流，这里的商人有权进行自由贸易，应该同加勒比海其余岛屿的商人联系；还说，他带来了一份薄礼——几瓶酒，其质地在市场上无与伦比，以及……三个少年叫道，父亲死了，早就安葬了。这个外国人说话十分侉，既有西班牙语腔，又有法语腔，还不时夹杂着英语词儿，他得悉此消息，便"哦"的一声说不出话来。在这冲动的声音中充满沉痛，可以听得出他是何等失望、痛苦。其他人见他那样子，竟忘了在这种场合发笑是有失体统的，都哈哈大笑起来。这一切是突然发生的，这位太子港商人则大惑不解地跟大家一起哈哈大笑。索菲亚说了声"上帝保佑！"回到现实，拉长了脸。但是精神上的紧张消失了，来客未经邀请，径直向屋里走，似乎他对屋里的杂乱和索菲亚的穿戴毫不感到奇怪：索菲亚出于好玩，穿的是卡洛斯的衬衣，下摆都到了膝盖。他以专家的神气，在大花瓶上用手指弹弹，摸摸莱顿瓶，称赞一番罗盘的做工，一面旋转着螺旋提水器，一面叽叽咕咕议论什么能把地球撬起来的杠杆之类的东西，接着就说起他历次的旅行。起初他是在马赛当见习水手，他父亲（他引以为荣）当时在那里当面包师。"面包师对社会很有用。"埃斯特万评论道，他为一个踏上这块土地的外国人不吹嘘自己出身高贵而感到高兴。"与其做花瓶，不如当铺路石。"来客引用一句名言接茬道。后来他说他的乳母是马提尼克岛上的黑人，是十十足足的黑人，这似乎预示了他未来的方向。因为他在少年时梦想去亚洲，然而所有接受他当水手的船只都以安的列斯群岛①或墨西哥湾为目的地。他讲述了百慕大群岛海底的珊瑚林，巴尔的摩的富足生活，堪与巴黎狂欢节媲美的新奥尔良狂欢节，韦拉克鲁斯的薄荷酒；从珍珠岛②说到遥远的特立尼达岛，直到帕里亚湾③。被提升为大副后他到过遥远的帕拉马里博④，很多妄自尊大的都城见了该城都会自愧不如（他指指地上），因为那个城市有宽敞的大街，街道两边种着柑橘树和柠檬树，而且树干上镶嵌着贝壳，装饰得真美。停泊在塞兰迪亚要塞下的外国船上开盛大的舞会，那里的荷兰女子（说到这里，他向男孩子们挤挤眼）非常热情。在那块充满阳光的殖民地上，可以尝到世界上所有的酒。宴会上有戴手镯和项链的黑人女子侍候。她们身穿西印度布料做的裙子，有的上衣

---

① 安的列斯群岛上黑人较多，所以说，"他乳母是黑人"预示着他未来的方向。
② 珍珠岛，指塞拉尔沃岛，在墨西哥加利福尼亚半岛东南海域。
③ 帕里亚湾，在委内瑞拉东北部，其以东是特立尼达岛。
④ 帕拉马里博，今苏里南首都，当时是荷兰属地圭亚那的首府。

很薄，几乎是透明的，紧紧地箍在颤动着的挺起的胸脯上。索菲亚听到这里，皱起了眉头。他为了使她放心，及时引用了一首法国诗人的诗，美化他所描述的形象，诗里说，萨丹纳帕勒斯 ① 皇宫里波斯女奴穿的是相似的衣服。索菲亚感激他这样的说明，然而只从牙缝里挤出个"谢谢"。来客改变话题，谈到安的列斯群岛，他说那是非常美丽的群岛，那里有许多稀奇古怪的东西：荒凉的海滩上丢弃着巨大的铁锚；房子用铁链拴在岩石上，以防被飓风刮到海里去；库拉索岛上有塞法尔迪人 ② 的大公墓；有的岛上成年累月只有女人，男人都在大陆打工；有沉没的大帆船，有变成化石的树木，有古怪的鱼；还有，在巴巴多斯岛上有拜占庭末代皇帝君士坦丁十一世的孙子的墓，每当夜里刮大风，他的阴魂就出来追赶孤单的行人……突然，索菲亚一本正经地询问来客，在热带海面上是否见过美人鱼。不等他回答，她就打开《荷兰见闻》让他看。这是一本很旧的书，里面说，有一次暴风雨冲决了西弗里西亚大堤，就出现过一个下半身埋在淤泥里的美人鱼。人们把她送到哈勒姆城，给她穿上衣服，教她纺线；但是她过了好几年也没有学会荷兰话，总是想到水里去，哭的时候就像哑死者在哼哼……来客对这条消息丝毫不感意外，他讲起了几年前在马罗尼河 ③ 发现的一个美

---

① 萨丹纳帕勒斯，西亚故国亚述国王（公元前836—公元前817），生活淫荡。
② 库拉索岛在委内瑞拉以北海域，属荷兰。塞法尔迪人是散居世界各地的西班牙犹太人的后裔。
③ 马罗尼河，苏里南与法属圭亚那之间的分界河。

人鱼。这是阿奇坎必少校在呈送巴黎科学院的一份报告中描述的，他是个很受尊敬的军人。"一个英国少校是不会错的。"他煞有介事地说。卡洛斯看出来客已赢得索菲亚的几分尊敬，就把话题拉回到旅行上来。不过只剩下瓜德罗普岛上的巴斯特尔 ① 没有讲了，那里有活水泉，那里的房子使人联想到罗什福尔和拉罗谢尔 ② 的房子。(三位少年都不知道罗什福尔和拉罗谢尔吗?)"糟糕极了，"索菲亚说，"我们赴巴黎途中必须在这两个地方停留几小时。您还是给我们讲讲巴黎吧，您一定对它了如指掌。"这位外国人瞟了她一眼，没有回应她的要求，却叙述起他如何从皮特尔角城 ③ 到圣多明各去经商，最后在太子港落户，在那里开了个百货商店，生意兴隆，商品众多，有毛皮、咸鱼和咸肉("多可怕! "索菲亚叫道)、酒和香料。"差不多像你们的商行一样。"这位法国人加重语气说道，同时用食指轻蔑地朝隔墙一指，索菲亚认为他这举动太无礼了。"我们不管这个商行。"她说。"这可不是容易而轻松的事。"法国人答道，马上接着说，他是从大型贸易中心波士顿来的，在那里买小麦最合适，价格比欧洲的便宜。现在他正等候一大批货，其中一部分将在这里的市场上销售，其余则发运到太子港。这位不速之客作了一番有趣的开场白式自我介绍后，竟引入讨厌的做买卖的话题。卡洛斯正想礼貌地把他请出门，他却从椅子上站起来，

---

① 巴斯特尔，法属瓜德罗普岛的首府。瓜德罗普岛的西半部也叫巴斯特尔。

② 罗什福尔和拉罗谢尔，都是法国西部沿海城市。

③ 皮特尔角城，瓜德罗普岛上的港口城市。

径直朝堆放书籍的墙角走去，倒好像是在他自己家里似的。他抽出一本书，当看到作者的名字同政治或宗教方面的先进理论有关时，便连连表示满意："看来你们是了解情况的。"他这么一句话，别人的心就软下来了。很快他们就把自己所喜爱的作者的书拿给他看，这外国人带着敬意，用手摸摸，闻闻书的纸张和小牛皮封面。之后，他走近物理实验室仪器堆，动手安装一架仪器，那仪器的部件凌乱地放在几个家具上。他说："这也可以用于航海。"由于天气很热，他说声对不起，就脱去外衣，只穿衬衫了。三个年轻人都很吃惊，不知所措，眼睁睁地看着他这样随随便便地进入他们的天地；一个陌生人竟出现在"德鲁伊祭司关"或"斜塔"旁边，他们觉得今晚的事情不平常。索菲亚正想请他就餐，可是想到家里在半夜吃的竟是中午的饭食，便觉得不好意思。这位外国人一直在校正一台象限仪，这台仪器的用途对三个年轻人来说至今是个谜。他朝餐厅眨眨眼，那里的餐桌在他到达前已经摆好了。"我自己带酒来了。"他说。进门时他把那几瓶酒放在院里一张长凳上了，他拿过酒，大模大样地把酒放在桌上，就请他们就座。这个不速之客竟厚颜无耻地在家里充当一家之主[1]，索菲亚又感到十分恼火。但是男孩子们已经在喝阿尔萨斯葡萄酒了，而且喝得那么高兴。她想到可怜的埃斯特万不久前病得很重，他似乎很喜欢来客，便拿出宽厚有礼的家庭主妇样子，把托盘递给那个叫"休克"的人，

---

[1] 原文为拉丁语。

这"休克"听起来很怪。来客纠正道，是叫"Huuuuug"，把每个"u"都发长音，然后突然落到"g"上；可是，索菲亚并未改正发音。他们得知他的姓应该如何发音以后，反而乱说一气取乐，什么"油格"啦，"雨客"啦，"乌龟死"啦，最后对着圣周①点心和杏仁糖哈哈大笑，玩起绕口令来了。圣周用的食品是罗莎乌拉买来的，这使埃斯特万突然记起，已经是圣星期六了。"钟！钟！"客人大声说，用发炎的食指指着天上，意思是说，在这个凌晨，全城大大小小的钟已敲响好大一会儿了。过一会儿，他打开另一瓶酒（这次是阿尔布瓦②的）。男孩子们喝得有点晕晕乎乎了，高兴得大喊大叫，做出去抢酒的样子。酒喝干了，他们走到院子里。"楼上有什么？""休克"先生问道，同时向宽敞的楼梯走去。他一步两级地登上楼，探头看看走廊，走廊的柱子之间有木栏杆。"他若敢到我的房里去，我就把他踢出去。"索菲亚嘟囔着说。然而，这位放肆的来客却是向最后一扇门走去。那扇门虚掩着，他轻轻把门推开。"这里是当阁楼用的。"埃斯特万说着，高举着蜡烛走进旧大厅。他有好几年没有进来了，里面有几个大衣箱、木箱和旅行箱、包裹，都整整齐齐地靠墙码放着，如果想到下面大厅里的混乱状态，就形成很滑稽的对照。旧大厅里有一个圣器室使用的柜子，木纹十分鲜明，引起"休克"先生的注意："结实……漂亮。"索菲亚打开柜子，请他摸摸柜门的厚度。但是，现在这位外国人对挂在

---

① 复活节前一周为圣周。
② 阿尔布瓦，法国城市。

一根金属杆上的旧衣服更感兴趣。这些衣服是盖这所房子的母亲亲属们穿的，这些人中有学者、修道院院长、海军少尉、法官；服装中有姥姥的褪色缎子服，有朴素的长礼服，有舞会上穿的纱罗织物，以及在节日用来装扮牧羊女、算命女人、印加王国公主、老贵妇人等的服装和面具。"这些玩意儿用来演戏非常好！"埃斯特万叫道。他们的想法一拍即合，就开始把那些尘封的古董取出来，然后放在打蜡的桃花心木楼梯扶手上滑下去，折腾得飞出许多小蛾子。一会儿，大厅变成舞台，四人交替扮演不同的角色，做猜谜游戏：只需换换衣服，别上大头针改变衣服的大小，把睡衣当作罗马无袖衫或古代长袍，把领饰当作桂冠，烟斗当作手枪，拐杖别在腰里就成了剑，这样就可以装扮成历史或小说中的人物了。"休克"先生显然好古，他扮成穆西乌斯·谢沃拉、盖乌斯·格拉古和狄摩西尼①（他们见他去院子里找小石子时，马上就认出是扮狄摩西尼了）。卡洛斯手执笛子，头戴硬纸板做的三角帽，被认出是普鲁士的腓特烈②，然而他硬说他装扮的是笛子吹奏家宽茨③。埃斯特万从卧室取来一只玩具青蛙，做起了加尔瓦尼④实验，衣服上飞起的灰尘呛得他直打喷嚏，便停止表演。索菲亚发现"休克"先生很少扮

---

① 穆西乌斯·谢沃拉（前140—前82），古罗马共和时代的法学家。盖乌斯·格拉古（前154—前121），古罗马保民官，演说家。狄摩西尼（前384—前322），古希腊雄辩家、政治家。

② 普鲁士的腓特烈，指腓特烈一世（1657—1713），普鲁士国王。

③ 宽茨（1697—1773），德国作曲家、长笛演奏家。

④ 加尔瓦尼（1737—1798），18世纪意大利物理学家、医生，曾用青蛙做生物电的实验。

演西班牙人物，就偏装扮成伊内斯·德·卡斯特罗、疯女胡安娜或者"鼎鼎大名的洗盘子姑娘"①，最后尽量扮丑相，扭歪着脸装傻样，扮成一个令人无法猜中的人物，别人都说不行，她却说是"随便哪个波旁②公主"。黎明临近了，卡洛斯建议举行一次"大屠杀"③。他们在两棵棕榈树之间拉起一根铁丝，把所有衣服用细线挂在铁丝上，并在衣服上安上胡乱涂画的纸面具，然后用球把它们一个个击倒。"打它个稀里哗啦！"埃斯特万叫喊着发出攻击令。那些修道院院长、上尉、贵妇人、牧羊人在笑声中一个个倒下了。笑声升向狭窄院子的上空，整条街都可以听到……球不够用，他们就抄起镇纸器、小铁锅、花盆、百科全书，都向那些衣服砸去，完全沉醉在欢快的战斗中。"打它个稀里哗啦！打它个稀里哗啦！"埃斯特万喊道。天亮了，他们也玩够了。最后，他们让雷米休套上车，把来客送回附近旅馆。这位法国人临别时说了许多亲昵话，并允诺晚上再来。"真是个人物。"埃斯特万说。可是其余二人现在必须穿上黑色丧服去圣灵教堂为亡父的安息做弥撒。卡洛斯打着呵欠建议："咱们不去，怎么样？咱们不去，那里照样举行弥撒。""我自个儿去。"

---

① 伊内斯·德·卡斯特罗，葡萄牙王子彼德罗的妻子，以美貌著称；疯女胡安娜（1479—1555），西班牙国王菲尔南多之女，是奥地利大公菲利普之妻，因丈夫去世而精神失常；"洗盘子姑娘"，西班牙文学大师塞万提斯写的同名小说中的主人公。
② 波旁家族在历史上曾先后在法国、西班牙和那不勒斯建立王朝。这里指的是在西班牙的波旁家族。
③ 原文为法语。

索菲亚严肃地说。然而，最后她犹豫了，便以身体略感不适为由，拉下她房间里的窗帘，上床睡觉了。

五

他们现在称呼他维克托。他每天下午都来。他在最意想不到的方面都有一套手艺。一天晚上，他忽然在盆里和面，做出了雪白的月牙形面包，这说明他掌握了做面包的技术。有时候，他使用不甚合适的调料做出非常可口的酱。他使用茴香和胡椒末，把淡而无味的肉变成莫斯科大菜；在随便什么食品上洒点沸酒和香料，然后用他所记得的名厨的名字给它取个煞有介事的菜名。他在从马德里寄来的几本奇怪的书中发现了维耶纳侯爵①所著的《烹调艺术》以后，就决定吃一个星期的中世纪风味菜，并把随便什么里脊肉都说成是狩猎得来的野味。此外，他一旦把最复杂的物理实验仪器安装完毕，那些仪器几乎就都能使用了，可以用来证明定理，分析光谱，放射出美丽的火花。他用一口南腔北调的西班牙语讲解这些仪器的用途和使用方法，西班牙语是他在闯荡墨西哥湾和加勒比海群岛时学到的，并且轻而易举地丰富了词汇和语句。同时，他教这几个年轻人练习法语发音，教他们阅读小说，甚至让他们像演戏那样按照角色念一个剧本。一天傍晚（对他们来说是早晨），埃斯特万以明显

---

① 维耶纳侯爵，西班牙15世纪作家，《烹调艺术》是他最著名的作品。

的南方口音（这是受老师的影响）朗诵《赌徒》这首诗，引得索菲亚哈哈大笑。这首诗是这样的：

> 当然啰，天已大亮，
> 公鸡早已用它的啼声叫醒了我们所有的邻居。①

　　有一天晚上，天气不好，维克托被邀留宿在家里。第二天下午，其他人起床时，邻居家的公鸡都快把脑袋藏到翅膀下睡觉了。他们看到了一个令人难以置信的场面：那法国人敞着胸，衬衣撕破了，像黑人搬运夫一样流着汗，他在雷米休的帮助下，把已经打开而数月搁置未动的箱子里的东西差不多全取出来了。他按照自己的意思安置家具、壁毯和花瓶。他们起先觉得茫然、忧伤：梦幻中的全部舞台布景都遭到了破坏。但是渐渐地，他们开始喜欢这意外的变化，感觉空间大了，更亮堂了；感觉到扶手软椅很松软，发现柜子上的镶嵌手艺很精细，印度乌木家具上油漆色彩很浓烈。索菲亚像走进一所新房子似的，从这个房间走到那个房间，对着她从未见过的面对面放置的镜子，看见自己的形象在镜子里重叠、增加而伸展至深邃的远方。房子里有的角落被潮气侵蚀得很难看，维克托爬到梯子顶上，在这儿那儿粉刷，眉毛上和脸上都溅满了灰浆的斑点。众人见状，顿生把大厅整理好的念头，便一拥而上，把木箱里剩下的东西

---

① 原文是法文。

搬走,把地毯铺开,窗帘打开,把瓷器从锯末里取出,凡是破碎的都扔到院子里(也许他们还为没有更多破碎的东西可以朝隔壁墙上砸而感觉不过瘾呢)。那天凌晨,在餐厅里举行了盛大宴会,在他们的想象中算是在维也纳。因为一个时期以来,索菲亚喜欢阅读赞美那无与伦比的音乐之城中的大理石、玻璃器皿和玻璃珠的文章,维也纳的护佑者① 是圣徒埃斯特万,而对所有在十二月二十六日出生的人而言,这位圣徒又是他们的护佑者②……后来在大厅里的磨边镜子前,在卡洛斯的笛子伴奏下,举行了大使舞会③。在这样特殊的庆典活动中,卡洛斯就不理会邻居会作何想法了。国王顾问做的朋沏端来了,上面漂浮着桂皮粉,他们喝完了一托盘又来一托盘。埃斯特万扮演规规矩矩、挂满勋章的王子,观看别人跳舞,觉得没有跳得像样的,一个比一个糟:维克托像水手在甲板上乱扭,索菲亚跳得不好是因为修女们没有教过她跳舞,卡洛斯吹着笛子像机器人一样在打转。"打它个稀里哗啦!"埃斯特万叫喊着,抓起榛子和彩色糖豆向他们掷去。这一闹不打紧,突然他喉管里发出了哨音:开始犯病了。没过一会儿,他痛得龇牙咧嘴,脸皮皱了,显得老态了。接着,脖子上青筋鼓起,两膝竭力向外张开,胳膊肘向前伸,肩膀耸起,喘着气,似乎这宽敞大厅里的空气不

---

① 护佑者,在许多西方国家,每个城市都供奉一个基督教圣徒作为本城的护佑者。

② 按照西方国家的习惯,孩子在哪天出生,即以那天为诞辰的圣徒的名字给孩子命名。由此可知埃斯特万是在12月26日出生的。

③ 大使舞会,指排场很大的舞会。

够他呼吸。"必须把他送到不这么热的地方去。"维克托说。(索菲亚从未想到这一点，父亲在世时要求很严格，祈祷时间过后就不让出门。)维克托把哮喘病人抱起来，送到车上，卡洛斯套上马。索菲亚平生第一次在夜间出门，在大宅院之间行走。夜幕下，街道显得深邃莫测，似乎柱子长高了，屋顶更宽了，屋角处屋檐高高翘起，屋檐下是顶上饰有七弦琴和美人鱼的栅栏，或某个铁制族徽上伸出的山羊脑袋，族徽还装饰着钥匙、狮子以及圣地亚哥骑士章①。他们走到阿拉梅达大街，那里还有几盏灯亮着，街上阒无一人，商店都关着门，拱廊里黑洞洞的，喷水池不喷水。在防波大堤那边，桅樯如林，信号灯在桅杆顶上摇晃着，平静的海面发出轻微的细浪拍击声，水波在码头那里碰到木桩便破碎了。可以嗅到鱼、油腻和海生生物的腐烂味。从一户熟睡的人家传出咕咕钟②的打点声，更夫在打更，在打更声中天就要亮了。慢慢走了一程以后，埃斯特万脸上露出希望走更远一点的表情，车就朝造船厂驶去。在那里，建造中船只的骨架上船肋都已打造好了，那模样就像巨大的动物化石骨架。"别到那边去。"索菲亚说，她看到他们已经走过大堤，后面是那些船骨架，这一带居住着面目可憎的人。维克托没有理会，却用鞭子轻轻抽打马腿。附近有灯光。转过一个弯，就到了海员们光顾的街道，那里有好几家舞厅，窗户洞开，传出音乐声和笑声。在鼓、笛和小提琴的伴奏下，一对对人发狂地跳

---

① 圣地亚哥骑士章，中世纪西班牙圣地亚哥骑士团骑士所佩戴的标志。
② 模仿布谷鸟鸣声的闹钟。每到整点，咕咕钟里的鸟就出来报时。

着舞。索菲亚见了，脸上便发烧，暗暗地生气，眼睛却离不开舞厅里在黑管尖利的吹奏声中胡乱扭摆的人群。穆拉托女人们把屁股对着跟在后面的男人拼命扭动着，逗引得他们疯狂追逐，她们则灵巧地躲避着。在一个木板台上，一个黑人女子把裙子提到大腿根，双脚随着一首瓜拉恰曲子①踢踏着，这首曲子老是重复有所暗示的副歌："我的心肝儿，何时，何时来？"有一个女人为了得到一杯酒，竟敞开胸脯给人看；在她旁边，另一个女人躺在桌子上，把鞋子向天花板扔去，同时露出大腿。酒店里什么样的男人都有，有的人在摸女人的屁股。维克托像熟练的车夫，驾车躲避着醉汉们，似乎乐于观看那些人胡闹。看到走路跌跌撞撞的，他就知道那是美国人；看到咿里哇啦唱歌的，就知道那是英国人；看到扛着一桶桶酒的，就知道那是西班牙人。在一所棚屋门口，几个妓女缠住路人，让他们搂搂抱抱；有个妓女连门还没有关上，就倒在一张破旧的床上，被一个黑胡子大汉压在身下；另一个妓女在给一个喝得烂醉如泥的瘦个子见习水手脱衣服。索菲亚又气又恼，简直想破口大骂一场，这不光是为她自己，更重要的是为卡洛斯和埃斯特万着想。这种天地她一向不知道，在她看来是群魔乱舞，同她所熟悉的天地无丝毫联系，她同那些无法无天、乌七八糟的人毫不相干。但是，她在男孩子们的表情中发现有点儿奇怪的、心向往之（且不说赞许）的可疑态度，便十分恼火。好像他们不同她

---

① 瓜拉恰，古巴流行乐曲。

一样对"这个"深恶痛绝，倒好像他们的感官同那些与正常世界无关的躯体之间有所沟通。在她的想象中，埃斯特万和卡洛斯就在那里跳舞，就在那棚屋里的帆布床上折腾，他们流出的洁净汗液同那些女人污浊的汗液混在一起……她在车里站起来，从维克托手里夺过鞭子，狠狠地一鞭子抽下去，打得马蹦起来奔跑。车辕把一个女小贩的盆盆罐罐打翻，鱼、面包、馅饼都撒到地上，沸油向四处泼洒。一只狗被烫得汪汪直叫，在地上打滚，身上又扎进了碎玻璃碴和鱼刺。整条街乱了套，现在在黑夜里几个黑女人手持棍棒、砍刀和空瓶子追赶他们，向他们掷石头，有的石头落到屋顶上，从屋檐滚下时，带落了瓦片。后来，见马车走远了，她们就破口大骂，所使用词汇之丰富精当，简直令人发笑。在绕了一个弯回到阿拉梅达大街时，卡洛斯说："有位小姐不得不听听这些骂人的脏话了。"回到家，索菲亚连晚安都没有道一声，便气呼呼地走开了。

维克托同往常一样，在傍晚时分来了。那天，埃斯特万的病得到短暂的缓解后，又变得愈来愈重，已经闹到想请医生的程度了。他们这家人只有在病情特别严重时才采取这种决定，因为埃斯特万已有多次治疗的教训，知道吃那些药尽管有点作用，却会使他的身体更糟。埃斯特万吊在窗柱上，脸朝着院内，在挣扎中把衣服都脱光了。他的肋骨和锁骨明显突出，仿佛戳到了皮肤外面，整个身子令人联想到西班牙某些坟墓里的尸体：内脏掏净，光剩一张皮绷在骨架上。埃斯特万因呼吸困难而挣扎得筋疲力尽，掉落到地上，靠墙坐着，脸色发紫，指甲变黑，眼睛像垂死者那样望着别人，脉搏在怦怦地跳。他全身蜡黄，舌头因舔不到唾液而把牙齿挤压得在苍白的牙龈上晃动……"该想想办法呀！"索菲亚大叫道，"该想想办法呀！……"维克托装得若无其事，其实是难以下决心，过了几分钟，他才要车去找一个人，并声称此人具有治疗此病的非凡能力。半小时后他回来了，带来一个体格强壮、衣冠楚楚的混血种人。他介绍说，此人是奥赫大夫①，名医，杰出的博爱者，是他在太子港结识的朋友。索菲亚对新来者微微鞠了一躬，没有同他握手。他的脸说得上是白的，白得像一张假皮，上面缀着宽宽的鼻翼和浓密的鬈发。在她看来，凡是黑人，凡是有黑人特征的，就是下人，是搬运夫、车夫或游唱艺人。维克托发现她不高兴，便解释道，奥赫是圣多明各城中的富家子弟，在巴黎读过书，具有证明其才华的学位。的确，他讲话时很注意用词，讲法语时好使用冷僻的古语，而在讲西班牙语时，特别注意"c""z"的发音②，他一举一动都注意表明他是有教养的人。"可……他是个黑人！"索菲亚气冲冲地对维克托耳语道。"人人生来都是平等的。"他一面回答，一面轻轻把她推开。她对这种观念很反感。尽管她接受这种人道主义理念，但是对于让一个黑人当

---

① 按西班牙语发音音译。若按法语发音则译为"奥热"。通常外国人的名字容易按照当地人的习惯拼读，而这位大夫的名字更容易让人按西班牙语习惯拼读。
② 马德里人 c、z 的发音与 s 的发音分得很清楚，但在西班牙一些方言地区和拉丁美洲，对 c、z 与 s 则不加区分。奥赫注意 c、z 的发音，表明他讲的是所谓纯正的西班牙语。

家庭医生则下不了决心，遑论把亲戚的躯体交给一个混血种人。谁也不会把建造宫殿、看守罪犯、主持神学理论的辩论或治理国家的大事交给一个黑人。但是，埃斯特万喉咙里发出的哨声在那样绝望地呼叫着，他们都不得不赶到他的卧室去。"咱们让医生看病，"维克托急忙说，"无论如何要治好这个病。"混血大夫站着，一动不动，眼睛不看病人，不给他检查，连碰都不碰他一下，只是以特殊的方式嗅着空气。"恐怕这不是第一次犯病吧。"过了一会儿他开口了。他抬起眼睛，望着一个开在两梁之间墙上的月洞，问墙那边有什么。卡洛斯记得，那边有一个狭窄的院子，里面很潮湿，堆满破烂的家具和不能使用的器具，实际上是个露天走廊，但好多年来谁也没有走过；这走廊用密密的铁栅栏同街道隔开，栅栏上爬满攀缘植物。医生坚持要他们带他去看看。他们在雷米休的房间里转了一圈（此时他在外面买药），打开一扇吱吱嘎嘎响的蓝漆门。在那里他们看到了令人十分吃惊的东西：在两条平行的畦上，在几棵鲜花盛开的木樨草周围，生长着欧芹、金雀花、荨麻、含羞草和其他野草。一个苏格拉底半身塑像供在那里。索菲亚记得幼年时在父亲办公室见过这塑像，是放在壁龛里的。现在这塑像周围放着奇怪的供物，像是某些巫师在行巫术时使用的玩意儿：一瓢瓢玉米粒，硫黄石，海螺壳，铁屑。"不错。"① 奥赫说，他望着这小小的花园，似乎看得出里面大有文章。他突然发狂似的动手连根拔起木樨草，堆在畦上；接着去厨房弄来一铲燃烧着的炭，

---

① 原文是法文。

生起火堆，把小院里的所有花草都扔进火堆烧了。"我们很可能
已经找到了犯病的原因。"他说着，一五一十地解释。在索菲亚
看来，这完全像巫术。据奥赫说，某些疾病同附近生长的一种
植物——草或树有着神秘的关系，每个人都在某种植物上有自
己的"替身"。但是会发生这样的情况：那个"替身"为了自己
的发展而偷窃它赖以生存的那人的精力，当那植物开花或结籽
时，就使那人病倒。"请别笑，小姐。"① 他在圣多明各多次证实
了这一点，那里患气喘病的有幼儿，有少年，都受憋闷和贫血
之苦，但往往只要把病人附近（屋里或屋外）的植物烧掉，就
可以看到惊人的治疗效果……"一定是巫术。"索菲亚说。此时，
雷米休来了，见此情景，脸色顿变，暴跳如雷，毫不客气地把
帽子往地上一摔，大叫是谁把他的花草烧了，这是他好久以前
种的，是可以在市场上销售的草药；费了好大功夫才种活的开
思蒙②，这下都被毁了。他说，只要向被撒拉逊③苏丹处以宫刑
的圣埃梅内希尔多④祈祷，同时使用开思蒙的叶子，就可以治
疗男子胯下的任何疾病。但是，现在这么干，大大冒犯了森林
之神——那个有稀稀拉拉胡子的"神像"（他指着苏格拉底半身
像），他已经把小院变成圣地，而家里人谁也没有使用这块地干
过什么。接着，他哭了起来，抽抽噎噎地说，就在卡洛斯在庄
园、索菲亚在修道院、另一个病得什么都不知道的当口，老爷

---

① 原文是法文。
② 开思蒙，古巴的一种野草，其叶可入药。
③ 撒拉逊，中世纪欧洲人对阿拉伯人的称呼。
④ 圣埃梅内希尔多，古代西班牙西哥特人王子。

不走正道，有了新的癖好——把一些女人弄到家里来。在这种
情况下，如果老爷对我的草药有一丁点的信任，我就会把草药
送给他，他就不会这么死，不会趴在一个女人身上死去。可以
肯定，老爷是太傲了，自以为宝刀不老。"明天你就给我滚！"
索菲亚叫道，立刻刹住那难堪的场面。她感到心烦意乱，这样
的秘密突然泄露，犹如晴天霹雳，然而她依然不能相信……他
们回到埃斯特万的卧室，卡洛斯还没有掂出雷米休所泄露的秘
密的分量，仍在为在装神弄鬼中浪费了时间而惋惜。可是，在
病人身上开始发生惊人的变化：喉咙发出的长而尖的哨声变得
断断续续，有时间歇几秒钟，好像埃斯特万在一口一口短促地
吸着气，病情减轻了，肋骨和锁骨回到原位，缩回了躯体，而
不是突出在外边了。"有人就是这样被凤凰木或蓟罂粟吞噬而死
的，"奥赫说，"这一位是遭那些黄花的慢性折磨，黄花在吸收
他的精力。"然后，他坐在病人对面，用双腿夹住他的膝，凝神
注视他，同时在他的太阳穴上揉搓，似乎在给他排泄一股看不
见的液体。病人脸部露出感恩戴德的惊人表情，紫色在消退，
逐块逐块地变得苍白，这里那里呈现着不正常的蓝色静脉血管。
奥赫大夫便变换手法，两手的手指肚平行按摩埃斯特万眼眶上
部。突然他停止按摩，缩回手指，在他自己脸颊的高度停住，
仿佛这种仪式必须以此方式结束似的。埃斯特万则侧身倒在长
藤椅上，突然因困倦而睡着了，浑身在冒着汗。索菲亚用一条
毯子盖住他赤裸的身子。"睡醒以后，喝吐根和山金车汤药。"
巫医说罢，走到一面镜子前整理自己的衣服；他在镜子里发现

索菲亚以怀疑的眼光注视着他，他戏剧性的表情和动作具有许多巫医和游方郎中的成分，然而做出了奇迹。维克托一边起出一瓶葡萄牙红酒的瓶塞，一边向卡洛斯解释："我的朋友是法兰西角 ① 协会成员。""是音乐社团吗？"索菲亚问。奥赫和维克托相视哈哈大笑。索菲亚对这种莫名其妙的大笑很恼火，便回埃斯特万的房里去了。病人睡得很实，呼吸正常，指甲在恢复本来的颜色。维克托在大厅门口等着她，低声说："请给这位黑人出诊费。"索菲亚为自己的疏忽而感到羞愧，赶紧从自己的卧室里取来一个信封交给大夫。"啊！我决不收！"混血大夫叫道，以嗔怒的表情拒收酬金，却谈起了现代医学。他说，几年前，现代医学就承认，某些尚未被注意研究的力量对人类健康有影响。索菲亚怒气冲冲地白了维克托一眼，然而这白眼是徒然的：这法国人两眼正盯着穆拉托女仆罗莎乌拉：她穿一身浅蓝色带花衣服，正在扭腰摆臀地穿过院子。"真有意思！"索菲亚为了应酬奥赫的演说，咕哝了一句。"请再说一遍？"大夫问道……一张棕榈叶落下来，掉在院中，声如裂帛。风刮来一股海上的气息，海离得太近了，仿佛那气息飘洒到城里所有街道上。"今年会刮飓风。"卡洛斯说，他瞧着"大阿尔伯特"的气温计，设法把华氏温度换算为雷氏 ② 温度。气氛隐藏着不快的感觉，谁都是言非所思，信口开河。卡洛斯对"大阿尔伯特"的气温计并不感兴趣，奥赫也明白无人在听他的演说，索菲亚

---

① 法兰西角，指现在的海地角，是海地北海岸一个港口城市。
② 即雷奥米尔（1683—1756），法国物理学家、博物学家，曾发明温度计。

心中怒火丝毫也未减轻，她转而迁怒于雷米休。雷米休笨头笨脑地泄露的天机，正是她早就怀疑的，因而她厌恶男人，因为男人不能老老实实、始终如一地保持独身或鳏居。当发现这黑人男仆的话使她有理由承认她从来不爱她父亲时，她就更加讨厌这不谨慎的男佣了。索菲亚长大以后，每次吃完那讨厌的星期日午餐要回修道院时，父亲总是勉强吻她的额和脸颊，嘴里吐出甘草和烟草味，她对这些亲吻极为厌恶。

六

索菲亚像失魂落魄似的，变成了另一个人，似乎进入了生理变态期。有几天下午，她觉得光线不照射此物而照射彼物，从而使物件产生新的个性。从黑暗处会走出一个基督，以哀伤的眼神望着她；一件从未被注意的东西会变成手艺高超的工艺品。木纹清晰的衣柜上会出现一个圣体守护人。有的画品好似猛然间被修复而变了样：不正经的男女在花园的草丛中不那么躲躲藏藏了；而《一座大教堂里的爆炸》中那些被炸飞而断裂的柱子（然而永远停留在空中），使她看了感觉很不舒服，原因是那停止了的运动和那永不坍塌的无休止坍塌。按照书单急如星火订购的书籍从巴黎运来了，数月前她还抢着阅读，现在这些书没有包上书皮就被扔在图书室的书架上了。她一件事刚开头，就扔下去干别的事了；放下有用的事不做，却去粘补破花瓶，栽种在热带不能生长的植物；放下正在研究兴头上的植物学，却去阅读满篇都是帕特罗克洛斯和埃涅阿斯①的这类枯燥的书，但还没有读完，就在一个箱子里翻找什么东西。没有一件事她能做到底，无论是缝个补丁、算个账，还是翻译（根本无此必要）英国人柯林斯的一篇《黑夜颂》，都半途而废……埃斯特万也非昨日之埃斯特万了，自从那天晚上他奇迹般地被治愈以后（事实是，雷米休的秘密花园被毁以后，他再也没有犯病），他的性格和行为发生了很大变化。他不再害怕夜里会犯病，成了家里第一个出门游逛的人，起床时间一天比一天提前。他想吃就吃，不等候别人。他终日贪食无厌（这是补偿过去医生们让他忌食而造成的损失），老是去厨房寻找吃的，揭开这口锅、那口锅，见到刚从炉子里取出的千层饼，抓来就吃；碰到刚从市场买回的水果，拿来就啃。菠萝皮水和杏仁糖浆能使他联想起他的病痛，他已经喝厌了。为了解渴，无论何时他都大杯大杯地喝葡萄酒，喝得脸上泛红。吃饭时狼吞虎咽，尤其在中午他独自吃饭时，袒露着胸脯，挽起衬衣袖子，脚蹬阿拉伯平底便鞋，手持核桃夹子，向一托盘海蟹发起猛攻，咔嚓咔嚓，夹得蟹壳的碎片射到墙上。他把从箱子里翻出来的神父穿的法衣当晨衣穿，披在光溜溜的身上，衣边下摆露着两条毛茸茸的腿，念珠串当腰带扎在衣服外，那缎子衣服穿在身上倒是很凉快。而这位"神父"始终处于运动之中：或在院子的游廊里打

---

① 古希腊神话人物。帕特罗克洛斯是攻打特洛伊城的将领之一，埃涅阿斯是城里的一位王子。

保龄球，或沿着楼梯扶手往下滑，或把身子挂在栏杆上，或全神贯注于弄响已有二十年不响的音乐闹钟。过去索菲亚在他犯病期间经常给他洗澡，根本不顾忌他身上出现的一块块青紫色，而现在她越来越害羞，每当埃斯特万在楼顶露天平台上洗澡，洗完澡就光屁股躺在砖地上晒太阳，下身连块毛巾也不盖，这时她就不敢上平台去。"他长大成人啦。"卡洛斯兴奋地说。"真的成大人了。"索菲亚应和道。她知道，前几天他用剃须刀刮嘴上的毛了。埃斯特万正在把被家中的习惯颠倒了的时间颠倒回来。他一天比一天起得早，后来竟能和仆人一起喝早咖啡了。索菲亚对他刮目相看，她惊讶地发现，几周前他还是病恹恹的，现在判若两人，再也不发生痰堵咽喉、脸部憋得发紫的情况了，有了精气神，然而由于长期生病，他的肩部依然瘦骨嶙峋，腿细长细长的，整个身子显得单薄。她像每个当母亲的一样，当发现儿子身上最初出现男子汉的特征时，便感到不安。埃斯特万经常找个借口，就抓起帽子上街闲逛，而且瞒着他人老是去港口街道或阿拉梅达大街一带，向着同阿尔塞纳尔区交界的老教堂方向走。起初他小心翼翼，今天只走到这个拐角处，明天走到第二个拐角处，最后就走到底了，来到有赌场和舞厅的街上。那条街下午特别安静。刚起床洗过澡的女人出来了，她们在门口抽着烟，随意嘲笑这个少年。他躲避那些厉害的女人，而在那些低声向他拉生意（只有他听得见）的女人面前就放慢脚步。那些房子向外飘逸着混杂的香气，其中有香精的，肥皂的，慵懒的人体和温馨的卧室的，只需他点一下头，就可以进入一个充满神秘的世界，想到这里，他的心就怦怦直跳。从一个空洞的概念到真正的实施，有着很大的距离，只有年少无知者才跃跃欲试，同时有模糊的犯罪感、危险感，以及在干那事儿时必须拥抱另一个躯体的感觉。在十天之中他一直走到那条街的尽头，差点进屋去，那里有个懒洋洋的姑娘，总是坐在一张矮凳上，一定是在静悄悄地等候客人。他在她对面来回走了十多次，不敢进去；而那女子心中有数，知道她被看中了，迟早能把他抓到手里，便不慌不忙地等候着。终于有一天下午，他跨进了屋，蓝色的门关上了，房间窄小、闷热，里面除了挂在钉子上的几条衬裙，没有任何装饰。在那房间里发生的事他觉得并没有什么大不了，没有什么了不起。某些不堪入目的现代小说向他揭示，真正的快感必须具有共同的微妙冲动。因此，他接连几周每天都到老地方去。他需要表明，他的身体没有任何缺陷，能坦荡地做那极其渴望的事——把自身的感受传递给他人的躯体，这是与他同龄的小伙子们一直都在做，而且是坦然自若地做的事。"你在哪里给洒上这么难闻的香水的？"有一天他表姐闻闻他的脖子问道。不久，埃斯特万发现在卧室里的床头柜上放着一本书，里面讲的是上帝为惩罚人类的淫欲罪，使人染上可怕的疾病。小伙子把书收起来，只当没有这回事。

埃斯特万经常不在家，卡洛斯则心血来潮，常去校场里的驯马场，观看一位著名骑手作西班牙骑术表演：让马高傲地直立在两条后腿上，像骑士塑像一样；或是以葡萄牙式或普鲁士式控制马笼头，使马潇洒而有节奏地跨着步子。这样，索菲亚就习惯于在漫长的下午独自守在家里了。维克托总是在傍晚时分来。索菲亚为了同他打招呼，就问他，那批尚未运到的波士顿面粉情况如何。"货运到以后，"这位商人说，"我就和奥赫一起回太子港，他必须回去处理一些事情。"索菲亚想到埃斯特万，如果他再发病，会要了他的命的，想到这里便害怕了。"奥赫在这里带了徒弟。"维克托提醒道，目的是让她放心；然而，他既不说明在何处授课，也不说明对资格审查很严格的医生资格审查团如何看待他的授课。他经常说堂柯斯梅的坏话，认为他是极为糟糕的商人。"他是个卑鄙而无远见的人，眼睛只看到鼻子底下那点东西。"尽管维克托知道索菲亚对涉及隔壁商行的买卖一概不感兴趣，他仍然劝她：一到能管事的年龄，她和弟弟就该马上甩掉那位遗嘱执行人，把商行交给一个能干的人，把买卖做得兴隆起来。接着，他列举在这个时期可以赚大钱的新商品。"倒像是我的父亲（愿上帝保佑他）在说话。"索菲亚为了刹住那可恶的演说，阴阳怪气地说。光是这声调就表明是嘲讽，维克托却一笑置之，这表明他在谈话中情绪发生了剧变，他转而谈他在坎佩切、玛丽-加朗特岛 ① 或多米尼加等地的旅行情况，自言自语，显然十分高兴。在他身上庸俗和尊贵不协调地混而为一。他可以随着谈话的发展变化，忽而夸夸其谈，忽而寡言少语。似乎他身上存在着若干人。他谈生意经时，就出现一副货币兑换商的嘴脸，两只手成了天平上的两个盘子。

---

① 坎佩切，墨西哥的一个州，其州府也叫坎佩切，在尤卡坦半岛上。玛丽-加朗特岛，法国的海外领地，距离瓜德罗普岛很近，在其东南方。

过了一会儿，他可以全神贯注地读书，在那里一动不动，双眉紧锁，忧郁的眼睛一眨也不眨，那神气简直要钻进书里去一样。做饭时他就成了厨师，在额上顶笊篱玩起了杂耍，随便什么布都可以做成工作帽，手指叮叮当当地弹着锅子。有时他的手抓得很紧，十分吝啬（他有把拇指抓在拳里的怪癖，索菲亚认为这是一种很糟的迹象）；有时他的手放得很松，十分大方，博大恢宏如宇宙一般。"我是布衣小民。"他说道，仿佛在炫耀他的族徽。然而索菲亚发现，在玩装扮人物猜谜时，他喜欢扮演立法官或古罗马的保民官，而且非常认真（也许是想表示他是个好演员）。他好几次坚持表演利库尔戈斯①的生平事迹，好像他对此人特别敬仰；他做生意很精明，了解银行和保险公司的一套机构和办事程序，是个靠做生意谋生的人。可是，他主张均分土地和财产，把子女交给国家，取消私人产业，像斯巴达那样铸造铁币，以防私人聚敛。有一天，埃斯特万感觉特别轻松愉快，就出主意为庆祝"恢复正常就餐时间"而即兴举行宴会。宴会时间在晚上八点钟，要求赴宴者都在圣灵教堂的钟敲响的时候，从家里各个角落（均须从离餐厅最远处）准时到达。谁迟到，就受罚。至于赴宴礼服，楼上柜子里有的是。索菲亚准备扮一个被当铺老板盘剥得破产的公爵夫人，就让罗莎乌拉帮忙，把裙子弄得破破烂烂。埃斯特万在卧室里早就预备了一套神父服装。卡洛斯准备扮海军中尉。维克托在去厨房

---

① 利库尔戈斯（前800—前730），古希腊城邦斯巴达的立法者。

配制第二道菜——鸽子——之前，挑了一件法官的长袍，并说："这对我很合适。""这样，咱们有贵族、教会、海军和司法界的代表。"卡洛斯说。"少了外交界代表。"索菲亚提醒道。于是，在笑声中大家同意让奥赫当阿比西尼亚① 王国全权大使……但是派去找他的雷米休带回了令人茫然的消息：大夫一早就出门了，没有回旅馆。现在警方正在搜查他的房间，下令把他的所有文件和书籍全部带走。"我不明白，"维克托说，"我不明白是怎么搞的。""是否因为他非法行医而被告发？"卡洛斯问。"什么非法行医！他能治病！"埃斯特万叫道，顿时火冒三丈……维克托很激动，情绪异常，急匆匆地找帽子，却没有找着，就出门打听消息去了。"这是我首次见他着急。"索菲亚说，同时用手帕擦着太阳穴上的汗。天气太热，空气好像凝滞不动，窗帘低垂，花儿无神，植物僵立。院子里，棕榈树叶子像铁铸的一样沉重。

七

七点刚过，维克托回来了，没有打听到奥赫的下落，不过，他认为他是被抓走了。或许他及时得悉有人告发他（尚不清楚系何种性质的告发），就能在朋友家里躲一躲。警察确实搜查了他的房间，文件、书籍和装个人用品的包裹全部被搜走

① 阿比西尼亚，即今之埃塞俄比亚。

了。"明天再说。"说罢，他突然被街上的人声所吸引，便谈起眼前的事：晚上飓风将席卷全城。这是官方发布的通告。码头上乱纷纷的，水手们也在谈论飓风，并采取紧急措施以保护他们的船只。人们抢购蜡烛和食物，到处都在封门钉窗……卡洛斯和埃斯特万丝毫也不惊慌，找来了锤子和木板。城里人都知道，每年这个季节，飓风必至无疑，而且总是具有很大的破坏力。如果这次飓风改变行程而没有来，那就明年再见。最为重要的，是要了解飓风是否直扑此城。如果它直奔此城而来，就会将屋顶掀翻，所有教堂的大玻璃窗都将被打得粉碎，船只将被刮沉；但是，如果它是从城边掠过，那就将危害农村。生活在这个岛上的人将飓风看成是老天爷打发来的，这种恐怖的灾难迟早会来，谁也逃脱不了。每县、每镇、每村都保存着一次似乎是特意奔自己而来的飓风所留下的纪念。人们顶多只能希望飓风刮的时间短一点，风力小一点。"这是令人神往的地方。"[①]维克托一面嘟囔着，一面钉紧其中一扇外窗的铰链，同时想到，在圣多明各每年也面临这样的威胁……一阵大雨突然袭来，刮起了旋风。密集的雨点垂直射向地面上的草木，打得泥浆飞溅。"来了。"维克托说。屋顶、门窗上都发出雨水倾注或泼洒声；雨水从屋檐的水管喷出，高高地落下，哗哗地响；雨水在地面上聚积流入下水道，汩汩作声，所有这些声音汇合在一起，浩浩荡荡，在房子周围鼓荡回响。少顷雨停，然而比

---

① 原文是法文。

任何宁静的晚上都闷热、寂静。第二阵雨（第二次警告）来了，比第一阵雨还凶猛，接着一阵阵狂风不断袭来，带着从墨西哥湾或北大西洋遥远处来的冲劲，加速旋转着，从走廊屋顶一扫而过。维克托走到院子的游廊里，尝尝雨水，凭当水手的经验，就说："咸的，是从海里来的。毫无疑问。①"他做了个无可奈何的动作，就去找来了酒、酒杯、饼干，坐在圈椅里，旁边放着书，这表明考验的时候到了。每次一阵风刮来，油灯都可能被吹灭，所以还准备了灯笼和蜡烛。"还是不睡觉为好，"这个法国人说，"有的门会松动，或者有的窗子会掉下来。"附近放着一堆木料和木工工具，供随时取用。雷米休和罗莎乌拉被请到大厅里，他俩同声祈祷着，恳请圣芭芭拉保佑……刚过半夜，飓风的高峰到了，只听得风声呜呜，夹杂着房屋倾倒时发出的巨响。有的东西被刮到街上乱滚，有的被刮上了钟楼塔顶。断梁、商店招牌、瓦片、玻璃片、断树枝、油灯、木桶，以至于船上的桅杆，从天上纷纷扬扬撒落下来。所有的门似乎都有人在敲打，窗子在狂风冲击下颤抖着。所有的房子，从上到下，柱椽梁檩都在咯吱咯吱地响。就在这时，从街上流入的肮脏泥水由马厩、后院、厨房里涌了出来，泻入院子，马粪、灰烬、垃圾、树叶和泥浆混在一起，堵死了下水道口。维克托大叫不得了，赶忙把大厅里的大地毯卷起来，扔到楼梯上的高处，之后便向脏水走去。水位在一分一分地升高，流进了餐厅，漫过

---

① 原文是法文。

了房间的门槛。索菲亚、埃斯特万和卡洛斯忙着收拾家具，把它们堆到橱柜或桌子上。"不是这些玩意儿！"维克托叫道，"到那边去！"他走到没膝深的臭水里，打开通向仓库的大门。那里已经漫进了大水，物品浮在水面上，在灯笼光下慢吞吞地漂动。维克托大喊大叫地指挥着，指出哪些该抢运，让所有男人和穆拉托女仆一起动手，将一袋袋易损物品、布匹、羽毛和贵重物品都扔到水淹不着的货堆高处。"家具坏了可以修理，而这些东西可就毁啦！"维克托叫道。他见别人都已明白，并且都在卖力干活，就回到大厅。索菲亚蜷缩在一张长沙发上，吓得直哭，在她四周已有一拃深的水。维克托把她抱起来，送到楼上卧室，把她扔在床上，说："你在这里不要动，我去搬家具。"他跑上跑下，把壁毯、小漆柜、小凳、椅子等一切可抢出的东西都搬到楼上。水已没膝深，突然轰隆一声巨响，房子一侧的屋顶塌下了，瓦片像纸牌似的撒落在院子里。现在已有一堆瓦砾、土块堵住了门，挡住了去仓库的路。索菲亚倚在楼上的栏杆上，吓得哇哇叫。维克托扛着一箱零星物品，又上了楼，使劲一推，把她塞进她的卧室，他自己气喘吁吁地也倒在一张圈椅里，说："我干不动了。"索菲亚祈求飓风快快过去。为了安慰她，维克托说，飓风的猖狂劲儿已经过去，其他人在仓库里安然无恙，他们都爬上了货堆，在那里等候天明。最要紧的是门窗都挺住了，再说这大房子也不是首次经受飓风袭击。接着，他用近乎嬉笑的语调提醒索菲亚，说她太脏啦，衣服被污水弄脏了，袜子上沾满泥巴，头发湿漉漉、乱蓬蓬，还粘着几张树叶。索菲亚走进梳妆室，一会儿后就穿着睡衣出来了，头发已大致梳理整齐。屋外，不停地呼呼冲击着的飓风逐渐变成间隔的阵风，弱一阵、强一阵地吹着。现在从天上落下的是带海腥味的雾状水珠。东西的碰撞声、哧啦哧啦的滑动声、咕噜咕噜的滚动声，以及东西从天上落下而发出的轰隆声也在减少。"最好还是睡觉。"维克托说罢，给索菲亚斟上一杯陈年好酒。他脸皮厚得令人吃惊，竟脱下衬衣，上身一丝不挂。"难道你是我的丈夫？"索菲亚心里想着，背过身去，脸朝墙。她想说些什么，但是太困倦了，话没有说出口就睡着了……突然她醒了（仍是在夜间），觉得有人躺在她身边，一条胳膊放在她腰上，而且这条胳膊越来越重，挤压着把她搂紧。她在迷迷糊糊中一时不知道是怎么回事：在担惊受怕之后，感到受另一个人保护、搂抱和爱抚，当然是件快事。当她又昏昏欲睡时，心中一惊，头脑清醒了，她不能允许这种事。她猛地翻身，却碰到一个赤裸裸的躯体。她立即紧张起来。那人的躯体在她肚子上猛蹭，那种触感之奇特与强烈是她从未体验过的；她竭力躲避这种接触，用拳头打，胳膊肘顶，膝盖拱，又抓又挠。那人企图抓住她的手腕，在黑暗中她感到那人在耳边喘着气，说着稀奇古怪的话。两人扭打起来，难解难分，而那男人也未占到便宜。在这危急关头，她爆发出一股新的巨大的力量，每一出手，都能伤及对手；她坚定顽强，倾力搏斗。那人终于泄了气，强笑一声，宣告自己败北，却又难以掩饰内心的懊丧。索菲亚紧接着以口舌继续战斗，每句话都击中他的痛处，这表明她有了不起的讽刺挖苦、煞人威风的才干。现在床上减少了一个人的体重。他在卧室里踱来踱去，苦苦求饶，竭力寻找理由为自己开脱。这不禁令这位取得文斗武斗双重胜利的女子感到惊诧，想不到这个阅历丰富的成熟男子竟把她当成女人看待了，而她自己却觉得尚未完全脱离儿童时期。索菲亚摆脱了被奸污的危险，却面临着可能更大的危险：那人在黑暗中同她说话（他的话语有时竟无比甜美），向她打开了一个陌生天地的大门。那天夜里，她那嬉戏的少年时期结束了。那些话语逐渐产生新的分量。而所发生（也是未曾发生）的事却产生了巨大的影响。房门吱呀一声打开了，在青灰色的晨曦中，有一个人迈着沉重的步子，灰溜溜地慢慢离去。索菲亚独自在卧室里，心怦怦地跳，方寸大乱，情绪难以平静，她觉得经受了一场可怕的考验。她的皮肤上有一种奇怪的气味（也许是真有，也许是想象中的）无法去掉：是动物身上的酸臭，她对这种气味并不陌生。卧室里明亮起来了。在她身边，那人留下的痕迹尚未消失。她起来整理床铺，随便拍打一阵，使羽绒在褥套里鼓起来。叠好床铺，她深感受辱：那里，在阿尔塞纳尔区，窑姐们同陌生男人睡过觉之后才这样叠床铺被的呀！黄花闺女经过新婚之夜，起床后也是这么做的。最糟糕的是她的同谋感和赞同感，这样整理床铺是为了抹去搂搂抱抱所留下的痕迹，是出于见不得人的考虑，因而是偷偷摸摸的行为。索菲亚又躺下睡着了。卡洛斯发现她在梦中抽泣，却怎么也叫不醒她。"由她去，"埃斯特万说，"她一定是在做梦呢。"

八

　　天渐渐亮了，当然太阳出来的时间总是晚一点。晨曦映照着一座屋顶丧失殆尽的城池，一座仅剩赤裸裸梁椽骨架的城池，到处是瓦砾堆和废料堆。数百间简陋的房子仅剩下屋角的柱子，还有一些摇摇晃晃的地板木片矗立在淤泥之中，这里仿佛是演绎灾害的舞台，人们逆来顺受，在这里清理剩下的一点点财物，老奶奶坐在摇椅上颤巍巍地摇晃，孕妇害怕在毫无遮拦的地方生产，肺结核和气喘病患者身上裹着毯子，像集市上演完戏的戏子坐在舞台角落一样。在港口，在被飓风刮翻的小船之间，脏水水面上露出沉没了的帆船桅杆，那些底朝天的小船随处漂流着，直到互相挡住而纠集在一起。间或有一两个让乱绳缠住双手的海员尸体被打捞上岸。在阿尔塞纳尔区，飓风过处，造船用的木料被吹得满地皆是，墙壁单薄的酒吧、舞厅被一扫而光。街道成了泥淖。有几座旧宫殿，尽管是石料建筑，也顶不住飓风，门窗听天由命，飓风刮进屋里，从里面冲击，摧毁了拱门和墙壁。一家知名细木作坊（在码头附近的"小圣何塞"）制作的家具被风刮到城外大果园那边的旷野里，而那里河水泛滥，数百棵棕榈树倒在地上，犹如一根根被地震摧毁的古建筑柱子。灾害是严重的，然而人们已习惯了这种周期性打击，把它当成难以避免的热带抽风病。他们像蚂蚁一样忙忙碌碌地修修补补。一切都是湿漉漉的，一切都散发着潮气味儿，那天所有的人都在忙碌，都在往外舀水、晾干地板。到后半晌，木匠、泥水匠、玻璃工和锁匠，都把自己的房子收拾好了，就出门揽活。索菲亚从昏睡中醒来时，家里到处是工人，是雷米休雇来的，他们中有的在被掀翻的房顶上铺瓦，有的在清理院里的瓦砾，过道里、走廊里人来人往，搬运着灰浆、石膏和大梁。卡洛斯和埃斯特万来往于仓库和住宅之间，清点着损坏和遗失的家具、商品。维克托坐在大厅里，穿着卡洛斯的衣服，这身衣服对他来说太窄小了。他全神贯注于检查仓库账本，看到索菲亚过来，就把脸埋在账本里，装作没有看到她。索菲亚只管干自己的事，来到厨房和食品储藏室。罗莎乌拉一直没有睡觉，还在收拾落在泥浆里的锅碗瓢盆，而泥浆已经凝固在地板上。本来已经整理得整整齐齐的家，却被一阵异乎寻常的飓风刮得混乱不堪，又回到过去乱糟糟的场面。面对这一团乱麻，面对家里这一大帮忙忙碌碌的人，索菲亚感到茫然。这天下午，在木箱、家具、摘下的窗帘和堆放在柜顶的地毯卷之间，出现了若干新的"斜塔"、新的"德鲁伊祭司关"和新的"悬崖峭壁"；当然，这里散发的气味不同于往日。飓风的威力迫使人们放弃自己的习惯和常规，然而尤为突出的是，加剧了索菲亚因回忆起昨夜那件事而产生的一连串自相矛盾的烦恼。那件事不过是该城大混乱中的一小部分，是整个大灾难场面中的一小点而已。但是，对索菲亚而言，其重要性超过城墙倒塌、钟楼被摧毁以及船只沉没，因为那些都是意料中事，那件事却是异常的，突发的，令人不安的，甚至连她自己都不敢相信那是事实。在几小时之内，她脱离了少年时期，觉得自己的躯体已经成熟而为男人所觊觎。在她自己还不以为已长大成女人时，别人已经把她当成女人了。想想吧，别人已经把她升格为女人了。"我是女人了。"她自言自语，很生气，似乎感到有一副沉重的担子压在肩上，使她疲惫不堪。她照照镜子，发现自己长得又高又难看，没有魅力，臀部太小，胳膊太瘦，乳房不对称，总之，她生平第一次为自己的体形而恼火；似乎不相信镜子里照出来的是她自己，她不甘心自认倒霉。但是，世界充满危险，走完一段无风险的路，就开始走一段受考验的路；这两段路不对比尚可，一对比你就非伤心晕倒不可……天很快就黑了，工人都走了，这座遭惩罚的城里笼罩着毁灭和死亡般的寂静。索菲亚、埃斯特万和卡洛斯筋疲力尽，吃过晚饭就睡觉了。吃的是简单的冷餐食品，吃的时候很少说话，因为还不是谈论飓风所造成的损失的时机。维克托在沉思，用指甲在桌布上写着数字，加加减减，然后又把数字抹掉……他要求允许他留在大厅里晚点儿走，最好一直待到天明。街上不能行走，一定会有专门在夜里干活的盗贼。此外，他似乎极想把账本检查完。"我觉得我发现了你们很感兴趣的事，"他说，"咱们明天谈吧。"

第二天，不到九点，索菲亚就被锤子敲打声、锯木声、滑轮声和满屋子工人的叫嚷声吵醒了，便下楼来到大厅里。大厅里正发生着什么怪事。遗嘱执行人坐在一张圈椅里，似笑非笑的样子；他对面不远，坐着卡洛斯和埃斯特万，他们双眉紧蹙，十分严肃，正在等候谁说话，那样子简直像法官。维克托背着双手，在大厅里踱来踱去，每走几步就面朝遗嘱执行人停下，注视着他，哼哼似的从牙缝里挤出个"对"，以此概括他的思想。最后，他坐到角落里的一张圈椅里，翻了翻一个小本子，那上面好像记录着什么，他开始讲话了，语气随和而宽厚；同时，一会儿用衣袖擦擦指甲，一会儿玩弄铅笔，或者突然对他左手小指上的什么发生了兴趣。他首先说明，他不喜欢管闲事。他赞扬柯斯梅先生（他叫他"柯——梅"，把"柯"这个音节拉得很长）在满足他的被监护人的愿望方面很勤快，如订购他们需要的东西而不让家里缺这少那。但是，这种勤快（是否如此？）首先是为了消除任何疑虑。"什么疑虑？"遗嘱执行人问道，似乎根本不理会对方的话，却带着椅子以小步跳的方式向两个小伙子靠拢，以此表明他是这家的一分子。但是，维克托向小伙子们做了个手势，说："咱们刚读过勒尼亚尔①的诗，我的朋友们，今天你们一定背得出这几句诗：啊！你及时前来帮助我们！即使将来有朝一日我们会破产。②你们要记住这些诗句。"他的语调是那么亲切，实际上把堂柯斯梅置于外人的地位。"好嘛，咱们看法国喜剧吧。"堂柯斯梅在一阵难堪的沉默后嘲笑对方。"有几个星期日，"维克托继续说，"在孩子们睡觉的时候（他指指通向仓库的门），我钻进隔壁房子里，东看看，西瞧瞧，数数这个，算算那个，并且一一作了记录。这样我发现（他有商人的灵魂，这一点他不否认），某些物资的总数

----

① 勒尼亚尔（1655—1709），法国幽默诗人。
② 原文为法语。

同遗嘱执行人交给卡洛斯的账单不符。我知道（'住口！'他向堂柯斯梅喝道，因为他想插话），现在生意比过去难做，自由贸易会产生纠葛和糊涂账。但是（说到这里，他的声音变得令人害怕），这不是向孤儿们报假账的理由，此外，您清楚，他们绝不会查阅账目……"堂柯斯梅想站起来，可是维克托抢先站了起来，三步并两步走到他面前，伸出食指指指他。现在他以铿锵有力的声音指出，仓库里的事很不光彩，自从卡洛斯和索菲亚的父亲过世以后就一直存在了，只需在证人面前由他简单地盘点一下就可以证明，这个虚伪的亲信、假保护人、混账遗嘱执行人，罪恶地利用孤儿们没有料理家产的经验，欺诈这些不幸的孩子，大发横财。此外，他还知道，这位"继父"使用他的被监护人的钱大搞有风险的投机活动，假借他们的名义采购物资，反而骂他们是一些"怪癖的狗"。在讲话中，他洋洋洒洒地引用西塞罗①《对维勒斯的控告词》。堂柯斯梅想在那连珠炮般的演说中插话，但是维克托连气都不喘一口，汗流浃背、气势汹汹地高谈阔论，似乎形象显得高大了。他扯开领口，因用力过猛，领口两端翻到坎肩上，露出了因声嘶力竭地演说而青筋暴起的脖子。索菲亚第一次发现他是个美男子，有演说家的风度，还有那拳头，在讲到激昂慷慨处捶着桌子……突然，他退到后边墙根，靠在上面，双臂大模大样地叉着，停了一会儿（对方却未利用此机会），以高傲的鄙视口吻，干脆而又直截了

---

① 西塞罗（前106—前43），古罗马政治家、雄辩家和哲学家。维勒斯是古罗马总督。西塞罗在控告词中指控维勒斯敲诈勒索。

当地做出结论："您是个无耻之徒，先生。"①

　　堂柯斯梅在圈椅里曲背弓腰，缩成一团，圈椅对他这个细小个儿显得太大了。他气得双唇发抖，说不出话，手指甲抠着椅子上的天鹅绒。突然，他站起来向维克托吼出一个词儿，此词在索菲亚听来简直是大教堂里的爆炸声："共济会员！"此词又爆炸了，轰轰地响："共济会员！"此词重复着，声音愈来愈大，愈来愈纷乱，似乎足以使任何指控者名誉扫地，并使任何控告都不能成立，而且把犯罪者的罪责洗刷得一干二净。遗嘱执行人见对方只以冷笑作答，便说那尚未运到、也永远不会运到的波士顿面粉，纯粹是掩盖共济会活动的借口；他指出，维克托和另一个叫奥赫的穆拉托人都是圣多明各共济会的代理人；他要向医生资格审查团告发，奥赫是个催眠师和巫师，使用荒唐的手段欺骗这几个青年，总有一天埃斯特万的病会复发，那时就可以证明他的巫术是无用的。现在是堂柯斯梅转入攻势了，他像一只疯狂的苍蝇，围绕着这个法国人转来转去："这些人所信仰的是魔鬼，就是这些人用希伯来语咒骂基督，向耶稣受难像吐唾沫；就是这些人在圣星期四②晚上，在可恶的宴席上使一只头戴荆冠的羔羊趴在桌上，将它四只脚钉住宰杀了。"③因此，克雷芒教皇和本笃教皇把这些无耻之徒逐出了教会，并罚

----

① 原文为法语。
② 圣星期四是在（耶稣）复活节前的星期四，就是耶稣与其门徒们共进最后的晚餐的那天。
③ 这些话的意思是，共济会员就是出卖耶稣的犹大。

他们在地狱里受火刑……接着，他以亲历者讲述安息日 ① 秘密的恐怖声调谈及不虔诚者，说他们否认救世主，膜拜所罗门圣殿的建筑师——一个叫希兰 ② 的人，在他们举行的秘密仪式上祭拜伊西斯和奥西里斯 ③，并称拥有提尔人 ④ 国王、巴别塔的建造者、喀多斯骑士 ⑤、圣殿骑士团总团长这类头衔。而这都是为了纪念雅克·德·莫莱，此人有为人所不齿的恶习，是证据确凿的异教徒，因崇拜魔鬼巴佛梅特 ⑥ 而被判处死刑。"他们不向圣徒们祈祷，而向贝里亚尔、阿斯塔洛斯和海怪 ⑦ 祈祷。"这类人无孔不入，他们以"博爱""争取幸福和民主"为名，反对教会和政府，并掩盖其颠覆现行秩序的国际阴谋。他走到维克托面前，接连叫骂几遍"谋反分子"，叫得声嘶力竭，咳嗽起来。"他说的都是真的吗？"索菲亚以恐惧的心情小声地问，她为伊西斯和奥西里斯意外地出现在所罗门圣殿和骑士团城堡中的场面而感到惊愕，不知所措。"唯一真实的，是这个家会垮掉。"维克托平静地回答，并转身对卡洛斯说："关于不称职的监护人问题，罗马法就有规定，你们上法庭告他。""法庭"这词儿又惹

---

① 犹太教徒以星期六为安息日。在安息日不得工作。
② 希兰，《圣经·旧约》中人名。希兰协助建造所罗门圣殿。共济会称希兰为伟大的建筑师，并奉他为祖师。
③ 伊西斯和奥西里斯，都是古埃及人崇拜的神。伊西斯是生命与健康之神，是奥西里斯之妻。奥西里斯则是死后世界的主宰神。
④ 提尔人，今黎巴嫩境内的古代居民。
⑤ 喀多斯骑士，欧洲中世纪比男爵低一级的贵族。
⑥ 巴佛梅特，巫师使用的具有男女两性的石雕像。
⑦ 贝里亚尔，《圣经》故事中所说的魔鬼。阿斯塔洛斯，古代腓尼基人供奉的丰裕和爱之神。海怪，此处指《圣经·约伯记》中所说的海怪。

恼了遗嘱执行人。"咱们走着瞧，看谁先进班房，"他叫道，"据我所知，马上就要抓捕共济会员和不受欢迎的外国人。放任不管的日子一去不复返了。"他拿起礼帽，说："趁早把这个冒险家赶出门，否则大家都会被抓起来！"然后他鞠个躬，说了声"大家……早安"（这是重申他的威胁）便走了，出门时使劲带门，连玻璃都被震得咯咯响。三位青年等着听维克托解释，可是他却忙着用火漆封存已经用粗绳子捆好的仓库账本，并说："保存好，这是你们的证据。"少顷，他沉思着走进院子，那里有许多工人在雷米休的监督下快做完修葺工作了。雷米休对于被提升为工程的工头颇不高兴。突然，维克托觉得需要活动活动身子，就绰起瓦工的托泥板，同工人们一起，给院子里那堵在屋顶坍塌中受损最严重的墙砌砖抹灰浆。索菲亚望着脸上溅满石膏灰浆的维克托爬上脚手架，想起关于希兰的神话。尽管她听说过教会中有人被革除教籍的事，也知道有关戴荆冠的羔羊的事、用希伯来语说的诅咒以及教皇的圣谕，但依然为维克托（现在他就像所罗门圣殿的建筑师了）所拥有的秘密而感到迷惑。刹那间，他在她眼中成了到过鬼神禁地的人，是掌握许多奥秘的人，是在亚洲探险并可能已经找到琐罗亚斯德[①]的某部秘籍的人，是俄耳甫斯[②]式的人物，是潜入阿韦尔诺湖[③]的奇

---

① 琐罗亚斯德，西方传说中祆教（拜火教）创始人，魔术师的鼻祖。
② 俄耳甫斯，古希腊神话中的著名乐师，他奏乐时野兽也为之陶醉，并能迷惑鬼神。
③ 阿韦尔诺湖，在意大利那不勒斯附近，传说是地狱入口处。

人。现在她记起来了，在扮演人物做猜谜游戏时，见过他扮演被一个流氓恶毒地杀害的古代建筑师；也见过他扮演圣殿骑士，他身穿长袍，挂一个十字架，为雅克·德·莫莱被处死而喊冤叫屈。遗嘱执行人的指控似乎符合某些事实。但这种情况由于其秘密性、神秘感和隐秘的活动，对她极有吸引力。把生命献给某个具有危险的信仰，总比傻愣愣等候几袋面粉有意思。宁愿当谋反分子，也不做商人。少年们本就喜爱玩诸如伪装、暗语、秘密通信处、特殊的书写密码、珍藏的笔记本等这类游戏，现在猜测可以进行冒险活动，原来那种爱好重新冒了出来。"但是……真像他们说的那样可怕吗？"她问，埃斯特万耸耸肩说，所有的教派和秘密团体都受过诬蔑。最早的基督徒们被指控杀害孩子，巴伐利亚光照派 ① 教徒唯一的罪行是为人类谋幸福。"当然同上帝是不相容的。"卡洛斯说。"上帝不过是个假设的人物。"埃斯特万说。突然，索菲亚大叫起来，像是急于把她自己从不可忍受的压迫中解放出来："够了！什么上帝、修女、监护人、遗嘱执行人、公证人和文件，以及偷盗和乱七八糟的勾当，都够了。我讨厌这类事情，不愿意再看下去了。"说罢，她跳上一张靠墙放着的圈椅，把装有父亲遗像的镜框摘下，用力掷到地上，把框架砸散。她见其余人装作若无其事，便愤怒地踩画像，直踩得画面的釉彩一片片飞溅起来。遗像被踩坏了，受了

---

① 光照派，各种自称获得上帝特别光照启示的基督教神秘主义派别的总称。他们主张推翻教会和国家的一切权力机构，恢复原始的自由平等。1784年被巴伐利亚政府取缔而成为秘密教派。

折磨和凌辱，索菲亚这才双眉紧蹙，气喘吁吁地倒在一把椅子里。维克托刚放下瓦工托泥板，就看见奥赫急急忙忙走进院子。"必须离开。"他说，接着简要讲述了他藏在一个"弟兄"家里时所了解的情况：警察刚下手抓捕共济会员，飓风来了，把当局的注意力引向急办事项。当局是接到宗主国的指令才这么干的。目前在这里什么也干不了了，要机灵一点。现在人们忙于修葺房舍，清扫道路，可趁这乱哄哄的时候，到城外去，躲在一个偏僻的地方观察事态的发展。"我们有个庄园，可以去。"索菲亚以坚定的声音说完，便去食品仓库准备了满满一筐食物，有肉、芥末和面包。大家都同意让卡洛斯留在家里，设法收集信息。埃斯特万去套马，雷米休被派去基督广场马车行租两匹备用马。

九

　　道路泥泞，天下着蒙蒙细雨，黑胶布被雨洗刷得光亮光亮。风裹着雨钻到马车的后座，埃斯特万和奥赫坐在车辕上，衣服已经湿透。马车向前走着，跳动着，颠簸着，咯吱咯吱响个不停，有时车身过于仄向一边，像要倾翻；有时涉过浅水坑，水溅湿灯笼。车身沾满泥浆，躲过甘蔗地的红泥浆，躲不过贫瘠地的灰泥浆。贫瘠地里竖立着墓地的十字架。雷米休骑一匹备用马，跟在马车后面，见到十字架就画十字。尽管天公不作美，这几个赶路人却又唱又笑，喝着酒，吃着夹心面包、油酥饼和彩色糖豆。清新的空气里可以闻到返青的牧草气息、乳房鼓鼓的奶牛气息，以及农村中火堆里劈柴燃烧的气味；再也闻不到城里狭窄街道上弥漫的咸水、腌肉和发芽葱头的气味，他们觉得十分愉悦。奥赫在用方言唱一首歌："迪皮，我失去了莉赛特。我已不把过去挂在心上；我抛弃了丁零零响的铃铛，也不再弹拨曼陀林。"索菲亚则在用英语唱一首优美的苏格兰民歌，埃斯特万觉得表姐的口音太夸张，然而索菲亚对此毫不在乎。维克托也在唱，走调很厉害，然而唱得很认真，他总是唱那首歌的开头一句："啊，理查德！啊，我的国王！"到这儿就唱不下去了，因为他不知道其余歌词。到下午，雨下大了，道路更难行走，这个开始咳嗽，那个嗓子发哑，索菲亚的衣服湿透，冻得发抖。三个男子轮流驾车，车厢内外进进出出，忙个不停，谈话老是被打断。维克托和奥赫到底搞什么活动这个大问题——一个巨大的谜团——谁也不提，谁也不触及，也许是因为路上总是在唱歌，需要等候适当时机才可澄清奥秘……天黑后他们才到达庄园。房子是石砌的，但无人维修，到处是裂缝，有很多房间、长廊和柱廊，而梁都被压弯了，两面坡的屋顶显得摇摇晃晃。索菲亚觉得很疲倦，又害怕到处乱飞的蝙蝠，尽管如此，她还是为大家整理床铺，铺好床单，放上毯子，脸盆里都打上洗脸水，补好破蚊帐，并许诺说，要让大家第二天睡得更舒服。与此同时，维克托宰了两只鸡，他抓住鸡脖子，拨弄着，两只死鸡像带毛的风车在空中旋转，接着他把鸡扔进沸水，褪去毛，切成小块，做一道方便的烩鸡肉块，在酱里放了许多烧酒和辣椒粉，"让旅客先生们暖和暖和"。他发现院子里有不少茴香，就打鸡蛋，声称要做"香菜炒鸡蛋"。索菲亚绕着桌子忙忙碌碌，把茄子、柠檬和药西瓜放在桌子中央。维克托请她闻闻烩鸡块的香味。她发现他把手放到她腰上，不过从他的表情来看，这次他是无意的，而且很亲切，不挤她，也不搂她，不是在调戏她。她说菜似乎做得很好，身子打个转，摆脱了他，回餐厅去了，并没有生气。晚饭吃得很愉快，饭后的甜点吃得更痛快，在这里竟有舒适感和安全感。现在雨下得更紧了，雨点抽打着房屋，在羊皮纸似的芋头叶上弹跳着；雨点打到树上，便有许多大大小小的水珠散落下来……突然，维克托以严肃的语气讲起他给这个海岛运来了什么，语调却很平淡。他谈的都是生意经：把里昂的丝绸由船运往哈瓦那和墨西哥，经过西班牙，必须缴纳高昂的税款；而把丝绸从波尔多港运出，送到圣多明各，再由运面粉到安的列斯群岛来的美国货船在回程中运到这里，却是偷运进口的。这是通过一个高级走私网干的：具有先进思想的本地商人在港口某些官员的协助下，把几百麻袋丝绸装在与其他货物同样的麻袋里偷运到市场上。这是对西班牙垄断贸易、高额征税的报复。他通过自己的商店，为让·巴蒂斯特·维耶莫（埃斯特万在想，此人必非等闲之辈，因为他的名字很拗口）的各个工厂跑买卖，在哈瓦那城各商店里塞进了大量里昂丝绸。"这种买卖是老老实实干的吗？"索菲亚故意问。"这是反对商业霸权主义的斗争方法，"他答道，"要反对任何形式的霸权主义。"要打开局面必须有所作为，因为这里人们像生活在一成不变的天地里，纹丝不动地昏睡着，与世隔绝，湮没在烟草和食糖之中。相反，博爱派在圣多明各非常强大，在那里他们对世界形势了如指掌。他们以为，博爱派运动在这个岛上已经和在西班牙一样广泛发展，于是委派他到此与博爱派成员联系，像在其他地方一样建立组织。但是令他非常失望的是，这个富有的城市里，博爱派成员不但少，而且胆小怕事。他们似乎不明白社会问题的含义。他们对正在世界范围内兴起的这场运动是同情的，然而不积极开展活动。他们胆小如鼠，畏缩不前，听凭关于用唾沫啐十字架、诅咒基督、亵渎神明之类的谰言到处传播。（"相信我，我们有别的事要办。"①）他们不了解正在欧洲发生的事件有何等重大的世界意义。"革命在前进，谁也不能阻挡。"奥赫说，语气高傲得很，这是他在下某种断语时喜欢使用的。埃斯特万在想，有关法国革命的消息，当地报纸只用几行字加以报道，而且是夹在戏剧节目和吉他销售广告之间的。维克托本人也承认，对于过去在圣多明各狂热地关心的事情，自从来到哈瓦那以后就什么也不知道了。"就说最近公布的一项法令吧，"奥赫说，"它赋予我这种肤色的人（他用手指指比额角颜色更深的脸颊）在那边担任任何公职的权利。此项举措具有重大意义，重大的——意义。"说到此处，维克托和奥赫争相发言，调门很高，声音都

---

① 原文为法文。

070

变了，你一言，我一语，不知所云，十分有趣。埃斯特万终于听明白了几句："我们超越了宗教和玄学的时代，进入了科学的时代。""世界分成阶级是没有意义的。""不许万恶的战争势力发战争财。""人类分成两个阶级：压迫者和被压迫者。大多数被压迫者囿于习惯、忙于谋生，没有空闲，不了解情况，一旦有所感觉时，内战已经爆发。""自由""幸福""平等""人的尊严"等名词在他们急匆匆的讲话中不断重复着，用以说明急需发生"一场大火"①。这天晚上，埃斯特万接受了这种观点，认为必须来一次像世界末日似的大扫除，他急切希望看到这种大扫除尽早发生，从而可以在新天地里过他男子汉式的生活。可是他发现，维克托和奥赫尽管使用同样的词汇，但在与准备中的事件有关的问题上，无论涉及的是人、物还是行动方式，两人意见都不尽一致。大夫谈到一个叫马丁内斯·德·帕斯夸利②的人，说此人是杰出的哲学家，几年前死在圣多明各，他的教导在一些人中产生了深远的影响。"那是小丑！"维克托说道，接着以讽刺的口吻说，有人试图在冬至、夏至和春分、秋分时穿越陆地和海洋，同他那些跪在用粉笔画的魔法圈里和处在符箓、烛光、袅袅的香烟以及其他一些亚洲风格场面之中的门徒建立精神联系。奥赫拉长着脸说："我们试图发挥沉睡在人体中的非凡力量。""那首先要砸烂他们身上的枷锁。"维克托说。"马丁内

---

① "一场大火"，出自《圣经·创世记》第18、19章：位于死海以南平原上有两座城——所多玛和蛾摩拉，其居民恶行昭著，上帝降天火将此两城一并毁灭。
② 马丁内斯·德·帕斯夸利（1727—1774），法国巫术师，通神论者。

斯·德·帕斯夸利解释说，"大夫强硬地反驳道，"人类的进化是一种集体行为，因此，个人开始的行动必然引发社会的集体行动：谁知识多，就能为他人多做贡献。"此时，维克托和颜悦色地点点头，接受同他的信仰并不完全矛盾的观念。索菲亚对具有多种形式而又相互矛盾的思想运动表示茫然不解。"如此复杂的问题是不可能仅仅依靠这种方式解决的。"奥赫模棱两可地说，使她觉得云里雾里，问题仍是个谜。而埃斯特万却猛然间觉得他自己过去像盲人一般打发日子，与激动人心的现实毫无关系，没有看到这个时代唯一值得一看的事情。"可是我们得不到任何消息。"维克托说。"以后我们仍将是闭塞的，因为这些国家的政府害怕，害怕在欧洲游荡的幽灵，"奥赫以先知的口吻下断语道，"朋友们，我们的时代到来了。我们的时代到来了。"

两天过去了，每天都是在谈论革命，索菲亚惊讶地发现她自己对此话题竟如此狂热。谈革命，想革命，在思想上深入革命之中，就会获得一点儿世界主人翁之感。谁谈论革命，谁就会卷进去。既然一望而知，这样那样的特权必须取消，那就取消它；既然这类压迫是可憎的，那就采取措施反对它；既然判明此要人是无耻之徒，那就一致判处他死刑。一旦地基清扫完毕，便着手建造"未来之城"①。埃斯特万主张取缔天主教，并颁布法律，对任何崇拜偶像者予以惩罚。维克托表示赞成，奥

---

① "未来之城"，出自意大利作家康帕内拉（1568—1639）所著《太阳城》。书中描绘了一个消灭了私有制和剥削的大同世界。

赫则持不同意见，他认为，人总是有所追求的，而这种追求就是顽固地仿效基督；这种感情可以转化为修身的愿望，为此，人们便竭力把自己与基督相比，因而基督成为人类尽善尽美的典型。索菲亚不大喜欢此类非凡的思辨，她让他们回到地面上来，具体地关心新社会中妇女的生活条件和儿童的教育问题。于是，他们围绕着斯巴达社会的教育是否真正令人满意并适应当今时代的问题，大叫大嚷地辩论起来。"不行。"奥赫说。"行。"维克托说……第三天，关于新社会中财富的分配问题，又争论得不亦乐乎。卡洛斯快马加鞭赶到庄园时，以为他们在屋里打架。他一到，大家就压低了说话的声音。看样子，他带来了坏消息。确实很坏：开始打击共济会员和外国人了。宗主国政府倒是同自由派部长们妥协了，然而对铲除在其殖民地上的先进思想却十分坚决。堂柯斯梅幸灾乐祸，告诉卡洛斯说，他得悉，搜捕奥赫和维克托的命令已经下达。"赶快走。"商人维克托不动声色地说。他打开他的箱子，取出一幅地图，指着岛的南海岸说："不远。"又说，他当海员的时候，在那个锚地搬运过海绵、煤炭和皮革，那里有熟人。他们两人再也不说什么，收拾东西去了，其余人则沉浸在难受的沉默之中。他们从来没有想到，维克托这个外国人，这个莫名其妙地进入他们生活的不速之客，他的远离竟会对他们产生如此大的影响。他在雷鸣般的敲门声中出现，颇为怪异：他先进门，再坐到餐桌的上座，进而翻腾衣柜，都是那么胸有成竹。眨眼之间，物理实验室的仪器运转了，家具从木箱中取出来了，病人无病而且能走路了。

073

现在，他们变得孤苦伶仃，毫无自卫能力，又没有一个朋友，却有一场打不完也打不赢的官司在等着他们。他们不会做生意，更不懂法律。有一位律师对卡洛斯说："如果怀疑监护人，法庭可以指定一名共同监护人或一个监护理事会负责，直到男孩子们长大成人。"无论如何，必须上法庭。卡洛斯把原来的管账人看作自己的强大盟友，那人吹嘘对堂柯斯梅搞的鬼知道得不少，但最近他被堂柯斯梅解雇了。也许在打官司过程中，对共济会员的打击会放松。在西班牙人统治下，此类夏季风暴是常有的，之后那些案卷将被塞进抽屉睡觉，他们将同维克托保持密切联系。他可以隔几周回来一次，检查仓库情况，并把生意引向新的方向。他甚至可以考虑放弃太子港的商店，因为那里的商店不如这里的商行重要。他对他们而言，是个求之不得的管理者；他精于计算，在一个商业发达的城市落脚，也许获益更多。但是，眼下只能顾一件事：维克托和奥赫必须逃跑。从过去西班牙当局对待在西班牙长期经营企业的法国人的做法来推测，他们两人都有被捕并驱逐出境的危险。索菲亚和埃斯特万将送他们去锚地……三天以后，他们平安抵达。一路上十分辛苦，他们忍受着干渴和旅途劳顿，回避着人们的盛情款待，头发、衣服和耳朵后边都沾满尘土，风尘仆仆地走过一个又一个庄园。小糖厂的榨糖季节都已经结束，一个个荒凉的村庄稀稀拉拉地散布在一片片经常水涝、景色单调的牧场上。肮脏的海滩上有一个渔村。海滩上到处都是死海带和被抛弃的船缝填料，螃蟹在断木头、烂绳子之间爬来爬去。一个木板码头几天前被卸下的大理石压坏了。码头向浑浊的海面延伸。海面上似乎覆盖着一层油，任凭波起浪涌也没有泡沫。在海绵采集船和运煤船之间，夹杂着几艘装满劈柴和麻包的近海贸易轻便船。有一艘船桅杆既高又漂亮，在如林的桅樯之中十分突出。维克托一见，非常高兴。他累得一连几小时没有说话，现在开口了："我认识这艘船。现在要打听一下，这船是刚到达还是要离开。"情急之下，他走进一个旅店、仓库、绳索店、酒店四合一的房子里，租下了房间。其实，里面只有几个小隔间，有洗脸盆和破旧的床，粉刷过的墙上涂满了污秽的字句和图画。倒是有一个较好的旅馆，但是离锚地有一段路。索菲亚累得不行，宁愿就此住下，因为地板是干净的，又有徐徐的清风，还有一缸缸淡水可供洗澡。别人都凑合着休息了，维克托却去码头了解情况。舒展了筋骨以后，索菲亚、奥赫和埃斯特万又聚到一起，围着一张桌子坐下，晚饭端来了，有菜豆和鱼。有一盏灯挂在那里，许多小虫子飞来，撞到玻璃罩上，噼噼啪啪直响。他们吃得正香，天黑下来了，从附近沼泽地飞来一大群蚊子，纷纷向耳朵、嘴巴里闯，甚至像凉飕飕的细沙粒沿着脊梁向下滑。炉箅子上已经点燃了干椰子壳在熏蚊子，但毫无作用，蚊子成群结队如乌云一般袭来，脸上、手上、腿上，到处都叮。"我受不了啦！"索菲亚叫道，逃进她的房间，把放在当床头柜用的小凳上的两支蜡烛熄灭，钻进了蚊帐。但是周围一片嗡嗡声，简陋的蚊帐已被潮气沤坏，到处有破洞，躲在里面依旧躲不过蚊灾。细小而尖利的鸣声忽而由太阳穴转到肩头，忽而由额角转到下巴，鸣声甫停，即刻感到蚊子降落到皮肤上了。索菲亚打着滚，打自己的嘴巴，两手拍打这儿，拍打那儿，大腿、肩胛骨、膝后部和身体两侧，哪儿都拍到了，她感到蚊子轻轻地擦着太阳穴过去，贴得很近，那嗡嗡声显得极其强烈。最后她宁愿蜷缩在帆布一般厚的毯子下，蒙住头。她总算睡着了，浑身是汗，连床垫也被汗水浸湿……她睁开眼睛，天已经亮了。斗鸡饲养场里斗得掉光鸡毛的公鸡在啼鸣，蚊子不见了，她却困得要命，以为自己生病了。这个地方水是咸的，天一亮就很热，蚊子成灾；哪怕只是在这里再过一天（再过一夜）的想法，她也难以忍受。她穿上便服，去仓库找到醋，涂擦在四处红肿的皮肤上。在昨晚使用的桌子旁，她遇见了奥赫、埃斯特万和维克托，他们早已起床，在陪一位船长喝黑咖啡。虽然是清晨，船长也穿得衣冠楚楚（蓝呢子服配金黄色扣子）才登岸。他刮过胡子的脸颊上有钝刀留下的最新痕迹。"他是克勒布·戴克斯特，"维克托说，接着低声介绍，"也是博爱派的。"他又用平时的声音，以果断的语气说："收拾好你们的东西。箭号八点起锚。咱们都去太子港。"

十

现在海上很凉爽。北风经过陆地徐徐吹来，带来了植物的气息，到了广阔的海面上，风力就加大了。桅顶平台上，观测员嗅嗅这些植物的气息，就能知道附近是特立尼达还是马埃斯特腊山，抑或是克鲁斯角①。有人在长杆的一端扎一张小小的网，索菲亚就用这网从水里捞出了宝物：一串马尾藻，海藻结的籽儿她用两个指头一掐就爆裂了；还捞到一根红木树枝，上面粘着嫩牡蛎；还有一个核桃大小的椰子，碧绿碧绿的，像刚油漆过似的。船在白沙小岛之间航行，穿过一个个海绵群，密密的海绵在清澈的海底呈棕褐色；在雾霭中，一抹模模糊糊的海岸总在眼前。越往前行，海岸上山峦起伏，陡壁悬崖越来越多。索菲亚欣然接受此次旅行，一下子摆脱了酷热和蚊子，又可避免心情抑郁地回到平淡枯燥的生活中去（这个随时能改变现实的人离去以后，生活会变得更枯燥），现在仿佛完全是一次在瑞士某个岸边有浪漫岩壁的湖面上游览、划船，这是直到昨天也未能预料到的，而维克托却在危急时刻从他魔法师的衣袖中取出来了。他在甲板下给她找到一个小寝舱。据他说，他请他们乘船旅行，是因为他们对他一贯亲切、慷慨，他要报答他们。他们可以在太子港住几个星期，等着这船货物运到苏里南后返回，他们再乘这艘船回家（同博爱派船长一起旅行不需要护照）。他们把此事当作儿戏，似乎有点儿回到往日颠三倒四的生活中去的愉快感觉。他们给卡洛斯写了封信，将此次冒险告诉了他。过去，索菲亚有过许多旅行的梦想，在纸上画过许多旅行路线，然而一次也没有出过远门，这次她真是交了好

---

① 特立尼达是古巴中部南方沿海城市，马埃斯特腊山位于古巴东南端格拉玛省、圣地亚哥省境内，克鲁斯角位于格拉玛省最西南端。

运。这至少有点儿新鲜。太子港不是伦敦，也不是维也纳、巴黎，却是一次巨变：他们将来到法国的海外领地，讲的是另一种语言，呼吸的是不同的空气。他们要去法国角，在沃德勒伊大街的剧院里观看演出《遗产继承人》或《泽明和阿佐尔》。在那里，他们要给卡洛斯购买最新的笛子曲谱，采购许多关于本世纪欧洲经济演变和正在进行的这场革命的书籍……索菲亚趴在船头甲板上，一面钓鱼，一面晒太阳，突然听到一阵吵嚷声：在船艄的船楼上，维克托和奥赫穿着裤衩在打水仗，两人争先恐后地把拴着绳子的水桶扔到海面上提水。那穆拉托大夫身体非常壮实，腰杆坚挺，胸脯宽阔，结实而又油亮。维克托的胸脯更加厚实，滚圆滚圆的，他每次提起水向对方胸上泼去时，坚实的肌肉线条都显得清清楚楚，整个脊背都在运动。"我第一次真正感到年轻。"埃斯特万说。"我不知道过去我们是否年轻过。"索菲亚说罢，继续钓鱼。水面上出现了五色斑斓的水母，它们随着波浪的律动而变换着颜色，然而那一圈深蓝色外镶着的红边是不变的。箭号缓缓航行着，冲开一大片水母，把它们驱向海岸。索菲亚望着这无数色彩变幻的水母，面对这不断的生生灭灭而感到惊讶：这是永无休止的创造，成倍地增加而又成倍地消失；无论是最简单的生育母体还是产生神圣的人类母体，都在大显其生育本领，然后用生育的果实喂养这始终都在吞噬着的世界。数不胜数的介于植物和动物之间的生命，穿着节日盛装，从天边赶来，最终却是将自己奉献给太阳。它们将被困在沙滩上，晶莹的躯体渐渐干枯，失去光泽，收缩得像一块淡绿色的破布，成为泡沫，成为一丁点的水迹而很快被酷热化为乌有。不能想象还有比这更彻底的毁灭了，不留下丝毫痕迹，没有任何遗存，以至于根本无法证明这些生物是否存在过……水母过去以后，飘来一些瓶子，有粉红色的、黄色的，还有带条纹的，将中午灼热的阳光映射得光怪陆离，船好像在碧玉般的海洋中航行。索菲亚两颊绯红，微风吹散了她的头发，她感到身子从未如此舒适。她会在帆影下逗留几小时，望着海浪，毫无所思，毫无所想，整个躯体沉浸在快感之中——全身放松，软绵绵的，随心所欲。旅途中，船长为了对她表示欢迎，下令给她送食品、饮料和水果，竟然把她的胃口吊起来了。新风味的熏牡蛎，著名的波士顿饼干，英国苹果酒，大黄饼（首次品尝），彭萨科拉①的多汁枇杷（在旅途中捂熟的），以及纽约果园产的甜瓜，皆令她大快朵颐。她觉得一切都变了，脱离了原来的生活习惯，进入了虚无缥缈的环境。当她查询那奇形怪状的礁石、小岛、海峡的名称时，从西班牙出版的地图上获得的地理概念，同克勒布·戴克斯特开列的地名一个也不相符。他说，这个叫"凯门布厄克"，那个叫"诺德斯卡岩"或"波特兰岩"。这艘以博爱派成员为船长的船有点儿神秘，它是维克托和奥赫的秘密天地（是伊西斯和奥西里斯的天地，是雅克·德·莫莱和普鲁士的腓特烈的天地）。在一个玻璃柜里，航海仪的旁边存放着他们的作裙②，作裙上缀有金合欢、七级台阶

---

① 彭萨科拉，地名，在美国佛罗里达州。
② 劳动保护用的围裙称之为"作裙"，是共济会的标志之一。

圣殿、双柱、太阳和月亮①。晚上，在船艄上的帐篷下，奥赫大谈磁力的奇迹、传统心理学的破产，以及世界各地兴起的秘密会社，其中有亚洲兄弟会、黑鹰骑士团、柯亨精英团、菲拉莱塔会、阿维尼翁光照派、真光兄弟会、山梅花团、十字玫瑰骑士团、神庙骑士团；他们所追求的理想都是平等与和谐，同时为个人臻于完美而努力；他们认为，依靠理智和灵光照耀，必定能上升到无恐惧、无疑虑的境界。索菲亚还观察到，奥赫不是维克托式的无神论者。在维克托眼中，基督教神职人员纯粹是身穿黑衣、操纵木偶的小丑；在科学澄清造物的全部奥秘之前，可以暂时把伟大的建筑师②当作造物的象征。奥赫经常提到《圣经》，并接受其中若干神秘观点，同时也引用《卡巴拉》③和柏拉图学说的用语。他还常常谈到卡塔尔教徒④。（他们的公主爱斯克拉尔幕达，是索菲亚最近从一本有趣的小说中得知的。）奥赫认为，"原罪"⑤不是因这对男女交媾而世世代代相传，相反，每次交媾都在洗刷着原罪。他谨慎而又委婉地说，这对男女在伊甸园里赤身裸体，搂搂抱抱，可以抚慰躯体的感

---

① 作裙上的各种图画，都象征吉祥或强大。金合欢（旧译皂荚木），被基督教视为太阳的象征，因其树叶见到太阳升起则张开，太阳落山则合拢，而花朵酷似圆圆的太阳，犹如太阳在金合欢树上再生。共济会将其视作该组织的标志之一。"七"在西方是幸运数字。双柱是指所罗门圣殿入口处的两根柱子，其名称为雅斤和波阿斯。

② 希兰协助所罗门建造圣殿而被共济会奉为"伟大的建筑师"。

③ "卡巴拉"系希伯来语的音译，意为以色列人的先祖亚伯拉罕口传的秘密经书。

④ 卡塔尔教徒，中世纪异教徒。他们只信善恶不信神。

⑤ 基督教认为，原罪来自人类始祖亚当因违命偷吃禁果而犯了罪。这罪代代相传，以至于世人都带有罪性。这就是原罪。

官，这样他们过着甜蜜而又悠闲的生活，欢欢喜喜，快乐无穷；这是归真返璞，不是"罪"……维克托和克勒布·戴克斯特是同行相敬，他们谈论航海技术，讨论浅海礁，有好几本书指出，这类岩礁隐藏在四英寻①深的海底，十分危险，可是他们在这一带海域航行，两人谁也没有见过这类岩礁。伊勒斯特·杰克逊先生是船上第二号人物，他走过来对他们讲述恐怖的海难事件。例如船长安森的船所发生的事，他们迷失了方向，在太平洋上漂流了一个月也没有找到胡安-菲迪南德斯岛；又如，在大凯科斯岛附近找到的一艘轻便船上，连一个人影也没有，可是厨房里炉子还生着火，准备给高级船员桌子上端去的汤在汤盆里，还是温热的，一件刚洗的衣服晾在那里还没有干。夜很美，加勒比海水面上到处有磷光，柔和地映射着海岸，在上弦月的微光下，岸上山峦形状毕现。在这次令人难以置信的即兴旅行中索菲亚饱览风光，观赏了浮游植物、稀奇古怪的鱼、幽绿的光和奇妙的落日。在这样的落日时刻，天空中每一片云都可被视作一组雕像，如：巨人之间的战斗，拉奥孔父子②，四驾马车，天使降世，等等。在这里，她欣赏海底珊瑚；在那里，她发现了鼾声岛，此类岛屿下有空洞，空洞中卵石不断地滚动，发出低沉的声音。过去，她不知道是否该相信海参吞食沙子、

---

① 英寻，长度单位，一英寻合 1.829 米。
② 拉奥孔父子，据古希腊神话，拉奥孔劝阻特洛伊人将木马拖入城中，触怒了雅典娜，后者派出巨蛇将他和他的两个儿子杀害。有古希腊雕塑家以此为题材创作了著名的雕塑。

鲸鱼会游到南北回归线一带这类说法。但是，此次航行使一切都成为可信的了。有一天下午，有人指给她看一条奇怪的鱼，他们称之为独角鲸。这使她记起维克托首次敲门并在家中出现的情形。那次为了嘲笑他，她问他，加勒比海里是否有美人鱼。"那天晚上你们差点把我赶出门。"他说。"我好几次想这么做。"索菲亚支吾道，因为现在两人在狭窄的过道或陡峭的梯子上擦肩而过时，她会放慢脚步，含羞地等待着重新被对方搂住，这一事实对她而言是多么难堪。总之，不过是"那么回事"，他失去了理智，对她而言却是一生中唯一真正重要的事件。她走下寝舱，躺到床上。她出了一身汗，很不舒服，连没有收紧的长筒袜也湿透了，胸脯被扭到一边的上衣箍得难受，皮肤因受床上毛毯的刺激而发痒。这时，她听见甲板上有人在大叫大嚷，有人在奔跑。索菲亚随便穿上衣服，来到甲板上看个究竟。原来帆船正在驶过一群玳瑁，有两个水手企图在刚放下的小划子上用活绳套逮住最大的那只玳瑁。但是，在这些靓丽的玳瑁之间冒出了角鲨的鳍，并挤轧小划子。捕玳瑁者只得回到船上，为失去的梳子、压发梳、书签和值钱的扣绊而恼恨地咒骂着[①]，同时向水中胡乱抛掷鱼叉，仿佛杀死一条鲨鱼，就可以消解他们对整个鲨类的宿怨。他们在船舷站定，把拴在链条上的鱼钩抛下水。鲨鱼狠狠地咬住，就被挂在钩子上了，钩子从眼睛里穿出。一条条鲨鱼被拖出水面，它们猛烈挣扎，尾巴拼命拍打

---

① 因玳瑁壳可以制作梳子等物。

着。待拉到船舷边上，众人用木棍、扁担、铁杠，甚至用绞盘上的铁棍敲打鲨鱼。血从被打烂的皮肉中流出，染红了水面，溅到船帆上，流向甲板上的排水沟。奥赫也在敲打，他叫道："干得好！这些鱼太可恨了。"所有的船员都出来了，有的骑在帆桁上，有的也想显显身手，他们找东西武装自己，有的拿棍棒，有的拿木工工具，有的拿锯子，一个个都怀着大开杀戒的欲望，或向水里抛投着鱼钩或曲柄钻，或等候着自己敲打鲨鱼和向水里抛投鱼钩的机会。索菲亚在看热闹的时候，上衣溅着了油滴和胆汁，便回寝舱脱衣服，她在充当天窗的小窗下面挂着的一面小镜子里看见维克托进门。"是我。"他说罢，关上门。甲板上还在大喊大叫，吵吵嚷嚷。

十一

> 这样吵吵嚷嚷是为什么？
>
> ——戈雅

　　船在圣地亚哥港停泊时，维克托正在船头，胳膊肘支着身子，做了个吃惊的表情。勒阿弗尔①、法兰西角和太子港之间的贸易班船蝾螈号、维纳斯号、贞女号和美杜莎号都停泊在那里，

---

① 勒阿弗尔，法国西北部港口城市，位于塞纳河口。

此外还有许多较小的船只（运输船、轻便船和单桅帆船），他都认识，因为都是莱奥甘、莱凯和圣马克①商人的。"圣多明各②的全部船只都聚到这儿来了？"他问奥赫，奥赫也不明白为何出现这样异常的迁徙现象。抛锚以后，他们急忙上岸打听。他们得悉惊人的消息：三周前，北部地区爆发了黑人革命。随着暴动的蔓延，当局控制不了局势。现在城里住满了难民。据说，在圣多明各对白人实施大屠杀，奸淫烧杀，无恶不作。奴隶们对主人的女儿们横施暴虐。那里到处都在杀掠奸淫……戴克斯特船长有一小批货要运到太子港去，他想等候几天，等候能使人放心的消息。如果动乱持续不停，就去波多黎各，然后去苏里南，那就不在海地停留了；维克托对自己的买卖很担心，不知如何是好。奥赫却很镇定：那里的革命毫无疑问是被大大地歪曲了。在世界其他地方都在闹革命的时候，唯独那里冒出纯粹是野蛮的纵火犯和强奸犯的暴乱，岂不怪哉。某个七月十四日爆发了那场正在改变世界的革命③以后，就有人说那是群氓骚乱，杀人如麻。他的弟弟樊尚是那块殖民地上杰出的官员之一，同他自己一样在法国受过教育，是巴黎黑人之友俱乐部的

---

① 莱奥甘、莱凯和圣马克，三者都是海地的港口城市。
② 1492年12月初，哥伦布首次到达海地岛，将其命名为伊斯帕尼奥拉岛。但1508年西班牙国王将其改称为圣多明各岛。同时，该岛上又有圣多明各城。作者一般以"圣多明各"称整个海地岛。该岛东部居民讲西班牙语，西部居民讲法语。此外，值得注意的是，1795—1807年间法国统治着整个海地岛。
③ 指1789年7月14日爆发的法国大革命。

成员，是具有高度文化修养的博爱派成员。如果暴动者不是为了正当的诉求而上街，而奔向农村，他一定会制止他们的。少安毋躁，过几天事态就会明朗的。戴克斯特坚持不在太子港停靠也不要紧，躲在圣地亚哥的船只很快会回去的。乘便船去邻近的那个岛，倒是一次很美的旅行……但是眼下得忍受酷热的煎熬。箭号落下帆，在港湾里刚停泊（多糟糕，是在圣地亚哥港，而且是在九月），热气似乎就从船舱、舱口和所有木头上冒了出来。寝舱和过道里弥漫着船缝填料的温热气味，然而仍压不住削下的土豆皮气味、油的哈喇味以及开始从厨房里往外冒的泔水味儿。不过，最糟的是在岸上无存身之处。在城里找不着房子住，旅舍、客栈和宾馆住满难民，甚至连台球桌也当床铺使用了，还有人凑合着在靠墙角的圈椅里过夜。大教堂的石阶上也睡满了人，人人都拼命保住当作床铺的凉爽的石阶。奥赫和埃斯特万睡在箭号的甲板上，每天天亮后就乘第一艘放下水的小艇登岸，希望在街上找个凉爽的地方。那街道两边都是矮小的房屋，有粉红色的、蓝色的、橘黄色的，窗上有木栅，大门上有许多装饰钉，这令人联想到殖民初期，那时埃尔南·科尔特斯[①]还是个小小的市长，他在新发现的安的列斯群岛上种下了从西班牙运来的第一批葡萄。他们在随便哪个饭馆胡乱吃午饭（连食物也紧张了），然后去找用棕榈叶搭的古怪棚子休息。那些棚子都是一些不要脸的法国人盖的，他们善于利

[①]　埃尔南·科尔特斯，早期西班牙殖民者，他先谋得圣地亚哥市长之职，后来率殖民军征服墨西哥。

用这种混乱局面，在圣地亚哥街头搭起棚子，仿佛是午后开放的游乐园。令埃斯特万惊奇的是，索菲亚和维克托都不肯陪他去城里游逛。尽管天气闷热，但是他们两人宁愿留在船上。在箭号被迫滞留的这些天里，船员们一早就登岸，到下午或晚上才醉醺醺地乘小艇一路打闹着回船。索菲亚解释道，天气热得她夜里睡不着，等别人在天明睡醒时，她才困倦得闭上眼。维克托呢，天一亮就上了船头上的船楼，面对着圣地亚哥城，写同他的买卖有关的长篇业务函件。就这样过了好几天：有的人在岸上，有的人在船上；有的人讨厌船上的气味，有的人却根本没有感觉到。直到一天早晨，戴克斯特宣布，前一天，有个美国水手从太子港回来向他报告，那边确实在闹革命。他不能再等了，下午就起航，绕过圣多明各岛。埃斯特万他们几人收拾好东西，用啤酒就着火腿吃了午餐，啤酒热得泡沫都沾在杯子上了。他们告别博爱派船长和箭号上的人，在码头上的一个门洞里，坐在行李上盘算起来。奥赫听说有一艘古巴破帆船明天要去圣多明各，是这里的商人租来去那里接运难民的。合理的安排应该是这样：索菲亚留在圣地亚哥，他们三个男子先乘船去。如果情况并非如人们描述的那样，埃斯特万就乘原船回来找表姐。奥赫坚持认为，那里的暴动绝不是单纯的抢掠，而是具有高尚、复杂的目的；此外，他深信他弟弟樊尚的权威，他有数月没有他的消息了，但是他知道他在殖民地政府中身居要职。维克托更是毫不犹豫，他在太子港有个店铺，有房子和家产。索菲亚着急了，要求他们带她去，她保证不影响他们，既不需要寝舱，也不害怕。"这不是怕不怕的问题，"埃斯特万说，"那里有数百名妇女遭了殃，我们不能让你去冒险。"维克托表示同意。如果在圣多明各能混下去，他们就来找她；如果混不下去，他就让奥赫当他的代理人，他自己回圣地亚哥，等风暴结束后再作理会。城里来了这么多法国难民，谁也不会打听，这里的维克托·于格是否就是在哈瓦那被追查的那个共济会员，更何况，现在圣地亚哥城里住着数百名来自太子港、法兰西角、莱奥甘的共济会会员。索菲亚接受了男子们的决定，同维克托一起看守行李，奥赫和埃斯特万去解决为她物色一个像样的住所这个难题。箭号船体修长，很漂亮，一根根桅杆微微倾斜着矗立在那里，从桅杆顶上挂下一条条细侧支索，杆顶上旗帜飘扬，甲板上水手们忙个不停，起航前的准备工作正在进行。

次日清晨，一艘外表破烂、帆上缀有补丁的旧船驶离圣地亚哥港，沿着海岸航行。越向前进，海岸越高峻，船必须逆流戗风而行，简直像踏步不前……漫长的白天过去了，夜里明月高照。埃斯特万卧在桅杆脚下，却不能入睡，迷迷糊糊之中，有一二十次以为天明了。船进入戈纳夫湾，不久就遥遥望见一个岛的海岸，据奥赫说，那里有瀑布，水能使妇女产生幻视。掌管水和生殖的女神的靓丽神坛就在那里，每年都有妇女来神坛前求神，水从高高的岩石倾泻下来，她们就浸泡在飞溅的泡沫中，有的被向她预言未来的神附身（这类预言通常惊人地准确），便手舞足蹈，大喊大叫。"大夫相信这个，令人吃惊。"维克托说。奥赫反唇相讥："在你们文明的欧洲，梅斯梅尔 ① 大夫用他木盆里的磁化水创造了数以千计的医疗奇迹，使病人进入感奋状态。这种本事这里的黑人早就有了。不过，他看病是要钱的，而戈纳夫湾的神是免费治疗，这就是不同之处……"船继续在隐隐约约的海岸之间航行，直到天黑，维克托因白天过分焦躁，吃过简单的晚饭（几条鲱鱼和一些饼干）后就闷头睡觉了，好像是为了弥补精神上的损耗。天明前不多时，他被埃斯特万叫醒。船已到达太子港的前方，城区被包围在烈焰之中，大火向附近山峦喷射着火星，映红了天空。维克托要求立刻放下一只小划子。少顷，小划子到达渔业码头，他登上岸，后面跟着埃斯特万和奥赫。他们穿过街道时，遇见几个黑人扛着从大火里抢出来的时钟、画和家具。三人来到一块烧得精光的地基上，那里星星点点地散布着小火堆，灰烬里尚有几根烧焦的木头。商人维克托站住了，他颤抖着，抽搐着，同时从额角、太阳穴和脖子向下淌着汗。"我请你们观瞻寒舍，"他说，"那边原来是面包铺，这边是仓库，后面是我的卧室。"他捡起一块烧煳了的橡木板。"这原来是个很好的柜台。"他的脚踢着一个被火烧黑的天平盘，便捡起来看了许久，突然当啷一声扔到地上，激起一团烟灰。"对不起。"他说罢，哇的一声哭了起来。奥赫去城里找他的家属。

天明了，云层低低的，湮没在烟雾之中，仿佛被海湾四

---

① 梅斯梅尔（1734—1815），德国医生，创立动物磁性说。

周的山峦卡住了。维克托和埃斯特万坐在面包铺的炉子上（这是这块乱糟糟的地面上唯一可辨认的东西），望着这个自我毁灭中的城市重新恢复生活的节奏。农夫运来水果、奶酪、圆白菜以及一捆捆甘蔗，摆在已经不像城市的市场上。他们依照习惯，来到已经消失的摊位之处，在露天摆起摊子，于是恢复了昔日一排排摊子的模样。似乎暴乱分子放火把一切烧毁以后，便销声匿迹了。在一片瓦砾的土地上，有烧焦的木头，有火星尚存的灰烬，有尚在燃烧的火堆，但是十分宁静，倒是一派田园景象。叫卖者来了，其中有卖自产花山羊奶的，有卖香气扑鼻的茉莉花的，有卖甜滋滋的蜂蜜的。海堤尽头，有个大个子在兜售一条高高挂起的大乌贼，那形象就是切利尼创作的珀尔修斯①青铜像。远处有几个教士在搬运烧焦的脚手架，那是给一个正在建筑中的教堂用的。驮着货物的小毛驴在已经消失的街道上行走，不过它们是沿着走惯了的路线前进的，遇到不能直线穿过的地方就绕过去，来到一个想象中的拐角处就停下了；那里的酒店老板早已在用垒起的砖头上搭起的板上摆出一瓶瓶烧酒。维克托来回目测着他那已经被烧毁的商店，神情异常认真。他失去了家产，连一件家具、一份合同，甚至一本账本都没有了，连一封可以为之唏嘘叹息的泛黄信函也没有了，他因一无所有而产生了轻松感，怒气也随之平息。他的生活要从零

---

① 珀尔修斯，古希腊神话人物，是宙斯的儿子。16世纪意大利佛罗伦萨艺术家切利尼（1500—1571）创作了珀尔修斯右手持刀，左手高高提着人头的青铜像。

开始，现在既无合同可执行，也无债务可偿还，悬浮在被毁灭了的过去和难以想象的未来之间。在山丘之中又燃起了大火。"烧掉剩下的东西，烧光拉倒。"他说。奥赫回来时已是中午，停留在山峦之间的云层反射着白闪闪的光。维克托还待在那里，奥赫表情冷漠，脸上增加了皱纹，埃斯特万简直认不出他了。"干得好，"他说，并对被烧毁的地方扫了一眼，"你们都活该受罪。"他见维克托满脸狐疑和气愤，便又说："我的弟弟樊尚在法兰西角校场被处死了，他们用铁杠打折了他的身子。听说，他们像砸核桃一样，用锤子砸他，砸得他的骨头咯咯响。""是暴动的人干的？"维克托问。"不，是你们干的。"大夫答道，他神情忧郁，瞪着眼睛。就在那块烧得精光的地基上，他讲述了弟弟的悲惨史。他弟弟被任命担任要职，而法国移民拒绝执行国民公会①关于凡具有充分文化修养的黑人和混血种人都被授权在圣多明各担任公职的决定。樊尚白高兴一场，辩论评理也无用，便率领一队同样因白人不妥协（不服从）而受影响的不满分子起义。他在一个名叫让·巴蒂斯特·沙万的混血种人辅佐下，向法兰西角进发。但是，首战败北，樊尚和让·巴蒂斯特逃往岛上的西班牙领地。他们在那里被当局逮捕，戴上手铐押回法兰西角。他们被关在铁笼子里，放在广场上受辱几天：无论谁走过，都可以向他们扔赃物，泼脏水，吐唾沫，辱骂。

---

① 国民公会，法国大革命时期普选产生的国家权力机构，1792 年 9 月 21 日召开第一次会议，通过了废除君主制的议案，宣布成立法兰西共和国，即法兰西第一共和国。

后来竖起耻辱柱，刽子手拿起大铁钉，把犯人的小腿、胳膊和大腿钉住。钉好后，就举起斧子把两个青年的头砍下；然后将他们的首级戳在长矛上，在通往格兰里维的大道上游街示众，以儆效尤。秃鹰低飞，在掠过时啄那发紫的脸部，最后脑袋失去了模样，成为一团肉，上面布满猩红色的坑；而醉醺醺的看守兵却摇晃着那肉团取乐，他们每到一个客栈都要喝酒……"还有许多东西要烧，"奥赫说，"要是待到今晚可不得了。你们趁早走吧！"……他们向码头走去，大段大段的木制码头被烧毁了，他们不得不在不易燃烧的崩断斧①木横撑上行走。码头下漂浮着尸体，尸体上有海蟹爬来爬去。那艘古巴船载满难民就离开了，连一小时也等不得。这是一个黑人老头儿告诉他们的，他在固执地修补他的渔网，似乎在这浩劫中有一个破洞就是了不得的大事。所有的船都离港了，只有一艘新到达的船在那里，船员们刚得悉太子港发生的事。那是一艘三桅船，船舷很高，从岸边向那三桅船驶去的小船越来越多。"这是唯一的机会了，你们走吧，别让他们把你们宰了。"奥赫说。他们踏上由一个黑人渔民驾驶的独木舟，船里漏水，他们必须用瓢向外舀水。独木舟驶到北风号船下，那船长趴在船舷上骂娘，不许他们上船。维克托做了一个奇怪的手势（在空中划了几下），船长才停止咒骂。他给他们放下绳梯，少顷，他们登上甲板，站在那位看懂了这位破产商人的信号（抽象的求援）的船长身边。船载

---

① 崩断斧，美洲产的一种树木，非常坚硬。

满难民，立即起锚回法国。难民来自各地，他们穿着汗渍的衣服，仍在流着汗，汗臭熏天。他们之中，发烧者有之，失眠者有之，累垮者有之；被殴打者有之，受伤者有之，被奸污者有之；有的人身上发生溃烂，有的人身上长了虱子。"没有别的办法了。"维克托见埃斯特万对于此次计划外的远途旅行犹豫动摇时就这么说。"要是不走，他们今晚就会把你宰了。"奥赫说。"那你呢？"①维克托问。"我没有危险。"②这个混血种人指指自己暗色的脸颊答道。他们拥抱告别。埃斯特万觉得，大夫这次拥抱不像以前那么热情。他们之间产生了冷漠，产生了新的距离，产生了隔阂。"真对不起，发生了这样的事。"奥赫对维克托说，似乎他突然成了一国的代表。他做了个告别的手势，便回到独木舟上，那渔民正用桨推开一匹马的尸体……少顷，太子港响起一阵雷鸣般的鼓声，鼓声传到群山之巅。在晚霞的红光中升起新的大火。埃斯特万想念索菲亚，她还在圣地亚哥徒然等候。她是住在诚实的商人家里的，那些商人向她父亲供过货。不过，这样也好，奥赫会设法把情况告诉她的，卡洛斯会去找她的。今天开始的奇怪冒险，不是女人能够胜任的，因为从现在开始，在这样一条船上，梳洗打扮就和其他人做其他事情一样，都得在众目睽睽之下进行。埃斯特万既担心又后悔，可又对面前发生的难以置信的事件感到兴奋。同维克托·于格在一起，他觉得自己坚定、成熟了，更具有男子气概。现在，维克托这

---

①② 原文为法语。

个法国人背向着太子港，仿佛在吹嘘他把自己的过去埋葬在灰烬中似的；他同一个法国人讲着法语，显得比过去更具有法国人气质了，在谈话中他得悉了祖国的最新消息。确实，消息挺有意思，都是闻所未闻、了不得的新闻。但是，其中数国王出逃并在瓦雷讷被捕为最大、最轰动的新闻[1]。无论是谁，都会觉得"国王"同"被捕"怎么也联系不到一起，这真是不得了，太新鲜了。一个企图统治人民的国王，当他不配统治人民的时候，就被逮捕，挨嘘受辱，并交人民看管！最伟大的国王，至高无上的权力和天下最高权杖的拥有者，被两个宪兵带走！"可我呢，世界上发生这样的大事，我却在做丝绸走私的买卖，"维克托双手捧住自己的脑袋说，"那里大家正在为新人类的诞生而出力……"东边的山峦陷入突然降临的黑暗中，相形之下，满天星斗显得更加明亮，在群星灿烂的天空下，北风号在徐徐吹拂的夜风推动下缓缓前进。留在后面的，是燃烧了一天的大火。凡具慧眼者，都远远地隐约看见，在东方，火柱[2]在冉冉升起，它笔直而又壮丽，将引导人们通向整个乐土[3]。

---

[1] 1791年夏，法国国王路易十六携家属逃出巴黎，6月20日在东北边境驿站被群众抓获并被押解回巴黎。

[2] 火柱，据《圣经·出埃及记》，以色列人逃离埃及途中，上帝走在他们前面，白天用云柱指示方向，夜间用火柱照亮他们，这样，他们日夜都可以赶路。

[3] 乐土，原文为"应许之地"（《圣经》词语），指上帝允诺给予的土地，泛指自由幸福的乐土。

第二章

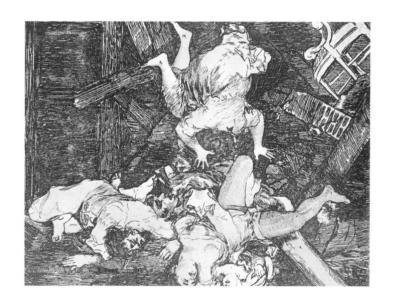

十二

健康人和病人。

——戈雅

　　那座城是他的出生地，在迢迢万里之外，是那么遥远而又奇特。埃斯特万每每想及自己的出生地，就会联想起蚀刻画的颜色，由于光线过分强烈，阴影显得愈加浓烈；在那里，天空中会突然乌云四合，雷鸣电闪；街道狭窄泥泞，到处是忙忙碌碌的黑人在船缝填料、烟草和腌肉堆之间川流不息。这幅热带画面上，平淡甚于激情，从这里看，它是静止的，压抑而又单调，色彩重复而又重复，暮色过于短促，黑夜降临后却迟迟不上灯；在更夫赞美圣母马利亚声中报十点钟以前，人们已经坦然进入梦乡，漫长黑夜因悄然无声而显得更加漫长……而这里，初秋色彩华丽，这对来自树木常绿而从不转换成红色或棕色的海岛上的人而言，简直是奇观。这里到处笼罩着欢乐气氛，旗帜飘扬，人们帽子上缀着彩带和花结，街角摆满鲜花，妇女的纱巾和裙子上都饰以表示爱国的红色和蓝色，人们的衣服上也都有同样的装饰①。埃斯特万觉得自己像是在常年幽居乡野之后，来到一个大集市，而那些人物和衣饰都是一个伟大的剧务主任设计的。街上熙熙攘攘，各色人等应有尽有，有爱唠叨的老大妈，有坐在车辕上互相打探生意的车夫，有闲逛的外地人，有骂骂咧咧、无所用心的跟班。有跑腿的，有议论时事的，有在阅读报纸的，还有东一簇西一堆围着争论的人群。人群中，散布流言者有之，消息灵通者有之，拥有可靠消息来源者有之，事件目击者有之，有声有色讲述亲历的事件者也有之。此外，还有烂醉如泥的热情的爱国者，有写报屁股文章的记者，有借口感冒而竖起领子捂住嘴巴的警察，有浑身打扮成最为爱国的模样以掩盖其真面目的祸国败类，这类人物随时都会爆出一两条惊人的新闻，并搅得这五光十色社会中的平民百姓晕头转向、不知所措。大革命②给街道注入了新的生命。街道对埃斯特万十分重要，因为他的生活就在街上，他在街上观察大革命。"这是自由的人民欢乐和奔放的激情。"他一面想，一面听，一面看，并且为所有的人都赋予他"自由之神的外国友人"称号而感到自豪。有的人会很快习惯于此；但是他，猛然从热带的昏睡中被拽出来，便觉得进入了一个异国情调（就是这个词）的环境，这比他那棕榈树和蔗糖的世界更奇异，他在那里长大成人，从未想过他眼中的家乡对其他人而言也是具有异国情调的。而在这里，所有的旗杆和小旗子，各种宣传画

① 法国国旗上有红蓝白三色。
② 专指法国大革命。

和标志，都使他觉得奇异，真正的异国情调。那些屁股肥硕的马，像是保罗·乌切洛①设计的游乐场转盘上卸下的假马，同他祖国的瘦骨嶙峋却又聪明的马（安达卢西亚马的后代）相比是那么不同。他觉得什么都好看，都值得驻足观赏：按中国风格布置的咖啡馆，招牌上有骑着酒桶的西勒诺斯②图像的小酒店，在露天演练著名的杂技动作的走钢丝杂技演员们，以及那个在塞纳河畔开店的宠物狗美容师。一切都奇特、意外而又有趣：卖蛋卷小贩穿的衣服，别针的样品，染成红色的鸡蛋，以及市场上捋鸡毛女人叫卖火鸡时称火鸡为"贵族"。每家商店对于他都像是一个剧场，那陈列橱窗就是舞台，里面陈列着饰以纸花边的羊腿；香水橱窗之华美足以使人相信仅靠几件展品就可以过日子；卖扇子女人的橱窗，以及那个长相也漂亮、胸脯靠在柜台上的女人（卖的是用杏仁糖制作的革命徽章）的橱窗，也都装点得同舞台一样。无论什么都缀以花边、彩带，或涂一层焦糖色，或挂蒙戈尔菲耶③气球，或布置铅玩具兵，或饰以芒布鲁④的头像。现在，与其说他身处一场革命之中，倒不如说他是在表现革命的巨幅宣传画中，是在描述革命的教学挂图之中：革命在秘密会议上策划，在别处爆发而又在隐蔽的地方集中推进，这对于那些渴望了解所有这一切情况的人而言

① 保罗·乌切洛（1397—1475），意大利佛罗伦萨人，从事雕刻和绘画。
② 西勒诺斯，古希腊神话中奥林匹斯山（诸神居地）上的丑角。
③ 蒙戈尔菲耶兄弟，法国人，他们发明了气球。
④ 芒布鲁，指约翰·丘吉尔（1650—1722），英国著名将领，因当时流行一首涉及他的打油诗而使他成为传奇式人物。

是个盲区。埃斯特万对那些昨天尚默默无闻的人物的名字很不熟悉，因为每天人物都发生变动，结果闹得他不知道究竟谁在领导这场革命。譬如，突然出现几个不知名的外省人，他们原来或是公证人，或是神学院学生，或是没有名气的律师，甚至可能是外国人，他们在几个星期里就变成大人物。事件一个紧接一个发生，讲坛上、俱乐部里出现一张张陌生的面孔，有时，年轻的演说者往往比他大不了几岁，这一切使他目瞪口呆。他混在群众中去参加大会，但也得不到多少消息，因为他不认识人，而那些滔滔不绝的演说则使他觉得茫然。他就像突然被带到美国议会的乡巴佬一样，对那些演说者钦佩不已。这个人他喜欢，因为此人说话干脆利落，有青年人的冲劲；那个人他也喜欢，因为他声若洪钟，语调平易近人；还有那个人，讲话比别人尖刻辛辣……维克托·于格此时并不能向他提供什么信息，因为他很少有机会见到他。他俩住在简陋的房子里，昏暗而又不通风，一天到晚闻到羊膻味、烂白菜味和葱花汤味儿，再加上地毯散发的奶酪哈喇味儿。起初，他们在首都享受，出入游乐场所，埃斯特万同所有来到塞纳河畔的外国人一样，挥金如土，纵欲放荡。但是，过了一段时间以后，维克托由于家产荡然无存，仅有在古巴赚得的几个钱，不得不考虑往后的生计。埃斯特万只得给卡洛斯写信，求他通过阿兰达伯爵的嘎尔纳恰酒和莫斯卡特尔酒代理商——波尔多人拉方父子，给他开信用证。维克托已养成早出晚归的习惯。埃斯特万是了解他这种情况的，所以根本不问他。维克托是这样的人：只有在取得成就并在追求更大的成就时，才会谈他自己的成就。

埃斯特万很自在，随着每日的节奏而东跑西颠，或尾随警备队游行队伍前的鼓手们，或溜进随便哪个政治俱乐部，在那里即兴演说，比法国人还法国人，比亲身参加革命的人还革命，总是呼吁采取断然措施、严厉的惩罚和惩一儆百的手段。他读的报纸都是极端派的，他所喜欢的演说者都是六亲不认之辈。听到任何关于发生反革命阴谋的谣言，他就拿起厨房里的菜刀上街。一天上午，他带着居民区里的一帮孩子，拿来一棵枞树苗，庄严地种在院子里，并将其命名为新的自由之树，这把他住的旅店的老板娘气得要死。还有一天，他在雅各宾派俱乐部里发言，提出这样的想法：要把大革命推进到新大陆，只需向被逐出海外领地而漂泊在意大利和波兰的耶稣会①教士灌输自由思想，这令在场听众瞠目结舌……居民区的书店老板称他为"怪人"，他为拥有此名号而得意扬扬，并觉得在他的美洲形象上增添了伏尔泰②的名士派头，因而千方百计同旧制度的文明习惯作对，夸耀自己作风率直、语言粗鲁、行为乖戾。其实，有时候他这种行为甚

---

① 耶稣会，天主教修会之一，顽固反对宗教改革。18世纪资产阶级思想家曾予以抨击，欧洲许多国家也曾对它实施取缔。

② 伏尔泰（1694—1778），法国18世纪启蒙运动者、作家、哲学家，对法国资产阶级大革命有积极影响。伏尔泰是个性格复杂的人，他既有智慧、慷慨、叛逆、仗义的一面，又有丑陋、鄙俗、虚荣、轻浮等习气，因而有人称他为"怪人"。原文hurón还有"爱打探的人"之意，故下文说"他东打听，西张望"。

至伤害了革命派。"我敢脚踩吃饭用的盘子，在有人吊死的人家大谈绳子。"他说道，为他自己的可恶、粗暴而扬扬自得。他东打听，西张望，居然找到了在巴黎的西班牙人帮，他们之中有共济会员和哲学家，有博爱派人士，也有反教会的人士，他们积极策划到半岛①去搞革命。他们不断数落波旁家族：有几个国王当了王八，有几个王后是如何淫荡，有几个王子是白痴；西班牙如何落后、黑暗，在那里，修女们受到煎熬，装神弄鬼盛行，人们衣不蔽体，受迫害，遭践踏，从比利牛斯山麓到休达②，整个西班牙陷入再世哥特佬③的黑暗统治。他们把那个在独裁统治下沉睡的愚昧国家同这个光明的法国相比。他们指出，法国革命受到边沁、席勒、克罗卜施托克、裴斯泰洛齐、罗伯特·布鲁斯、康德和费希特等名人④的欢迎、赞赏、欢呼。"不过，仅仅在西班牙搞革命是不够的，也要在美洲闹革命。"只要埃斯特万在集会上这么说，总是得到一个名叫菲利西

---

① 指伊比利亚半岛。

② 比利牛斯山在西班牙北部边境，休达在摩洛哥海岸，是西班牙最南端的领土。比喻整个西班牙。

③ 此处"再世哥特佬"指波旁家族。原指哥特族的一支——西哥特族于公元 5 世纪初侵入西班牙，其统治持续到公元 711 年才被推翻。

④ 边沁（1748—1832），英国伦理学家、法学家，资产阶级功利主义的主要代表。席勒（1759—1805），德国剧作家、诗人。克罗卜施托克（1724—1803），德国诗人。裴斯泰洛齐（1746—1827），瑞士教育家。罗伯特·布鲁斯（1274—1329），苏格兰国王，此人所处时代与法国大革命相差甚远。疑应为罗伯特·彭斯（1759—1796），苏格兰著名诗人，曾对法国大革命表示同情。康德（1724—1804），德国哲学家，德国古典唯心主义的创始人。费希特（1762—1814），德国古典唯心主义哲学家。

亚诺·马丁内斯·德·巴耶斯特罗斯的赞同，他是从巴约讷 ①
来的，很快就赢得埃斯特万的好感，因为他善讲笑话，谈笑风
生，而且有时会在一架扔在墙角的旧击弦古钢琴伴奏下唱几首
布拉斯·德·拉塞尔纳创作的歌谣，唱得优雅、风趣。每当此
时，西班牙人就都围着钢琴唱起下面这首令人陶醉的歌谣：

> 在很久很久以前，
> 有个人叫马宏麻。
> 他爱喝酒呀爱喝酒，
> 喝得轻飘飘呀，
> 手舞足蹈，
> 天旋地转。

为了炫耀，他们一律都穿用红线绣有"自由"两个字的马
甲，这种衣服在西班牙和美洲是西班牙国王明令禁止销售的。
在晚上，他们聚到一起就制订打回国去的方案，策划在一些省
份起义，绘制在加的斯 ② 或布拉瓦海岸 ③ 登陆的作战图，任命几
名著名的部长，创办几份想象中的报纸，撰写宣言，一个个都
高谈阔论，眉飞色舞，在谈笑中似乎已将一面面御旗撕碎、一
顶顶王冠掷到地上；他们破口大骂西班牙王室成员，说这个是

---

① 巴约讷，法国西南港口城市。
② 加的斯，西班牙南部港口城市。
③ 布拉瓦海岸，西班牙巴塞罗那以北至法国边界的海岸。

王八，那个是婊子。有几个人在叹息，世界共和国之父阿纳卡西斯·克洛茨①作为人类大使出席制宪议会时，他的随从人员中竟没有一个这里的旅法西班牙人，而其他旅法侨民，无论是英国人、西西里人、荷兰人、俄国人、波兰人、蒙古人、土耳其人、阿富汗人还是迦勒底人②，都身穿民族服装，高高兴兴地代表在独裁者屠刀和枷锁下呻吟的本国人民。在那个值得纪念的仪式上，连一个土耳其人都发了言，唯独没有听到西班牙的声音。"他们瞧不起咱们，他们做得对，因为咱们现在啥都不是，"马丁内斯·德·巴耶斯特罗斯耸耸肩说，"但是，咱们总会有出头之日的。"他很快得悉，有非常勇敢的人准备到法国来为革命效劳，其中有一个名叫马切纳的青年教士，从他的来信和他对寄给他的拉丁文诗歌所作的译文来看，他具有高尚的精神……不过，埃斯特万并不仅仅限于参加晚上热烈的讨论会、到街上傻看或是参加爱国游行和庆祝活动。有一天，他被外国人共济会社所接纳，那是值得纪念的日子。在那里他进入了一个广阔的、兄弟般的劳动者世界，关于这个世界，以前维克托对他只是零零星星地透露过。那天，外国人共济会社的弟兄们为他举行了入会仪式，他们点燃圣殿里的灯火，圣殿灿烂而又

---

① 阿纳卡西斯·克洛茨（1755—1794），原名让·巴蒂斯塔，积极参加法国大革命，并于1791年率领由36名外国人组成的代表团，自任团长，在法国制宪议会演讲，声称全世界都支持法国革命，从此自称为"人类的代言人"，并采用阿纳卡西斯·克洛茨这个名字。后来被罗伯斯庇尔指控为"外国的代理人"而被推上断头台。
② 迦勒底人，即巴比伦人。

神秘。在耀眼的剑光中，他向雅斤、波阿斯两铜柱①走去，向德尔塔②、四字母组合③走去，向所罗门指环④以及黄金数之星⑤走去。当时，喀多斯诸骑士、十字玫瑰诸骑士、青铜蛇诸骑士、御箱诸骑士、圣幕诸王子、黎巴嫩诸王子、耶路撒冷诸王子，还有建筑大师以及崇高的枢密亲王都在场，将来他要为向这些等级晋升⑥而努力。他心情激动，觉得难以承当如此高的荣耀。他按照传统程序，向前行走，去探索关于圣杯、毛石转化为方石⑦以及太阳在金合欢树上再生⑧这类奥秘。此类传统程序的历史可以追溯到很久以前在埃及举行的入会仪式，其间经过雅各布·伯麦⑨、克里斯蒂安·罗森克罗伊茨⑩的《精神婚礼》一书的介绍以及圣殿骑士团秘密机构的努力而得以保存并恢复。

----

①⑧　见第80页注①。

②　德尔塔，希腊字母名称，其印刷体大写呈三角形，是共济会的标志之一，并在三角形中画一只眼睛，意思是能洞察一切。

③　指耶和华。在希伯来语中，"耶和华"由四个字母拼成。

④　所罗门指环，据西方传说，所罗门王的指环具有魔力，能与魔鬼和动物对话。

⑤　黄金数之星，指五角星，共济会的神秘符号之一。

⑥　这里所说的"骑士""王子""亲王"等，都是共济会员中的高等级称号，最低的三个等级依次是"学徒"、"伙伴"和"大师"。新入会的会员属最低等级的"学徒"。

⑦　毛石必须经过打磨加工，才能成为方石。比喻新会员必须努力，才能向高等级晋升。

⑨　雅各布·伯麦（1575—1624），德国通神论者。

⑩　克里斯蒂安·罗森克罗伊茨（1378—1484），德国人，基督教神秘教派十字玫瑰会创始人。他在其《炼金术士婚礼》一书中，向初入会者宣扬修道之路，声称，信徒必须使自己的灵魂与上帝结合。他把灵魂比作妻子，把上帝比作丈夫。

埃斯特万在约柜①前得到启示而醒悟了，感到他自己同宇宙融为一体，觉得现在必须在他自己的心灵中建造约柜，犹如伟大的建筑师希兰建造圣殿一样。他现在居于宇宙的中心：头顶上方天门大开，他的双脚走在由西方通向东方的道路上。这个学徒走出昏暗的静思室，袒露着胸脯和右腿，光着左脚，循例回答三个问题：关于人对上帝的义务，个人对自身的责任，个人对他人的责任。三个问题回答完毕，灯火大放光明，这是本世纪正气浩然的光明，自从太子港发生大火以来，他一直迷迷糊糊、盲目地朝着这光明将神奇地出现的方向走去，犹如被上帝的意志所牵引。现在他理解了着迷地向"未来之城"航行（像珀西瓦尔②乘船航行寻找自己一样）所包含的确切意义，"未来之城"如同托马斯·莫尔③或康帕内拉的城市一样，根本不在美洲，而是就在哲学的摇篮里……那天晚上他不能入睡，便在巴黎老区游荡直至黎明。老区古色古香，他对那里曲曲弯弯的小巷是陌生的。突然遇到棱角突出的街角，像巨轮的船头向他驶来，那上面既无桅杆，也无风帆，却布满烟囱，这些烟囱在天幕下像全副武装的骑士摆出奇异的姿势。脚手架、招牌、铁制的字牌以及昏睡般的旗帜在黑暗或半明半暗中出现，看不清

---

① 约柜，木制的柜，外面镶金，里面放着刻有十条诫命的两块石板和以色列人的其他圣器。

② 珀西瓦尔，传说中亚瑟王麾下的圣杯骑士。

③ 托马斯·莫尔（1478—1535），英国人，《乌托邦》的作者。关于"未来之城"和康帕内拉，见第 72 页注①。

它们的确切形状。那边，市场上堆放着手推车；这边，在尚未编织好的藤筐上挂着一个轮子。忽然，一匹似阴间的马在一个院子里嘶鸣，那里有一架车，在月光下套好了套绳，那马不耐烦地站着，犹如蓄势振翅的昆虫。埃斯特万沿着古代朝圣者的圣雅各之路①前行，走着走着，他站住了，然而街尽头的天空似乎在召唤他越过街的陡坡，同时赐予他享受割下的小麦和显示吉兆的三叶草②的清香以及橄榄油作坊湿润温热的气息，仿佛在鼓励他前行。他知道这纯粹是幻觉，街的陡坡上还有房子，而且在杂乱的郊区有更多的房子。数世纪以来，一身朝圣装束——身穿带披肩的外衣，其披肩上饰有扇贝壳，一手执杖，脚穿草鞋③——的人们经过长途跋涉而到达这里时，见到此处的绝妙胜景，莫不抓住天赐良机，唱着赞美诗驻足观赏。此地离普瓦捷的圣伊拉里奥医院④，离到处都是树脂香气的朗德⑤

---

① 圣雅各之路，据说公元814年在西班牙西北地区离大西洋海岸不远的圣地亚哥-德孔波斯特拉一处树林里发现了耶稣十二门徒之一雅各的墓。从此，不断有信徒赶去朝拜。后来在那里建了孔波斯特拉大教堂，从西班牙和欧洲各地赶去朝拜者日益增多，逐渐形成许多条通往圣地亚哥-德孔波斯特拉的路线，统称为圣雅各之路。西班牙和法国境内的圣雅各之路分别于1993年和1998年被联合国教科文组织列入世界文化遗产名录。
② 民间视三叶草的变种——四叶的香泽兰为吉兆。
③ 朝圣者头戴宽边帽，身穿带披肩的褐色外衣，一手执杖，身背一个行囊，外加一个盛水用的葫芦。披肩上饰有扇贝壳。这些贝壳不是为了装饰，而是作为朝圣者的标记，也是他们的通行证。
④ 普瓦捷，地名，在法国西部。过去，在圣伊拉里奥医院就诊者大多是穷苦人，朝圣者若有病在此就医比较方便。
⑤ 朗德，地名，在法国西部，普瓦捷的南方。该地区遍布松树林。

以及能接纳朝圣者在那里休整的巴约讷，都已不远，他们因而觉得离荣耀牌楼①更近了。这三处地方宣示着，四条朝圣路线将在阿斯卑谷地②王后桥③交会。年复一年，一代又一代的朝圣者在无穷尽的热诚的驱使下，都是经由王后桥朝着马特奥大师建造的壮丽工程走去的。毫无疑问，这位大师同布鲁内莱斯基、布拉曼特、胡安·德·埃雷拉或斯特拉斯堡大教堂的建筑师埃尔温·施泰因巴赫④一样，也是共济会员。埃斯特万为了不丧失观赏绝妙胜景的良机，也在朝圣者们驻足处站住了。他想到自己已被接纳为共济会员，觉得自己知识浅薄，没有接触过任何自我修养的文献，因此从明天起，他要购买有用的书籍，主动丰富直至目前才接受的关于共济会的基本知识……这样，他对每时每刻都在街上鼓噪的革命骚动就不像以前那么热心了。在漫长的黑夜里他潜心学习，从而对逾越节庆典之所以持续三天⑤有了更好的理解。有一天，也许是在七点钟左

---

① 荣耀牌楼，指在圣地亚哥大教堂门前的牌楼。此牌楼是马特奥设计的，也是在他主持下建造的。到达荣耀牌楼就是到达朝圣地了。

② 阿斯卑谷地，地名，在西班牙北部。

③ 王后桥，西班牙有若干王后桥，这里特指阿斯卑谷地的王后桥。

④ 布鲁内莱斯基（1377—1446），意大利文艺复兴时期的建筑师。布拉曼特（1444—1514），意大利文艺复兴时期建筑师。胡安·德·埃雷拉（1530—1597），西班牙建筑师。斯特拉斯堡，法国东部城市。埃尔温·施泰因巴赫（1244—1318），德国建筑师。

⑤ 逾越节三日庆典是基督教的重要传统活动之一。一般在基督教的圣周（通常在每年3月22日至4月25日之间）四、五、六三天连续举行。周四是纪念最后的晚餐，周五纪念耶稣受难，周六纪念耶稣安息于坟墓之中。周日就是复活节，信徒们庆祝耶稣复活。

右，维克托找到了他。当时埃斯特万正浮想联翩，他先是琢磨散文《弥赛亚之到来》，然后想到《启示录》的烈酒和星①。《弥赛亚之到来》这篇散文的作者是胡安·何萨法·本·埃兹拉，他的名字和他阿拉伯人的外貌掩盖了奋发向上的美洲劳动者的个性。"你愿意为革命效力吗？"维克托以亲切的声音问他。他从遐想回到激动人心的现实，这种现实归结起来，不过是追求初步实现人类世世代代的伟大梦想。他回答愿意，他将自豪、热情地为自由而奋斗，并且不允许他人怀疑他这种热情和愿望。"十点钟你到布里索②公民的办公室找我，"维克托说，现在他穿一套做工精细的新衣服，脚蹬一双刚从商店买来的靴子，"对了，顺便告诉你，不准谈共济会的事。你如果想同我们一起干，就不要再去共济会。那种空泛的议论浪费了我们太多的时间。"他见埃斯特万吃惊的样子，便补充说："共济会就是反革命。这毋庸争议。除雅各宾派思想外，其他一概不行。"他拿起桌上放着的一本《学徒入会问答》③，扯个粉碎，扔进字纸篓里。

---

① 《启示录》是《圣经·新约》的末卷，其作者自称受基督嘱托，把基督的启示告诉人们，并声称"他右手拿着七颗星"，这是他受基督嘱托的标志；又说，有罪的人"就得喝上帝的烈酒"而受折磨。
② 布里索（1754—1793），法国大革命时期吉伦特派领袖。主张推翻君主制，建立共和国。1793年5月，吉伦特派统治被推翻；同年10月布里索被处死。
③ 《学徒入会问答》，共济会供学徒级会员阅读的书。

十三

十点半，布里索接见了埃斯特万，十一点就给他指定了一条路：沿着其中一条圣雅各之路到西班牙边境去。"帽子上的花结就是扇贝壳，有了它，草鞋将助我自由通行①。"埃斯特万见他对自己如此器重，顿时口齿伶俐起来。在那些日子里，为了准备向西班牙散发的革命文件（已在巴约讷和比利牛斯山附近凡有印刷设备的地方印刷），需要信念坚定、善于用西班牙文写作并能翻译法文文件的人才，青年教士马切纳有才干并具有伏尔泰式的讽刺天赋，众人对他赞不绝口，也极受布里索的赏识。马切纳认为，西班牙像其他国家一样，渴望砸碎耻辱的枷锁，即将爆发革命。他建议，为了在那边点燃革命火焰，必须在半岛进行革命理论的渗透。据他说，巴约讷（当然也不忽视佩皮尼昂②）"是汇集那些愿为西班牙新生而效劳的西班牙爱国者最适当的地方"，然而必须有这样的聪明人：他能懂得"新生的共和派法国人所使用的语言尚非西班牙人所能接受"，西班牙人必须"逐步接受教育"，在一个时期内，"山那边的某些根深蒂固、同自由水火不相容的成见，不可能一下子破除"。"明白了？"维克托问埃斯特万，仿佛在布里索面前为他的被保护人作保。埃斯特万乘机发表简短的演说，但很有说服力，讲话

---

① 草鞋、扇贝壳都是圣雅各之路上朝圣者所必备的物品，而扇贝壳是朝圣者的通行证。埃斯特万以此表示他将像朝圣者那样不畏千难万险干革命的决心。

② 佩皮尼昂，法国城市，在地中海利翁湾沿岸，离西班牙北部边境较近。

中夹杂引用西班牙人语录，以此表明他不仅同意马切纳的意见，而且法语和他的本国语言讲得一样好……可是，过了几小时，考虑到要去的目的地，他便想，这个任务并不那么令人羡慕：在此时此刻远离巴黎，等于把自己囚禁在外地而不能观察世界最大的舞台。"现在不是发牢骚的时候，"维克托了解到他的问题后，对他严厉地说，"我很快要被调到罗什福尔常驻。我也喜欢留在这里。但是每个人都必须去命令他去的地方。"接着，两人便大吃大喝，嫖狎女人，过了三天纵酒作乐的生活之后，他们之间的关系更密切了。埃斯特万对维克托无话不说，他不隐讳，尽管他遵守关于忘记共济会的嘱咐，但是，在外国人共济会社的日子给他留下了愉快的回忆。在那里，他们称他为"美洲小弟弟"，在入会仪式上给了他一件男式长袍。此外，他不得不承认，共济会里有民主思想，有个来自黑森公国罗滕堡①的人，名叫卡洛斯·康斯坦丁，无论对马提尼克岛深色皮肤的爱国者，抑或对思念村社传教区的巴拉圭耶稣会老教士，对由于散发宣言而被驱逐出国的布拉班特②排字工，抑或对那个白天做小贩、晚上当演说家的西班牙流亡者，他都待如亲人。那位西班牙流亡者认为，早在十六世纪，共济会在阿维拉③已十分活跃，最近在犹太建筑师莫森·卢比·德·布兰格蒙特建造的阿松西雄圣母教堂里，据说发现了圆规、矩尺、小锤之类的图

----

① 罗滕堡，地名，在今德国境内。
② 布拉班特，地名，在比利时境内。
③ 阿维拉，西班牙城市。

像，这就是证明。而且，在那里可以听到由一位极有艺术气质的共济会员作曲家谱写的许多歌曲，他的名字叫莫沙，或者默萨特，或者发音相近的名字。有一位维也纳男中音歌手在入会仪式上唱了他谱写的一两支颂歌，他以优美的音调随意唱这样的曲子：《啊，忠贞的弟兄们的神圣联盟》，或者唱祈求曲："顶礼膜拜造物主吧！膜拜以耶和华、上帝、父 ① 或婆罗门为名称的造物主。"他在那里同许多极有意思的人物接触，那些人认为，革命是在物质和政治层面的胜利，这场胜利必将引导人类彻底战胜人类本身。当丹麦和瑞典的一些弟兄谈及黑森亲王宫廷奇事时，卡洛斯·康斯坦丁总是煞有介事地点头称是，而埃斯特万则想起奥赫。据他们说，在黑森亲王宫中，人们向梦游者咨询关于天使降世、神殿建筑以及托法娜水 ② 的化学成分等情况。在斯莱斯维格 ③ 宫中，利用催眠术神奇地治疗疾病，甚至能使白桦树、核桃树和枞树变成冒出琼浆的喷泉；砸开那里的几扇门，对包括用金、木、水、火、土在内的八十五种传统占卜方法 ④ 所得到的神谕加以比较，就能预见未来。在详梦方面，其细致程度则达到无以复加的地步。通过扶乩写出的字，

---

① 耶和华即宇宙万物的主宰（造物主），基督教传入中国后，上帝成为耶和华的同义词。父（原文 Fu），中国不少基督徒在祈祷时称上帝为父神或父上帝，作者以为"父"就是上帝的别名。婆罗门是印度一个宗教的名称，作者也将其视作耶和华的别名。

② 托法娜水，16、17 世纪在意大利有名的毒药，由一个叫托法娜的女人发明。

③ 斯莱斯维格，古代丹麦的一个公国。

④ 原文 bibliomancia，意为"书卜"，是从《圣经》中随意摘一段文字作为占卜的依据。其余几个以 --mancia 为词尾的词，都是占卜方式，译者查阅了不少词典均无果，勉强以"金、木、水、火、土"代替。

可以同自己的灵魂对话，从而得知前世的生活。例如，可以知道达姆施塔特① 大公爵夫人前世在各各他山② 上的十字架下哭泣过；魏玛城大公爵夫人前世曾在彼拉多③ 的宫里出席对耶稣的审判。又如，相面先生拉瓦特④ 一直清楚他自己是财主亚利马太的约瑟⑤ 转世。有几个晚上，奇妙的戈托普城堡里（大雾弥漫，把他们的埃及木乃伊绶带都浸湿了）蜘蛛泰然自若地从上面落到他们正在打牌的桌子上，立刻，一个叫伯恩斯托夫的伯爵明白，他自己是使徒多马⑥ 转世；黑森公国一个叫路易斯的人则想起他自己是福音书作者约翰；黑森公国的一个基督徒在前世则是使徒巴多罗买。卡洛斯王子经常不去打牌，喜欢独处室中，注视一块金属（希腊人称之为琥珀石），在那块金属上会现出小小的云彩，从云彩的形状可以得悉彼岸的警告和赠言……"胡说八道！"维克托叫道，他听了这一系列的奇迹后十分生气，"有这么多现实的事情需要思考，却把时间浪费在谈论这些乱七八糟的事情上，这就等于采取反革命态度。我们早就看出，在这装神弄鬼的背后包藏着祸心：诱使人们放下眼前的任务，使他们脱离时代的潮流。此外，共济会以博爱为借口，宣扬罪恶的温情主义。而我们，把任何温情都看作敌

---

① 达姆施塔特，黑森公国的首府。
② 各各他山，据《圣经·马太福音》，是耶稣被钉十字架的地方。
③ 彼拉多，据《圣经·马太福音》，是古罗马总督，是他判处耶稣被钉在十字架上。
④ 拉瓦特（1741—1801），瑞士相面士。
⑤ 亚利马太的约瑟，据《圣经·马太福音》，他是安葬耶稣的人。
⑥ 多马和后面说的约翰、巴多罗买都是耶稣的门徒。

人……"埃斯特万把情况汇集起来，才弄清维克托同共济会原先所保持的神秘关系：他的丝绸供货人胡安·巴蒂斯特·维耶莫①是高卢修道院的大管事，很受黑森公国亲王们的器重，他是一个教派的领袖，在马丁内斯·德·帕斯夸利（他自以为受到神的启示，死在圣多明各）影响下，走向神秘主义和俄耳甫斯式的迷信实践活动。帕斯夸利这个神秘的犹太裔葡萄牙人在太子港和莱奥甘建立共济会社，征服了奥赫这类人的思想，并向他们秘传道术，但是严格的纪律使热衷于政治颠覆活动的前商人维克托大失所望。对维耶莫这样享有崇高威望的博爱派企业家（在里昂他的工厂有数千工人），维克托是很敬仰的，所以接受了他的基本思想，并按照大东派的仪式，加入了共济会；但是他拒绝接受马丁内斯·德·帕斯夸利所宣扬的精神修炼（因而同奥赫发生争论），帕斯夸利吹嘘能同他在欧洲的弟子们进行远距离精神交流……"所有这些魔术师和巫师都是一帮废物。"维克托说，现在他自认为精神十分充实，并经常引用雅各宾派的话。他同俾约-瓦伦和科洛·德布瓦②有过交往，甚至见过马克西米利安·罗伯斯庇

---

① 胡安·巴蒂斯特·维耶莫，在第一章第九节出现的名字是"让·巴蒂斯特·维耶莫"，但作者在此处用"胡安"（西班牙文）代替"让"（法文）。
② 俾约-瓦伦（1756—1819），1792 年当选为国民公会议员。国民公会根据他的建议，宣布成立共和国。在恐怖统治时期（1793—1794）任救国委员会委员。但在热月政变中，他与科洛·德布瓦等密谋，促使罗伯斯庇尔垮台。科洛·德布瓦（1749—1796），法国大革命的激进分子，"里昂大屠杀"（1793）的执行者。

114

尔①几次。他认为，罗伯斯庇尔是法国大革命时期最杰出的演说家，并狂热地崇拜他，对他的口才、思想、仪表以及在衣冠不整、邋里邋遢的听众面前显得尤为华丽的服装赞不绝口；埃斯特万听他这么说，就会开玩笑说："看来他有点像被男人推崇的唐璜②。"维克托对这类玩笑一向很生气，就把手伸到裤裆那里，骂几句非常难听的粗鲁话。

一路上道路泥泞，车轮把路上的松果轧得咯咯响，埃斯特万经过长途颠簸，终于到达巴约讷，并听从那些为在西班牙爆发革命而在作准备的诸位领导者——曾经是水手的鲁宾·德·塞里斯、市长巴斯达雷切和马拉③的朋友、《人民之友》报的撰稿人兼记者古斯曼的指挥。他很失望，那里很多人所信仰的雅各宾主义都因出于对西班牙的考虑而打了折扣，他们在谈及法国时激昂慷慨，而当眼光落到比达索阿河④时就温情脉脉，他们对这位陌生人及其要求立即行动的愿望，都感到不快。他很快被派往圣胡安-德鲁斯（现在为了纪念该地出生的共和国的一位勇敢士兵，改名为龙骑兵肖望镇）。那里有一个印刷厂，很小，但很活跃，马切纳教士选编的许多单命宣言、传单，都

---

① 马克西米利安·罗伯斯庇尔（1758—1794），法国资产阶级革命家，雅各宾派领袖。
② 唐璜是一些小说和戏剧包括拜伦的长篇叙事诗里的主人公，是贪图女色的人。
③ 马拉（1743—1793），法国大革命的领导人物之一，《人民之友》报的创办人。1793年5月参与领导人民起义，推翻了吉伦特派统治，建立了雅各宾派专政，同年7月遭暗杀。
④ 比达索阿河，法国和西班牙之间的一条界河。

交给他们印刷。马切纳是出色的鼓动家，随时跟着事态的发展而奋笔疾书；不过现在他很少到边境来了，而在巴黎消磨他的大好时光，在那里布里索经常接见他。埃斯特万正在为沿海一带没有朋友而发愁，一天下午他在永津河畔有幸遇见一位孤独的渔夫，此人欢笑着向他打招呼：原来他是爱说爱笑的菲利西亚诺·马丁内斯·德·巴耶斯特罗斯，他已经脱离共济会，现在拥有神气的上校军衔，因为他创建了一支名为"山地猎人"的步兵部队，一旦发生外国入侵，他们就专门对付西班牙军队，并煽动西班牙士兵倒向共和国。"必须作好准备，"他说，"在咱们祖国到处都是狗娘养的混蛋们作威作福，现在再也不能让戈多伊 ① 们和波旁家族的梅萨丽娜 ② 们为所欲为了。"从此，埃斯特万同这个乐呵呵的洛格罗尼奥 ③ 人开始在村镇里长时间散步。最近，这些村镇的名字都改了：伊斯达桑改为"团结"，阿本讷改为"坚定"，于斯塔利兹改为"尼夫河畔的马拉镇"，贝戈里改为"德摩比利隘口"。在最初几个星期，埃斯特万瞻仰了各个巴斯克教堂并为之赞叹。这些教堂都有像城堡一般坚固的矮矮的钟楼、石板围起来的菜园。他常常驻足观看一对对耕牛（牛轭下垫着羊皮）被长杆驱赶着经过；他走过一座座横跨在雪水溪流上的拱形桥，并顺手拔出一两个藏在石缝里的橘黄色蘑菇。他喜欢那些房屋的建筑式样：房梁是深蓝色的，屋顶是缓

---

① 戈多伊（1767—1851），西班牙政治家，曾在一个时期内左右西班牙政治局势。他与西班牙国王卡洛斯四世的王后有暧昧关系。
② 梅萨丽娜，古罗马国王克劳迪一世的第三个妻子，以淫荡闻名。
③ 洛格罗尼奥，地名，西班牙北部的一个省。

坡，墙上石块之间有搭钉勾连着。歌谣时代查理大帝[①]翻越过的山脉伸出许多陡峭的支脉，勇士罗兰可能眺望过山上那块岩石；从那儿拐过弯，一群健壮的羊正在小道上挤挤挨挨地走着。这一切，尤其是那牧草（一年到头总是那么湿润松软，颜色或碧绿，或浅绿，或苹果绿），使他觉得，按照革命的原则有可能将田园式的幸福还给所有的人。但是当他对当地人比较有所了解后，便有点儿失望了：这些巴斯克人十分保守、顽固，他们表情呆滞，颈粗如牛脖，体壮如良马，力能拔树举石，在航海方面也堪与那些寻找赴冰岛的航线而最先见到洋面冰封的航海家相媲美。他们狡黠无比，偷偷地做弥撒，把圣饼藏在贝雷帽里，把教堂的钟藏在草垛或石灰窑里，在意想不到之处搭起祭坛（比如在农场，或在小饭铺后院，或在有牧羊狗看守的石洞里）。有些过激分子砸碎了巴约讷大教堂里的偶像，然而主教在别人的帮助下带着圣体杯、白道袍上的腰带和其他家什逃到西班牙去了。于是，不得不枪毙一个去维亚德维拉镇领圣餐的姑娘，在边境几个村庄被查有隐藏、保护顽固神父之举的居民，被成批流放到朗达。但是，渔民们仍然把龙骑兵肖望镇称作圣胡安-德鲁斯，贝戈里镇在农民们心目中依然是圣徒埃斯特万的贝戈里镇[②]。在拉苏尔镇照旧燃起篝火过圣约翰节，跳中世纪式

---

① 查理大帝（742—814），或译作"查理曼"。在法国历史上，查理大帝曾带兵入侵西班牙，但在西班牙萨拉戈萨被打败，撤退途中在比利牛斯山一山谷中遭伏击，查理大帝的爱将罗兰战死。那个时期在西班牙文学史上恰好称为歌谣时代。

② 此处该地的全名是"圣埃斯特万德贝戈里镇"。

的舞蹈，谁也不敢揭发某某人在家里手拿念珠祈祷或在提到萨嘎拉穆迪 ① 女巫时画十字……埃斯特万在这里住了两个月了，感到这个世界隔膜、狡黠、难以捉摸；他一辈子也不会听得懂巴斯克话，即使有人对他大喝一声"同西班牙开仗了"，他也会莫名其妙，脸上毫无表情。马丁内斯·德·巴耶斯特罗斯老是声称马德里人民马上会暴动，在听他那令人满怀希望的演说时，埃斯特万就梦想去伊比利亚半岛，为新国家的诞生而出力，但是，他这辈子是去不了啦。英国的舰队在大西洋上封锁法国，他简直被囚禁了，没有任何办法回到他亲人的土地上。直到现在，他一直十分希望在这场改变世界的革命中发挥他小小的作用，没有想过回哈瓦那。可是，当他看到无法回去的时候，他那对家、对亲人、对那边的阳光和风情的思念之情便油然而生，他就会讨厌目前的职务（其实不过是个可恶的官僚职务）。他原想看到一场革命，可到了这里却不愿看这场革命了；现在，他就像是听到歌剧院里面传出激昂慷慨的演说时不能进入歌剧院而只能站在附近公园里的一名旁听者。千里迢迢而来，何苦呢！

　　几个月过去了，埃斯特万尽力完成单调的工作。在西班牙没有发生所期待的事件。就连在法国这个地区的战事也打得没有声色，平淡无奇，面对本图拉·卡罗将军 ② 在边境线上部

① 萨嘎拉穆迪，地名，也是一个山洞的名字，在西班牙和法国边境的比利牛斯山上，该洞也称"女巫洞"。1610 年该处附近曾有数十名妇女被指控为女巫。
② 本图拉·卡罗将军（1742—1808），西班牙著名抗法战争将领。

署的强大军事力量，法国只能进行防御性监视，而卡罗将军尽管在军队数量上占优势，却也不敢妄动。夜里可以听见山上有枪声，那不过是发生了摩擦或巡逻队之间发生遭遇战。阳光充足、宁静而又漫长的夏季过去了，又刮起了秋风；冬季的北风刚起，牛羊就都被关进圈里。随着时间的流逝，埃斯特万发现，远离巴黎使他精神上十分混乱，到后来竟对变化无常、自相矛盾、互相残杀、痉挛抽风式的政局发展也不理解了。委员会、小组之类的机构多如牛毛，乱成一团，弄得身处外地的人莫名其妙。还有许多意外的消息，诸如某些无名之辈登上高层领导岗位啦，昨天还与古代圣人相提并论的某位名人哗啦一声垮台啦，等等。又如，今天一个规章条例，明天一个政策法令；一项项紧急措施宣布一个个文件被撤销或无效，而在外地那些文件却照样有效。再有，一个星期改成十天，一年的开头月份不称为一月，所有月份都改了名①，什么"雾月""芽月""果月"，同原来的月份完全不同；度量衡单位也改了，闹得习惯于使用西班牙哹、拃和塞雷敏②的人晕头转向。在这一带海岸，谁也说不清楚究竟在发生什么事情，也个知道谁是可信任的人，更不知道哪些地方的法国巴斯克人宁愿同西班牙纳瓦拉人亲近，而

---

① 法兰西第一共和国为了割断历法与宗教的联系，采用共和历。自1793年11月24日起实行，到1806年元旦废止。该历以1792年9月22日为历元。一年分为十二个月，即葡月，雾月，霜月（秋季）；雪月，雨月，风月（冬季）；芽月，花月，牧月（春季）；蔷月，热月，果月（夏季）。
② 西班牙哹，长度单位，约合1.67米；拃，长度单位，约合21厘米；塞雷敏，干量单位，约合4.625升。

不愿意靠拢从遥远的北方来的官员①，因为这些官员突然光临，不过是为了推行奇怪的历法，改变城镇的名称而已。已经打响的战争将是长期的战争，因为它不像其他战争那样是为了满足某个亲王的野心或掠夺他人的领土。雅各宾派在讲台上宣称："国王们都知道，比利牛斯山挡不住哲学思想：为了改变世界面貌，数百万人已经行动起来……"已经是三月了——尽管埃斯特万觉得新历定为"雪月""雨月"很好，然而他仍旧称三月为三月。灰蒙蒙的天下着雨，给锡布尔山罩上了缥缈的轻纱；灰蓝色的海面上波涛汹涌，气氛忧郁，无边无际，在远处同依然滞留着冬季色彩的白茫茫、雾蒙蒙的天空融为一体；这一切使正向港口返航的渔船像阴森森的鬼船。每当他做完翻译和校对工作后，由窗口向远处张望，阒无一人的海滩上到处是木桩，它们卡住了从海上抛来的僵硬的海带、断裂的木头和破碎的帆布：原来，夜里有风暴，吹得门窗缝呜呜地响，刮得长满铁锈、平时就吱嘎作响的风向标呼呼直转。在那边，原先的路易十六广场、现在的自由广场上矗立着断头机。离开了那种壮观的场面，离开了一个国王以血溅地而演出重要悲剧的广场，这架流落此处的断头机，样子一点也不令人恐怖，而是丑陋；丝毫也不可恶，而是悲凉，似有难言之隐，它在表演时，就像乡村剧团的丑角们仿效首都名角的表演风格，很不像样。每当处决一

---

① 纳瓦拉是西班牙北部与法国接壤的一个省。"北方来的官员"指从巴黎派去的官员。

个犯人时，驻足观看的，是几个背鱼篓的渔民，三四个啐着带烟末的唾沫、一脸狐疑的路人，一个孩子，一个卖草鞋的人，一个卖鱿鱼的小贩。当被处决者的脖子像被捅破了的酒囊似的往外冒鲜血时，他们才不紧不慢地走开。已经是三月了，天空灰蒙蒙，雨丝密如麻，牲口圈里的麦草泡胀了，羊身上的毛沾满污泥，高烟囱的厨房里充满刺鼻的烟团味、大蒜味和油烟味。埃斯特万有好几个月没有维克托的音讯了。他知道他在罗什福尔革命法庭当公诉人，办事毫不留情。他甚至要求（埃斯特万表示赞同），断头机应该安置在法庭的大厅里，一俟判决立即执行，不浪费时间。丧失了同俾约、科洛这类人物（任何一个叱咤风云的高层人物，而不是这里的高层人物）直接接触所体验到的热情、强硬、果敢和光彩，埃斯特万感觉他自己的身份在下降、缩小，以至于全部丧失，感觉他自己被大革命吞没了，他干的那份平凡至极的工作绝对是默默无闻的。当他感到自己如此渺小时，简直想哭了。过去，他经常靠在索菲亚的腿上，如今痛苦时，真想把头稳稳地靠在她的腿上，寻找使人宁静的母性的力量，她会像真正的母亲一样，从她处女的躯体里迸发这种力量的……他觉得寂寞，觉得自己无用，便真的哭起来了。此时，他看见马丁内斯·德·巴耶斯特罗斯上校走进办公室兼寝室的两用房间。这位山地步兵部队的头头很激动，满脸怒容，冒着汗的双手在发抖，显然，他是被最新到达的命令撤职了。

十四

"这些法国佬讨厌透了！"这位西班牙人叫道，同时躺到埃斯特万简陋的床上，"我讨厌他们！一个一个都去他妈的！"他双手捂住脸，沉默良久。埃斯特万给他端去一碗酒，他一饮而尽，还要喝。少顷，他在屋里从这头踱到那头，急匆匆地讲述他发火的原因。他刚被撤去军事指挥员的职务，被从巴黎来的一个随便什么专员撤——了——职。那人有改组这里军队的无限权力。他的不幸，是巴黎掀起的排外浪潮波及边境的结果："他们先搞臭共济会，现在搞到法国革命最好的朋友们头上了。"据说，马切纳教士受到迫害，随时可能被砍头，躲起来了。"他是为自由做了许多工作的人。"现在法国人把巴约讷委员会抓到手里，正在清除西班牙人：指责这个是温和派，那个参加过共济会，还有那个是可疑分子。"朋友，小心哪，你也是外国人。这几个月来，在法国只要是外国人就是犯罪。"马丁内斯·德·巴耶斯特罗斯继续生气地自言自语，"他们在巴黎装模作样当他妈的真理女神，同时由于他们的无能和嫉妒，在这里失去了在西班牙搞革命的大好时机。现在他们在坐视……他们哪里有搞世界革命的念头！他们只考虑法国革命。而咱们呢……窝囊死了拉倒！一切，这里的一切都越来越荒谬。他们让咱们翻译《人权宣言》，该宣言有十七条原则，而他们每天要破坏十二条。他们攻克了巴士底狱，释放了四个骗子手、十二个疯子、一个同性恋者；但是，他们

122

却建立了卡宴①大狱，比任何巴士底狱都坏……"埃斯特万
害怕被邻居听见，借口要买打字纸，把这位狂怒者哄到外面。
他们从阿拉内德②故居门前经过，来到圣三一书店，现在由于
及时进行商店招牌改革，这书店叫"博爱书店"了。书店里
光线不好，柱子矮，梁上挂一盏煤油灯，大白天还亮着。埃
斯特万常去浏览新书，消磨好几个小时，那里的气氛使他回
忆起哈瓦那仓库的最后一个库房，那里面堆放着尘封的东西，
其中有天象仪、世界地图、航海望远镜、物理仪器。马丁内
斯·德·巴耶斯特罗斯在新运到的几幅版画前耸耸肩，那些版
画令人想到希腊和罗马历史的鼎盛时期；他低声说："今天随
便哪个笨蛋都以为自己生来就是格拉古兄弟③，是加图或布鲁图
斯④式的人物。"他走近一架破损的钢琴，翻阅了由弗雷尔出版
社出版的弗朗索瓦·吉尔威最近创作的歌曲。这些歌曲到处都
在唱，曲子简单，有吉他伴奏。他把歌曲标题指给埃斯特万看：
《自由之树》《真理之歌》《独裁主义被打倒了》《共和国保姆》《火
药味颂歌》《唤醒爱国者》《武器厂千名铁匠之歌》。他说："连音
乐也理论化了。他们以为，谁谱写奏鸣曲，谁就丧失了革命责
任。"就连格雷特里⑤也要在他的芭蕾舞曲后边硬加上《卡尔曼

---

① 卡宴，地名，在南美洲，是法属圭亚那首府。
② 阿拉内德，17世纪著名的巴斯克作家、翻译家。
③ 格拉古兄弟，古罗马政治活动家，见第33页注①。
④ 加图（前234—前149）、布鲁图斯（前85—前42），均为古罗马著名政
治活动家。
⑤ 格雷特里（1714—1813），法国作曲家。

纽拉歌》^①以标榜他的爱国热忱。他为了表示讨厌弗朗索瓦·吉尔威的作品,便拼命演奏一支快板奏鸣曲,拿钢琴的琴键出气。弹完一段后便说:"不该弹莫沙这个共济会员的乐曲。也许在共鸣箱里藏着一个告密者。"买了纸,埃斯特万走出商店,后面跟着那个不愿意独自生闷气的西班牙人。天上开始下起冷丝丝的雨,戴贝雷帽的刽子手却在卸下断头机的布罩。这是在等候某个被判死刑的人,那人将在无人观看而只有断头台下警卫们在场的情况下丢掉脑袋。马丁内斯·德·巴耶斯特罗斯嘟囔道:"砍吧,砍吧。把南特^②人杀个精光,把里昂人杀个精光,把巴黎人杀个精光。""人类将在血泊中再生。"埃斯特万便说。"你别对我引用他人的话,尤其不要对我说什么圣茹斯特^③的红海洋(他总是把圣茹斯特说成'圣鱼'),这个比喻并不好。"马丁内斯·德·巴耶斯特罗斯答道。他们又遇到那架车,上面载着一个绑着双手的神父,他是被送去上断头台的。他们沿着码头走,来到一艘渔船前停下了。渔船的甲板上画着一幅佛兰德^④风格的食品静物画,画的是若干沙丁鱼和金枪鱼在一条金黄色鳀鱼周围甩动着尾巴。马丁内斯·德·巴耶斯特罗斯把缝在怀表链上的一把铁钥匙扯下,气冲冲地扔进水中。"巴士底狱的钥匙,"

---

① 《卡尔曼纽拉歌》,法国大革命时期的流行歌曲。

② 南特,法国西北港口城市。

③ 圣茹斯特(1767—1794,或译作圣鞠斯特),雅各宾派主要领导人之一。他与罗伯斯庇尔一起掌握救国委员会的领导权。他们大力镇压反革命,但也错杀了不少人,故此处把他同"血泊""红海洋"联系起来。

④ 佛兰德系欧洲中世纪伯爵领地,大致是现在的比利时、荷兰一带。

他说，"是假的。那些混蛋锁匠造了许许多多这样的钥匙，世界上到处充斥这样的护身符。现在咱们拥有的巴士底狱钥匙比基督的十字架碎片还多……"埃斯特万向锡布尔山望去，发现在通往昂代镇的路上有人在跑，样子不同寻常。比利牛斯山地猎人团的士兵三五成群乱哄哄地来了，有的在唱歌，不过大多数人疲劳困顿，都极想爬上随便什么车，以便少走一段路；那些在唱歌的，都是喝醉了酒的缘故。那完全是一支四散奔逃的部队，骑在马上的军官们不加以约束，他们已走到海湾这边，在一个小餐馆门前下了马，目的是凑近烟囱烤湿衣服。这些部队可能被逃亡分子①的头目圣西蒙侯爵率领的部队打败了，也许被追击至此，因为很久以前就估计此人会大举进攻；想及此点，埃斯特万心中十分害怕。但是，等那些士兵走近了一看，见他们一个个像落汤鸡，浑身上下沾满污泥，倒不像败兵。病号和患感冒的走到屋檐墙脚下避雨，其余士兵支起露营帐篷，把酒、鱼、面包都搬了进去。伙夫们架好行军灶，潮湿的劈柴冒起了浓烟。马丁内斯·德·巴耶斯特罗斯走近一个肩上挂一串大蒜的炮兵，询问部队突然调动的原因。"我们要去美洲。"那炮兵随口答道。埃斯特万听到此话，脑子里嗡的一声，他颤抖着，心里很不平静，简直像不能出席在自己家里举办的宴会而感到烦躁不安一样。他同被罢了官的上校走进军官们休息的酒馆里，很快获悉，那个团是去安的列斯群岛的，而且还有一些团要来，

---

① 指逃到西班牙去的法国逃亡分子。

一起加入一支正在罗什福尔组建的舰队。他们将乘小型舰只，分几批走，因为英国的封锁，必须小心地靠近海岸航行。国民公会将派两名专员随行：克雷蒂安和一个叫维克托·于格的人。据说，后者是老水手，对加勒比海十分熟悉，而现在一支强大的英国舰队正在加勒比海上横行……埃斯特万走到广场上，心中害怕失去逃离是非之地的机会；此外，他知道，要不了多久，那些现在尚给拨款的人就会发现他干的工作是无用的。他在石阶上坐下，忘却了吹得他双颊紧绷的寒风。"既然你是于格的朋友，那就尽力设法求他们把你带走吧。于格自从得到达尔巴拉德①的支持以后，就成了实权人物。达尔巴拉德在比亚里茨②当专员的时候，我们都认识他。你在这里毫无作为，翻译的文件都堆在地下室里。而且你是外国人，请记住这一点。"埃斯特万握住他的手说："你现在怎么办？"对方无可奈何地答道："不管怎么样，我照样干。既然干了革命，走回头路是不行的。"

他给维克托·于格写了封信，又给海军部、罗什福尔革命法庭各抄去一封，给以前的一个共济会弟兄也抄了一封，并拜托上校无论收信者在哪里，都务必交到他们手里。埃斯特万等待着求助的结果。他在信上把字写得端端正正，把自己描绘成怀才不遇，是西班牙共和派不团结的牺牲品；并说，他的工作之所以不出色，是这里历届领导人的庸庸碌碌造成的。他抱怨气候不好，暗示他的老毛病会复发，他重温昔日情谊，提到索

---

① 达尔巴拉德（1743—1819），当时是法国海军部部长。
② 比亚里茨，法国西南大西洋沿岸著名疗养地，在巴约讷以南。

菲亚和那个大家"像亲兄弟一样生活在一起"的远方的家。结尾时详述了他能为美洲革命事业效劳的本领。"此外你知道，眼下外国人这种身份不值得羡慕。"他考虑到有人也许会截他的信，便说："据说，在巴约讷有几个西班牙人犯了反革命性质的严重错误。所以必须将他们清除，他们罪有应得……"接着几个星期，他焦急地等待着，总是提心吊胆，同时回避马丁内斯·德·巴耶斯特罗斯和那些有第三者在场时冒天下之大不韪而评论时事的人。有人说，早先下落不明的马切纳教士已被送上了断头台。沿海这一带夜里出现了恐怖气氛，很多人在黑暗中从虚掩着的门后望着街道。每天天不亮，埃斯特万就步行离开住所，冒雨去邻近村镇喝酒解愁；他在随便什么店里喝，比如在论打出售的纽扣店里，在别针零售铺里，或者在卖小铃铛、零头布的小铺里，在卖盒装蜜饯这类杂货铺里喝酒。黄昏后他才回去，老是担心有陌生人来找他，或者被叫到巴约讷的老城堡（已变成兵营和专员行署）去接受盘问，回答"涉及他的"神秘事件。现在，这里是闭关自守、万马齐喑的土地，人人自危；他厌恶极了，以前觉得这里的一切都很美，而现在无论核桃树和橡树、富丽的宅院，还是翱翔的苍鹰、墓地及遍布于墓地刻有太阳图案的奇怪十字架①……一切都是丑陋的了。当他看见给他带信来的卫兵进门时，他手指瑟瑟发抖，连信也拆不开了。他不得不用牙咬开漆封，牙齿倒还听话。字迹他很熟悉。维克托·于格对他作了具体指示，给他在即将离开埃克斯岛的

————————————————

① 天主教中有的教派在十字架上刻画太阳图案，以祈求上帝赐福。

舰队上安了个书办的职务，要他立即赴罗什福尔。得到了这封等于通行证的信，埃斯特万准备随同加入远征队的一个巴斯克山地猎人团离开圣胡安-德鲁斯。这次危险的远征，目的是要解决正在发展中的问题，因为消息不灵通，不清楚英国人是否已占领安的列斯群岛中的法国领地。此行计划目的地是瓜德罗普岛，如果在那里不能登陆，舰队将直赴圣多明各……久别重逢，维克托在拥抱埃斯特万时却很冷淡。他瘦了一点，脸部棱角分明，表明他当上指挥员以后增加了毅力。大厅里放满武器、医疗器械、鼓和卷着的旗帜，他身边围着军官们，正在做最后的准备工作，一边研究地图，一边口授书信。"咱们以后再谈，"他说着，转过身去看一份公函，"你先去后勤部。"又马上纠正道："您先去后勤部，等候我的命令。"在那些日子里，以"你"相称是有革命精神的表现，而"您"则具有某种色彩。埃斯特万明白了，维克托由于身负领导人的职务，为他自己定了一条戒律：不得有任何朋友。

十五

> 事情难办。
>
> ——戈雅

共和二年花月四日，一支由两艘三桅船——长矛号和忒提

128

斯①号、一艘希望号双桅船和五艘运兵船组成的小舰队，在既无号角声也无欢呼声的情况下起锚了。舰队的兵员有一个炮兵连、两个步兵连和埃斯特万随队到达罗什福尔的一个比利牛斯山地猎人营。埃克斯岛及其瞭望塔林立的城堡留在后边了。岸边停泊着一艘押送犯人的船——双股东号，船上有七百名俘虏需要押送去卡宴。俘虏们被关在船舱里，拥挤不堪，无一席睡眠之地。醒着的和迷糊的，有病的和没病的，都搅在一起，互相传染疾病、疥疮和脓疱疮。起航的时候局势不太妙，从巴黎来的最新消息不可能激起克雷蒂安和维克托·于格的热情：多巴哥和圣卢西亚岛都已落入英国人之手；罗尚博在马提尼克岛不得不投降；瓜德罗普岛不断受到攻击，督军一筹莫展。此外，谁都知道，法属安的列斯群岛上的移民都是些混蛋保皇派，自从国王和王后被处死以后，他们公然反对共和国，支持敌国。舰队冒险出发，必须溜出沿海封锁线，迅速离开欧洲，为此下了严厉的命令：太阳西下后，禁止生火，士兵们必须早早躺在床上。他们终日提心吊胆，手持武器，防备可能的遭遇战；不过天气对他们有利，在广阔的海面上布下了及时雾。舰只满载枪炮和给养，到处是木箱、酒桶、大包、小包，人不得不同马分享甲板上剩下的小块空间；舰上的小艇被当作牲口的食槽，里面放着饲料，马在那里吃着。携带的食用肉羊时刻从仓库发出哀鸣，矮脚木板架上放着装满泥土的木箱，里面种着萝卜和

① 忒提斯，古希腊神话中的海洋女神。

别的蔬菜，那都是供军官们吃的。自从起锚以后，埃斯特万一直没有机会同维克托·于格说话，而只能同舰队的两个排字工——勒约父子一起消磨时间。他们带着一部小印刷机，是专供印刷通告和宣言用的……舰只离大陆越来越远，法国大革命留在身后了，它在人们的脑海中变成简单的粗线条形象：他们脱离了矛盾，已经同街头巷尾鼎沸的人群、言辞漂亮的演说以及打嘴仗不相干了。最近丹东①被判处死刑，此事从离开是非之地的远处观察，尽管各人有各人的想法，对他们而言，那也不过是事态发展过程中一件无关痛痒的小事。当然，有的事情人们是难以接受的，譬如昨日还是人民崇拜的护民官、受到欢呼喝彩的演说家、群众的带头人，今天却突然声名狼藉。然而，在经历了大风大浪以后，每人很快以为将有所得而感觉宽慰了：那个夹带神父披肩登船的巴斯克人在想，在不久的将来对教徒的态度会宽容一点；留恋共济会的人在想，对共济会的态度会温和一点；梦想彻底扫除潜伏势力、进而消灭残存特权的人则在想，不久的将来天下就会更加公平合理了。至少，现在是去执行法国人打英国人的任务，远离了酒馆和是非之地，往日的疑虑可以打消了。只有一件事令埃斯特万感到痛苦：马切纳一定是送命了，因为他同吉伦特派关系密切。每想及此，他不免叹息，很多热爱自由并因此在本国生命受到威胁的外国人，就因为过分相信法国革命的扩张能量而断送了性命。这都是因为

---

① 丹东（1759—1794），雅各宾派领导人之一。

对任何小人的汇报和揭发都信以为真的缘故。罗伯斯庇尔本人在自由平等之友协会发表演说时就谴责过这种现象，他说，那些轻率的揭发是共和国的敌人设下的圈套，其目的是搞臭共和国的优秀人才。埃斯特万在想，自己走得及时，因为他事实上也是那些倒霉者之一。然而，他迷恋那甩开膀子干大事的幻想，布里索派他去比利牛斯山时，向他保证说，他将为准备大革命而做出贡献，那时他受到莫大的鼓舞。可是，到头来大革命被挡在比利牛斯山脚下；而在山那边，依然像在中世纪那样，人的生死存亡都受教会的摆布，这就是菲利佩二世①挂在埃斯科里亚尔修道院墙上的佛兰德风格绘画所宣扬的神谕……在那些时刻，埃斯特万很想找维克托·于格倾吐自己的思想。可是专员很少露面；即使露面，也是意外地突然出现，是为了检查纪律。有一天晚上，维克托·于格走到下甲板，查到四名士兵在灯下打牌，油灯是用粗包装纸做的罩子罩着的。他命令他们走到甲板上，然后用军刀刀尖顶着他们的屁股，逼他们把纸牌扔进海里，并对他们说："下次再打牌，就把你们当纸牌一样扔进海里。"他常常在士兵熟睡时把手伸到他们的床垫下摸摸，检查是否有硬邦邦的瓶子，就可以知道是否偷了酒。"把你的枪给我看看。"他对一个急急忙忙向海面上露出的鱼鳍瞄准的卡宾枪手说。那士兵只得丢下瞄准的目标，看看自己的武器，发现很脏，

_____

① 菲利佩二世（1527—1598，又译腓力二世），西班牙国王。埃斯科里亚尔修道院（在西班牙）是他下令建筑的著名修道院。一般修道院里的绘画，其内容都是宣扬基督教教义的。佛兰德曾是西班牙的属地。

并且没有擦油。"你是猪！"维克托骂道，把枪扔在甲板上。第二天，所有的武器都乌黑发亮，像新从武器库里取出来的一样。有时候，他在夜里踩着绳梯向桅顶平台上爬去，往往脚踏空时，就挂在空中晃荡，最后爬上平台，同瞭望员并排站在一起；可以猜想（不是在夜幕中看见），他头插翎饰，穿着讲究，在夜里像一只张开翅膀的信天翁在军舰上方盘旋。"演戏。"埃斯特万想道。可是，他也像一名看客，被这场戏所吸引，并且看到在戏中扮演角色的人有多大的权力。

一天早晨，各舰同时吹响了起床号，号声嘹亮，通知全体士兵，已驶离危险区。驾驶员把沙漏放慢，把一直压在地图上的手枪收起来。正常的航行生活开始了，大家喝酒庆祝，在一阵欢笑声中突然消除了几天来的紧张、惊恐，舒展了眉宇，干起了日常工作。挥锹把马粪扔入海中的人在歌唱（马正埋头在小艇食槽里吃草），擦拭武器的人在歌唱，磨刀的屠夫也在歌唱（从今天起，他们要宰羊了），铁和砂轮在歌唱，刷子和汽笛在歌唱，马梳和油光锃亮的马屁股在歌唱，小凉棚里的铁砧和有节奏地运动着的风箱、铁锤也都在歌唱了。太阳还蒙着一层雾，显得过分苍白，然而是炎热的，从船头至船尾，照得军装、绶带上的金丝、漆盘、刺刀和取出来晒的马鞍，都闪闪发光，欧洲最后的雾正在消散。炮衣取下了，但不是为了装炮弹，而是从炮口塞进刷子，擦亮炮筒。在船尾的船楼上，比利牛斯山地猎人团军乐队在排练一支戈塞克①谱写的进行曲，他们随便加进了二人敲鼓与巴斯克高音笛的三重奏，其演奏技巧是如此"高超"，最后竟脱离了曲谱，声音刺耳难听，引起其余士兵的讥笑。每个人都在忙着干自己的事，无牵无挂地望着天边，全舰上上下下的人都在愉快地唱呀、笑呀。此时，维克托·于格身穿专员服，笑容满面地出现了，然而这并不表明他比前些日子更易于接近。他在甲板上巡视，或停下来看看怎样修理炮架，或看看那边木工在干什么，或拍拍马脖子，或在鼓面上猛击一拳，或问问那个绷带吊着胳膊的炮兵……埃斯特万观察到，士兵们见到他，都突然一声不吭。这位专员令人生畏。他慢步登上通向船头的小梯。那边，在中甲板上，在一块固定在船舷的大帆布下，并排放着一只只桶。维克托指示一位军官马上下令把桶搬走。少顷，一艘挂旗的小艇放到海面上：专员在这第一个风平浪静的日子，要上忒提斯号同舰队司令官德莱塞格舰长共进午餐。克雷蒂安自从舰队起航以后就晕船，躺在他的卧舱里。希望号在忒提斯号和长矛号之间航行，当于格那插着翎饰的帽子消失在希望号后面时，长矛号上恢复了欢乐气氛，就连那些军官也放心了，他们同样很高兴，与士兵们一起唱歌或者嘲笑乐队。军乐队演奏着巴斯克民歌曲调，高音笛吹奏得也很优美，但就是《马赛曲》演奏得很不像样。"这是首次排练。"

————————

① 戈塞克（1734—1829），法国作曲家、指挥家，拥护法国资产阶级大革命。其音乐作品甚多，对法国交响乐发展有深远影响。他的《加沃特舞曲》流传很广。

指挥面对嘘声，大声说着，表示歉意。但士兵们根本不把他放在眼里，照样取笑他：因为他们急需欢笑，尤其现在忒提斯号在鸣炮迎接国民公会的专员，这位专员到了别处，离得远远的。掌权人是可怕的。说不定他在为别人怕他而扬扬自得。

十六

又过了三天。每当驾驶员放慢沙漏，太阳似乎就更灼人，埃斯特万觉得海的气息更熟悉了。有一天晚上，仓库里和下甲板越来越热，埃斯特万为了凉快，便走到甲板上，观看航行以来首次完全晴朗的浩渺天穹。有一只手搭到他肩上：他身后站着维克托。维克托袒露着胸，没有穿官服，像往日那样微笑着，说："咱们需要女人，是不是？"埃斯特万在思念的驱使下，回忆起刚到巴黎不久两人到过的那些地方，哪里都有那么多讨人喜欢的漂亮女人。他当然没有忘记王宫大酒店里的德国女人罗莎蒙达，没有忘记那个采用伏尔泰小说中女人名字的萨伊拉和穿粉红色薄洋纱衣服的多丽雅。他也不会忘记，在那个楼房夹层，付两个路易就可以观看安赫丽卡、阿德拉、赛菲洛、佐薇、爱斯特和济莉亚等女子独具特色的连续表演，她们扮演各种类型的女性，严格按照极其符合人物性格的戏剧要求，表演受惊的美人、放荡的资产阶级女人、落魄的舞女、毛里求斯岛上的维纳斯（这是爱斯特扮演的），或者醉酒的女人（这是济莉亚扮演的）。在每个角色狡黠的要求下，看客最后被抛入阿格莱稳实的怀抱里，她挺得高高的胸脯指向她那古代女王式的下巴，她总是撩拨得男人对她垂涎欲滴。过去，埃斯特万觉得这滑稽的回忆很可笑。但是，自从在罗什福尔与他会面以后，维克托就不管他了，对他哼哼哈哈，不理不睬，或者对他突然口若悬河地讲话，埃斯特万对他这种态度很不满。"你像海地人。"维克托说。现在不管他说什么，埃斯特万都答以"哦！哦！"弄得对方不知他在想什么。"咱们到卧舱去。"墙上有不少钉子，上面除挂着于格的帽子和官服外，首先看到的是"廉洁者"①的大幅肖像，肖像下方点着一盏灯，仿佛还愿灯似的。专员把一瓶烧酒放到桌上，满满斟了两杯，接着，他略带讥讽的神情，看了埃斯特万一眼，说："干杯！"他对从埃克斯岛出发以来一直没有找他而表示歉意，但是可以听出，这纯粹是出于礼貌，他说什么身上压着担子啦，什么责任啦，义务啦，等等，此外由于情况不明而忧心忡忡。的确，虽然已经跳出了英国的封锁线，但是舰队到达那边时，尚不清楚会面临何种形势。首要目标是重申共和国在美洲法属殖民地的权威，使用一切手段反对分裂倾向，收复（如果必要）目前可能已经丧失的领土。在他独白过程中有长时间冷场，有时插进那个"维！"②，像在哼哼，又像在抱怨，这种讲话方式是埃斯特万所熟悉的。他赞扬这位青

---

① "廉洁者"，指罗伯斯庇尔。罗伯斯庇尔廉洁正直，生活简朴，所以他的支持者称他为"廉洁者"，但反对他的人称他为"暴君"。
② 原文是法文"oui"，此处是音译，意思是"是的"。

135

年唱的爱国高调，这是他在信中发现的，因而决定帮助他，他说："谁不忠于雅各宾派，就是不忠于共和国，不忠于自由事业。"然而，埃斯特万脸上却微露愠色，这倒不是因为这句话本身，而是因为这句话是科洛·德布瓦的口头禅，这个小丑式的人物日甚一日地贪杯；埃斯特万认为此人是最没有资格宣讲革命道德规范的，想及此，他忍不住了，便把这想法毫无顾忌地吐露出来。"也许你是对的，"维克托说，"科洛酒饮得太多，但他是个好的爱国者。"两杯烧酒下肚，埃斯特万胆子壮了，竟指着"廉洁者"的肖像说："这位巨人怎么能如此信任一个酒鬼呢？连科洛的演说都有酒味。"革命确实锻炼出非凡的人物，然而也让许多失意者和不得志者飞黄腾达，这帮人是恐怖统治①的得益者，他们为了表现高度的爱国热忱，竟让人使用人皮装帧《宪法》。这不是传说。他见过那些棕褐色皮革封面的小本本，那皮革上毛孔太多，有点像凋谢的花瓣，像粗糙的包装纸，像羚羊皮或蜥蜴皮，谁摸了都会感到恶心。"这真糟糕，"维克托说，语气和用词都冷却了，"但是我们不可能什么都管到。"埃斯特万觉得必须表白他自己的信念，以免怀疑他对革命的忠诚。但是，他对某些爱国仪式的烂俗套，对某些不正当的权力，对上层人物过多地为许多庸人撑腰打气，都很反感。无论什么乱七八糟的剧本，只要结尾戴上一顶弗里吉亚帽②，都拨款支持

---

① 恐怖统治，雅各宾派专政时期，自 1793 年 9 月起，至 1794 年 7 月 27 日罗伯斯庇尔被处死，史称"恐怖统治时期"。
② 弗里吉亚帽，法国大革命时期人们戴的一种象征自由的软帽。

其演出；还硬给《伪君子》①撰写充满爱国激情的跋；在改写的
法国戏剧《布里塔尼居斯》②中，阿格里皮娜被称为"女公民"。
很多古典悲剧被禁演，但是有一个剧院演出胡乱编造的戏，国
家却给该剧院补助；在那出戏里教皇庇奥六世敲权杖，甩帽
子，同西班牙女王卡塔丽娜二世和国王打架，被打翻在地，掉
下一个硕大的硬纸板做的鼻子。此外，一个时期以来，倡导轻
视知识，在不止一个委员会里可以听到野蛮的叫声："不要相信
写过书的人。"在南特，所有文学社团都被卡里埃③封了（这是
众所周知的），昂里奥④这个无知的家伙竟然要求烧毁国家图书
馆，同时救国委员会把杰出的外科医生、知名的化学家、学者、
诗人、天文学家一个个送上断头台。说到这里，埃斯特万见对
方露出不耐烦的表情，便停住了。"又一个好辩论的人，"维克
托终于说道，"你这样讲话倒像在为科布伦茨⑤说话。你想过没
有，南特的文学社团为什么被封？"他在桌上捶了一拳，说道：
"我们正在改变世界面貌，可是你们关心的却只是一个戏的品质
不好。我们正在改造人类的生活，可是你们却因为有几个人不

---

① 《伪君子》，法国古典主义剧作家莫里哀（1622—1673）的诗体喜剧，讽刺
　僧侣阶级的伪善。
② 《布里塔尼居斯》，法国剧作家拉辛（1639—1699）写的剧本。该剧描述
　古罗马皇帝尼禄及其母亲阿格里皮娜的残暴、恶毒、阴险。布里塔尼居
　斯是尼禄的弟弟，被尼禄毒死。
③ 卡里埃（1756—1794），在雅各宾派专政时期，此人在南特主持革命法庭，
　并判处许多人死刑。
④ 昂里奥（1759—1794），时任巴黎国民自卫军司令。
⑤ 科布伦茨，德国城市名。法国大革命时期，不少法国贵族保皇党人逃亡
　到此，并将此城当成干涉法国革命的中心。

能聚在一起朗诵田园诗之类的破烂货而痛心疾首。如果叛徒和人民的敌人能写出漂亮的诗，你们也能饶他们一命！"此时，甲板上响起一阵拖木头的声音。木工们在麻包之间清出了道路，把一些木板搬到船头去，后面跟着扛长方形大木箱的水兵。其中一个木箱打开后，里面一个锋利的三角形东西反射着月光。埃斯特万一见此物，心里一怔。那些身影投射在海面上的人，在灯光下静悄悄地查阅说明书，并按照说明书指示的顺序，把升降器、横撑和立柱排列在甲板上，似乎在举行一种流血的神秘仪式。他们在搞的是一个投影，是在作竖向的几何描绘，画一幅透视图，因而是一个平面图形，但是不久它就会有高度、宽度和令人恐惧的深度。那些黑乎乎的人简直以举行宗教仪式的虔诚在夜间进行安装工作，从棺材似的木箱里取出零件、槽轨、铰链。虽说那木箱像棺材，对人体而言却太长，然而在横向却与人体宽度相当，使用按普通人肩宽设计的框架，就能把人稳稳卡住。他们用锤子哐哐地敲打起来，给动荡的浩渺海面增添了疯狂的节奏，海面上已出现了马尾藻……"这玩意儿也同咱们一起上路了！"埃斯特万叫道。"那当然，"维克托说罢，回到卧舱里，"这玩意儿和印刷机，是除了大炮以外，我们舰上携带的两样最重要的必需品。""带血的字儿记得牢。"埃斯特万说。"你别对我引用西班牙谚语。"维克托边说，边斟满杯子，接着故意死死瞪着对方，拿过一个小牛皮包，慢慢打开，从里面取出一扎封着的文件，扔在桌上……"对，我们也把断头机带来了。可是，你知道我要给新大陆的人什么东西吗？"他停了一下，又一字一顿地说，《共和二年雨月十六日废除奴隶制法令》。今后所有人，不分种族，凡家住在咱们殖民地的，都是法兰西公民，享有绝对平等的权利。"他把身子探出卧舱，观察木工们的工作情况。他背对着对方，继续独白，认为对方必定在听他讲话："一支向美洲航行的舰队不高悬十字架旗帜，这是首次。哥伦布的船队是把十字架画在帆布上的。那是以救世主的名义强加于新大陆人民头上的奴隶制标志。按照教士们的说法，救世主已经为了拯救人类而死了，他是为安抚穷人、劝诫富人而死的。而我们（他突然转过身，指着那法令），我们没有十字架，没有救世主，没有上帝，船上也没有教士，我们是去废除特权、倡立平等的。奥赫弟弟的仇已经报了……"埃斯特万低下了头，对刚才为了出口气，乱发了一通牢骚而感到羞愧。他把手放到法令上，摸着那厚实的封条，说："无论如何，我更希望咱们不使用断头机就能达到目的。"维克托答道："这要看那些人和另一些人怎么样了，当然也取决于我们的人。你别以为我对舰上所有的人都信任，必须在上岸以后看这些人的表现。""你说的是我？"埃斯特万问。"说你，也是说别人。出于职业的原因，我必须不相信任何人。有的人太爱争论了，有的人太向往过去，有的人还藏着神父用的披肩，还有人说在旧社会的妓院里生活舒服。有的军人相互之间关系密切，梦想同派来的专员们比个高下，并把我们搞臭。但是，我知道这艘狗屁军舰上谁在说什么、想什么、干什么。你说话小心点，有人会马上向我汇报的。""你把我当可疑分子？"埃斯特万强笑着问。

"所有人都是可疑分子。"维克托说。"那你为什么不在今夜用这架断头机在我身上开杀戒呢？""那木工们得加油干才行。为了稍加惩戒，得忙个不亦乐乎。"维克托开始脱衬衫，说，"你去睡觉吧。"他像过去那样同他热情地、乐呵呵地握握手。埃斯特万看了看他，对他与卧舱中肖像上的"廉洁者"之间是那么相像而感到惊讶。维克托现在的模样显然是模仿肖像的：脑袋如何摆，眼睛如何看，表情应该谦恭而又无情。埃斯特万明白，维克托追求在动作上与自己最敬仰的人相仿；他看透了他这个弱点，便感觉似乎打了个小小的胜仗。过去，此人在哈瓦那家里做游戏时，多次打扮成利库尔戈斯和特米斯托克莱斯①，今天大权在握，他的野心实现了，却竭力模仿他对之甘拜下风的人。高傲的维克托·于格首次在大人物前屈服了（也许是不自觉的）。

十七

罩着布套的断头机在船头上放着，它横平竖直的平面简单得像一个数学定理的图解。此时，舰队完全进入热带海面，被水流冲来的木头、竹根、红木树枝、椰树叶，在沙底映衬着的浅蓝色水面上漂流，这儿那儿都是，这说明陆地就在附近。又有可能与英国军舰相遇了，此外，自从在起锚时获悉一些消息以来，再也不知道瓜德罗普岛上发生了什么；大家都盼望平安

---

① 特米斯托克莱斯（约前524—前459），古希腊雅典的一位将军。

无事，这种心情愈来愈强烈。如果不能在瓜德罗普岛登陆，舰队就直驶圣多明各。可是，英国人也可能已占领圣多明各，如果发生这种情况，克雷蒂安和维克托·于格将设法由任何方向驶抵美国海岸，接受友好国家的保护。当听说舰队有可能去巴尔的摩或纽约时，埃斯特万不禁感到提心吊胆；而当他冷静地考虑后，便认为这是一种不可容忍的利己主义表现，为此，他生自己的气，甚至有点儿厌恶自己。如果去美国海岸，那就意味着一次时间拖得过长的冒险快要结束了：他在法国军舰上将无用武之地，他将要求（或擅自，反正一样）回家，并带回一脑子的历史和传闻，人们会惊讶地听他叙述，仿佛他是从圣地回来的朝圣者一样。首次周游世界的行动虽然失败，但取得了经验，这等于为未来的事业作了先期的准备。目前他必须设法使自己的生活变得有意义。他有写作的欲望，想通过写作或逼迫自己思考，就亲眼看到的一切得出结论。他说不清楚会写出什么，无论如何，会写出一些重要的东西，一些时代所需要的东西。或许是写一些令维克托·于格气得要命的东西（想及此他就高兴），或许是写关于国家的新理论，或许是修正《法意》①，或许是研究大革命的错误。"也可以写一个倒霉的流亡者的事。"他自言自语道，放弃了原来的打算。最近几年来，埃斯特万身上产生一种糟糕的倾向——爱唱反调（这种倾向有时

---

① 《法意》，这是孟德斯鸠（1689—1755）最重要的著作，当初严复译为《法意》，今译为《论法的精神》或《法的精神》。孟德斯鸠是法国资产阶级启蒙思想家、法学家，他反对君主专制和神权思想，主张在法国建立英国式的君主立宪政体，提倡立法、行政、司法三权分立。

候令他很郁闷，他因为不能与大多数人同乐而落落寡合）。当别人把大革命说得毫无瑕疵和缺点时，他却觉得横也不是，竖也不是。但是在一个保皇党人面前，他会挺身而出为大革命辩护；然而他所讲的理由如果出自科洛·德布瓦式人物之口，又会令他气急败坏。他既讨厌迪歇纳老爹①的大肆鼓动，也讨厌流亡者说三道四。在反神父者面前，他站在神父一边；在神父面前，他又成为反神父者；当有人对他说，所有国王（英格兰的杰米也好，恩里克四世也好，瑞典的卡洛斯也好，随便哪个国王）都是无耻之徒时，他就当保皇派；当听到有人颂扬西班牙某个波旁家族成员时，他就成了反保皇派。"我好辩论，"他想起几天前维克托对他说的话，自己也承认了，"但是同自己辩论是最糟糕的。"勒约父子渐渐说话随便起来，他从他们嘴里得悉那位公诉人②在罗什福尔所造成的恐怖，于是对他又气又恼，既心软又嫉妒。恼，是因为他对他不理不睬；气，是因为知道他在法庭上心肠狠毒；当他对他略有友好表示时，他就感激，像女人一般心软；嫉妒，是因为有个法令而将使这个在烤炉和盆盆罐罐之间出生的面包师儿子成为历史性人物。埃斯特万整天在心里同缺席的维克托对话，劝告他，提高嗓门要求他说明情况，在脑子里准备着一次谈话。这样的谈话也许永远不会发生，即使发生，他所设想的谈话特点也是会改变的，现在

---

① 迪歇纳老爹，原名雅克·勒内·埃贝尔（1757—1794），法国记者，积极参加法国大革命。迪歇纳是民间传说中的滑稽人物，被他用作笔名，后来他创办报纸，也叫《迪歇纳老爹报》。1794年被革命法庭判处死刑。
② 指维克托·于格，他在罗什福尔当公诉人。详见第十三节末。

142

是大声斥责、辩解、严厉责问，甚至以断绝关系相威胁，到那时都将加上温情色彩，甚至掉下眼泪……在那忧心忡忡等待的日子里，维克托每天清早乘坐插着旗帜的小艇去忒提斯号，同德莱塞格交换意见，在他们两人胳膊肘撑着的地图上标出的，正是舰队在礁石之间和浅海区航行的区域。趁他出行和归来的时候，埃斯特万设法站在他的必经之路，当他在附近经过时，他就佯装在干什么活儿。但是，维克托在军官和助手们的簇拥下，从不同他说话。那一群帽上有翎饰、身缠耀眼绶带的人，是他不能接近的世界。埃斯特万以迷惑和愤怒的眼光盯着他强壮的后背，此人对他家的秘密了如指掌，他像灾星一样在他的生活中出现，并把他引向越来越无法把握的地方。"对冷若冰霜的人不要抱任何希望。"这位青年忖度着自己现在与昔日伙伴之间的距离，便引用爱比克泰德①的话，以痛苦的讽刺口吻对自己说。但是，在到达巴黎后的头几天，在他们一起四处游逛的时候，他见过这位冷若冰霜的人同老练的女人（唯其老练，才选中她们）打得火热，唯一的目的就是寻欢作乐。那时候，维克托·于格脱下衣服，在与其逢场作戏的女人面前吹嘘他自己的肌肉，一边喝酒，一边打情骂俏，那性格还是开朗的。而现在，他成了显要人物，佩戴共和国的徽章，神气十足，眉头却蹙起来了；他僭取了舰队司令的职务，主宰着舰队的命运，那种稳重模样，连德莱塞格见了也害怕。"穿上这套制服就飘飘然

---

① 爱比克泰德（约50—约138），古罗马哲学家，曾在罗马当过奴隶，其著作是《爱比克泰德语录》。

了，"埃斯特万在想，"小心，冲昏头脑就糟了。"一天清晨，两只鲣鸟停在长矛号的帆杆上。海风吹来了牧草、蜜糖气息和烧木柴的烟味。舰队接近拉代西拉德岛 ① 海域可怕的礁石区，便缓缓前进，并放下了探测器。从半夜起大家就都被惊动了，现在聚集在船舷旁，望着那海岛。天一亮，海岛粗犷的轮廓显现了，它像一个巨大的黑影，躺在海面和停滞在陆地上空低垂的云团之间。六月初，水面非常平静清澈，连远处飞鱼扎猛子的声音都听得清，大头针掉到水中也看得见。舰只在陡峭的海岸前不动了，海岸上看不见庄稼和房舍。几名水兵乘一只小划子离开忒提斯号，用力向岛上划去。接着，德莱塞格舰长和卡蒂埃、鲁热将军上了长矛号，同克雷蒂安和维克托·于格一道等候消息……两个小时过去了，当人们已等得焦急的时候，那小划子回来了。"有什么消息？"专员估计他们听得见他的声音的时候，便叫喊着问。"英国人上了瓜德罗普岛和圣卢西亚岛，"一个水兵叫道，顿时引起军舰甲板上一阵叫骂声，"咱们离开法国的时候，他们就占领这两个岛了。"人们既紧张又恼火。现在他们又同过去一样茫然：又要开始在到处有敌舰的海面上向圣多明各进发的危险航行了，而圣多明各很可能也被有钱的保皇派移民支持的势力所占领，他们带领大批黑人倒向英国一边。即使舰队躲过了英国军舰，还必须在全年最坏的季节（埃斯特万记得一首诗——《暴风雨》中的几句，讲的是百慕大群岛的

---

① 拉代西拉德岛，位于瓜德罗普岛东面。

144

飓风），在巴哈马群岛海域绕来绕去，以躲避西班牙军舰。人们都怀着失败主义情绪，认为既然对瓜德罗普岛束手无策，不如尽早走开。维克托·于格老是让搜集到这个情报的人叙述在陆地短暂停留的情况，汇报了一遍又一遍。有几个人对他这种固执态度都气得发火了。没有什么可怀疑的，消息来源有几个不同的人：一个黑人渔民，一个农夫，一个小酒店里跑堂的，此外，还跟据点里的守军说过话。他们都看到了舰队的舰艇，不过在远处把这支舰队当成贾维斯司令指挥的舰艇了，而贾维斯的舰艇此时应该，或已经，或正在皮特尔角城起锚，然后向圣克里斯托瓦尔 ① 驶去。而这里的海域到处都是礁石，非常危险，因此卡蒂埃说："我认为不能再等了。如果他们在这里把咱们抓住，会把咱们打垮的。"鲁热持同样的意见。但是维克托不让步。刹那间，他们猛然扯高了嗓门。军官们同专员们争论开了，他们身上挂的马刀、金银丝带、绶带以及帽子上的花饰都在剧烈地晃动着，先是引用特米斯托克莱斯和列奥尼达 ② 的语录，接着就把法国人在共和二年所说的全部粗话都骂出了口。突然，维克托·于格用一句斩钉截铁的话堵住了其余人的嘴："共和国的军人不能争辩，而应该服从。命令咱们去瓜德罗普岛，咱们就去瓜德罗普岛。"其余人都低下了头，仿佛被驯狮者的鞭子制服了一样。专员下令马上起锚，驶向拉斯沙里纳斯-格兰德特

---

① 圣克里斯托瓦尔，多米尼加城市，位于圣多明各以西。
② 列奥尼达（？—前480），指率领三百勇士在德摩比利隘口抗击波斯侵略军的斯巴达国王。

尔①。很快就远远望见蒙蒙白雾中的玛丽-加朗特岛，于是大家忙乱起来。到处都听到炮架的滚动声、缆绳和滑轮的吱吱声和人们的叫喊声，马嗅到陆地在即和新鲜草料的气息而嘶鸣，人们都在做着准备工作，部队在匆匆忙忙地集合。就在此时，维克托·于格让排字工交出在航行期间用粗体字印刷的数百份告示，其中有宣布废除奴隶制、给岛上所有居民（不分种族和国家）以平等权利的《雨月十六日法令》全文。接着他雄赳赳地穿过中甲板，走近断头机，让人把覆盖的胶布套取下，让那寒光闪闪、十分锋利的铡刀在阳光下首次亮相。维克托·于格右手扶着断头机框架，身上挂着所有表示其权力的标志，稳如磐石，纹丝不动，突然变成了一种象征。第一架断头机同自由一起来到了新大陆。

十八

战祸。

——戈雅

克雷蒂安和维克托·于格乘第一批船上岸了，这也许是

---

① 瓜德罗普岛被一条狭窄的潮汐河（称为"萨莱海峡"，在本书中称为"咸水河"）分成东西两部分：东部是拉斯沙里纳斯-格兰德特尔，西部是巴斯特尔。

为了向部队表明，在实干的时候，他们同军人一样无畏。部队登陆后，听到了几声枪响，紧接着双方对射了几阵排枪，声音便渐渐移向远方。夜幕降临，舰艇上一片寂静。军舰上留下了海军部队和两个比利牛斯山地猎人连，全都由德莱塞格舰长指挥。三天过去了，什么事也没有发生，什么也听不见，什么都不知道。为了解闷，埃斯特万在两位排字工的陪伴下钓鱼消遣，排字工在这种时刻必定是无事可干的。大部队离开以后，现在舰上腾出了许多空间，甲板像是盛大演出结束后的舞台。那里有零零散散挂着的绳子、扔下的麻袋包、留下的空箱子。人们可以任意走动了，可以在帆布遮阴下打盹，可以拿着汤钵在任何喜欢的处所喝汤，可以在露天观察海面（为了瞭望远处敌舰的帆影，打牌时，他们每打完一局就向地平线那边看看）。如果不是因为消息不通而大煞风景，那简直是在向风群岛①度假。侦察海岸是徒劳的，那里什么事也没有。一个孩子在沙里捡着海蚌；几条狗在齐肚深的水里打闹；有一家黑人走过，他们头上顶着一大包东西，像是在搬家……第四天清晨，通信兵登上忒提斯号，带来了把舰队开到皮特尔角城的命令，有人就以为事情不妙。其实共和国军队打了胜仗。那天，法国人登岸不久就发生了遭遇战，之后，法国人小心前进，却没有遇到抵抗。维克托·于格认为，英国军队之所以不断后撤，是由于保皇派移民看到高举共和国旗帜的人向竖着肮脏白

---

① 向风群岛，指小安的列斯群岛中的一组岛屿，包括格林纳达、格林纳丁斯群岛、圣文森特、圣卢西亚、马提尼克和多米尼克等岛屿。

旗处攻击，心生恐惧而造成的；而商船上的海员们在港口受到突然袭击时，倒是有点儿勇气，他们躲在弗吕德贝据点中，利用十六尊炮组织抵抗。昨天夜里，卡蒂埃和鲁热突然登上这座有九百人守卫的堡垒，展开白刃战，攻占了据点。克雷蒂安勇猛非凡，做出了榜样，他是脸朝着敌人倒下的。英国人吃了败仗，士气低落，现在据守在咸水河对面的巴斯特尔。这条河里水很少，里面生长着红木树；尽管河很窄小，却把瓜德罗普岛分成不同的两部分。维克托·于格在半夜里就来到皮特尔角城，建立了政府。港口里扔下的八十七艘商船全部落入法国人之手。仓库里堆满商品，那里急需舰队去……舰队忙碌起来了，运输小艇都回到各自的军舰上，人们从心底里感到高兴，个个欣喜若狂，从桅顶平台到储藏舱，爬上爬下，跑来跑去，有的在推木杠，有的在扯桅绳，有的在抖开帆布，有的在收卷绳索，有的在调整船头方向。打胜仗是好事。今晚有酒了，有塞蒜瓣的猪肘子吃了；可以大喝一通，吃牛肉炖新鲜胡萝卜；会有许多许多葡萄酒和上等朗姆酒，喝的咖啡是那种能在杯子上留下黑色斑渍的。也许还会有女人，有红皮肤的、古铜色的、脸色苍白的或黑皮肤的女人；有那种穿花边衬裙、脚蹬高跟鞋的女人，有香水味、花露水和香粉味的女人，但最要紧的是有女人味的女人。共和二年牧月的那一天，在码头和舰艇上一片歌声、叫喊声和对共和国的欢呼声中，舰队进入港口，带来了断头机。断头机立在长矛号船头上，闪光耀眼，像新的一样，布套取下了，以便让所有人看到它，认识它。维克托和德莱塞格互相拥抱。两人一道去总督府总管楼（专员将把各办公处、办公室安置在此处）向克雷蒂安的遗体致敬。克雷蒂安身上佩戴绶带和徽章，躺在黑色灵床上，周围有红色石竹花、白色晚香玉、蓝色的攀缘茉莉花。埃斯特万被派到外贸粮行。今天他要充分发挥作用了，见面前停着敌人扔下的船只，便打开缴获登记簿。到处都张贴着宣布废除奴隶制的布告。被白人老爷监禁的爱国者们都被释放了。一大群各色人等在街上欢天喜地地游荡着，他们向新到达的人欢呼。更令人兴奋的是，英国驻瓜德罗普岛总督邓达斯将军，于法军登陆前夕在巴斯特尔死了。共和国的军队运气真好。但是，大家满以为那天下午可以寻欢作乐一番，却成了画饼：刚过中午，德莱塞格舰长就开始构筑工事，布置港口防务，在港湾的浅滩沉下几艘旧船以阻止敌舰进港，在码头上架起大炮，炮口对着海面……可是，四天以后风云突变。在咸水河对面圣让山上的炮台开始向皮特尔角城不停地轰击。舰队司令贾维斯先令其部队在戈西耶登陆，接着包围了那座城池……炮弹从天而降，每时每刻都说不准会在哪里爆炸，将屋顶炸塌，把楼层穿透，把瓦片炸飞，被炸碎的瓦片红土如雪崩一般倾泻而下，在石砌建筑物上、街面上、拐角处和路牌上弹跳一阵，就雷鸣一般滚向另一些可击倒的东西（一根柱子、一排栏杆，以至于被飞速的倾泻物吓坏了的人），居民们惊恐万状。全城笼罩在一片被毁的氛围中，到处弥漫着灰色的、干透了的旧石灰味儿，令人们喉咙干燥，眼睛发红。有一颗炮弹碰在一堵石砌城墙上，被弹到木房上，沿着扶梯滚下，撞着了装满瓶子的碗柜和陶瓷器皿陈列柜，最后滚进地下储藏室爆炸了，被炸飞的桶板落到一具血肉模糊的产妇尸体上。有一口青铜钟被炸飞，落地时发出的一声巨响连敌方炮手都听得见。这里的房子为了透风，都有百叶窗、屏风和轻巧的阳台，而且都是采用隔板、木柱、木架和板条打造的，根本不能防御炮弹。一发炮弹落下，犹如铁锤砸在柳条筐上，如果全家人躲在核桃木桌子下，那就全家送命。俄顷，又发生另一件骇人听闻的事：在萨冯山炮台上有火炉，英军用烧红的炮弹轰击。建筑物即使未被炸倒，也会起火燃烧。所以，继炮轰而来的是火灾。这边的火尚未扑灭，那边，布店、木材厂、朗姆酒酒窖里又起了火。酒烧着了，升起蓝色火焰，向街道缓缓流去，然后沿着人行道向附近低处流去。穷人家房子的屋顶，盖的是棕榈叶和编织的草茎，因而一颗烧红的炮弹足以烧毁整个街区的房子。更糟的是没有水，只得用斧子、锯子和砍刀救火。这意味着，除了从天而降的破坏，又有了妇女、儿童和老人有意识的破坏。燃烧着的脏旧物品冒出一团团浓密的黑烟。黑烟从地上升起，在大白天将这受难的城市突然笼罩在阴影之中。这是难以忍受的，连挨一小时也吃不消，更何况是不分昼夜的轰击。房屋倒塌声同叫喊声混成一片，燃烧的噼啪声同地上的隆隆声搅在一起，地面上仿佛有攻城的冲车在滚动、碰撞、跳动、撞击，轰隆隆地响着。这是一场灾难，它似乎已经达到顶点，然而传来的消息却越来越糟。三次摧毁那些害人的炮台的企图都失败了。卡蒂埃将军由于失眠、疲劳和对气候不习惯，身体虚弱，刚刚咽气。鲁热将军被弹片击中，在改作军医院的楼房大厅里奄奄一息。有几个神秘的多明我会①教士从躲藏的地方出来了，他们立即手持药瓶或草药汤，来到病人床头。在这种时候，谁也不会忌讳他们穿的僧袍，而是让他们看护，暂时减轻病人的痛苦，但紧接着就有耶稣受难像和圣油出现了。这是在搞宗教走私，它表明，哪里病痛多，哪里就必定会有人在感到死之将至时宁要举行临终圣事而不要帽徽②……灾难真是数不胜数，而现在又多了一灾——渴。由于有几具尸体倒在水池里，水有毒，不能喝。士兵们烧沸海水，煮出的是咸咖啡，加许多糖，再加点儿酒才有甜味。一向用船和车运载水桶向居民供水的卖水人，由于敌人射击而不能去附近小河取水。老鼠麇集街头，在瓦砾堆中乱窜；更有甚者，旧木头里钻出一些灰蝎子，碰到什么蜇什么。有几艘船变成一堆堆烧焦的木板，在港湾里漂浮的忒提斯号可能受了致命伤，仄向一边，桅杆折断，船身破损。被围后的第二十天，发生了绞肠痧。得此病者，腹泻数小时后，生命就从肠子里消失了。连像样的埋葬都办不到，哪儿能埋，就把尸体掩埋在那里：或树底下，或随便什么洞里，或厕所旁。炮弹打到老坟地上，尸骨被炸出来，散落在东倒西歪的墓碑和十字架之间。维克托·于格率领所剩无几的几名军官及精锐部

---

① 多明我会，天主教托钵修会主要派别之一，由西班牙人多明我在13世纪创立。

② 当时法国当局是反宗教的，按官方要求办事，就不能让神父给临终之人做临终圣事。"不要帽徽"意味着临终者不愿按官方要求办事。

队，据守在督府山，那是全城的制高点，屹立在那里，成为一个石砌教堂的屏障……埃斯特万在港口清点仓库的时候，正巧遇上敌方炮击，便在一个个食糖的麻包之间挖了个壕沟，躺在那里打发时间；在这场延续近四个星期的灾难之中，他垂头丧气，怕得发呆，什么也不能想了。在他对面，勒约父子学他的样，藏在用麻包打造的一个更大的洞里，把他们印刷厂的部分物资（特别是字盘，在此岛是无可替代的）也藏在那里。他们不愁没喝的，因为那里有好几桶酒。他们喝了一罐又一罐，或为了消暑，或为了壮胆，而有时则纯粹为了喝几口那温热的液体。他们喝得嘴唇上结起紫色的痂，而酒味却变得越来越酸。老勒约出身贫苦，在这苦难和应该取出家藏《圣经》（他把《圣经》藏在纸箱里带来了）来祈祷的时刻没有躲藏起来，炮弹在周围爆炸时，他喝得醉醺醺的，气壮如牛，在洞里高声背诵《启示录》的某个章节。没有什么比神学家约翰笔下的预见性呓语更符合现实了："第一位天使吹号，就有雹子与火搀着血丢在地上。地的三分之一和树的三分之一被烧了，一切的青草也被烧了。"①"由于太不虔诚，"这位排字工哭泣着说，"我们被推向时代的末日。"就在此时此刻，贾维斯的大炮，以古代大神们的惩戒性狂怒，轰隆轰隆地应和着他。

---

① 见《圣经·启示录》8:7。引文系《圣经》和合本，下同。

十九

一天早晨，大炮不响了。人们松了口气；牲口的耳朵也可以休息了；倒下的，动弹不了的，就倒在那里，不再动弹，再也不必担惊受怕。港湾里水浪啪嗒啪嗒地响，仅存的一件玻璃物件，被一个孩子掷石块打碎，人们由于不习惯这种细小的声响，反而吃了一惊。幸存者走出了他们躲藏的坑洞和肮脏角落，浑身是油烟子、污垢、屎嘎巴，吊着的污秽绷带在溃烂伤口上方一拃处飘飘扬扬。此时人们才得悉奇人维克托·于格的情况：两天前的夜里，他发现英国人在砍杀前哨士兵并攻进了城里，便亲率部队从督府山拼命向下猛冲，数次击溃敌军，最后把他们赶过咸水河。敌军撤回在巴斯特尔的贝尔维尔阵地。法国人在该岛二分之一的地面得胜了……中午，第一队卖水人来了。水被用饭盒、水桶、木盆和脸盆武装起来的衣衫褴褛的人群一抢而空。家家户户全都出动，扑在那里喝水，甚至把整个脑袋都伸到容器里，家畜则在后面对人们乱拱乱顶；有为争水喝而吵架的，有在舔着嘴唇的，也有因喝得太快而呕吐的；在一片混乱中，有人抢别人的水罐，闹得只能由丘八们用枪托让他们平息。喝足水以后，人们开始清扫主要街道，从瓦砾堆中拖出尸体。不时有一两颗敌人的炮弹落下来，或炸倒个把行人，或炸倒一排栅栏，或炸毁一个祭坛。但是，人们在可怕的四个星期中受过罪以后，对如此小事就不当回事了。此时人们得悉，这远征队司令部中仅存的一个成员——奥贝尔将军，因

153

患黄热病，快要死了，维克托·于格成了瓜德罗普岛格兰德特尔 ① 唯一的主人。他把勒约父子叫到办公室里。办公室窗户破碎，窗帘也被烧得差不多了，挂在那里像表示哀悼的花环。他向他们口授一个告示，并要求立即印刷。告示宣布戒严，并通过强迫征兵组成一支能打仗的两千名有色人种民兵队伍。居民中凡散布谣言者，即被视为自由的敌人，对他们，将同对待图谋逃往巴斯特尔者一样，都格杀勿论。告示还鼓励优秀的爱国分子揭发任何怀有异心者。佩拉迪上尉被提拔为少将，担任武装部队总司令；布德少校被提升为准将，负责训练、整顿地方部队……自从在拉斯沙里纳斯登陆那天起，埃斯特万就佩服这位专员有魄力。他有非凡的指挥能力，又有得天独厚的好运。在此时此刻，克雷蒂安、卡蒂埃、鲁热和奥贝尔先后归天，这真是老天爷在保佑他：这些能以某种方式反对他的人都消失了。原先远征军的将军们佩戴绶带、头插翎饰，趾高气扬，以资格老而倨傲，维克托·于格同他们发生过几次激烈的争论，而从今天起，他可以依靠两位有赖于他的合作者了，因为这两人明白，国民公会是否确认他们的新军衔取决于他……那天晚上，满城酒气冲天，士兵们长期不沾女人的边了，凡是有劲儿喝酒胡闹的，少不了要过一下风流瘾。专员在宴请军官们的宴会上十分快活，说说笑笑，妙趣横生，埃斯特万和勒约父子都出席了宴会。穆拉托女仆们端着托盘送朋沏和朗姆酒，有人搂她们

---

① 格兰德特尔，全名是拉斯沙里纳斯-格兰德特尔。因此，有时称它"拉斯沙里纳斯"，有时称它"格兰德特尔"。

的腰或在裙子底下掐她们，她们也不生气。在觥筹交错中，维克托·于格宣布，督府山将改名为胜利山；面对港湾的撒尔坦广场，位置甚佳，将改名为胜利广场。皮特尔角城今后叫自由角（"人们照样会叫它皮特尔角城，"埃斯特万心里这样想，"就像龙骑兵肖望镇仍然叫圣胡安-德鲁斯一样。"）上饭后甜点的时候，已经是凌晨了，有一个女侍者在众人的邀请下唱起了歌，埃斯特万由此得知，她唱的是拉斐德[①]的表弟布耶侯爵谱写的思乡小曲，此人年轻时就当了瓜德罗普岛的总督，二十四年前被调回法国，离开时用岛上的方言写了一首哀怨的歌，从那以后谁都会唱了：

> 别了，围巾。别了，头巾。
>
> 别了，黄金串珠；别了，甘蓝形项圈。
>
> 但是他已经离开了，
>
> 哎呀，他走了，那有什么办法。
>
> 您好，总督老爷，
>
> 我恳求您，
>
> 请您下令，
>
> 让姑娘跟他一起走吧。

[①] 拉斐德（1757—1834，或译为"拉法耶特""辣斐德"），法国资产阶级革命活动家，早年参加过北美独立战争。法国大革命初期任国民军司令。

> 小姐，来不及啦，
>
> 他已经上船，
>
> 船马上起航。①

    埃斯特万喝了许多朋沏，已经醉了，站起来一个劲儿要为歌喉如此美妙的姑娘干杯，但是要求把歌词中"老爷""小姐"之类的词儿去掉，因为与民主精神不符，而代之以"总督公民"和"公民"。维克托·于格兴奋地瞧了他一眼，鼓掌欢迎这个非常热爱共和国的建议。不过大家已经开始齐唱弗朗索瓦·吉尔威的新作《我已失去一切，我什么都不在乎》，这首歌同此次取得的胜利，在意义上非常吻合：

> 从前在我的餐桌上，
>
> 有肥美的仔鸡和阉鸡。
>
> 有谁也没有见过的面包。

> 后来打仗了，
>
> 我吃的是粗茶淡饭。
>
> 可是我衷心歌唱，
>
> 英国的乔治暴君蒙受耻辱，
>
> 而我们却尽享荣光。

---

① 这首歌与后面一首原文均系法文。

156

黎明时，所有人都坐在圈椅和扶手椅里睡着了，四周是没有喝干的酒杯，一个个托盘里都有一些吃剩的水果和烤肉。专员在屋里打开的窗户前站着，一面用海绵擦身，一面同正在磨剃刀的理发师聊天……俄顷，起床号响了，八点钟左右，有人开始在昔日的撒尔坦广场①叮叮当当地竖旗杆，并扯起缀满小旗和纸花的绳子，比利牛斯山地猎人团军乐队穿得整整齐齐，奏起了革命乐曲，军号嘀嘀嗒嗒地吹着，大鼓砰砰地敲着。几个木工搭起台，政府当局将在台上主持一次声势浩大的爱国大会。人们走出破旧的房子，在空前的早场音乐的吸引下走到广场上。埃斯特万走到他下榻处的外贸粮库，把浸了醋的布敷在头上以减轻偏头痛，又喝了几匙大黄药汤，清清肝脏，利用等候开会的工夫，打了一个盹（他在革命的巴黎生活过，知道总是拖拖拉拉不准时的）。十点钟左右，他回到广场，那里已是黑压压一片，各色人等熙熙攘攘，忘掉了刚遭受的痛苦。由维克托·于格领头，佩拉迪将军、布德将军和德莱塞格舰长等军政首脑人物登上了台。这批新上任的首脑人物首次全身穿戴礼服露面，人们争相观看，在他们周围挤来挤去。附近院子里飞出一群鸽子，翅膀的拍击声倒使人们安静了下来。国民公会专员慢悠悠地把全场看了一遍，才开始讲话。他祝贺昨日的奴隶已成为自由的公民；赞扬人民在遭到炮击的痛苦的日子里所表现的坚强精神，同时悼念牺牲者，向克雷蒂安、卡蒂埃、鲁热和

---

① 原文为法语。

奥贝尔（此人半小时前刚刚在军医院里咽气）致悼词，并用手愤然指着军医院大楼，仿佛是那里吞噬了最勇敢的人。此时，他的演说达到第一个高潮。接着，他讲到哥伦布在第三次来美洲的航行中，发现了此岛，并以其所乘船的名字命名此岛①。其时，岛上的人幸福而又纯朴，过着健康的生活，那是人类的一种自然状态。但是，随着新大陆的发现，接踵而至的是基督教教士这帮狂热和愚昧的代理人。自从圣保罗散布一个犹太先知——一个名叫潘西鲁斯的古罗马军团士兵的儿子的伪教义以来，这些教士已成为世界的灾星。说什么约瑟降生在马槽，那纯系杜撰，已被哲学家们驳得体无完肤②。他抬起手，指指督府山的方向宣布，为了抹掉一切偶像崇拜的痕迹，要推倒那边的教堂；据报告，还有教士躲藏在穆勒和圣安娜③一带，他们必须出来向《宪法》宣誓……埃斯特万十分注意一个穆拉托女人的表情，她头戴马德拉斯条子布三角头巾，头巾上打的结表示"我心里有你"，这种用头巾打结的语言，岛上居民都懂。他全神贯注地望着她，她忽而嘬嘬嘴，忽而用手指拨弄拨弄手镯，忽而抽动微黑的脊梁，耸耸肩。他根本没注意听演说，而此时

---

① 应该是哥伦布第二次航行中发现了瓜德罗普岛，而哥伦布所乘的船是玛丽-加朗特号。作者这么写，意思是维克托在信口开河。

② 圣保罗是传道的使徒。"犹太先知"指耶稣。但维克托这席话是背离《圣经》的。例如，《圣经》上说，耶稣是他母亲马利亚"由圣灵怀孕"而生的，降生在马槽，而不是他的父亲约瑟降生在马槽。作者这么写，既表示维克托·于格信口开河，又表明他是个无神论者。

③ 穆勒、圣安娜，均为格兰德特尔东部的市镇。

158

维克托在宣布，撒尔坦广场更名为胜利广场。维克托的声音铿锵有力，十分清晰，他时而解释一句话，时而讲解自由的概念，时而引用一个经典事例，滔滔不绝，有声有色，从他口中喷涌而出。然而他的演说同与会者的精神状态不相称；这些人仿佛是来赶集的，是来游玩的，男人是来挑逗女人的，根本不是来听一种同当地优美的方言相差甚远的语言的（维克托有南方口音，而且学着打官腔）。专员在谴责西印度公司和瓜德罗普岛的"白人老爷们"以后，演说接近尾声，他声称，斗争没有结束：还必须消灭盘踞在巴斯特尔的英国人，而且很快要发起最后的攻击，恢复这块从奴隶制解放出来的土地上的和平。演说有条有理，讲得很好，没有过多的辞藻堆砌；他引用塔西佗[①]的语录时，演说达到了高潮，听众鼓掌叫好，恰在此时，德莱塞格看见一条船突破港湾的障碍，向最近的码头驶去。不过，倒不必为出现一条破船而担心：那是一条旧单桅船，油漆剥落，肮脏破烂，船帆是用麻袋片马马虎虎缝制的，像是海难事故中出现的鬼船。船靠了码头，广场的人群中出现了骚动：一些男人向专员的讲台走来，他们的手和耳朵奇形怪状，没有牙齿，走路一瘸一拐，皮肤上有一层银白色的鳞片。他们是拉代西拉德岛的麻风病人，是来向法国大革命表忠心的。维克托·于格不动声色，给他们以有病公民的待遇，交给他们一条三色布带[②]，

---

② 指法国国旗上红白蓝三种颜色。

并向他们保证，他很快会去他们岛上了解他们的需要，减轻他们的贫穷。这次意外事件使他刚赢得的人心得到了巩固，人们向他欢呼鼓掌，他回到台上好几次向人们致谢，然后带领军官们退回办公室。头上依然有敌方一两发打得不准的炮弹划过明朗的天空，落入海湾水中，没有造成多大损失。城里到处是腐肉味，但到傍晚，柠檬树开花了。这是在反复厮杀后①，柠檬树显灵了。

二十

奇怪的虔诚。

——戈雅

维克托·于格宣布马上要向巴斯特尔发起攻击，在行动上却犹豫不决。或许他是由于兵力不足而胆怯，他生怕有色人种民兵未训练好，因而面露焦虑之色，等候着自皮特尔角城被围时就向法国讨的援兵。又过了几个星期，在此期间，敌方炮弹常常在居民中肆虐。但是，经历过一场战火以后，人们对此已不太在意，不过耸耸肩，骂骂娘，或做做侮辱人的手势，仅此而已。为谨慎起见，断头机锁在屋里，没有搬出去，然而已经

---

① 原文 tras de tantos Oficios de Tinieblas，直译：经过多次黑暗交易（或见不得人的交易）后。

安装就绪，擦了油，单等罗什福尔法庭的老刽子手安斯先生来开动这台参照古代击弦琴原理而发明的忠诚的机器了。安斯先生是个文质彬彬的穆拉托人，在巴黎受过教育，是优秀的小提琴手，口袋里总是装着给小孩子们吃的糖果。专员清楚，法国在管理边界县区方面，由于急急忙忙地使用断头机而付出了高昂的代价。他不愿意瓜德罗普岛变成一个小比利时①。此外，在长期风云变幻中习惯了更换主人的居民，谁也没有来告发谁。他现在依靠广大被解放了的奴隶，他们由于具有光彩的公民身份而兴高采烈，同时却出现了管理方面的问题：这帮原先的奴隶知道已经没有了主人，无须听人摆布，便不耕种土地了。耕地荒芜，犁好的土地因无人耕作而长起了无数荆棘杂树，太阳对这类无用之物一视同仁，并不顾及人类的好恶……而对以爱国主义为借口拒绝耕作的人却不能严惩，恰在此时，巴约讷号舰到达了，运来了武器装备和一些步兵，然而比军事长官们所要求的少得多。国民公会需要人，不能为了保卫一个远方的殖民地而派出大批人马。埃斯特万突然被叫到维克托·于格的办公室去取校样，他发现专员在全神贯注地阅读巴黎的报纸。报纸是维克托除了公文以外最急切等待的东西，他的名字有时报上也会提到。埃斯特万浏览维克托看过的报纸，惊恐地得悉，可以庆祝宗教节日了；更令人莫名其妙的是，竟谴责无神论，

————————————————

① 小比利时，历史上，比利时先后属于荷兰、奥地利、西班牙和法国，多次因反抗严厉的统治而爆发起义。此处的意思是避免把瓜德罗普岛的居民逼反了。

说那是不道德的态度，因而是贵族的、反革命的态度。突然，无神论者成了共和国的敌人。法国人民承认上帝的存在和灵魂不死了。"廉洁者"说，即使上帝的存在和灵魂不死不过是幻梦，也是人类精神中最美好的概念。现在不信上帝的人被称为"可悲的怪物"……埃斯特万开怀大笑，笑得维克托皱起眉头，从打开的报纸上方向他看了一眼，问："你笑什么？""早知道这个消息，就不必费神下令推倒督府山教堂了。"埃斯特万答道，几天来，他闻着水果味和海水味，看到某些树木，便觉得回到了原来的生活环境，恢复了一点他过去的性格和本民族人的好脾气。"这一切我都觉得很好，"维克托说道，并没有直接回答，"像他这样的人是不会犯错误的。如果他认为必须这么做，那必定是对的。""你还为他唱赞歌。"埃斯特万说。"他是大人物嘛。"维克托说。"只是我看不出耶和华、伟大的建筑师和上帝之间有什么差别。"埃斯特万说，接着提醒专员，他过去是不信神的，并且讥讽共济会员"装神弄鬼"。但是，维克托不理他，说："共济会搞的依旧是犹太教那一套。至于基督教的上帝，因涉及其僧侣同宗教法庭和独裁统治之间的联系，同自由人应该合理、适度地膜拜的无限而永恒的上帝毫无关系。我们说的不是托尔克马达①的上帝，而是哲学家的上帝。"埃斯特万茫然了：一个思想活跃、头脑完全政治化的人，尽管生气勃勃，却具有难以置信的奴性，他不愿意用批判的眼光来观察事实，拒绝看到最

---

① 托尔克马达（1420—1498），西班牙多明我会教士，狂热的天主教徒，在担任宗教法庭庭长期间判处八千人火刑。

162

明显的矛盾；对掌权人发表的讲话一味拥护，其忠诚已达到狂热程度（这就是狂热）。"如果教堂明天开门，神父们不再是'戴僧帽的两足动物'，并且教士和修女们上街游行，那又该怎么看呢？"埃斯特万问道。"那样做必定有极大的道理。""那你……你相信上帝了？"埃斯特万叫道，自以为把他问住了。"这就完全是个人问题了。但是决不会改变我对革命的忠诚。"维克托答道。"对于你，革命是不可或缺的。""革命……"维克托慢慢地说，眼睛望着港湾那里正在拨正船体的忒提斯号，"革命……它给我的生命以目标。让我在这个时代的伟大事业中发挥作用。我要在其中努力显示我最高大的形象。"接着双方不作声，水手们拉缆绳时喊的劳动号子显得更加响亮了。"你要在这里提倡敬奉上帝吗？"埃斯特万问道，他觉得，如果上帝再次受到崇拜，就等于他完全背弃了自己的信仰。"哪里哪里，"专员犹豫片刻后答道，"督府山的教堂还没有全部推倒。要是那样做，走得就太快了。这必须慢慢来。如果我现在就宣扬上帝，这里的人马上会举起头戴荆冠、肋部流血的耶稣受难像；要是这么干，咱们就无法前进。这里不是马尔斯校场①。"埃斯特万从维克托·于格嘴里听到了马丁内斯·德·巴耶斯特罗斯可能会说的话，顿时暗喜。然而在那边，很多西班牙人由于说巴黎指示的办法在具有某些传统的国家不适用而遭迫害、掉脑袋。"大喊大

---

① 马尔斯校场，位于巴黎，1791年7月17日巴黎人民在此集会示威，遭当局镇压。

叫无神论，"他们建议道，"是进不了西班牙的。"在萨拉戈萨①大教堂，某个奥布丽小姐就是不能像在巴黎圣母院里那样，装扮成真理女神袒露胸脯给大家看。而那圣母院不久就被拍卖，然而谁也不敢买下这座高大又不适于居住的哥特式建筑物供个人专用……"矛盾哪，矛盾哪，"埃斯特万嘟嘟囔囔地说，"我梦想的革命完全是另一个样子。""谁命令你信仰不是那么回事的玩意儿来着？"维克托问道，"都是废话，英国人还盘踞在巴斯特尔。这是咱们唯一该关心的事。"他接着以坚决的口吻说："革命不是争辩出来的，而是干出来的。"埃斯特万说："我是在想，如果巴黎的邮件到得早一点，督府山的教堂就得救了！只需大西洋上刮一阵好风，上帝就留在屋子里了！可谁也不知道谁在这里干什么呀！""干活去吧！"维克托说罢，一只手用力抓住他的后脖颈，向门外一推。门砰的一声关上了，声音之大，连那个正在抹楼梯扶手、善于歌唱的穆拉托女仆都以嘲笑的口气问："维克托先生发火了？"②埃斯特万穿过食堂，在他身后，女仆在叽叽喳喳地议论。

勒约父子的印刷机紧张地印刷宣传小册子。这些小册子是要向居住在保持中立诸岛上的法国农夫散发的。小册子上说，谁拥护革命政府，谁就有官做，有地种。这么一宣传，兵员增

① 萨拉戈萨，西班牙北方大城市。
② 原文为法语。

加了，然而过了几个星期也没有决定强渡咸水河。到九月底，情况依旧。此时，专员得知英军中蔓延黄热病，加之格雷将军害怕每年这个季节向风群岛刮的飓风，已率领舰队主力去马提尼克岛的皇家要塞，那边的港湾可以避风。良机莫失，经过研究，终于决定法军分成三队，分别由德莱塞格、佩拉迪和布德指挥，分三处在巴斯特尔登陆。他们征用了小划子、小艇、小舟乃至印第安人的独木舟，在一天晚上发动了攻击。两天后，法国人成了拉芒坦和珀蒂堡的主人。十月六日晨，包围了贝尔维尔的野外堑壕阵地……在皮特尔角城，人们在等待着，有人认为包围将是持久的，因为英国人有时间巩固阵地；也有人说，格雷厄姆将军面对格兰德特尔革命政府的巩固，已丧失斗志；他为了出气，还在命令其部下从萨冯山高地向格兰德特尔的城市里开炮，然而人们似乎不把这些炮弹放在心上……那些日子，埃斯特万经常同断头机的守护者兼开动者——安斯先生见面，他们在搞一个小物件陈列室，搜集海贝矿石、涂防腐油的月亮鱼、动物形状的树根以及红色海螺。他们经常在美丽的戈西耶海湾休息，那里有一个像玉髓心一般的漂亮小岛。安斯先生把几瓶酒放到沙坑里降温，然后从琴匣里取出一把旧提琴，背对着海，奏一曲菲利多尔[①]谱写的优美牧歌，并且随意变奏。安斯先生是个高雅的郊游伙伴，无论见到什么，诸如一块硫黄、一只貌似埃及品种的蝴蝶或从未见过的什么花，都要欣赏一番。

---

① 菲利多尔（1726—1795），法国作曲家，也是著名棋手。

十月六日中午，安斯先生接到把断头机装车、火速运到贝尔维尔去的命令。那里的要塞已被攻克。维克托·于格根本没有下达冲锋令，仅仅限令格雷厄姆将军在四小时内投降，问题就解决了。专员来到堑壕阵地，只见到处都是四散奔逃时留下的乱七八糟的东西，还有一千二百名不会讲英语的法国兵：原来格雷厄姆将军撤退时，只带走了特别拥护他的二十名保皇派移民，而把其余人都扔在那里了。在英国旗帜下战斗的法国人，对他们的头头如此背信弃义，都惊愕不已。他们东一群、西一撮，可怜兮兮地聚在一起，都未曾来得及脱去军装。"有的事是没法干的。"安斯先生在出发时，对车上盖着帆布的断头机做了个莫名其妙的手势；此时，玛丽-加朗特岛上已在下雨，风吹来了下雨的气息，那岛上的颜色突然由浅绿变为浅灰色，白色闪亮的云雾已遮盖了那个岛……次日早晨，安斯先生回来时成了落汤鸡，冻得发抖，从碗柜里取出朗姆酒喝了几口取暖，又说："有的事是没法干的。"他喝得有点醉了，便对埃斯特万说，断头机是不能用来作大规模处决的。处决一个人需要花时间，有它的速度；专员对断头机是熟悉的，可不知为何要让八百七十五名被判处死刑的人逐个在断头机上铡死。他尽力加速处决，可是到半夜，只有三十人因不忠诚而受到惩罚。"算了！"专员叫道。其余人是十个一伙、二十个一批枪毙的。车子载着断头机择路回到皮特尔角城。对于在贝尔维尔被俘的几个英国人，维克托·于格宽大为怀，缴了他们的械后，允许他们去追赶被打跑了的军舰。有一个年轻的英军军官走得慢了点，维克托便对他说："我有责任守在这里，可你……谁让你来观看我不得不让法国人流的血？"……英国鬼子在瓜德罗普岛上的时代结束了。这个消息是在胜利广场上猛敲一阵军乐队小鼓后宣布的。"有的事是没法干的，"安斯先生反复说，他为他的断头机出师不利而感到难过，"八百七十五个人哪，谁干得了！"这几句话埃斯特万听了又听，好像是在听人诉说在遥远的地方火山爆发了似的。贝尔维尔对于他仅是个名字而已，至于那八百七十五张脸，数目太大啦，他无法想象出一个人的形象。

二十一

在巴斯特尔还有几个抵抗点。但已无须抓捕被格雷厄姆抛弃的人了，因为他们夺到一两艘单桅船，逃到附近的岛上去了。圣查尔斯要塞被攻克后，战争宣告结束。拉代西拉德岛和玛丽-加朗特岛已在法国人手中。该岛督军没有抵抗就自杀了，他原先是个制宪派①，后来投靠了英国。维克托·于格成了瓜德罗普岛的主人，他向所有人宣布，现在可以安居乐业了，并做出象征性的姿态以支持他的论断：在胜利广场种了树，那里将绿荫满地。于是，很久以来所有人都以痛苦的好奇心盼望的事情发生了：断头机公开执行使命。首次使用那天，是在两个被发现

① 制宪派，指 1789 年法国制宪议会，该议会颁布了《人权宣言》。1791 年 9 月 30 日制宪议会被解散。

在一处农庄里藏匿枪支弹药的教士身上开刀。全城人都来到广场，那里按照巴黎式样搭起一个结实的木板台，两侧有台阶，台子下方有四根雪松柱子支撑着。由于在这块殖民地上已经揭示过共和国的时装式样，所以就出现了身穿蓝色上衣、红条白底裤子的梅斯蒂索人①，穆拉托女子们则穿一身时兴颜色的马德拉斯布新衣裙。从未见过如此多兴高采烈、熙熙攘攘的人，在这阳光明媚、天空澄澈的早晨，他们的红蓝色衣服似乎随着旗子挥舞的节奏而飘舞着。专员的女仆们挤在窗口叫着、笑着，当一个军官把手颤抖着伸到她们的膝窝以上时，她们笑得更厉害了。很多孩子为了看得清楚而爬上了屋顶。油炸食品摊上冒着青烟，一罐罐的橘子汁和菠萝汁，以及一早就喝下肚的朗姆酒，使人们精神振奋。然而当安斯先生身穿最好的制服（胡子刮得干干净净，与他的衣服十分般配）登上断头台时，全场登时肃静。皮特尔角城不同于法兰西角，那里好久以前就有一个极好的剧院，去新奥尔良的过路剧团都在那里演出。而这里没有这样的剧院，没有一个可以向所有人开放的舞台，现在人们觉得有戏可看了。死神已经出现，他铁面无私而又准时，持刀等待，专候那些打错主意、倒戈攻击本城的人。每个看客都歌兴十足，歌声在断头台上空回荡。突然，一名通讯员来了，卫兵们开道，囚车驶进布置好的广场，两名犯人手腕都被捆绑着，并且被用同一根念珠串绑在了一起。鼓敲响了，庄严肃穆。一

---

① 梅斯蒂索人，白种人与美洲土著的混血种人。

个肥胖的人踏上断头台的踏板，升降器便动作起来，铡刀在观众的欢呼声中落下。几分钟后，两人被处决完毕……但是人群没有散开，也许是一时惊呆了，他们没有想到，这个悲剧节目会这样短促，那鲜血还在舞台的木板缝中流淌。人们像泥塑木雕一般，许多人为了摆脱恐惧，突然跳起了舞。那天就变成了假日，新衣服该拿出来出出风头，面对死亡应该干一点热爱生活的事。倘若要欣赏服装的华美，要使窄短裙在飘动中显示绚丽的色彩，跳交谊舞是最合适的了。有人跳起了对舞，排成行，进进退退，更换着舞伴，鞠躬致意，扭动腰肢；那临时组成的小棍儿舞蹈队唤不起人们的注意，在人群中根本维持不了队形。广场上乱哄哄一片，人们都想跳舞、蹦跶，笑几声，叫几声，于是人群围绕断头台旋转着，像一个巨大的轮子，转了几圈，最后乱成一团，便分散到附近街道，在院子里或花园里进进出出，直到深夜方止。这天是岛上大恐怖开始的日子，从此断头机在胜利广场上不停地工作，一刀一刀铡下，毫不放慢速度。在这里，人们观看处决人犯的好奇心一直不减，由于这是个小地方，大家互相认识，或见过面，或打过交道（这个对那个有仇，那个忘不了所受的气……），所以断头机开始成为城市生活的中心。市场上的商贩逐渐转移到美丽的港口广场上，把货柜、烤炉和大大小小的货摊都摆在露天太阳底下，他们时刻都在叫卖煎饼、辣椒、番荔枝、千层饼、牛心果和鲜鱼，而那些昨日还受人尊敬和吹捧的人，他们的脑袋却在这叫卖声中一颗颗落地。那地方很适合做买卖，成了破烂和无主物品的流动

169

交易所。在那里买张犁、机械鸟或一两件中国瓷器，价钱十分便宜；也可以用马具换饭盒，用纸牌换木柴，用大闹钟换珍珠。一天之内，蔬菜摊和杂货摊升格为杂货铺（杂得不亦乐乎），卖的东西有金属炊具、考究的调料罐、银餐具、棋子、壁毯和精致的小物件。断头台变成银行和司法的轴心，也变成长期甩卖的轴心。处决人犯已不再能打断人们讨价还价、软磨硬争了。断头机成为人们日常生活的一部分。市场上不但卖香菜和牛至，还卖供摆设的微型断头机，有很多人买回家去。孩子们脑子灵，做了几架专砍猫脑袋的小型断头机。有一个漂亮的混血姑娘，极受德莱塞格的副手看重，她招待宾客饮酒时，用的是人形木头瓶子，瓶子放到踏板上，在一个小机械刽子手的操作下，一把玩具刀落下，瓶盖就掉下了（当然，脸蛋画得很有意思）。在那些日子里，岛上田园式的隐居生活中出现许多新闻和趣事，然而有人观察到，恐怖所及，目标开始向社会底层下降，几乎降到贴近地面了。当维克托·于格得知，在阿标塞县境内，很多黑人声称他们是自由人了，拒绝在征收来的庄园里耕种，他便下令逮捕一些不听话的人，判处他们上断头台。埃斯特万奇怪地发现，专员虽然大肆宣扬《共和二年雨月法令》如何崇高，对黑人却不太同情："我们把他们看作法国公民，就够可以了。"他常常以尖刻的语气说。他在圣多明各长期生活过，还有某些种族偏见。圣多明各的移民对待奴隶特别残酷，把他们说成懒鬼、白痴、小偷、潜在的逃窜者、一无所长的人，驱使他们从日出工作到日落。但是，共和国的丘八十分喜欢混血女子，

170

对黑人却不放过鞭打他们的机会，同时也不得不承认，有几个黑人，如一个叫布尔坎诺的麻风病胖子，是很出色的炮手。黑人和白人在战争中亲如手足，在和平时期就互不相认了。维克托·于格临时下令实施强迫劳动。任何黑人，凡被指控偷懒或抗命、犟嘴或反抗，一律处死。为了惩戒全岛，断头机搬出广场，载向各地：星期一在穆勒；星期二到戈西耶，因为那里查实有偷懒的人；星期三处置藏匿在原圣安娜教区的六名保皇派分子。行刑者和他的助手们载着断头机去这村那村巡游，在酒馆前表演，有人请喝酒，给小费，他们就使断头机空运转，以便大家了解其机械结构。军乐队的鼓手们不能跟着断头机到处走，而在皮特尔角城敲鼓是为了淹没死囚的最后叫喊声，所以他们就在车上带一个大鼓，鼓声倒也给这类表演带来了集市般的欢乐气氛。一些农民为了验证断头机的力量，把香蕉树干放到踏板上，看看树干是如何被铡为两截的。其实香蕉树干里有许多输液孔道，很湿润，根本不像人的脖子。他们为了平息一场争论，甚至把六根甘蔗捆在一起做试验。之后，受款待的来访者在大鼓伴奏下，抽着烟，唱着歌，继续向他们的目的地进发。他们戴的弗里吉亚软帽被汗水浸湿，红色变成栗色。断头机回家时，踏板上放满水果，仿佛是由一辆象征富裕的车载运回来的。

共和三年初，维克托·于格达到了成就的最高点，国民公会得到消息后，情绪高涨，批准了所有由他提升的军阶，通过他对所有官员的任命以及他所发布的命令，并以赞美之词祝贺他，通知他说，将派出兵员，运去武器弹药，予以增援。可是这位专员已无须增援了：他通过强迫征兵，建立了一支训练有素的万人队伍。海岸上所有薄弱处都修了工事，箱子里装满没收来的钱财，仓库里装满所需物资。维克托·于格在岛的另一半视察时（他记得许多年以前到过那里），见巴斯特尔城十分美丽，竟大受感动。那里到处有喷泉，水声潺潺，路旁栽满罗望子树的大道显得凉爽清新。这是皮特尔角富丽华贵的城市，街道是石板铺的，海堤有林荫，还有石砌的大房子，这使人想起罗什福尔、南特和拉罗谢尔的街巷。专员极希望搬到宁静、好客的圣弗朗索瓦教区去住，但是港口对舰队不太安全，那是卸牲口用的港口，牲口从附近各岛运到这里，就从船里扔到水里，由牲口自己游到岸边。他继续以得胜将军的姿态视察，受到拉代西拉德岛的麻风病人、玛丽-加朗特岛的白人百姓，甚至加勒比印第安人的欢呼。印第安人因他们的首领要求而被接纳为法国公民。他知道，那些印第安人都是出色的水手，对附近各岛屿的情况十分了解，在伊莎贝尔和菲尔南多的远征司令率领船队来到这一带海域以前①，他们的船只早已在这里飞驶了。他向他们散发了徽章，并答应了他们的所有要求。同黑人相比，维克托·于格更喜欢加勒比人（尤其是现在，他们兜裆布绳子上拴着三色徽章），因为他们有自豪感，好斗，并高傲地宣称"只有加勒比人才是人"。在视察玛丽-加朗特岛时，专员

_____

① 指哥伦布在西班牙国王菲尔南多和王后伊莎贝尔支持下来新大陆的航行。

172

让人带他去看海滩。过去，在那里，那些安的列斯群岛的失望的征服者①曾把一些多年前企图抢走他们几个妇女的法国海盗用扦子串在一起。如今，在海边的木桩上还留着骷髅架、骨头和头骨：当初，尸体被串在木桩上，就像昆虫被博物学家用大头针钉起来一样；接连几天吸引了许多兀鹰，远远望去，那海岸犹如覆盖着滚动的火山岩……然而，在一片庆贺和欢呼声中，专员没有忘记，英国人在这一带海域游弋，企图实施封锁。晚上，维克托同已经佩戴海军少将衔袖标的德莱塞格在房间里研究以整个加勒比海为范围的海军行动计划。此计划是绝对保密的，正是在这种状况，有一天埃斯特万走进专员的办公室，发现他头发蓬乱，汗流浃背，气得脸部直抽搐。他绕着大会议桌踱步，有时在放下工作而议论新到报纸上的消息的官员们背后站住。"你知道了吗？"他一只手颤抖着，指着一条消息向这位青年叫道。报纸上刊印着一条令人难以置信的报道，那是关于热月九日在巴黎发生的事件②。"无耻之徒！"维克托叫道，"他们打倒了志士豪杰。"此事如同晴天霹雳，把埃斯特万惊呆了。此外，由于相距遥远，这一切显得更具有戏剧性。这好比一个人长时间观看一个物件，那形象已印在脑子里，那物件消失以后，仍然以为它存在一样；就在这大厅里，他们谈论过一个在数月前已经不存在的人，仿佛他还活着并将继续活着。当他们

---

① 指西班牙人。所谓"失望"，可能指他们没有得到大量黄金。
② 指热月政变，雅各宾派专政被推翻。

在这里争论对上帝的信仰问题时，在断头台下，刽子手眉头一拧，把绷带从恢复信仰上帝的倡导者①断裂的下巴颏上猛地撕了下来，疼得他怪叫一声。这一事实对维克托·于格分外残酷，他思虑重重，不敢对此事作任何猜测。巨人垮台了。他的肖像还挂在那里，依然是最显赫时的模样，谁都可以瞻仰他；然而给这位专员以信任、权力和威望的人却不复存在了；不仅如此，专员现在必须周复一周、月复一月地等候法国事态变化的消息。反动派很可能进行无情的报复。也许会出现一个新政府，把前届政府所做的一切全部推翻。于是，在瓜德罗普岛会出现新的掌权人，他们面目可憎，对一切都看不顺眼，而手里却捏着神秘的命令。维克托·于格向国民公会所做的关于在贝尔维尔大批处死人的报告，将会成为砸自己脚的石头。可能他已经被撤职了，或者正在受审判，这意味着他的前程和生命将就此了结。他反复念着在热月中倒下的人的名字，似乎在他们的名字里存在可以解读他命运的密码。在场者中，有几个人小声暗示，现在已进入温良恭俭时期，宗教信仰要恢复了。"或是进入恢复君主制时期了。"埃斯特万心里这么想，经历了这么多风风雨雨后，这个想法使他有种轻松和恢复了安宁的感觉，同时又生出对君主制的反感、憎恶。在漫长而恐怖的梦幻中，在战火中，人们曾执着地追求，许许多多的人曾引颈期待，历尽千辛万苦，他们呐喊过，无数人倒下了，但他们绝不允许时代倒退。

---

① 指雅各宾派领袖罗伯斯庇尔。热月政变后，罗伯斯庇尔等九十人被处死。

洒下的热血决不会变成国王赏赐的旧绶带。好事会有的，也许较之过去因抽象议论过多（此乃当代诸多陋习之一）而失去其本意的好事来，会好得多。人们可以期待实实在在的而非宣扬的自由，法定的而非口头允诺的平等，也可以期待博爱，其表现为不听小报告，恢复真正的法庭并重新任命法官……维克托反背着双手，继续在大厅里来回踱步，心绪平静了一点，最后在"廉洁者"肖像前站住。他终于说："这里仍将同以前一模一样。我不理睬这条消息，我不接受。我仍然只知道雅各宾派的精神。谁也不能把我从这里赶走。如果革命在法国注定要失败，在美洲将继续进行。现在是我们关心美洲大陆的时候了。"他转身对埃斯特万说："你马上把《人权宣言》《宪法》译成西班牙文。""一七九一年的还是一七九三年的？"埃斯特万问道。"九三年的 ①。我不知道还有别的。鼓动西班牙美洲 ② 的思想必须从这个岛传播出去。过去我们在西班牙有拥护者和同盟者，在美洲大陆也必定会有。也许人数会多得多，因为在殖民地，对旧制度心怀不满者，远比在宗主国多得多。"

二十二

　　当老排字工勒约得知必须使用西班牙文印刷时，惊恐地

---

① 　雅各宾派在 1793 年政治上处于鼎盛期。
② 　西班牙美洲，泛指当时西班牙在美洲的殖民地。

发现铅字盘里没有字母"ñ"。"这是谁想出来的，这个音要用一个异体字母表示？"他说道，竟生起自己的气来了，"想想吧，像 Cygne[①] 这样一个高尚、庄严的词可以写成 Ciñe 吗？"这个疏忽也表明，这些企图统治世界的人，组织松散，秩序混乱。"他们就没有想到过，西班牙文字母上要使用符号！"他叫道，"这帮无知的家伙！"最后他决定，把一些字母上的长音符取下来代替西班牙文字母上的符号，这给排版工作增加了不少麻烦。不过，《人权宣言》很快就印好并交给专员办公室了，那办公室里笼罩着茫然和忧郁的沉重气氛。热月之风吹醒了许多人的思想。有人开始悄悄发表藏在心里的批评意见，但不相信爱凑得太近的人。埃斯特万把九三年版的西班牙文《宪法》文本交给勒约的时候，这位排字工提醒他注意，宣传是一种多么诡诈的工作，这种工作所依靠的就是提出理想，并以此制造理想已成为现实的幻想，其实理想并未实现，而且直到现在，最好的意图却导致可怕的后果。难道现在美洲人会试图实行已经在恐怖统治时期几乎被全部践踏的原则，然后为适应一时政治的需要而再破坏这些原则吗？"这里无人谈论刀剑，也无人谈论平底船。"排字工说。他指的是法国大西洋沿岸港口里，依然到处是满载呻吟的奴隶们的货船，如那艘臭名昭著的和善的理查德号，这船名令人想起本杰明·富兰克林的《历

---

① 法语：天鹅。

176

书》①，真是莫大的讽刺。"咱们还是管咱们的印刷品吧。"埃斯特万说。现在他每天都有事可做了，他自觉地工作，把尽力搞好翻译当成一种休息，脑子里可以不再有万千思绪。他选择确切的词语、最佳的同义词、适当的标点，工作十分细致，其态度之认真简直像犯了语言纯正癖。他为今日的西班牙语不能套用法语现代简洁的句式而烦恼。他觉得，译得漂亮就是一种美的享受，对于句子的内容他是不关心的。俾约-瓦伦的一个报告——《民主政府之理论及通过庆典和建立道德规范进行热爱文明道德教育之必要性》，他对译文修饰了好几天，然而他觉得文章冗长，令人厌烦，而且似乎是抄袭塔克文、加图和喀提林②的，是过时的东西，虚伪而又不合时宜，倒像过去他在外国人共济会社里别人教他唱的共济会歌词。勒约父子为了用陌生的文字印刷，使出了浑身解数，遇到任何书写符号问题都请他讲解，或向他请教一个词在行末如何正确移行。老排字工具有优秀手艺人的热情，十分讲究版面的美观，为文章末尾没有版权说明或花饰而叹息。无论编译者还是排字工，对通过自己的工作而将付印散发的文章，都不太相信。但是，既然是工作，那就该做好，既不损害语言的纯正优美，也

---

① 本杰明·富兰克林（1706—1790），美国科学家、政治家和作家，曾参与美国《独立宣言》的起草工作。他的重要文学著作是《自传》和《可怜的理查德历书》。后一本书中有许多关于谨慎、勤劳和诚实方面的格言，因而也译为《格言历书》，即此处说的《历书》。

② 塔克文（？—前495），古罗马国王。加图，见第123页注④。喀提林（前108—前62），罗马共和国末期贵族。

不漏译。现在印刷的《美洲卡尔曼纽拉歌》，是从以前在巴约讷谱写的《卡尔曼纽拉歌》演化来的，是专为新大陆各国人民写的：

民谣　我是个穷汉，
　　　要举办舞会，
　　　不弹奏吉他，
　　　却响起了炮声，
　　　却响起了炮声，
　　　却响起了炮声。

副歌　穷汉们跳呀，
　　　炮声多响亮，
　　　穷汉们跳呀，
　　　炮声多响亮。

民谣　你问我为啥穷，
　　　那是因为捐税凶，
　　　国王把我的衬衫也扒走，
　　　国王把我的衬衫也扒走，
　　　国王把我的衬衫也扒走。

副歌　穷汉们跳呀，

炮声多响亮，

穷汉们跳呀，

炮声多响亮。

民谣　世界上所有的国王

都一样凶狠，

但最凶狠的是混蛋卡洛斯①，

但最凶狠的是混蛋卡洛斯，

但最凶狠的是混蛋卡洛斯。

副歌　穷汉们跳呀，

炮声多响亮，

穷汉们跳呀，

炮声多响亮。

　　匿名作者对美洲的现实十分了解，接着在后面的民谣中批评总督、区乡税务官和市长，批评检审院的贪赃枉法，斥责国王的走狗——都督和行政长官们。民谣的作者没有忘记对上帝的信仰，他在后面写道："上帝保佑我们的事业，指导我们的斗争；为所欲为的国王及其法院惹怒了我们。"民谣结束时说："爱国万岁！自由万岁！打倒暴君！打倒专制主义！"在巴

---

① 卡洛斯，当时的西班牙国王。

约讷的西班牙革命志士们也是一直这么宣传的，现在埃斯特万得不到关于他们的明确消息。但他清楚地知道，马拉的朋友古斯曼已丢了脑袋。至于马切纳教士，据说可能（没有把握）逃脱了对吉伦特派的清洗。马丁内斯·德·巴耶斯特罗斯这个正直的汉子可能还在继续寻找活着（生存）的理由，同时为曾经点燃他最初激情而现在已截然不同的革命事业效劳。在那个时代，很多人不得不在督促下按一定的速度、在一个与他们所希望创造的天地不同的世界里工作，他们觉得上了当，感到痛苦，但是不得不每天完成全部分配给自己的工作（如勒约父子）。他们不发表意见了，最重要的是活下去，得过且过，混日子，想的是在下午休息时可以喝杯酒，或在清凉的水里洗个澡，或傍晚有凉风吹，或有橙花开放，或今天可能有来同自己一起消磨时间的姑娘。形势的发展，已大大超出普通人了解、权衡和评价的能力范围，在这种情况下，观察一只拟态昆虫的形态变化、金龟子的交配、飞蛾的骤增，就忽然变得非常有趣了。埃斯特万观察小东西（在水桶里微微游动的蝌蚪，一朵顶出土的小蘑菇，把柠檬树叶咬得像花边似的蚂蚁）的兴趣，从来没有像在这样一个向无限空间扩展的时代里这么浓厚。有一天，一个漂亮的穆拉托女子，手腕上戴一副锃亮的手镯，熨得平整的裙子下穿着窸窣作响、有尖刺须芒草味的衬裙，随便找个要笔墨之类的借口，走进埃斯特万的房间。他们二人搂抱着，沉浸在难以描述的愉悦之中，半小时之后，那女人还没有穿上衣服，就略微做个行礼的姿势，自我介绍说："我是女宾发型师阿塔莉·巴雅泽小姐。"①"此地妙极了!"埃斯特万感叹道,忘却了心中的一切忧虑。从此,阿塔莉·巴雅泽小姐每夜都同他睡觉。"每次她脱下裙子,就免费给我演两出拉辛的悲剧②……"埃斯特万哈哈笑着对勒约父子说……由于需要他写写算算(他必须清点从各港口运抵该岛的货物),他有时去巴斯特尔,一路上骑马走过崎岖的道路,沿途草木葳蕤,这是由于从终年云遮雾罩的山丘泻下的溪水和河流滋润所致。在这样的旅行中,他逐渐发现这里生长的植物同他的海岛故土上的相仿,而当初他由于疾病缠身,不能了解故乡的所有植物,现在遇到这些植物,就填补了他青年时期存在的空白。他兴奋地嗅着牛心果和赭色的酸罗望子的芳香,摸摸那包含着富有弹性的红色或深紫色果肉的果子,其瓤中包藏着色彩华丽的种子:玳瑁色的、乌檀木色的,或打磨得光滑的桃花心木颜色的。他把脸埋进番荔枝凉飕飕的白瓤里,用手撕开金叶树果的果皮,用嘴贪婪地吮吸果肉里滑溜溜的籽儿。有一天,他那摘了鞍的马在小溪里四脚朝天打滚,他便趁机去爬树。那树干上最低的儿根树枝是极难抓住的,但他通过了考验,攀住了那几根树枝,接着,便迂回曲折,沿着支撑绿色蜂窝状树冠的树枝向树顶爬去;越向上,树枝越茂密细小。向上看,枝叶葳蕤的

---

① 原文为法语。

② 拉辛(1639—1699)是17世纪法国悲剧诗人,他的悲剧多采用古希腊、古罗马的传说,暴露贵族的荒淫无耻和暴虐。此处指两人发生性关系。

树冠像华丽的棚顶，这是他生平首次在树冠内看到的景象。由枝条构筑的树顶颤巍巍的，当他骑在那些枝丫上休息时，内心的激动难以描述，那感觉是那么奇特、深沉，令他欣喜万分。像爬树这样的个人体验，也许再也不会重复。他抱着像乳房一样高高隆起的树干，觉得是在举行婚礼，在揭开一个其他男子从未见过的神秘世界。忽然，他可以饱览这棵树的全部秀色和瑕疵。两条嫩枝岔开着，像女人的两条腿，而且在开叉处隐藏着一小块青苔；树干上有因树枝掉落而留下的圆疤，而在树的上方则是葱茏的尖顶；那些离奇古怪的叉形枝丫把汁液输送给一根得天独厚的枝干，而使另一根变得细小如枯藤而只能做炊薪了。爬到树顶上观察以后，埃斯特万明白了桅杆、犁和十字架之间的神秘关系①。圣伊珀里托②在书中写道："这树木是属于我的。我从它那里汲取营养，以它为食。我扎在它根上而站立，我躺在它的枝丫上。我爱它的气息，也爱它的风。这是我行走的羊肠小道，是我行走的狭窄的路。这是雅各的梯子③，上帝就在梯子的顶端。"希腊字母 T④、圣安德烈的叉

---

① 指此类物件都是以木材为原料制作的。作者在后文进一步作了描述，如圣安德烈的叉形十字架等等。

② 圣伊珀里托，古罗马时期的一个神父。

③ 雅各的梯子，此典出自《圣经·创世记》，雅各梦见一张梯子直耸云天，梯子上众天使上下来往，最上端站着耶和华（即上帝）。后来，"雅各的梯子"转喻为"天梯"。

④ 希腊字母 T，西方人一般将其比喻为 T 形十字架，而无论何种形状的十字架都表示耶稣的殉难。

形十字架①、青铜蛇②、锚③、天梯等这些大写的字符④，无不与树木有关，都是造物在先⑤，建造在后，从而给未来方舟的建造者定下了规范……埃斯特万在一根摇摇晃晃的高枝上昏昏欲睡，惬意非凡，心里真希望永远如此，但暮色已降临。此时，树下的某些植物幻化为新的形态：挂着果实的木瓜树动起来了，它向远方烟雾弥漫的拉苏佛里耶山走去；木棉树——众树之母（黑人智者这么称呼）——在暮色中显得更加伟岸高大、庄严肃穆。有的杧果树死了，变成一束保持咬人一刹那姿态的蛇；而有的活杧果树，树皮上冒出浆液，结成碧玉般的硬痂，树上突然开花，黄黄的一片。埃斯特万关注这些植物的生命过程，希望从中获得对某些生物生存状态的诠释。首先，出现绿色串珠似的胚芽状果实，它那味涩的汁液有冰冻杏仁霜的味道。之后，那珠儿似的胚芽逐渐长大成形，慢慢向下拉长，最后形成一个有尖下巴颏的果子。果子上出现颜色，先是青苔色，之后变成

---

① 圣安德烈系耶稣十二使徒之一，被钉死在叉形十字架上。所谓叉形，就是 X 形。

② 青铜蛇，典出《圣经·民数记》。以色列人在摩西率领下逃出埃及，在旷野没有粮食，上帝降下食物——吗哪，以色列人不但不感恩，反而厌恶此食物，并诽谤摩西。上帝怒而惩罚他们，使毒蛇咬死多人。以色列人请求摩西为他们求上帝饶恕他们。上帝令摩西制造一条铜蛇，并将其悬于木杆之上。凡被毒蛇咬过的人，望之即可痊愈。

③ 锚，船舶停泊时依靠锚稳定，由此基督徒认为灵魂有了锚就有坚定的信念。后来，西方人把锚比喻为在艰难中可以依靠的人或物。

④ 原文从希腊字母 T 至天梯，均当作专有名词使用，每个名词的首字母都大写。

⑤ 所谓"造物在先"，是说世上的一切是先由造物主（上帝）创造的，从而为后来的建造创造了条件。"方舟"则是从挪亚方舟引申而来。

藏红色，到成熟时，那颜色就像陶器上的彩釉那么鲜艳（有的颜色是地中海克里特岛品种的，但毕竟是安的列斯群岛品种的颜色占上风），然后出现一个个细小的黑色老年斑，它们开始侵蚀馥郁的果肉。不知哪天夜里，那果子啪的一声落到沾着露水的草丛中，这就宣布果子即将死亡，果体上的黑斑逐渐扩散，果肉腐烂，听凭苍蝇叮咬。落地的果实，犹如儆戒性死亡之舞①中的主教尸体，皮肉逐渐消失得无影无踪，最后剩下核儿，其上覆盖着的一层白白的纤维，仿佛是白色裹尸布。然而在这里既无冬季的死亡，也无复活节的再生，生命的周期重复得极快：几个星期以后，从躺着的种子里绽出粉红色的嫩芽，像亚洲的小树苗，软乎乎的，像人的皮肤那样富有弹性，令人不忍触及……有时，在穿越密林的旅途中遇到倾盆大雨，埃斯特万就比较热带的雨同旧大陆单调的毛毛细雨在声音上的差异。在这里，先是一阵广袤恢宏的声响，以交响乐前奏曲的时间长度和豪放气势，预告暴雨从远方而来。此时，病弱的秃鹫在低空盘旋，飞翔的圈儿越来越小，直至消失。被雨水浸润的森林的气息和土地腐殖质的气息，沁人心脾；这气息向四处弥漫，令鸟儿们抖开浑身羽毛，马耷拉下耳朵，同时向人体注入一种奇妙的肉体上的需求，令其产生一种模糊的欲望——搂抱怀有同

---

① 死亡之舞，欧洲中世纪流行的一种舞蹈表演，其目的在警示世人生命的脆弱，切勿留恋尘世的荣华富贵。舞蹈中的角色上至帝王下至庶民，各色人等都有。

184

样感觉的肉体。天色即时昏暗，同时在树木的最高端噼噼啪啪响了起来，顷刻，那凉飕飕的可爱玩意儿洒将下来，并在不同质地的物体上撞击出不同的声响，比如，在攀缘植物和香蕉树上发出的声音就截然不同，前者声音绵软柔和，后者则是在宽大叶面上响亮的敲击声。雨水在高大的棕榈树冠上溅裂，继而如同从大教堂屋顶排水孔向下喷涌一般，倾泻到较矮的棕榈树上，同时响起密集的鼓点声；雨点在嫩绿的叶面上弹跳，继而向下坠落，待落到密集的像鼓皮一般的芋头叶上时，早已被许多高高低低的植物粉碎、雾化了千百次，最后才落到贴地而长的绊根草和针茅草上供其享用。风为浩大的交响乐打着节拍，刹那间，涓涓细流成为奔腾的大河，鹅卵石如雪崩一般訇然滚动；河水泛滥，哗哗倾泻，把石块、死树干、枝枝杈杈的树枝以及须条纠结的树根从上游冲下，当它们触到河床的淤泥时，便像船一样搁浅了。少顷，天空宁静，乌云消散，霞光四射，埃斯特万骑上被淋得精湿却生气勃勃的马，在水珠从树上滴下的响声中继续赶路，那滴水声似在向清新的空气唱赞歌……每当埃斯特万从这种环境回到皮特尔角城时，就感到与时代格格不入，将嗜血成性而陌生的世界视同陌路，觉得那里所发生的一切都是那么荒谬。教堂仍然关闭着，而在法国也许已大门洞开。黑人已被宣布为自由公民，但那些未被强迫征去当兵或当水手的黑人，仍然和过去一样，在工头的鞭子驱使下，从日出劳动到日落，而且在工头们的背后还有无情的断头机的影子。

现在新降生的婴儿取名辛西纳托、列奥尼达或利库尔戈斯 ① 了，教孩子们朗诵的是与现实不符的革命基础知识，这就像在新成立的雅各宾派俱乐部里，仍然把"廉洁者"当成活在世上一样。肥硕的苍蝇在沾满血污的断头台上飞来飞去，与此同时，维克托·于格和他的军官们开始勉强习惯在薄纱蚊帐里睡长长的午觉了，而在他们睡午觉时，穆拉托女仆们手摇芭蕉扇给他们扇着风。

二十三

见维克托·于格日益孤立，埃斯特万竟像女人那样心软而为之痛苦。这位专员继续严厉地执行他的使命，催促法庭，不让断头机停止工作，用以前使用的语言下达命令，出版宣传品，颁布法令，审判犯人，总之无所不管；但是了解他的人会发现，他如此过度地工作，是因为他心中暗暗地希望以此麻醉自己。他清楚，即使在他的最听话的下属中，也有很多人连做梦都想看到，由忠实的誊写员誊写的关于撤销他职务的漆封文件的到来。埃斯特万愿意在这样的时刻陪伴在他身边，安定他的情绪。但是专员越来越回避人，他独自关在屋里读书，直到清晨；或

---

① 辛西纳托，古罗马政治家，曾两次执政，以节俭著称。列奥尼达，见第145页注②。利库尔戈斯，见第51页注①。西方人名字如何塞、彼得、马利亚等，都与基督教有关，而古罗马或古希腊人的名字则与基督教无关。这是表明反宗教的立场。

者在傍晚独自驱车去戈西耶海湾，有时是由德莱塞格陪同的。他在海湾那里穿着裤衩划船去那无人居住的岛上，直到黑夜降临，从海岸边的灌木丛中飞出许多蚊子时，他才回家。他温习着古代演说家们的作品，可能是为辩护做准备，以展现他雄辩的口才。他令出仓促而又自相矛盾。他极易动怒，一发脾气就会把亲近的人撤职或者把别人都以为可以减刑的人判处死刑。有一天早晨，他大动肝火，命令将该岛英国督军邓达斯将军的尸体从墓穴里挖出，扔到马路上。接连数小时，那些狗争夺腐肉，拖着仍然粘连着军礼服的肮脏尸体（敌军将领是穿着军礼服埋葬的）在街上追逐。每当在地平线上意外地出现船帆，维克托就心绪不宁，随着他的历史地位变得愈加重要，他的惶恐愈加严重。埃斯特万是多么希望自己具有安定他情绪的能力呀。维克托身体壮实，意志坚定，具有军事才能，勇敢超群，在这个岛上取得的成就大大超过了法国革命的其他成就。然而在那边，在遥远的地方，政治形势发生了转折，白色恐怖代替了红色恐怖，是那陌生的势力在发挥作用，他们很可能会把此岛交给无能之辈统治。最糟糕的是得悉这样的消息：维克托·于格的保护者达尔巴拉德转向了热月党人，此人被指控包庇丹东的一个朋友时，罗伯斯庇尔曾竭力为他辩护过。专员厌恶这类政治风云，而令他担心的消息却迟迟不到，于是他便全力投入数月来他同海军少将德莱塞格酝酿的一项事业的准备工作。有一天，他想到在巴黎研究他情况的那些人，便叫道："去他妈的！等他们拿着狗屁文件来的时候，我已经实力雄厚，就用那些文件抽他们几个嘴巴。"

某日上午，港口里出现了少见的忙碌景象。几艘轻便船（其中单桅帆船居多）被拉上岸，侧身支着，准备修理。大船上，木工、船缝填塞工、沥青涂抹工、油漆工都忙得不可开交，锯子和锤子响个不停；同时炮兵们把小炮运到大船上。埃斯特万在旧外贸粮库探出窗口张望，发现人们正在干的一件零碎活是涂改船名。顷刻间，卡丽普索号变成杀暴君号，快乐者号变成卡尔曼纽拉号，燕子号变成大喊大叫的新娘号，淘气鬼号变成复仇者号。那些为国王效劳多年的旧船上用很大的字母刷了新的称号：哇啦哇啦号、好得很号、无裙女郎号、雅典人号、匕首号、断头机号、人民之友号、恐怖号、欢乐的一帮号……在皮特尔角城遭炮击期间负伤的忒提斯号，医治好创伤后，便被命名为廉洁者号，这肯定是按照维克托·于格的意思办的，此人善于玩弄某些词的中性形式①。埃斯特万正为这种忙碌景象感到纳闷时，阿塔莉·巴雅泽小姐走来告诉他，首长在办公室里急等他去。一名女仆撤去了桌上的朋洒饮料杯，这表明专员已经喝过，不过他的动作和思路仍然惊人地敏捷，这说明，含酒精的饮料非但对他没有妨碍，反而对他大有裨益。"你十分愿意留在这里吗？"他微笑着说。这问题太意外了，埃斯

---

① 法文中，incorruptible（廉洁者）指罗伯斯庇尔时属阳性。但此词在形态上没有阴阳性的变化，故也可用于阴性的船的名称。玩弄词的中性形态，即指此而言。

188

特万倚着墙，一只手颤抖着拨弄头发。直至目前，离开瓜德罗普岛是完全不可能的，因而他一直没有考虑过此事。维克托又问："你十分愿意长住在皮特尔角城？"在埃斯特万的想象中，老天爷给他派来了一艘船，让他逃跑，那船在西下的夕阳中熠熠生辉，白帆被映照成橙红色。或许专员接到了恐吓信，或因内心忧虑而屈服了，因而决定扔下乌纱帽，转到某个荷兰港口，然后自由自在地旅行。大家都清楚，现在罗伯斯庇尔的追随者们树倒猢狲散，他们中有许多人希望赴纽约，那里有若干准备出版回忆录和申辩资料的法国印刷厂。在这块殖民地上也有人想去纽约。埃斯特万谈到他自己，就坦率地说：此岛很快要由别人来管理，他已经没有什么用处了。很明显，反动派将清洗现在的所有官员（此时搬运工们正把大大小小的箱子扛到楼上办公室里，堆放到维克托指定的角落里，埃斯特万朝那里望着）。此外，他不是法国人，因而任何政治派别都会把他当作属于对立派别的外国人而加以处置。他的命运也许同古斯曼或马切纳的命运一样。如果提供让他离去的交通工具，他会毫不犹豫地离开……在他汇报思想时，维克托的脸绷得紧紧的，当埃斯特万发现这一点时，为时已晚。"可怜的蠢蛋！"维克托叫道，"这么说，你以为我已经被热月党的混蛋们打败了，撤职了，消灭了？你是否跟那些希望看到我被两名卫兵押送去巴黎的人一样暗暗地幸灾乐祸？难怪你的姘妇，那个穆拉托女人对我说，你成天同那个勒约老家伙大谈其失败主义！我没有白花钱，那婊子向我汇报了！你是想在我完蛋之前溜走？好嘛……完蛋不了！……你听见没有？……完蛋不了！""多么卑鄙！"埃斯特万叫道，他非常恨自己竟同一个对自己设下圈套的人推心置腹地谈话，向一个指使女人同自己睡觉来监视自己的人吐露真情。维克托以命令的口吻说："今天你就带上你的登记簿、文具、武器和行李上人民之友号。这样，你伪善地称之为'我的不可避免的残酷行为'就看不见了，眼不见心不烦嘛。我并非残酷。我做我应该做的事，这是两码事。"他望着胜利广场上栽种的树，苗壮的树干上已长出新叶，缓和一下语气，似乎在同他的副手聊天一样，向埃斯特万解释道，英国对本岛的压力尚未解除，一队敌舰将在巴巴多斯岛集结，因而必须提前做好准备。关于海上战略方针，只有起用海盗，真正的海盗，优秀的、伟大而举世无双的海盗①，他们使用灵活轻巧、易于在浅海湾隐蔽又能在充满珊瑚的水域活动的舰只，过去曾在加勒比地区得势，对付西班牙笨重的大帆船总是占上风，如今也必定能胜过装备过分精良的英国军舰。法兰西共和国的海盗舰队将分成小舰队，以南美大陆为界限，包括所有英国和西班牙在安的列斯群岛的殖民地，不加任何地域限制，只要注意不妨碍荷兰人，都有全部的行动自主权。当然，会有一两艘舰只落入敌人手中，让那些不忠于革命的人高兴高兴。"这样的人是有的，是有的。"维克托说，同时他的手抚弄着厚厚一沓机密报告的卷宗，里面既有潦草地

---

① 在16至18世纪，英国、法国、西班牙等国，为了争夺海上利益都曾组织灵活机动的海盗舰队，攻击敌方。

写在包装纸上的报告，也有写在精美的纸张上的匿名揭发材料，后者写得工整，且无别字。想当逃兵的人，只要及时摘下军帽，就可以得到最宽大的待遇。他们将作为一个该死的制度的牺牲品被介绍给记者，并让他们讲述在前所未有的独裁统治下的惨痛经历，然后给他们提供回家的交通工具；回家以后，这些悔恨交加的逃兵将叙述他们在不可实现的乌托邦悬崖上所遭受的不幸。埃斯特万听了这种影射，火冒三丈："你既然认为我会逃跑……为何要我上你的一条船？"对方把脸凑近他的脸，像两个木偶在吵架似的，说："因为你是个优秀书办，每支小舰队都需要一个书办写缴获报告，并迅速开出清单，以防止坏蛋侵占属于共和国的财物。"说罢，专员拿起笔和尺，在一张宽宽的纸上画了六道竖线，说："过来，别拉长着脸。缴获登记要这么写：第一栏——物品总数，第二栏——销售和拍卖品（倘若有的话），第三栏——百分之五给舰队中的伤员，第四栏——百分之零点一五给伤员们的出纳员，第五栏——海盗舰舰长们的酬金，第六栏——发运廉价处理存货的合法开支（如果因故需要别的小舰队运输），明白了？……"在这种时候，维克托·于格像很精明的乡下商贩在进行年终盘点，甚至连拿笔的姿势也有点像当年太子港商人和面包铺老板的样子。

第三章

二十四

享用吧。

——戈雅

在礼炮声、三色旗和革命乐曲普天同庆的欢乐气氛中，一支支小舰队驶离皮特尔角城的港口。埃斯特万同阿塔莉·巴雅泽小姐最后一次寻欢作乐，由于恨她告密、当特务，他狠狠地在她乳房上咬了一口后，把她的屁股打得发紫（她的身子长得太美了，别处都打不得）。她在那儿直哼哼，后悔莫及，也许是真正开始爱上他了，她帮他穿衣，称他为"我的好爷们"①。现在诸岛已留在后边，他站在横帆双桅船尾，以轻松喜悦的心情望着远处的城市。小舰队由两艘小舰、一艘大舰组成，他在大舰上。但他觉得，如果同英国坚实的人舰和船体狭窄而灵活非凡的小快艇较量，这小舰队实在显得太脆弱可怜了。不过他宁愿如此，也不愿意在维克托·于格控制的日益疯狂的世界里生活。维克托·于格一心要抬高自己的形象，把他自己抬到神的高度，美洲报纸已把他称为"海岛上的罗伯斯庇尔"……埃

---

① 原文为法语。

斯特万深深地呼出一口气，仿佛要把胸中的晦气全部吐出。现在他将驶向大海，穿过海域，向浩瀚的洋面驶去，进行艰难的远征。离海岸越远，海水的颜色越蓝，海水的节奏开始驾驭人们的生活。舰上建立了一套海上官阶制度，每个人都有自己的岗位：仓库管理员一头扎进了仓库，木工忙着修理小艇的桨叉；这个在涂沥青，那个在校准钟点；厨师忙个不停，一心想在六点钟把起航时带来的鳕鱼端到军官们的餐桌上，而把韭葱、白菜、白薯之类的大锅汤在夕阳西下时倒进普通餐桌上的大钵里。那天下午，大家都觉得回到了正常的生活状态，恢复了平日自在的作息时间，同那可怕的断头机没有干系了——跳出了混乱的尘世，进入永恒不变的境界。现在看不到巴黎的报纸了，无人宣读辩护词和调查书，没有了争吵声，人们朝天躺着，同星星对话，通过地平纬圈和北极星预卜吉凶……人民之友号刚进入真正的海面，一条幼鲸便出现在眼前，它像喷泉一样喷着水，因害怕被一条单桅船撞着，又立即沉到水下。夕阳给水面染上近紫的颜色。埃斯特万看见，那条大鱼浮在因被它遮挡而变得更暗的水面上，像是一头数百年前的动物，也许是四五百年前迷失在这一带海面上的动物……接连几天没有看见一条船，由九十年代号、哇啦哇啦号和人民之友号组成的小舰队，倒像是在旅游，而不是打仗。舰队在某个海湾停泊，落下帆，水兵们上岸，有的找木柴，有的找蛤蜊（很多很多，在沙层下半指深即可找到），并趁机在海葡萄树丛中逍遥片刻，或者在小海湾洗个海水澡。在清晨，海水明亮、清澈、凉爽，刺

196

激得埃斯特万全身兴奋，产生一种神志清醒的陶醉感。他的脚一下水就扑腾开了——他在学游泳，到该上岸时还不想上岸。他觉得幸福，全身沐浴着阳光，浸透着阳光，有时候上了岸，走路仍迷迷糊糊，踉踉跄跄，像醉汉一样，他称之为"水醉"。他赤裸着身子，或扑倒或仰卧在沙滩上，叉开双腿，伸直双臂，作叉形十字架状，让东升的太阳晒个痛快；他脸上露出惬意的表情，像一个幸运儿看到难以描述的美景似的。这样的生活给他注入了新的力量，这就促使他有时在高高的悬崖峭壁开展长时间的探险活动，攀登着，跳跃着；有时在水滩上戏水。在巉岩脚下无论发现什么，他都欣喜若狂。石珊瑚宽阔的叶子，有斑点且嗡嗡作响的瓷瓶，以及某些具有大教堂优美线条的海螺，它们都活泼生动；而这些海螺因其圆锥状和尖顶，可以断定是哥特风格创造物。缩成一团的骨螺，形如岩石碎屑；许多海蚌具有毕达哥拉斯螺线 ①，其外表是寒酸的石膏质壳，而里面却隐藏着淡黄色豁亮的殿堂。有人走过时，刺海胆就竖起深紫色的利刺，胆小的牡蛎则缩进壳里，棘海星收缩起来，而粘在水下岩石上的海绵却悠闲地摇晃着。在这个多岛的海域里，甚至连海底的卵石也有其风格和魅力，其中有的滴溜滚圆，仿佛是在宝石匠的磨光机上打磨过一样；有的形状怪异，或如薄片状，或如细条状，或如匕首状，然而都跃然欲舞。有的石头像雪花石膏般明亮而透明，有的则是破碎的大理

---

① 毕达哥拉斯螺线，又名"特奥多鲁斯螺线"，由一系列互相挨着的三角形构成。

石，而在水下闪闪烁烁的则是花岗石；有的普通石头上粘满滨螺，但谁若想品尝海带味的滨螺肉，必须动用仙人掌刺把它从墨绿色的小壳中挑出来。这些舰只在冒险的航行中到达的无名小岛，其守卫者都是高大的仙人掌，它们的形状或如多枝烛台，或如戴着绿盔的盾形武器架，或如绿雉鸡的尾羽，或如绿色的剑，如绿色的土丘，如怀有敌意的西瓜，如在地上爬行的楹楈树，它们表面貌似光滑，却暗藏利刺。那是一个令人提心吊胆的世界，随时都会伤人。不过，一旦仙人掌向人们绽开一朵红化或黄化，并献出西印度群岛无化果和杜纳①这样狡黠的礼物后，其世界就破碎了，人们在突破又一层扎手的鬃毛刺儿般的屏障后，便可享用果实里的瓤了。某些山顶上生长着牛心果树，其果实已经成熟，然而那些浑身布满钉子、全副武装的植物却在阻止着人们去攀登。与此相反，在海底世界有着珊瑚林，珊瑚形状各异，千姿万态，或具有肉质感的外观，或如花边，或如小花蕊。珊瑚树光彩夺目，变幻无穷，金光闪闪，仿佛出自炼金炉，是经巫师的点化和经奇妙处理的产物。它们是在不能触及的土地上生长的荨麻，是冒着烈焰的长藤。它们盘根错节，难分彼此，扑朔迷离，掩盖了任何动与静、植物与动物之间的界线。在动物形态数量日趋减少的环境中，珊瑚林使混沌初开时出现的巴洛克风格及其万姿千态得以保存，这是造物主所秘藏的珍宝，谁若想一睹其风采，必须

---

① 杜纳（音译），是仙人掌结的果实。

仿效鱼类。鱼不愿按照另一个模子被雕琢成另一种样子，它留恋鳃和尾巴，有这两个器官，才能选择那壮美的风景区作为其永久的住所。埃斯特万在珊瑚林中看到，一个真实的形象——失去的乐园①近在咫尺，却不能进去。在那乐园里，树木被一个天真无邪的人以笨拙而含糊的词语赋予不恰当的名字，它们绚丽华美，庄严神圣，仿佛是不朽的，秋的到来和春的逝去，在他看来，只能使树木产生色彩的变化或阴影的轻微移动……埃斯特万惊异地发现，这一带海滩各有千秋。自从三个世纪以前发现新大陆后，海浪开始把光滑的玻璃冲上海滩，在美洲原来没有玻璃，它是在欧洲发明的。被冲上海滩的玻璃中，有大大小小的瓶子和大肚曲颈瓶的玻璃（而这类器皿的形状以前在新大陆未曾有过），有绿色的、不透明而且有气泡的玻璃，有供新建大教堂在壁上镶嵌圣徒像用的漂亮的玻璃（这样，圣徒像就不致被雨水冲刷掉了），有从船上扔下的玻璃和从海难船只中打捞上来的玻璃，所有这一切玻璃当初被海浪送到大西洋这边海岸时，都被当成神秘事件。而现在，这些玻璃开始登陆了，海浪以车工和金银匠的技艺将它们打磨光滑，使本已消退的色彩重放光华。有的海滩是黑色的，上面都是石板和大理石粉末，在阳光照耀下闪闪烁烁；有的海滩是黄色的，坡面高低

---

① 失去的乐园，指英国诗人弥尔顿（1608—1674）的长诗《失乐园》。《失乐园》采用《圣经·创世记》中的题材，描述人类始祖亚当和夏娃在魔鬼撒旦的引诱下吃了上帝的禁果而被逐出伊甸园（即乐园）。后面所说"天真无邪的人"指亚当，他在吃禁果前如赤子般天真。

不平，每次退潮都留下阿拉伯式的花纹，而涨潮又将原来的花纹抹去，如此不断反复；有的海滩是白色的，煞白一片，如果有一两粒细沙落在上面，就成了黑斑，因为那里是广阔的贝壳坟场，许多贝壳互相挤轧、撞击而变成粉末，粉末是那么细腻，如果用手抓一把，就会像水一样从手里流走。在那样纷繁的海洋活动中，到处可以看到生命的存在，那真是奇观：无论是在风化的岩石上，还是在漂流的树干上，都有生命存在，它们或在咿呀低语，或在抽发新芽，或在爬行；那景象永远是十分含混的，植物与动物，被水冲走或冲来的、漂浮在水上的，以及自主运动的，都难以区分。在这里，有的礁石会自我锻造成长并臻成熟；而水下的巨岩数千年以来一直在游鱼般的植物、青草般的水母、肌肉丰满的海星、漂流的草木以及随时变换颜色（或藏红，或深蓝，或紫红）的海葵的世界中对自己进行雕琢。在红木林中一段沉在水里的树干上，会突然出现一层白色粉末，而后那粉末又变成一张张薄皮，然后逐渐硬化而成为吸附在树干上的鳞片，不知何日它们长成牡蛎，树身上便覆盖一层灰色贝壳。水兵们用刀砍下一根树枝，就得到一大串牡蛎：那真是生长海味的树木，它们成串、成枝、成把地提供树叶、贝壳、盐末这类供人充饥的最不可思议、最难以描述的美食。只有古老神话中的两栖美女是海洋的最佳象征，她们把最柔软的肌肉放在粉红色的甲壳中送给人类。多少世纪以来，船夫们把嘴紧贴海螺，吹出洪亮的声音，其声如暴雨，如水牛呼叫，如猛兽咆哮，在浩瀚的洋面上回荡……埃斯特万来到这生物共生的天地中，在没胸深的水中泡着，而那犬齿状的岩石像有生命、能啮噬的动物，水浪打来，即被撕裂、撞碎，随即化作碎片倾泻下来，在水中不断溅起泡沫。他惊异地发现，在这些岛上要表达由若干本质不同的东西所呈现的模棱两可的形式，必须使用黏着语①、混合语②和比喻。譬如，树木的名称，有"手镯金合欢""瓷菠萝""肋骨木""十磅重扫帚""三叶草堂兄""松子陶罐""云汤剂""蜥蜴木"；同样，为了给海生动物以确定的形象，在取名字时使用含混不清的词儿，因而出现一连串稀奇古怪的鱼名，有狗鱼、牛鱼、虎鱼、呼噜鱼、吹气鱼、飞鱼、红尾鱼、条纹鱼、花纹鱼、狮子鱼（其嘴朝上，咽门长在胸间）、白肚皮鱼、大剑鱼、银汉鱼，有抓卵子（真发生过这种事）鱼、食草鱼，身上有红斑点的海鳝叫钻沙鱼，那条刚吃了毒胶苹果的称为毒鱼，还有的叫老婆子鱼，脖子上有金色鳞片闪闪发亮的叫上尉鱼；此外，有女人鱼，那是一种神秘而善躲藏的海牛，在河水与海水交汇的河口出没，样子像女人，有美人鱼一般的乳房，它们喜欢在沼泽地兴奋、愉快地交配。在欢乐和谐和弹跳方面，海豚是无与伦比的，它们两条、三条或二十条一群地蹿出海面，其飞射轨迹凸显了波浪图案。海豚两条、三条或二十条一群地协调运动，与海浪形成一个整体，它们或静止，或跳

---

① 黏着语，语言学中以词的结构为主要标准而划分的语言类型之一，也叫胶着语，词根同附加成分结合不紧密。

② 混合语，两种或几种语言在一定的社会条件下，互相接触而产生的混合语言。混合语言因没有自己的语言基础，随社会条件的消失而消失。

跃，或降落，或潜水，动作和谐，仿佛海豚本身就是海浪，并给海浪注入了节拍、尺度、旋律和连续的运动。它们忽而远去，忽而消失，去寻找新的冒险，直至遇上一艘船，这些海上舞者便又振奋起来，但是，它们似乎为了描绘它们自己的神话而只会腾跃翻滚……有时水面十分平静，却预示着将要发生什么事情了。果然，一条罕见的远古时代的巨鱼慢吞吞地冒了出来，它的头长错了地方，在躯体的另一端；它似乎终日为自己的缓慢而忧心忡忡；它身上覆盖着植物和寄生虫，像一艘从未修理过的船体。随着海面一阵翻腾，它那巨大的脊背露出水面，那庄严肃穆的神气，简直像打捞上来的大帆船，像海中之王，像海怪下凡，它向海面喷吐着泡沫，也许自从它来到这一海域以来，这是第二次露出海面。海怪睁开它的厚皮小眼睛，见旁边有一艘破烂的沙丁鱼船，便又忧郁、胆怯地沉到水下，沉向寂静的海底，等候另一个世纪再返回这充满危险的世界。这件事结束后，海面恢复常态。海马在布满空心刺海胆的沙滩上搁浅了，这些刺海胆已经没有了刺，晒干后变成具有几何线条的容器，其结构之精美，只能在丢勒①某幅名为《忧郁》的画上见到；而鹦鹉鱼则目光如炬。与此同时，天使鱼和魔鬼鱼、公鸡鱼和圣彼得鱼都登上互相吞噬的世界大舞台大显身手，你吃我，我吃你，在这浩渺的海洋中就是如此轮换反复……有的岛很狭窄，遇到这种情况，埃斯特万就独自走到岛的另一边，在那里

---

① 丢勒（1471—1528），德国画家。

觉得成为这一切的主人：海螺和涨潮声是他的，玳瑁及其黄玉般的硬壳也是他的（玳瑁会把所产的卵藏进洞里，然后用披鳞的爪子把洞用沙盖住，再扒平），那人迹未到的原始沙洲上闪闪发光的美丽蓝色石头也是他的。那些鲣鸟也都是他的，它们对人了解极少，所以不怕人；它们在海浪间飞翔，以傲慢的姿态用嘴噏水而又喷出，接着猛地冲向天空，然后嘴尖朝下，在全身重力推动下，几乎垂直向下跌落，双翅贴身一夹，向下猛扎。那只鸟以胜利的神气抬起头来，脖子那里鼓起来了，里面包藏着猎物，于是它抖动全身羽毛，以示满足、感恩，接着就在海面上方低飞，忽起忽落，而水底下海豚正在飞速游弋。沙石那么细，连小小的昆虫在上面爬行也会留下足迹。埃斯特万全身赤裸着躺在沙滩上，仿佛天地间唯有他一人。他望着天上明亮的云彩，云彩纹丝不动，其形状变化极其缓慢，往往在一整天中，那凯旋门或先知的头颅形状都没有变换。他充分享受着，忘却了空间和时间。感恩吧……有时，他把下巴搁在一张新鲜的海葡萄叶上，全神贯注地观看一个海螺（仅仅一个），它犹如纪念碑，高度达到他眉心，挡住了他的视线。海螺是水与土之间的协调者。水是那种会消失的、涓溜溜的、既无规律又无大小的流体，而土则具有结晶体和构造形式，虽有变化却是看得见摸得着的。海洋受潮汐影响，变幻不定，或平静，或澎湃，或蜷缩，或舒展，永远不会有什么模式、定理和公式可以推导，而从海洋中产生的这些稀奇的海螺却正是其母体——海洋——在数字和比例方面的象征。海螺的发育是线向的，它具有确定的螺旋线，惊人准确的锥形构造，大小恰当，图案清晰，因此可以感知未来所有的巴洛克风格。埃斯特万在观察一个海螺（仅仅一个），他想，螺线已存在数千年，渔民每天都能见到，却不能理解它，甚至不能感到它的存在。他在思考刺海胆容器、竹蛏的螺旋状以及扇贝上的条纹时，发现人类对在如此悠久岁月中发展起来的形态科学却熟视无睹，他不禁为之惊讶。在我周围是否仍有确实早已存在并已记录在案而我又不理解的事物呢？菊苣的旋卷线、苔藓的字母形状、丁子香的几何图形，都表示什么征兆、什么信息、什么警示呢？望着一个海螺，仅仅一个。感恩吧。

二十五

在初次遭遇战中，埃斯特万怕得要命，钻到军舰的最底层躲起来（他是书办身份，可以堂堂正正这么干），后来他很快发现，小舰队司令巴泰勒米上尉理解的那种海盗营生十分平常，不是多少了不起的事。遇到装备精良的大军舰，就走自己的路，不升国旗。对可能俘获的船舰，就派两艘快艇去截住，同时主舰发炮警告。如果敌船降下国旗，表示投降，我方舰艇便向敌船靠拢，法国人随之跳上去搜查货物。如果货物很少，就把一切有用之物（包括被吓倒的船员们个人的钱财）搬到人民之友号上，然后把敌船归还船长，敌船或继续向前航行，或返回出

发港报告遭劫经过。如果货物重要、有价值，上级有指示，要
连船带货（若是新船，更是如此）和船员，全部押送皮特尔角
城。不过，从埃斯特万的记录看，巴泰勒米的小舰队还没有遇
到过这种情况，他是公事公办，记录登记，一丝不苟。在这一
带海域，来来往往的通常都是单桅帆船和一些小货船，经常是
运载不值钱的东西。当然，他们还没有离开过瓜德罗普岛海域
而去搜寻那边盛产的糖、咖啡或朗姆酒等货物。然而，即使在
破烂不堪、穷酸透顶的船上，法国人也能捞到东西：一个新锚、
武器、弹药、木工工具、粗缆绳，或者一张最新出版的地图
（上面有关于围绕南美大陆航行的说明）。此外，搜查箱子和黑
暗角落，总能弄到些东西。这个发现了两件好衬衣和一条棕黄
色缎裤，那个找到一个珐琅烟壶，或者发现一个从卡塔赫纳 ①
来的教士，他身上带着宝石镶嵌的圣体杯。他们就会吓唬他，
如果不把全部东西交出，就会把他抛到海里去；这"全部东西"
指的是十字架和盛圣器的箱子，而这些东西很可能是黄金制作
的。这里就涉及个人抢掠财物的事了，埃斯特万的账本是根本
不管的，而巴泰勒米为了笼络人心，对此装聋作哑，因为他知
道现在同共和国的水兵们争吵，吃亏的是舰长，尤其是他曾经
在国王的海军里服役过。于是，在人民之友号的舰尾上出现了
一个交换和销售市场，东西都摆在木箱上或挂在绳子上。九十
年代号和哇啦哇啦号的水兵们经常光顾此市场，比如，来到某

---

① 此处指哥伦比亚的卡塔赫纳。

个海湾停泊时，水兵们就会趁上岸打柴的机会，顺便带上他们想卖的东西去。那市场上除了有衣帽、腰带和手帕以外，还有十分奇怪的玩意儿：玳瑁做的珍品匣，缀满泡沫似的白花边的哈瓦那晨衣，雕刻着穿墨西哥服装的跳蚤们在举行婚礼的核桃壳，涂有防腐香料的鱼（其舌头像洋红缎似的），肚子里塞满干草的小鳄鱼，熟铁做的怪模怪样的魔鬼，一箱箱的贝壳，冰糖做的鸟，古巴或委内瑞拉的吉他，用嘎啦农草或著名的圣多明各藤做的春药，以及与妇女有关的各种战利品：耳环、小玻璃珠项链、衬裙、小裤衩、用彩带扎着的鬓发、裸体画、淫画；还有一个牧羊女娃娃，在其裙子下竟藏着比例适当、做工精细的柔软阴毛，谁见了都会为之惊叹。那女娃娃的主人漫天要价，别人都买不起，骂他是强盗。巴泰勒米害怕他们打架，就让主舰的货运员买下，想回去送给维克托·于格。维克托自从热月九日以来，热衷于阅读淫书，也许是为了显示他对巴黎的政治不感兴趣……有一天，俘获了一艘葡萄牙船，这艘名叫燕子号的船上载的全都是酒，水兵们兴奋极了。有红葡萄酒、绿葡萄酒和马德拉斯岛产的酒，船舱里充满酿酒作坊的气味。埃斯特万赶紧将这些酒清点后藏好，不让水兵们看见；可是水兵们馋涎欲滴，早已弄走了好几桶，在那里吆五喝六地喝起来了。他独自躲进一个阴凉的酒库（一个十足的酒库），拿起一个桃花心木大钵，自斟自酌，无人与他争夺；他的嘴唇同木钵一接触，就闻到木钵新鲜醇厚的香味与酒味混合的气味。在法国时埃斯特万学会了品尝法国佬酿制的琼浆玉液，葡萄汁哺育了地中海混乱而豪迈的文明，现在这个文明延伸到这片加勒比的地中海了，数千年前各族人民在此开始的融合，现在继续进行着。在这里，经过长期的分散后，走散的部落子孙们又相遇了，并进行新的融合，他们从语言到头发，都混合在一起了，混合了又混合，肤色变黑了又变浅，白天是浅色皮肤，天黑时向后倒退又变黑，如此不断地繁殖，产生了在语言上、体态上新型的后代，他们都与酒结下了不解之缘。酒，从腓尼基①船，从古代加的斯②仓库，从马科斯-塞斯托斯城③的酒坛里来到发现新大陆的帆船里，伴随着六弦琴和陶罐，来到这一带适于葡萄与玉米相会的海岸，这是一次影响深远的相会④。埃斯特万嗅着潮湿的木钵，突然心血来潮，想起了哈瓦那商行中祖传的老酒桶（离他现在所处的地方是那么遥远而又偏僻），其一两条细缝匀速滴酒的声音，同这里听到的一模一样。他觉得目前的生活荒唐至极，简直以为他面前是上演荒唐戏的剧场。他身子贴在舷壁上，两眼发直，呆若木鸡，惊讶地看到自己在舞台上的形象。这些日子，海洋、日常起居和航行途中出现的风风雨雨，使他忘却了自己，沉浸于感觉自己日益变得健壮的纯动物般的满足。但是现在，他见自己身处昨日对他尚是陌生的储酒舱里，责问自己在这种地方干什么。他寻找过道路，却没有找着；他等待

---

① 腓尼基，古地名，在今黎巴嫩、叙利亚一带。
② 加的斯，西班牙南端港口城市。
③ 马科斯-塞斯托斯城，古希腊城市。
④ 指发现新大陆，因葡萄是由欧洲输入美洲的，而玉米则是美洲的农作物。

过机会，却没有等着。他是资产阶级出身，却在当海盗书办，这个职务听起来就很荒唐。他不是俘虏，却在事实上是俘虏，因为他现在的命运是同被所有人反对的国家拴在一起了。把这出戏当作梦魇，是最相像不过了，他看见自己在舞台上，睡着而又醒着，是法官又是被告，是演员又是观众，周围的岛屿都与那唯一他不能到达的海岛①很相像，也许他一辈子只能闻到儿时的气息，只能在特定的房子里、树木上和光线中找到他少年时的生活环境（啊，若能看到某扇橘黄色的门、某扇蓝色的门、某棵伸出围墙的石榴树，该多好啊！），然而，幼年和少年时的一切一去不复返了。那天下午住宅大门一敲响，就开始了魔幻般的变化，他做着那种把利库尔戈斯和穆西乌斯·谢沃拉从坟墓里拉出来的游戏，便把直到彼时的三人生活打乱；之后，他用散发着血腥气的法庭横扫一座城市、一个海岛、几个海岛，以至整个海洋；他是独夫，是一个已被镇压了的意志的后来执行者，他的意志统治着所有人。自从维克托·于格出现（他首先给人留下的印象是，使用一把绿色的雨伞）以后，埃斯特万在这酒桶的舞台上看到的"我"已不复属于他自己：他的存在和演变都听凭他人的意志摆布了……他此刻头脑清醒，懊恼万分，简直想大喊大叫；可还是饮酒好——可以把不受欢迎的清醒变为糊涂。埃斯特万把木钵凑到一条细缝处，接了满满一钵酒。甲板上，大家都在唱民歌《奥弗涅的三个炮手》②。

---

① 指古巴。
② 奥弗涅，法国地名。

次日，水兵们在没有人烟、树木葱茏的海岸登陆。人民之友号的导航员是加勒比人和黑人生的混血儿，生于玛丽-加朗特岛，对安的列斯群岛海域的情况十分熟悉，是公认的权威。他知道，此岛必有野猪，捕获后可以烧烤，加上在泉水里冰镇的酒，是一顿绝佳美餐。于是，马上组织了围猎，抬回来的猎物在面部还保留着遭围捕时愤怒地抽搐的表情。猎物立即转到伙夫手中，他们手持鱼骨片刮去了猪毛和黑皮，用小木棍撑着开了的膛，然后把野猪四脚朝天放在铁篦子上，下面烧起熊熊烈火。接着，柠檬汁、橘子汁、盐、胡椒面、牛至、大蒜，像蒙蒙细雨洒到肉上，同时在火上盖一层番石榴的绿叶，让带着绿叶香味的袅袅白烟熏着猪皮（这是上洒下熏）。猪皮经过熏烤，变成玳瑁色，有时嘎巴一声，猪皮裂开一条缝，油从缝里滴到火坑里，发出噼噼啪啪的响声，连泥土也沾上了猪皮的糊焦味儿。在肉快烤熟的时候，一只只拔了毛的鹌鹑、花脖子鸽子、骨顶鸡等等野味扔进了猪膛里；然后把撑猪膛的小木棍取走，猪膛便把那些飞禽包住，成为富有弹性的炉子，暗色的瘦肉便同白亮的肥肉合成一个大朵，照埃斯特万的说法，这是"大菜中的大菜""歌中的歌"。众人在狼吞虎咽的同时，把一瓢瓢酒灌进肚里。饮酒场面十分壮观：有的酒桶被醉汉用斧子劈开；有的酒桶在卵石上飞快地滚动，碰到尖利的石头便砰的一声散架；有的酒桶在这群人与那群人之间互相抛掷中被砸碎；有被撞破的，有用子弹打破的，还有被一个蹩脚的舞者在上面跳弗拉明

209

戈舞而蹭破的。那舞者却是个娘娘腔，是西班牙血统，因热爱自由而被九十年代号作为伙夫收留。水兵们吃饱喝足后，或在海葡萄树下，或在尚有余温的沙滩上呼呼睡着了……黎明时分，埃斯特万懒洋洋地打着呵欠醒来时，发现很多水兵走到海边，望着船只。现在连燕子号在内，有五条船了。新来的船是老式过时的，船体破旧，船尾甲板油漆剥落、肮脏，那样子似乎是几个世纪前遗留下来的，是属于那些以为大西洋将汇入黑暗之海的人的^①。很快从那破烂的船舷放下一条小船，几个近乎赤身裸体的黑人，喊着溯江而上时喊的粗犷的劳动号子，脚蹬着桨，向海滩划来。一个头头模样的人跳上海滩，屈膝跪拜，这可以理解为友好的表示；他向几个黑人伙夫中的一个讲话，这位伙夫可能是在卡拉巴海岸^②出生的，对他的话能听懂一些。比比画画讲了一阵之后，翻译解释道，这条破船是西班牙黑奴船，船员们已被暴动的奴隶们抛入海中，现在他们要求法国人保护。整个非洲海岸都已知道，法兰西共和国废除其美洲殖民地的奴隶制，殖民地的黑奴都成了自由公民。巴泰勒米舰长同那头头握手，交给他一条三色布，那帮人高兴得嗷嗷叫，传看着那小布条。那头头又去载来另一些黑人，运了一批又一批，同时有心急者游到海滩打听消息。突然，他们都憋不住了，向残剩的野猪肉扑去，一拥而上，有的啃骨头，有的吞丢弃的内脏，有

---

① 古代欧洲人以为大西洋的水最后流入看不见的"黑暗之海"。
② 卡拉巴海岸，在几内亚海岸线上。

的吮吸油脂，都是为了缓解挨了若干个星期的饥饿。"真可怜，"
巴泰勒米说，他的眼睛都湿了，"这样也许会给我们洗刷许多
罪孽。"埃斯特万的心软了，舀了一牛角杯酒送给昨日的奴隶
们，他们吻他的手。恰在此时，人民之友号的货运员在查看过
那艘投诚的船后，带来消息说，那船上有女人，很多女人，都
躲在最底层的甲板下，她们饥饿恐惧交加，瑟瑟发抖，不知陆
上发生了什么事。巴泰勒米很谨慎，下令不让她们上岸。一条
小船把肉、饼干、香蕉和一点酒给她们运去。大家又干起昨天
的活儿，出去围猎野猪，明天就要把葡萄牙船、胡乱抢来的各
种商品、酒以及那些黑人送回皮特尔角城。黑人将去充实由有
色人种组成的民兵，做防御工事的任务很艰巨，一直需要人手，
而维克托·于格的实力必须依赖这类工事……傍晚时分，大家
又像昨天一样开始吃喝，但情绪大不相同，当喝得有点晕晕乎
乎的时候，就打起女人的主意来了。她们带的小火炉在夕阳下
燃烧着，她们的笑声传到岸上。大家询问到过那艘黑奴船上的
水兵，了解具体情况。这才知道，那里有很年轻的女子，有体
态优美、十分漂亮的女子（黑奴贩子是不会贩运老婆子的，因
为她们是卖不出去的商品）。人们喝醉了，就说得更具体了：
"那些女人屁股是那样的……皮肤是这样的……还有一个女的
是……"突然，十个，二十个，三十个人跑到小艇上，向那艘
旧船划去；巴泰勒米叫喊着，试图制止他们，然而他们根本不
理睬。黑人们停止吃饭，站起来，表情焦急。俄顷，第一批黑
女人在虎视眈眈下被载上了岸，她们哭哭啼啼地哀告着，也许

真的被吓坏了，然而却服服帖帖地让男人们拖到附近的灌木丛里。现在谁都不怕军官了，军官们抽出军刀也无济于事……在混乱中，黑女人来了一批又一批，她们被水兵们追逐着，在海滩上乱跑。巴泰勒米声嘶力竭地咒骂、吓唬，但他的命令无人理睬；黑人男子绰起木棍向他们扑去，以为这样能帮助巴泰勒米。于是，一场激烈的搏斗展开了，有的人被打倒，在沙滩上打着滚的身子被人乱踩、乱踢；有的人摇摇晃晃地站起来，随即又摔倒在卵石上；有的落入水里，仍抱住搏斗，设法把对方的脑袋按到水下淹死。最后，黑人男子都被赶到一个岩洞里，水兵们从他们的船上取来许多铁链和枷，把他们锁上。巴泰勒米怀着厌恶的心情回到人民之友号上，由着他的部下奸淫、胡闹。埃斯特万很细心，找到一块湿帆布睡觉用（他知道在沙滩上睡觉不是好玩儿的），抓住一个黑女奴，带到四周都是岩石、长着地衣、形似摇篮的洼地里。女奴很年轻，很听话，脱下了破烂衣服；她宁愿如此，以免遭虐待。整个岛上狂笑声、叫喊声和说话声混成一片震耳欲聋的噪声；有时可以听到隐隐的吼声，像是在附近洞穴里的病兽发出的；还不时可以听到争吵声（也许是为了抢夺一个女人）。今晚只有一件事行得通：性行为。性行为在举行自己特有的仪式，它在集体礼拜中增多，无法无天……黎明在一片号角声中到来，巴泰勒米决心严加管教，命令全体水兵立即返回舰上，谁再耽搁，就把他扔在岛上。有的水兵想把黑人女子作为自己的合法缴获品或个人财物留下，于是又发生争吵。舰队司令正式向他们保证，到皮特尔角城以后，将把这些女人都交给他们，才把争吵平息；不过，解放奴隶的仪式，也将首先依法将原奴隶登记、改变为法国公民后，在那边举行。黑人男女回到他们的船上，舰队开始返航……但是开航不久，埃斯特万觉得航向不是完全回瓜德罗普岛去的，因为他近来对航向比较敏感，而且又学得了一些航海知识。巴泰勒米听书办那么提醒后，皱皱眉，说："要保密。你很清楚，我对这帮家伙许的愿是不会照办的。不能开这个先例，专员是不允许的。咱们到荷兰属地的一个岛上，把黑人都在那里卖掉。"埃斯特万联想到《关于废除奴隶制的法令》，吃惊地看他一眼。舰长从他的办公室里取出维克托·于格的亲笔指示："法国根据其民主原则，不能进行黑奴买卖。但海盗舰长如认为适宜或需要，有权在荷属港口出卖从英国人、西班牙人或法兰西共和国的其余敌人手里夺得的奴隶。""这太无耻了！"埃斯特万叫道，"难道我们取消奴隶贸易就是为其他国家充当黑奴贩子吗？""我执行纸上的指示。"巴泰勒米干巴巴地回答。同时他觉得必须援引一个令人难以置信的案例，又说："咱们生活在一个疯狂的世界。大革命前，在这一带岛屿之间有一艘黑奴船游弋，船主是位哲学家，还是让-雅克①的朋友，你猜那艘船叫什么名字？社会契约号。"

---

① 指卢梭，因其全名是让-雅克·卢梭。卢梭（1712—1778）是法国哲学家、启蒙思想家，他倡导社会契约论，主张社会平等，要求消灭贫富不均。他的思想对推动法国大革命产生了积极影响。

二十六

　　数月后，干革命海盗成为一桩非常兴隆的买卖。皮特尔角城的舰长们取得了成绩，尝到了甜头，大受鼓舞，胆子越干越大，一心想缴获更多财物，在冒险活动中走得更远了（开始走向南美大陆、巴巴多斯或维尔京群岛），连可能遭遇敌方大舰队的岛屿附近也敢去了。日子久了，他们的技术逐步得到改良。水兵们革新了过去海盗的传统做法，愿意使用操作方便、便于隐蔽、追击和迅速逃离的小舰艇（单桅帆船、快艇和结实的轻便船），而不愿使用操作缓慢的大船。此类大船极易被敌方瞄准，尤其是英国军舰的炮手与法国炮手不同，他们不打桅杆，而是在海浪使炮口向下倾斜时瞄准船体，发炮轰击。总之，皮特尔角城的港口里停满新船，仓库里已装不下如此多的货物，必须在该城周围的红木林里搭库棚，才能储存每天运到的货物。维克托·于格有点发福了，然而，自从制服开始在他身上绷紧以来，他依旧很活跃。令许多人泄气的是，远在天边、忙得不亦乐乎的国民公会领导机构承认这位专员在收复和保卫这块殖民地的斗争中功勋卓著，因而确认他继续任职。这样，世界上这块殖民地成了这位专员大人独断独行的天下，他可以骇人听闻的规模实现他当"廉洁者"的野心。他曾经想当罗伯斯庇尔，而他确实是个独具风格的罗伯斯庇尔。罗伯斯庇尔当政时期，开口一个他的政府，闭口一个他的军队、他的舰队，维克托·于格现在也开口他的政府，闭口他的军队、他的舰队。最

214

初的傲慢劲又回来了，在下棋和打扑克时，这位掌权人竟自封为大革命的唯一继承人。他大吹大擂地说，他不看巴黎的报纸，因为"闻着有混蛋味儿"。然而，埃斯特万发现，维克托·于格对该岛的繁荣和不断向法国上缴金钱这样的事感到十分得意，他那股实商人的品性恢复了，以沾沾自喜的神态估量着自己的财富。当他的舰只满载优质商品回来后，专员亲临观察卸货，以行家的眼光估量着货包、桶、用具和武器。他以别人的名义在胜利广场附近开了一个杂货铺，垄断了一些商品，任意定价。每天傍晚他必到店铺，在弥漫着香草味的阴凉账房里核查账目。杂货铺设在拐角处，在两条街上都开着门，门洞是穹形的，门板上包一层厚厚的铁皮。断头台也已经资产阶级化了，工作松松垮垮，干一天停四天，而且都由安斯先生的助手开动，安斯先生本人把大部分时间用在搜集奇珍异宝上了。他的珍宝收藏室里已经有丰富的鞘翅目和鳞翅目昆虫标本，并且注上了拉丁文学名，从而使标本本身身价陡增。任何物品价格都极其昂贵，然而在这个封闭式经济的世界里却总是有钱购买；物价不停上涨，钱转来转去又回到原来的口袋里，而且钱币受损越多、磨得越亮，越受欢迎……有一次在皮特尔角城休息期间，埃斯特万（晒得像个混血种人了）高兴地得悉（尽管晚了些），西班牙和法国签订了和约。他想，同南美大陆、波多黎各、哈瓦那的交通可以恢复了。但是当他得知维克托·于格拒绝承认巴塞尔和约①时，感到十分失望。维克托决定继续抓捕西班牙

---

① 巴塞尔和约，指法国和西班牙签订的和约。巴塞尔在瑞士境内。

215

船只，认为它们是"向英国人走私军火的可疑分子，授权海盗舰长们予以'征用'"；至于怎么算是军火走私，也授权他们自己确定。埃斯特万只得继续在巴泰勒米的舰队里任职，眼睁睁地看着失去大好时机，愈来愈讨厌随风漂流、无时间概念的海上生活。时间一个月一个月地过去，他只能耐着性子一天一天地打发（根本不数日子），满足于风平浪静的舒适日子或以钓鱼为乐。与他一起工作的伙伴中，有几个人同他十分亲昵：巴泰勒米，此人保持着旧社会军官的作风，在最紧张的时刻也注意服装整洁；外科大夫诺埃尔，此人在写一部杂七杂八的书却老是写不完，此书是关于布拉格的吸血鬼、劳顿的中邪者以及圣美达多墓地痉挛症患者的著作；屠夫阿奇耶，他是多巴哥岛黑人，能用大小不同的锅子敲打出惊人的奏鸣曲；公民吉贝尔，他是船缝填塞师傅，能大段大段地背诵古典悲剧，但南方口音太重，而且给每句诗都多加音节，同亚历山大诗体[①]的格律根本不相配，他把布鲁图斯[②]念成布鲁图西埃，把伊巴密浓达[③]念成伊巴密浓达塞。除此之外，埃斯特万非常喜欢安的列斯群岛，在这些岛上，气候和植物都相同，光线变幻无穷，光怪陆离。他爱山峦起伏的多米尼克岛，岛上一片葱绿，有两个村子，分别叫"战斗"和"大屠杀"，是为了纪念史籍叙述不清、令人毛骨悚然的事件而命名的。他认得出尼维斯岛上的云层，那云

---

① 亚历山大诗体，古代欧洲流行的诗体，每行诗有十二个音节。
② 布鲁图斯，见第 123 页注④。
③ 伊巴密浓达（约前 420—前 362），古希腊底比斯统帅。

层静静地停留在山顶上，当初哥伦布见了还以为是山上的积雪而觉得难以置信。他梦想有一天能登上圣卢西亚岛的山顶。那山体却在海中，从远处望去，像是由不知名的工程师建造的灯塔，在等候着可能到来的桅杆上插有十字架的船只^①。这一连串无穷无尽的小岛屿，南岸都平坦宜人，北岸则受海浪侵蚀而崎岖陡峭，高大的海浪涌来，在阻挡北风的壁立海岸上撞得粉碎，化为泡沫。所有关于海难、遗失的珍宝、无墓志的坟墓、暴风雨之夜出现的鬼火，以及人的命天注定的神话（例子有曼特侬夫人^②、一个塞法尔迪人^③幻术师和一位登上君士坦丁堡女王宝座的巾帼英雄），都与这些岛屿的名字有关系。埃斯特万低声重复着这些岛屿的名字，欣赏着这些名字和谐悦耳的音节：托尔托拉、维尔亨戈尔达、阿内格达、格拉纳迪塔斯、沦陷的耶路撒冷……有几天早晨，海洋十分平静、清澈，缆绳嘎吱嘎吱地响着（缆绳越短，声音越尖；缆绳越长，声音越粗），从舰首至舰尾组成抑扬有致的乐曲，夹杂着粗缆绳发出的刺耳随意的声音，仿佛风突然弹拨竖琴的琴弦一般。但是今天海上刮的微风突然猛烈起来，吹起的海浪越来越高，越来越密。海水的颜色由浅绿变为不透明的深绿，翻腾得愈加厉害了，又由墨绿变为灰绿。经验丰富的水兵们嗅嗅阵风，看看头上的一片昏暗和

---

① 指从欧洲来的航海者，因哥伦布首次到达美洲时，船帆上画有十字架。
② 曼特侬夫人（1635—1719），法国贵妇人，先同一位残疾诗人结婚，丈夫死后，负责照料国王路易十四的孩子，后来同路易十四秘密结婚。
③ 塞法尔迪人，散居世界各地的西班牙犹太人后裔。

猛然安静之后落下的水银般沉重的温热雨点，就知道情况不妙。在西边出现了移动着的龙卷风，舰只像被托在手上一样，由一个浪峰抛到另一个浪峰。到夜里，信号灯丢失了，舰队被打散。现在海面像一锅烧开的水，汹涌澎湃，海浪从正面、侧面拍击，在底下撞击着船的龙骨，即使迅速转舵也躲不过撞击；海浪由侧面袭来，横扫整个甲板。为了方便操作，巴泰勒米下令架起扶索，说道："咱们被逮住啦！"这是十月常有的风暴，风越来越猛，显然，到半夜里会达到最高峰。埃斯特万眼看逃不脱遭遇风暴的考验，便躲进自己的寝舱睡觉，但是根本睡不着，身子刚躺直，就感到五脏六腑都在翻腾。军舰进入漫天的呼啸中，每块木板、每根龙骨都咯吱咯吱地响。时间一小时一小时地过去，水兵们在甲板上与风浪搏斗着，军舰的航行速度已达到十分危险的程度，被浪涛抛上抛下，忽而前倾，忽而侧斜，越来越进入飓风圈内。埃斯特万不想睡觉了——他晕船了。他紧贴着床板，十分恐惧，害怕水灌进舱里而淹没底舱，进而冲破卧舱门……黎明前不久，他突然觉得天上风声不那么紧了，浪涛的撞击声也稀疏了。甲板上，水兵们扯着嗓门齐唱赞美救苦救难圣母之歌，赞美她在发怒的老天爷面前为水兵们求情。共和国的海盗及时恢复了法国的老传统，在危难之中请求圣母平息风浪。这帮平时爱哼淫秽小调的人，现在正正经经地唱着赞美歌，向"由圣灵怀了孕"的女子恳求了。埃斯特万画着十字走上甲板。危险过去了，但是不知其余船只的下落，它们可能迷失了，可能已沉入海底。人民之友号驶入了一片有许多小岛的海湾里。

岛屿很多，但令人难以置信的是，都很小，小得像雕塑家工作室里到处星散的雕塑粗样、试制件或脱胎。这些岛屿没有一个相同的，构成每个岛的原料也都不相同。有的像用汉白玉砌成，寸草不生，十分坚实、光滑，似乎是被水漫到肩膀、打磨光滑的女人半身像。有些岛像一大堆片岩，岩石上布满平行的槽沟，有两三棵被风刮得东倒西歪的老树，其树根像爪子一样牢牢抓住荒凉的石板，有时只有孤零零的一棵树，树干上结着一层白硝，就像一棵巨大的海草。有几个岛被海浪侵蚀得很厉害，似乎是浮在水面而底下无任何支撑。还有的岛上长满仙人球，或者坍塌得不成样子。此类岛屿在岸边有洞穴，洞顶上倒挂着巨大的仙人掌，其黄花、红花组成一串串花环，像剧院里的枝形吊灯，并形成罕见的古怪几何图形（有圆筒状的、金字塔状的、多面体的），仿佛是神秘的膜拜对象，是麦加的石头①，是毕达哥拉斯的图记，是某种抽象信仰的物化。随着越来越深入这前所未见的奇异世界，又是在经过一夜可怕的漂流以后，领航员不知道究竟到了何处，埃斯特万面对这些"放置"在那里的"东西"，惊讶之余，不禁有了给它们取名的雅兴：那个岛只能叫天使岛，因为它有着拜占庭式的翅膀，张开着，像一幅岩画上画的那样。这个叫蛇发女怪，头上盘着绿色的长发；

---

① 麦加是伊斯兰教的圣地，在穆斯林的心目中，那里的一切（包括石头）都是神圣的。

219

紧接着来的是截面球体岛、肉色铁砧岛、软体岛（其上覆盖着鸟粪，软乎乎的，像白色包裹，随水漂流）。再往前，那是两边有大烛台的台阶岛，这是形似在张望的摩尔人岛，还有搁浅的大帆船岛。那是城堡岛，海浪落到过分狭窄的城堡前厅，被撞得粉碎，化成巨大的羽毛状，沿着壁立的岩石向上冲去，给城堡戴上了羽冠。这是皱眉岛，那是马脑壳岛（眼窝和鼻孔黑洞洞的，令人生畏）。再往前，是破衣烂衫岛，岛上的岩石是那么老朽、破旧、寒碜，在另一些比它年轻数千年的水灵光滑如象牙船的小岛中，犹如衣衫褴褛的乞丐。这是供奉闪长石三角的洞庙岛。那是该死岛，它被海榕树的根系所分裂，那些根像胳膊一般深深陷进岩石，而岩石却如粗缆绳一样，年复一年地被泡胀，最后将彻底崩塌。埃斯特万望着这神奇的海湾，惊讶不已，这简直是对安的列斯群岛未来可能呈现的状况按比例缩小而作的初步设计。这里也有站立在浪涛中的火山，但是仅需五十只海鸥就可以像白雪一样把此类火山覆盖。这里还有胖处女岛和瘦处女岛，但是仅需十根海带一根接一根地长在一起，就可以把全岛合围抱住……船慢慢地航行，同时不停地用测砣探测着水深，数小时后来到一片灰色海滩前面。海滩上竖满木桩，上面晾晒着渔网。附近有一个七所草房的小渔村，有供存放渔船的共用棚子；还有一个石砌瞭望楼俯视全村，楼上有一个相貌倔强的瞭望员，手边有一个螺号，他是在守候鱼群。远处，在小山脉的交会处，有一个砌有雉堞的城堡，其外貌灰暗，屹立在一垛巨大的赭色石墙上。"这地方叫拉斯沙利纳斯-德阿拉亚。"领航员对巴泰勒米说。后者则下令掉转船头，逃离那可怕的城堡。原来这城堡是菲利佩二世[①]的军事建筑师们——安东内里家族的杰作。数百年来，此城堡向来是西班牙国库的哨兵。现在弄清楚了，此地是圣塔菲海湾。人民之友号躲避着礁石，张起全帆，逃出海湾。

二十七

他们在截船抢掠中一连度过数月。巴泰勒米总是寻找十拿九稳的抢掠对象，而在海上又装出一副于人无害的样子，他的嗅觉非常灵敏，捕捉的都是无防卫能力却货物满仓的船只。只有一次，遇到一艘名叫阿尔托纳号的丹麦船，吃了苦头。那艘船的船员拒绝降旗，勇猛自卫，朝拦截的舰艇冲击。除此之外，这小舰队平安无事，买卖兴隆，舰队的这位书办是生来就不想当英雄好汉的人，只是埋头读书。其他人同他开玩笑，一见远处有艘小渔船，就请他躲到底舱去。现在人民之友号舰长见同行们迅速致富，急红了眼，便接连出击，今天回来了，第二天又出去，军舰显得疲惫不堪。天气稍变，军舰就像娇滴滴的女人一样，叫苦连天，晕晕乎乎，寸步难行。舰身上每块木板都吱吱咯咯地响，桅杆和舷壁掉下一片片油漆。军舰必须修理了，

---

① 菲利佩二世，见第131页注①。后面所说"国库"实指西班牙在美洲的殖民地，因殖民地缴纳的税是西班牙国库的重要收入。

埃斯特万这才回到瓜德罗普岛。岛上的变化他近来没有全面观察过，事实上皮特尔角城已是美洲最富有的城市，连墨西哥城也没有达到类似的繁荣局面。据说，墨西哥城什么样的宝贝都有，那里有金银首饰匠，有塔斯科^①银矿，有宽敞的纺纱工场。而在这里，人们花钱如流水，使用的金币都在阳光下金光闪闪，其中有图尔^②铸造的路易、瓜德鲁布尔，有英国的畿尼^③，还有面上铸有约翰五世、王后玛利亚和彼得三世像的葡萄牙钱币。使用的银币都是墨西哥和菲律宾的埃斯库多，每枚银币重六钱。使用的铜币则有八种以上，其大小和钱眼都是按每种钱币的情况而切割、打凿的。昨日的小铺老板们摇身一变，都干起为海盗销赃的买卖，有的是独资，有的是几人合股。拥有金银财宝的老牌西印度公司在加勒比海的边缘兴旺发达起来，法国大革命正在这一带（确确实实地）为许多人造福。缴获登记簿上的数字越来越多，上面载有五百八十艘各式各样不同来源的船只，都被各支海盗舰队抢掠或拖来了。在这样的日子里，无论法国发生什么事都无关痛痒了，瓜德罗普岛已能自力更生，因而通过荷兰殖民地获得来自该岛宣传品的美洲大陆上的一些西班牙人，对该岛怀有好感，甚至表示羡慕。冒险家们侥幸抢得一批财宝回来，其登岸场面颇为壮观。他们从船上下来，招摇过市，在女人面前炫耀印花棉布、橘黄色和绿色的麦斯林纱、马苏里

① 塔斯科，地名。在墨西哥城以南百余公里。
② 图尔，法国城市。
③ 路易、瓜德鲁布尔、畿尼，都是金币名。

222

帕坦的绿绸、马德拉斯的头巾、马尼拉的大披肩以及一切轻飘飘的贵重衣料，同时，按照当地流行的风尚，穿戴得古里古怪，大出风头：赤脚（或只穿袜子不穿鞋），上身却是缀有绶带的制服、滚一道皮边的衬衣（领子上还缀有带子），毡帽上必定有翎饰（这是有关面子的问题）——帽檐耷拉着，帽子上插着染有法兰西共和国三色的羽毛。黑人布坎诺就是这样打扮得像凯旋的皇帝而借以掩盖他所患的麻风病的。英国人约瑟夫·墨菲踩着高跷，身子达到二层楼阳台的高度，双手打着镲。水兵们弃船登岸后，都去卡尔山街区，那里有个受伤的伙伴开了一家咖啡馆，一路上欢呼声不绝于耳。那家咖啡馆是"无套裤汉"[①]的聚集地，咖啡馆的柜台旁挂着鸟笼，里面养着大嘴鸟和星松鸟[②]，墙上用木炭画满应景的漫画和色情画。他们在那里吆五喝六，大吃大喝，玩狎女人，一闹就是两三天。与此同时，做销赃生意的商人们在监视卸货，并以卸上岸的货物为赌资，在靠近舰艇摆放的桌子上开赌……一天下午，埃斯特万惊讶地在卡尔山咖啡馆遇见了维克托·于格，后者身边围着舰长们，他们在这样的地方谈正经事是仅此一次。"小伙子，请坐，想吃什么就点吧……"国民公会领导委员会的代表说。他是个久前被提升到这个职位的，从他演说时过多使用征询别人意见的口吻看，他心里还不够踏实。他列举细节和数字时，大多是引用官方报

---

① 原文为法文。法国大革命时期称广大革命群众为无套裤汉，因为他们穿粗布长裤，而贵族或资产阶级穿丝绒套裤。

② 星松系音译，这种鸟产于墨西哥、中美洲和加勒比地区，善鸣叫。

告上的段落；他指责美国人把武器和舰只卖给英国人，妄图把法国从它在美洲的殖民地上驱逐出去，他们忘记了别人对他们的评价。"只要提到美国人，"他重复最近一份公报上的话，大声说，"在这里就叫人瞧不起，使人感到恐惧。美国人以八面玲珑的手段欺骗世界，已经成了反动派，成了一切自由思想的敌人。美国奉行傲慢的民族主义，凡是有损它强大的，它都反对。那些取得独立的人，现在背叛了一切曾经使他们成为伟人的人和事。我们应该记住这帮忘恩负义的人，我们为了美国的独立，慷慨地献出了我们的鲜血和金钱。如果没有我们，乔治·华盛顿早就让人家绞死了。"这位代表吹嘘说，他已给国民公会领导委员会写信，敦促向美国宣战。但是，得到的答复却是要求谨慎从事，并且马上惊呼大事不好，呼吁大家遵守秩序。维克托说，这都是佩拉迪这类职业军人的过失，不该他们管的事，他们插手，把事情闹得一团糟，因而他把他们赶出了殖民地，而现在他们在巴黎阴谋反对他。他回顾他所取得的成就，在岛上进行的清洗，以及欣欣向荣的局面。"至于我，我将继续与美国为敌。法国的利益要求我们这么做。"结束时他这么说，语气十分坚定，咄咄逼人，意在把反对的意见压下去。埃斯特万想，很明显，维克托一直以绝对权威进行统治，现在感到在他周围出现了一股被成功和财富抬高了地位的人所形成的强大势力。例如，纳博讷 ① 水兵安东尼奥·富埃 ②，维克托把一艘装有簇

---

① 纳博讷，法国地名。
② 安东尼奥·富埃，指安托万·富埃（1759—1806），法国海盗。

新的美国式桅杆、硬木船舷上包铜皮的军舰交他指挥，自从此人因没有炮弹而把金币填入炮膛轰击一艘葡萄牙船以来，已成为受人欢呼的史诗般的人物。再说无双号舰的外科大夫吧，他们在死人和伤员身上打主意，用手术刀在他们体内和内脏里掏出了钱。而这个安东尼奥·富埃（绰号"钱司令"）竟敢以维克托是政界而非军方人士为理由，不准他走进实力舰长们组织的俱乐部。该俱乐部设在一座被戏称为"王府"的教堂里，教堂的花园和附属建筑物占了城里整整一个街区。埃斯特万惊恐地发现，共济会活动在法国海盗中复活了，而且十分积极、活跃。他们在"王府"里建立了共济会社，重新竖起雅斤和波阿斯两根柱子。他们立即从至高无上的神那里回到伟大的建筑师（回到金合欢树和希兰的锤子）这里。在共济会弟兄莫德斯托和安东尼奥·富埃鼎力恢复的共济会传统氛围中，舰长们如拉斐特、皮埃尔·格罗斯、马修·戈、克里斯托夫·肖莱、牛脾气约瑟夫·墨菲、木腿朗格鲁瓦，甚至还有一个外号叫穆拉托强人的梅斯蒂索人，都当了大师和骑士[①]。在入会仪式上，绝无接舷战[②]的刀光剑影，而是按典礼要求响起高尚的刀剑撞击声，而挥舞这些刀剑的手都曾在尸体上搜查过被黏稠的血染黑的钱币……"之所以出现这一切混乱现象，"埃斯特万想道，"是由于他们怀念十字架。凡是斗牛士和海盗，都需要有个场所，以便向掌管生死的神谢恩。过不了多久就会出现向救苦救难圣母

[①] 共济会的高等级成员。有关共济会的入会仪式，参阅第二章第十二节。
[②] 接舷战，古代海战中双方舰只相撞或士兵跳上敌舰战斗。

还愿的香火了。"看到一些潜在势力开始削弱维克托·于格的权势，他从内心感到高兴。他身上有一种感情上的逆反心理：昨天受钦佩的人变得过分骄傲或傲慢时，他就巴望他倒霉或垮台。他朝那老是矗立在原地的断头机看了一眼。他讨厌自己竟然会想，这架现在不怎么活跃、有时接连几周罩在套子里的断头机正在等候现在这个掌权人。别的掌权人被推上断头台的事已经发生了。"我如果是基督徒，"他轻声说，"我就会忏悔：我是混蛋。"

几天以后，港湾区发生了一件轰动全城的大事，因为港湾区等于全城。两个月来音讯全无的舰长克里斯托夫·肖莱带着他手下的人，在一阵礼炮声中回来了，后面跟着在巴巴多斯岛海域海战中缴获的九条船。其中有西班牙船、英国船和美国船，在美国船里装载着奇怪的货物——一个歌剧团，连乐师、乐谱、布景全都有。原来是福孔普雷先生的剧团，此人是著名的男高音歌唱家，几年来他的剧团从法兰西角到哈瓦那、新奥尔良一直在演克雷特里①的《狮心王理查》。他们演出的剧目还有《泽米尔和阿佐尔》《女店主》《漂亮的阿尔塞纳》②以及其他十分著名的歌剧，并且常常配上漂亮的布景、魔镜和暴风雨的场

---

① 克雷特里（1741—1813），法国作曲家。《狮心王理查》是他的代表作，是三幕喜歌剧。理查（1157—1199）是英国国王（1189—1199），因其作战勇猛而得"狮心"雅号。《泽米尔和阿佐尔》《女店主》也都是克雷特里的喜歌剧作品。
② 《漂亮的阿尔塞纳》，法国作曲家菲利多尔的作品。

面。一些在加拉加斯①和美洲其他城市演戏的小剧团，由于旅费花销不多，都赚了大钱，所以这个剧团也打算把抒情艺术带到那些城市去，而现在却落到皮特尔角城这座没有剧院的城里。船被截住时，福孔普雷先生吃惊不小，然而居然还有胆量从他躲藏的舱口那儿帮助他的同胞，向他们发出有用的指示，后来这位艺术家兼戏班班主得悉这块殖民地近来发了横财，才庆幸自己来到这里。他的剧团里都是法国人，现在来到了法国人之中；这位歌唱家过去习惯用"啊！理查！啊！我的国王！"②这样的咏叹调鼓舞保皇派移民，现在产生了革命感情，站在舰队司令的船尾甲板上高唱《人民的觉醒》来讨好水兵们，他唱的拖长音震得军官食堂里的水杯直颤（货运员可以作证）。同福孔普雷一起来的还有维尔纳芙夫人、金发美女蒙穆赛小姐和让德韦小姐，她们都善于表演，表情丰富；这位维尔纳芙夫人有非凡才干，必要时她既能演天真烂漫的牧羊女，又能演王太后或倒霉王后。人们瞧着剧团上岸，把在勇猛战斗中缴获的船只都抛到了脑后。剧团的女演员都穿着艳丽的时装。这类时装在瓜德罗普岛从未见过，就连帽檐高高翘起的草帽、希腊式的凉鞋、近乎透明的低胸长袍，人们也几乎一无所知。那长袍箍在身上，使女演员的体形显得玲珑剔透。一箱箱华丽但有汗渍的行头、柱子和御座都在肩上扛着，那台声音和谐的击弦琴则由骡车拉到政府大厦内，操作时那小心翼翼的样子，搬运约柜也不

---

① 加拉加斯，委内瑞拉北部港口城市。
② 原文为法语。

过如此。既然剧团来到了无剧院之城，为了演戏，就必须采取恰当的临时措施……由于断头台可以当舞台使用，就只能将断头机搬到附近一个院子里听凭那些母鸡摆布，断头机框架成了母鸡们睡觉之处。他们对断头台上的木板又洗又刷，把血污洗掉，然后利用树干挂起一块帆布，就开始排练戏码中最拿手的歌剧——让-雅克①的《乡村占卜者》，这不仅因为它是妇孺皆知的歌剧，还因为剧中一些小曲包含革命精神。福孔普雷先生带的乐师不多，他想向巴斯克猎人团军乐队借几名演奏员。这几名演奏员演奏的样子倒颇为潇洒，然而功夫不到家，老比别人慢五拍。剧团的舞台调度员只得割爱，歌唱部分的伴奏，便使用钢琴和一些木制乐器，当然小提琴是必不可少的，恰好安斯先生已经培训了几个小提琴手。一天晚上，人们在胜利广场举行首演式。那晚，岛上所有新富新贵突然汇聚一堂。专为上层人物保留的席位用饰有三色布带并包裹着蓝色天鹅绒的绳子圈起来，同老百姓隔开。当专席周围站满下层群众时，衣服上缀着金银丝绣、勋章、绶带和三色布条的舰长们，在浑身珠光宝气的姑娘们陪同下出现了；这些姑娘或戴优质宝石，或戴劣质宝石，或戴墨西哥银首饰和珍珠，一个个都倾其所有，拿出来出风头。埃斯特万带着阿塔莉·巴雅泽小姐来了，她身穿时髦的希腊式长袍，长袍上缀着的箔片闪闪发光；她容光焕发，简直是另一个人了。维克托·于格及其下属官员坐在第一排，身

① 让-雅克，指卢梭。卢梭在音乐方面颇有造诣，他为了在法国倡导喜歌剧而创作的《乡村占卜者》，是法国早期喜歌剧的代表作，在法国享有盛誉。

边围着毕恭毕敬、善于侍候人的女子。他们让人用托盘把朋沏和葡萄酒递到跟前，根本不向最后几排看一眼。原来在最后几排挤挤挨挨地坐着的，都是这些幸运姘妇的母亲，她们都肥肥胖胖，乳房耷拉着，十分难看；穿的都是过时衣服，无论怎么鼓捣，也不合体。维克托·于格见安东尼奥·富埃受到欢呼时，直皱眉头。此时序曲奏响了，维尔纳芙夫人引吭高唱科莱特谱写的歌，把掌声压了下去。她唱道：

> 我已失去一切幸福，
> 我已失去我的仆人。
> 科兰抛弃了我……①

算命先生上场了，他用傲慢的斯特拉斯堡口音唱了一通。台上继续表演着，台下观众都看得很高兴，完全忘记了不久前在这里欣赏断头机砍头的新奇动作而产生的开心劲儿。观众很敏感，凡听到稍有革命内容的唱词，都报以掌声，这时扮演科兰的福孔普雷先生就竭力向有女友陪同的国民公会委员会代表、军官和舰长们挤眉弄眼。

> 我要会见我那迷人的情人，
> 再见了，恢宏富丽的城堡。

----

① 本段及后两段歌词原文均为法语。

有多少要人，

希望得到他的信任。

他们尽管有赫赫权势，

却没有我这样的幸运。

　　结尾时，响起了热烈的欢呼声，在观众不断要求下，重复唱
了五遍：

城里人在大声喧哗，

他们是否已在游戏中获胜？

他们总是那么满足，

他们总是唱着歌。

那是毫无虚饰的美丽，

是毫无造作的欢乐。

我们的风笛都配得上他们的演奏吗？

　　演出结束时，福孔普雷先生穿上粗布长裤，引吭高唱革命
歌曲，接着在政府大厦举行盛大舞会，喝酒行令。维尔纳芙夫
人具有成熟的美，令人想起佛兰德画中衣着华丽的快活女子，
她对维克托·于格一片痴情，然而他对她却不理不睬，现在他
正向一位名叫玛丽·安娜·昂热利克·雅坎的马提尼克岛混血
姑娘倾吐衷肠。自从他感到周围危机四伏后，对她特别依恋，
也许是感到需要那种原本作为一方之主而加以藐视的人情味。

那天晚上，这个六亲不认的男子对谁都很亲切，当他从埃斯特万背后经过时，像慈父一般把手搭在他肩上。黎明前，他回他的寝室去了，而安东尼奥·富埃和警官莱巴（他是代表的亲信，有人却把他当成国民公会领导委员会的特务，也许这是毫无根据的）却带着两个美女——蒙穆赛和让德韦去了城郊。年轻书办酒喝多了，沿着黑黢黢的街道回家，一路上都是前一天雨后留下的水坑，阿塔莉·巴雅泽小姐为了跨过水坑，脱下古式凉鞋，把长袍提到腿肚子上方。埃斯特万瞧着她这么走路，觉得很有意思。最后因为她总是怕污泥溅脏衣服，干脆把长袍顺着脑袋脱下，然后斜系在背上。"今晚热。"她颇感歉意，便这么说，同时用手拍打叮她屁股的蚊子。而在他们身后，传来舞台布景快拆完时锤子慢吞吞的叮当声。

二十八

　　一七九八年七月七日（共和国历法对某些事情不适用），美国在美洲海域对法国宣战。这好似一声霹雳，震撼了欧洲各国外交部。但是欣欣向荣、纸醉金迷、被鲜血染红的瓜德罗普圣母岛 [①] 在很长时期内一直不知道这个消息，因为一艘从该岛出发的船必须两次穿越大西洋才能把消息带回。大家都照样忙自己的事，每天都热得叫苦连天，因为今年夏天特别热。有些牲

----

① 瓜德罗普圣母岛，是瓜德罗普岛的全名。

口害瘟疫死了；出现了一次月食；巴斯克猎人团的军乐队举行了几次火把游行。由于太阳把野草晒得非常干，田野里发生了几场火灾。维克托·于格知道，恼怒的佩拉迪将军会竭力在国民公会领导委员会里说他的坏话，但是，忧虑了一阵以后，这位代表觉得他这个官是别人替代不了的。他说："只要我把那些老爷的那份黄金给他们送去，他们就不会找我的麻烦。"在皮特尔角城，人们在闲谈时说，他个人的财富达一百余万镑之巨，人们还说，他可能同玛丽·安娜·昂热利克·雅坎结婚。就在这样的时刻，在日益膨胀的发财欲驱使下，他设立了一个管理移民财产、政府财政、海盗军备和垄断海关的机构。这一做法直接损害了直至此时尚得益于其政府的许多人，引起了轩然大波。街头巷尾都在批评这种专断做法，闹得必须把断头机搬出来，及时予以警告，这就开创了新的、短暂的恐怖统治时期。发财者、得益者、渎职官员、无主产业的使用者都不敢吭声了。贝厄莫当了商人，身边放着不少秤，有砝码秤，也有提秤，每时每刻都在称量他商店的进货。当得悉美国宣战后，那些抢掠过美国船的人觉得灾难临头，其后果对这块殖民地而言不堪设想，便把一切过失都推到维克托·于格身上。由于消息到得很晚，此岛很可能已被敌舰包围，说不定今天、今天下午或明天就会受到攻击。传说有一支强大的舰队已驶离波士顿，美军会在巴斯特尔登陆，不久会实行封锁……气氛紧张、忧郁，就在这种时候，一天下午，那辆维克托·于格去城郊游玩所乘坐的车，停到勒约父子的印刷所门前，当时埃斯特万正在看校样。

"别看了，"这位代表在一个小窗口对他喊道，"陪我去戈西耶。"一路上他们谈了些琐事。到了戈西耶海湾，代表让小伙子登上一艘小船，便脱下制服，把船划到一个小岛。上了海滩，他伸了个大懒腰，便打开一瓶英国苹果酒，慢吞吞地开腔说话了："他们要把我从这里赶走。只能这么解释：他们要把我从这里赶走。领导委员会的老爷们要我去巴黎述职。不光如此，还要来一个该死的家伙，叫德福尔诺将军的，接替我的工作，那个不要脸的佩拉迪要以武装部队司令的身份趾高气扬地回来。"他躺在沙滩上，望着开始黑下来的天空。"现在就差要我交权了。不过仍然有人支持我。""你要向法国宣战？"埃斯特万问道，自从发生了同美国的事以后，他以为维克托什么样胆大包天的事都干得出来。"当然不会对法国宣战。即使宣战，那也是对它的混账政府。"接着是两人长时间的沉默，埃斯特万心里在想，这个消息对他这样一个从未遭受严重挫折的人实在太糟糕了；现在别人都不知道这个消息，而这位代表又从来不愿意说心里话，为何挑选自己作为倾诉烦恼的对象呢？对方又开口了："你没有必要继续留在瓜德罗普岛了。我给你一张去卡宴的通行证。从那里你可以去帕拉马里博。那里有美国和西班牙船，你自己瞧着办吧。"埃斯特万掩饰着自己的喜悦，生怕像前次那样上当。但是，现在情况很清楚。这位垮了的人解释道，好久以来，他一直帮助在锡纳马里和库鲁①的流放犯，而且帮助了不止一个

---

① 锡纳马里、库鲁，都是法属圭亚那的城市。

人，他给他们寄药品，寄钱和商品。埃斯特万知道，法国大革命的若干个高层角色被关押在圭亚那，但对情况十分模糊，不甚了然，因为以前有多次别人告诉他某某"被流放"了，而后来巴黎报纸上却发表了这些人的署名文章。他不知道科洛·德布瓦在美洲的命运如何。关于俾约-瓦伦，他听说，此人在卡宴附近某地饲养鹦鹉。"我刚刚得知，这个混蛋领导委员会禁止从法国给俾约邮寄任何东西，他们要把他饿死、困死。"维克托说。"背叛'廉洁者'的人当中，不是也有俾约①吗？"埃斯特万问。维克托卷起衣袖，搔着前臂上的红斑。"现在不是指责一个曾经的伟大革命者的时刻。俾约有错误，是爱国者的错误。我不能眼看着他被困死。"可是在目前情况，他不宜让别人把他自己当成救国委员会前成员的保护者。他以解放埃斯特万为条件，要求他于次日登上开往卡宴的梅迪奇之维纳斯号船，把酒、面粉带去，并把一大笔钱交给身遭不幸的朋友。"那边领导委员会的代表是让内，你必须提防他。他发疯一般地嫉妒我。他竭力在一切方面模仿我，但结果都是出洋相。他是个白痴。我曾经想向他宣战。"埃斯特万发现，气色一向很健康的维克托，此时脸色蜡黄难看。在他没有扣好扣子的衬衣下，肚皮鼓得老高。"好啦，小鬼，"他突然亲切地说，"等那个德福尔诺一到，我就把他关起来。咱们瞧着吧。你的大冒险已经结束。现在你要回

① 俾约曾想争夺罗伯斯庇尔的领导权，在热月政变中伙同科洛·德布瓦等人反对罗伯斯庇尔，从而加速了他的垮台。但在热月政变后，他们都被流放到卡宴。

234

家了，回到你家的商行去。那是个好买卖，好好干吧。我不知道你对我有什么看法。也许你会认为，我是个怪物。但是你记住，有的时代不是娇嫩的人生活的时代。"他抓起一把沙，在两只手里来回拨弄，似乎他的手是沙漏壶的两个玻璃容器。"大革命已经垮了，我没有什么可依附的了，我什么也不信仰了。"夜幕在降临。他们回到小海湾岸边，上了车，回到政府大厦，维克托拿起几个漆封的信封和包裹，说："这是给你的通行证和钱。这是给俾约的。这封信是给索菲亚的。一路顺风……你这个流亡者。"埃斯特万突然感到十分亲切，拥抱了代表，问道："你为什么要搞政治呢？"他回忆起维克托从政前自由自在的那些日子，一从政，他就身不由己，可悲呀。"也许我生来就是面包师。"维克托说，"如果那帮黑人没有在那天晚上烧毁我的面包铺，如果美国国会不开会并且不向法国宣战。如果'克里奥佩特拉的鼻子 ①……'这是谁说的？……"埃斯特万出了门，在回家的路上感到巨变临近，便觉得自己与整个环境奇怪地脱节了，所有熟悉的、习以为常的事都变得与己无关。他在海盗俱乐部门前停下，知道这是最后一次看它了。他走进一家酒店，

---

① 克里奥佩特拉（前69—前30），埃及托米勒王朝的末代君主，以美貌著称。她为了巩固自己的统治，以自己的姿色先后拉拢古罗马大将恺撒和安东尼，二者垮台后，她又想以其姿色拉拢古罗马大将屋大维。据说，后者不赏识她，嫌她的鼻子高。克里奥佩特拉面对屋大维的强大军事进攻，眼看着自己的王朝即将垮台，最后只得以自杀了之。所以，法国哲学家帕斯卡（1623—1662）在其《思想录》中写道："如果克里奥佩特拉的鼻子长得短一些，整个世界的面貌就会改变。"

目的是面对一杯烧酒加柠檬、肉豆蔻子，默默地告别这个地方。那柜台、酒桶以及穆拉托女招待们的打闹声，都将成为过去。一切联系都将断绝。他长久与之打成一片的这块热带土地将重新变成异国他乡。在胜利广场上，安斯先生的助手们正在拆卸断头机。在这个岛上，断头机的骇人工作结束了，寒光闪闪的铡刀是由掌权人装到架子上的，现在回到箱子里了。断头机上那狭窄的门框也拆走了，很多人在这门框里掉了脑袋而一去不复返了。这是作为自由的百年股肱而到达美洲的独一无二的断头机，而现在它将在某个仓库的废铁堆里发霉。断头机是维克托·于格视之为同印刷机和武器一样重要的必需品而架设的，在这孤注一掷的前夕，他把它拆毁了，也许同时在为他自己选择一种死法：他可以高傲地面对死神。

第四章

二十九

死神之床。

——戈雅

　　埃斯特万从勒米尔门走到练兵场，又从海港街走回勒米尔门，疲惫不堪，便坐在拐角处的里程碑上，对所见的一切觉得难过，颇有落入《浪子生涯》[①]中所描写的疯人院之感。卡宴这座岛城[②]中的一切都不像样，乱七八糟，不成体统，果然都如梅迪奇之维纳斯号船上大家对他所讲述的那样。沙尔德圣保禄女修会[③]的修女们，穿着该教派的道袍在街上行走，仿佛在法国没有发生任何事情似的；她们担负医院里的工作，负责革命群众的医疗卫生，这是不可或缺的。那些说话声音悦耳的高个

---

① 指英国画家威廉·霍加斯（1697—1764）所作《浪子生涯》（*The Rake's Progress*）系列（八幅）讽刺画。画家在这系列画中描述一个富商子弟名叫汤姆·雷克韦尔，即雷克（Rake）如何逐步堕落，将所继承的遗产挥霍殆尽，最后死在疯人院。后来《浪子生涯》被改编成歌剧和电影。

② 卡宴位于大西洋岸卡宴河口卡宴岛西北岸，有岛城之称。卡宴在历史上是法国囚犯的流放地，许多囚犯在此被折磨死，有"不流血的断头台"之称。

③ 沙尔德圣保禄女修会，于17世纪末在法国的沙尔德教区创立，向人们无偿提供医疗和教育服务。该修会发展很快，于1727年首次到达南美洲，在卡宴继续活动。

子士兵，全都是阿尔萨斯 ①人（天知道为什么），他们水土不服，一年到头脸上起疙瘩和疱疮。有几个理论上已经自由了的黑人站在木板台上示众，他们的脚腕被铁圈锁在一根铁条上，这是为了惩戒懒惰。尽管马林格尔岛上有麻风病院，但是很多垂危的麻风病人流浪街头，展示身上骇人的病状，以乞求施舍。有色人种民兵衣衫褴褛，展示着当地人的衣着状况；这里的人，一个个身上都是汗腻腻的；有点地位的白人情绪都不太好。瓜德罗普岛上的女人穿得都很标致，而这里的黑人女子都赤裸着上身，毫无羞耻感，黑人老婆子们嚼着烟草，两颊鼓鼓的，更是难看，埃斯特万对此惊讶不已。这里还有新鲜事呢：丛林里的印第安人划着独木舟到城里来卖番石榴、药用藤、兰花或草药；其中有的人带着自己的老婆到要塞的壕沟里、弹药库的墙角或关闭的圣索弗尔教堂后边卖淫。有的人在脸上涂抹奇怪的颜料或刺花。而最奇怪的是，尽管因阳光强烈刺眼而突出了景物的异国情调，但是，这个表面上五光十色、光怪陆离的世界，却是个悲惨、压抑的世界，这里的一切似乎都溶解在蚀刻画的阴影中。政府大厦墙壁斑驳，十分难看，楼前种的一棵"自由之树"因无人浇灌而干枯了。一所回廊众多的大房子是殖民地官员们建立的政治俱乐部所在地，但是现在这些官员连把昔日的演讲炒一番冷饭的劲儿也没有了，那所房子便成了赌窟，赌徒们在"廉洁者"尴尬的肖像下开了赌场。领导委员会的代表

---

① 阿尔萨斯，地名，在法国东部，与德国接壤。

一再要求把这肖像取下，然而谁也不愿费心去干，因为肖像的四角在墙上钉得太牢固。享有特权者或占有政府肥缺者，唯一的消遣就是吃吃喝喝，盛宴从中午开始，到深夜才结束。总之，什么都使人怀念皮特尔角城街上的喧嚣、绚丽的裙子和新式时装。而这里，男人穿的都是旧时代留下的破烂制服，布料很厚，汗又出得多，背上和胳肢窝里老是湿乎乎的。他们的妻子穿戴的裙子和首饰同巴黎舞台上村姑的穿戴相仿。这里没有一所漂亮的住宅，没有一家好玩的酒馆，总之没有一个可以逗留的地方。什么都是一个式样，都是一样的平庸。那原来似乎是植物园的地方，现在是臭气熏天的草丛、垃圾堆和公共茅坑，任由一些癞皮狗在那里翻掘、捣挖。向南美大陆望去，就觉得那繁茂但具有敌意的林木近在眼前，那是比监狱围墙更难逾越的障碍。埃斯特万在想，那边的丛林密密麻麻、无边无际地延伸到奥里诺科河 ① 畔、亚马孙河畔、西班牙属地委内瑞拉、帕里马湖 ② 以及遥远的秘鲁，是一片林海；想到这里，他觉得太玄乎了。在地处热带的瓜德罗普岛，一切都很可爱，相形之下，南美洲的树木显得凶狠冷酷，它们盘根错节，拒人入内；它们不停地向上蹿，藤萝纠结，互相吞噬，寄生生物在林木上蔓延滋长。对于从勒拉芒坦、穆勒、鸽岛 ③ 这类名字漂亮的地方来的

---

① 奥里诺科河，委内瑞拉境内的一条大河。

② 帕里马湖，早期欧洲探险者口中传说存在的湖，位于委内瑞拉与巴西交界处的帕里马山。也有人认为该湖可能确实存在过，但是在 17 世纪干涸了。

③ 勒拉芒坦，位于马提尼克；穆勒，见第 158 页注③；鸽岛，位于圣卢西亚北部。

人而言，马罗尼、奥雅博克、阿普罗纳盖 ① 这类地名听起来既刺耳又可怕，意味着沼泽，野兽出没，危险重重……埃斯特万和梅迪奇之维纳斯号的高级船员去拜访让内，并向他递交了维克托·于格的信，他十分勉强地看了一遍。这位领导委员会驻圭亚那的代表相貌丑陋（简直难以相信，他这副模样会是丹东的表弟），因患肝病而脸色发青，左臂因被野猪咬坏而切除了。埃斯特万得知，俾约-瓦伦已被遣送至锡纳马里，所有被流放的法国人（其中许多人原来是关在库鲁或科纳纳马的）也都如此，他们是不准进城的。让内说，那边耕地很多，一切必需品都有，他们可以体面地服满不同时期革命政府所判的刑。"那里有很多反动教士吗？"埃斯特万问。"什么样的人都有，"代表装作毫不在意的样子答道，"有议员、记者、法官、学者、诗人、法国和比利时神父。"埃斯特万感到现在不宜显出急了解某些人确切下落的好奇心，梅迪奇之维纳斯号船长劝他通过别人把钱带给俾约-瓦伦。为了达到此目的，他在一个叫奥格尔的人开办的旅店里住下，这是卡宴城里最好的旅店，里面供应佳酿，饭菜也过得去。

"这里没有动用过断头机，"奥格尔说，这时两个黑人妇女——昂热斯和斯科拉斯蒂克收拾完盘子，去取一瓶烧酒，"但是，也许我们是苟延残喘，与其慢慢死，不如一刀砍死。"他对埃斯特万解释，该如何理解让内把所谓"耕地"说成是对流放

----

① 马罗尼、奥雅博克、阿普罗纳盖，均在法属圭亚那。

犯的恩赐，俾约在锡纳马里过着悲惨的生活，然而由于附近有一个糖厂和几个比较兴旺的庄园，生活总算凑合着过得去。而在库鲁、科纳纳马和伊拉库博这些地方，就等于慢性死亡，流放犯一到那里，被任意关在一个地方，未经允许不得离开；一间肮脏草房里挤进九至十人，健康的人和病人混杂在一起，犹如在黑奴船上似的。那里的土地泡在水里，不适宜种任何庄稼，他们只能挨饿受苦；连最必需的药品都没有，领导委员会的代表派一两个外科大夫巡回检查时，连当作万灵妙药使用的烧酒也不发。"大家把这叫作'干式断头机'。"奥格尔说。"这种现实的确悲惨，"埃斯特万说，"但是被流放到这里的，有不少是里昂的行刑队员、公诉人、政治谋杀犯，这类人曾经在断头台下把砍了脑袋的尸体摆弄成不堪入目的姿势。""好人和坏人混在一起了。"奥格尔一面说，一面用扇子赶着蚊子。埃斯特万正想向他问起俾约的情况，一个穿得破破烂烂的老人，嘴里喷着酒气，走近桌子，叫道，法国人遭受的灾难已经太过分了。"您让这位先生随便说吧。"旅馆老板说，他对这位身材魁梧的老者颇为尊敬，他模样虽然穷酸，却不乏某种尊者气概。"过去我们像《圣经》里说的族长，膝下子孙成群，有牲口，有土地和打谷场。"不速之客说话声调古板，老气横秋，音色浓重，这是埃斯特万首次听到这种说话方式，"我们的土地，无论普莱德布尔格、蓬德布茨、福特洛耶尔①还是其他地方的土地，都是举

---

① 这些都是早年法国移民在今加拿大新斯科舍省建立的居民点。

世无双的，由于我们的虔诚（我们伟大的虔诚），为这些土地赢得了上帝的恩宠。"他慢慢地画十字，那种画法在当今早就不见了，因而埃斯特万觉得奇怪之极。"我们曾经是阿卡迪亚[①]人，同样是法国国王的子民。我们坚持了四十年，拒绝在那可耻的文件上签字，拒绝承认安娜·斯图亚特[②]那个胖女人和国王乔治[③]为我们的国王，让这些家伙见鬼去吧。由此而发生了大乱：有一天，英国兵把我们赶出了家园，夺走我们的牛马，抢走我们的财物，把我们成批成批地驱逐到波士顿，甚至驱逐到南卡罗来纳或弗吉尼业，对待我们比对黑人还坏。我们生活困苦，新教徒和所有其他人见我们像乞丐一样在街上走过，都憎恨我们。尽管如此，我们照样赞美上帝和人主——天国的统治者和下界的世袭统治者。当新阿卡迪亚的土地不再像当初那样得到天主的照顾时，他们上百次地表示，只要我们归顺英国王室，就把土地和庄园归还我们。先生，我们上百次地拒绝了，于是我们遭受屠杀，我们不得不忍受折磨，我们倒在瓦砾堆中，最后被法国海军抢救出来。先生，于是我们来到这遥远的地方，以为都得救了。但是，他们把我们分散到恶劣的土地上，对我们的呼声不予理睬，那时我们常说：'这不是好心国王的过错，或许他不了解我们的穷苦状况，也想象不出我们的父辈阿卡迪亚人是什么样。'有几个像我这样的人被弄到圭亚那这里来了。

---

① 阿卡迪亚，即今加拿大新斯科舍省。
② 安娜·斯图亚特（1665—1714），英国女王。
③ 指英国国王乔治一世（1714—1727年在位）。

244

这里的土地大不相同，我们是从生长枞树、枫树、橡树和白桦树的土地上来的，而这里所有发芽生长出来的都是坏坯子；在这里，今天还是好好的庄稼，一夜之间就都让魔鬼毁了。先生，在这里，魔鬼把一切都搅得颠三倒四。做得笔直的东西，变成弯的；应该是弯的，成了直的。在我们阿卡迪亚，春天冰雪消融以后，太阳就是生命和欢乐，而在马罗尼河①畔却变成灾星；在那边是使庄稼丰收的因素，在这里成为损害庄稼的祸根。但是，我为没有放弃对法兰西国王的忠诚而骄傲，我属于世上无双的自由的人民，宁愿受苦、被驱逐，至死也不会不忠，因为我在法国人中间起码是受尊敬的……先生，普莱德布尔格、蓬德布茨和格朗普莱的土地曾经是我们的。有一天，就是你们这些法国人（醉汉用指节突兀的拳头敲击桌子）竟敢砍下我们国王的脑袋，因而引发第二次大乱。这次大乱弄得我们面子丢尽，尊严丧失，我们被当作'可疑分子'处理，指责我们是什么什么敌人，反对什么什么。为了做法国人，我受了六十多年的苦；我由于不背叛我的祖国，为了我的信仰，丧失了田产，眼看着我的妻子在囚船底舱里难产而身亡……先生，世界上仅存的法国人是阿卡迪亚人。其余人成了无政府主义者，不服从上帝，也不服从任何人，梦想同拉普尼亚人②、摩尔人、鞑靼人搅在一起捣乱。"老头儿抓起酒瓶，咕嘟咕嘟一口气喝完，就趴在面粉袋上睡着了，嘴里却还在嘟囔着什么这里不生长的树……

---

① 马罗尼河，法属圭亚那与苏里南之间的界河。
② 拉普尼亚人，指古代拉普尼亚地区（在北欧）居民。

"的确，他们是伟大的法国人，"奥格尔说，"糟糕的是，他们一直活到这个不属于他们的时代，他们就像另一个世界的人。"埃斯特万在想，这些阿卡迪亚人总认为他们那个时代的社会制度永远是伟大的，留恋那时的繁荣昌盛，思念那时候的国王肖像、宣传画和标志物，却偏偏在圭亚那同一些了解那个社会制度的短处并毕生致力于破坏那个社会制度的人相遇了，这种相遇是多么荒唐离奇。从前的志士仁人永远理解不了现今的志士仁人。没有见过帝王宝座的人，都以为它高大而无一丝裂缝；近前看过的人，才知道宝座有裂隙，有涂金的剥落……"上帝的天使们作何感想？"埃斯特万自言自语地问，奥格尔觉得他的问话十分突兀。"他是一个严肃的讨厌鬼，"奥格尔笑着答道，"然而，科洛·德布瓦临死前几天，一直叫喊着请他帮忙。"此时埃斯特万才得悉那个里昂行刑队员的可悲结局：原来科洛·德布瓦抵达卡宴后，同俾约一起被安排住在修女们办的医院里，令他们难受的是，碰巧住在一个名叫圣路易厅的房间里，而他曾经要求毫不迟疑地立即处死路易王族的末代国王。起初他拼命喝酒，在酒店里写法国革命的真实历史片段。晚上喝醉以后，他呜呜哇哇地哭诉在这个地狱里的不幸遭遇和孤寂，像糟老头子一般，声泪俱下，越哭越凶，闹得简朴的俾约发了火，对他吼道："这里不是舞台！你至少该自重一点，因为你跟我一样尽了你的责任。"当热月反动的浪潮晚些时候波及这块殖民地时，黑人都起来反对救国委员会的前成员。科洛·德布瓦和俾约一出门，便遭到嘲弄和辱骂。俾约咬牙切齿地说："如果再搞革命，就不能给那些不知以何等代价争得自由的人以自由，我要撤销共和二年雨月十六日法令。"（"维克托的极大光荣就是把这份法令带到了美洲。"埃斯特万在想。）让内把科洛调离卡宴城，把他关押在库鲁。他在那里仍嗜酒如命，穿着破官服，口袋里装满肮脏的手稿，在外面游荡，乞求施舍，倒在土沟里睡觉，或在拒绝他留宿的旅馆里胡闹出丑。有一天晚上，他把一瓶药水误认为烧酒喝了，中毒相当严重，卫生官下令把他送往卡宴。但是负责运送的黑人认为他是残害上帝和人类的杀人凶手，便在路上把他扔下了。他中暑倒下，最后被送进夏特尔圣保罗修道院修女们办的医院，第二次躺在圣路易厅里。他大声呼喊着上帝和圣母，求他们恕罪。他叫喊得实在太厉害了，一个阿尔萨斯卫兵见他如此后悔不迭，十分气愤，提醒他说，一个月前他还诱劝他辱骂圣母的神圣名字，说什么圣奥迪尔①的故事纯系胡编乱造，是为了愚弄老百姓。可现在，科洛却呜里哇啦、抽抽噎噎地要一个忏悔神父尽快来让他忏悔，哼哼着说，肚子里烧得厉害，要死了，活不了啦。最后他滚到地上，吐血身亡。让内得知此消息时，正在同几名官员打台球，就说："把他埋了，等于死了一条狗，不值得哀悼。"他说话时连瞄准台球的台球杆都没有放下。在埋科洛的那天，满城响起了欢乐的鼓声。原来黑人都已清楚地知道法国发生了变故，就想起要举行他们的诸王狂欢节，这个节日在政府主张无神论的岁月里是一直被遗忘的。

---

① 传说圣奥迪尔出生在法国一个贵族家庭，因其生来就失明而被遗弃，至十二岁才受洗并因此获得视力。继承遗产后，将其家庭城堡改为修道院。

一清早，黑人们化装成非洲的国王、王后、魔鬼、巫师、将军、小丑，走上街头，手持葫芦瓢、铃鼓和一切可以敲打出声的东西，敲敲打打，庆祝他们的神灵。负责掩埋科洛尸体的人，听到远处的鼓声，脚底就痒痒了，于是草草挖了一个浅浅的坑，把棺材塞进去了事。那棺材是用破木板做的，盖子上的钉子都已经松动。到了中午，到处都有人在跳舞，而此时来了几头铅灰色、大耳朵、尖嘴、掉了毛的野猪，这些从未吃过饱食的野猪把嘴拱进坟里，棺材板已被压断，野猪拱掉木板就找到了美餐。这些贪婪的野兽在尸体上乱扒、乱拱、乱挠一气，一场肮脏的争食把戏开场了，这头野猪叼走一只手，在嘴里嚼得嘎巴嘎巴响；那几头野猪在啃尸体的脸、脖子和脊梁。余下的都让停在墓地围墙上等候的兀鹰叼走了。让·马里·科洛·德布瓦的历史就这样在圭亚那光天化日之下完结了。坐在面粉袋上的阿卡迪亚老人，搔着疥疮听完这个故事后，就说："这样的混蛋该死。"

三十

维克托·于格对他说过，在这种时候由卡宴去帕拉马里博十分容易；然而，过了几天埃斯特万就发现，维克托过于乐观。让内嫉妒瓜德罗普岛的繁荣，也组织了海盗，而这些海盗都是些贪得无厌的小船东，既无安东尼奥·富埃的风度，也无他那样的胆识，他们借口"海盗之战"扑向任何落单或迷航的船只。美国人便把"海盗之战"称为法国人在加勒比海采取的海上军事行动。让内为了弄钱，把海盗们给他送回的东西全都在苏里南胡乱卖掉。他只给他的亲信、同伙发放去荷兰属地^①的通行证。他为他的严格措施解释道，这样可以避免流放犯逃跑（数月前，由于共和制度的某个敌人从中配合，发生了逃跑事件）。此外，在卡宴，陌生人不受欢迎。所有外地人到这里，都被怀疑为国民公会领导委员会派来的间谍。埃斯特万之所以没有受到注意，那是因为他们以为他是梅迪奇之维纳斯号船上的船员。现在这船停靠在那里等候卸货，但总有一天要起锚返回皮特尔角城的。在皮特尔角城也许已爆发内战，或者笼罩着白色恐怖。埃斯特万想到这种情况，心里就有垮掉的感觉，脉搏怦怦直跳，觉得胸口有什么东西向下坠落，连气都喘不过来。直到现在，他才觉得有一种恐惧感把他镇住了，他知道这是一种病。他没有一夜睡过完整的觉，躺下没有多久就醒，感觉一切都在压迫他：四壁在向他合围收紧，屋顶低矮，空气稀少而难以呼吸；屋子是囚室，海岛是监牢，海关和丛林是厚实的城墙。晨曦使他稍感轻松。他满怀勇气起床，以为今天会发生什么，会有什么意外事件给他打开出路。但是，随着一天的时间过去而未发生任何变化，他就失望，到傍晚时分便垂头丧气，瘫软无力。他倒在床上，像石头似的，一动不动，仿佛他的身

---

① 苏里南当时是荷兰的殖民地。

子非常沉重。黑人女仆昂热斯以为他染上了间歇热，给他一小勺一小勺地灌金鸡纳药水。他这时才发现他惧怕孤寂，便下楼到旅馆的餐厅里，恳求随便哪个人，比如性格爽朗的好饮者奥格尔，或者爱讲悲惨往事的阿卡迪亚人，去陪伴他，同他说话、散心……就在此时他得悉，让内被领导委员会撤职了，任命了新代表——比内尔，据说此人很器重俾约-瓦伦。这块殖民地的官员得到消息后非常惊恐，害怕锡纳马里的犯人控告他们滥用职权、敲诈勒索，便给较有名声并能向新代表直接告状的人送去药品和粮食。于是出现了这样奇怪的现象：在法国受迫害的雅各宾派残余分子，莫名其妙地在政府授权和任命的官员那里得到实惠，在美洲抬起了头。卡宴、库鲁和锡纳马里之间的交通联系突然频繁起来，埃斯特万觉得必须利用时机，把维克托·于格托付他的包裹和信件脱手。他完全可以销毁帆布包里的东西，也可以把托付他的漆封木箱里的物品据为己有。他这样做，就可以摆脱在密探时代能引起麻烦的包裹而不必为自己的丑行作任何交代，尤其现在，这个最大的流放犯境遇得到了改善，他这种行为就不是那么不体面了。此外，他对俾约-瓦伦很反感。不过，尽管埃斯特万经常处于革命环境之中，却变得迷信了。他认为，炫耀体魄健康或欢乐幸福，会染病或惹祸。他认为，命运对过分自信自己幸运的人总是无情的。他尤其认为，受人之托而不办，或在某种情况下不愿帮助不幸者，这样的人是利己主义者，是有罪过的，因而在某种衡量人的行为的不可知力量面前，他就会丧失一切有利于自己的力量或变得瘫软无力。他眼看想不出赶赴帕拉马里博的任何办法，连幻想式的办法也没有，便想，只需尽力设法去办维克托·于格委托的事，情况会变得对他有利的。由于没有其他可靠的人，他就向奥格尔开诚布公了，此人习惯于同各色人等打交道，平日除了吃饭，就是同黑人女仆们调情，从不过问政治。从奥格尔嘴里他得知，科洛·德布瓦由于酗酒，像失意的小丑般哭泣以及后来表现得毫无骨气，大家都鄙视他。俾约被人憎恨，可是他没有因此而被吓倒，反而激起他的自豪感，这使那些直接或间接地由于他的命令而饱受流放之苦的人都感到吃惊。那么多人灰心丧气、追悔莫及，那么多意志薄弱者伤心痛苦，然而这位昨日的"无情者"根本不服气。他孤独无伴，寡言少语，像石雕一般，竟还说，如果历史倒转回去，把他置于同样经历过的事件中，他将完全如以前一样行动。是的，他养小鹦鹉和白鹦鹉，但那是为了以讽刺的口吻说他的鸟就像老百姓，他教他们说什么，他们就说什么……埃斯特万很不想去锡纳马里，而把身边保存的东西交托给在旅馆中结识的信得过的人。令他惊讶的是，奥格尔竟建议他去找沙尔德圣保禄女修会的女院长。俾约-瓦伦来到这里不久后，身患重病，曾得到这位院长的照料，打那以来，他称她为"十分可敬的姊妹"……次日，这位青年被带到医院的一个小厅里，一幅巨大的耶稣受难像赫然挂在向大海敞开的窗子对面墙上，见此情景，他惊呆了。四壁都用石灰刷得雪白，小厅里只有两张小凳，其中一张，凳面是用毛茸茸的牛皮做的；另一张，凳面是用带有拳曲鬃毛的毛皮做的（一张是牛皮，另一张是驴皮）。海洋与耶稣受难像之间的对话具有持久、永恒的哀伤，这种感情色彩超越了任何事件和地点。从这简洁的几何形黑木窗，到浩渺的水面——万物之始的大洋，以及它们之间那生命处于垂危和复活关头的躯体[①]，一切有关人类及其世界的问题，一切有关光明、黑暗和万事万物的问题，都得到了诠释，而且是彻底的诠释……埃斯特万已如许之久没有见到耶稣像了，现在贴得这么近地看着他，大有干了一件见不得人的事的感觉，好像遇见了一位被流放而未经官方允许就逃回乡里的老熟人。当时他觉得，这个人物是他儿时的见证人和知己，现在他还在远方家中每张床的床头，在那里等候着自己这个漂泊者归去。接着，他想起他和这个人物都熟悉的许多事情。其中当然有逃往埃及的事[②]，那赫赫有名的马厩中之夜，那些博士和许多牧民[③]（现在我记起来了[④]，有一次主显节[⑤]，我因生病，觉得特别痛苦，那些博士给我送来一个带有牧羊女的八音匣），在圣殿门廊里兜售货物的商人[⑥]，湖边的渔夫[⑦]（我

----

① 指十字架上的耶稣。
② 耶稣降生后，犹太王希律企图杀害他，约瑟便带着耶稣逃往埃及。
③ 据《圣经》说，耶稣是在夜里诞生在马厩中的马槽里的。附近许多牧民都赶去看望他，还有三个博士（也译作"哲人""星象家""圣人""国王"）从东方赶来朝拜他。
④ 原文如此。作者在此突然以第一人称叙述了。
⑤ 1月6日纪念耶稣显圣，即主显节。许多天主教国家的习俗，在这一天家长要给孩子礼物，并哄他们说，这是那些博士给他们送来的。
⑥ 《圣经》故事：商人把圣殿当作买卖场所，耶稣把他们赶出圣殿。
⑦ 指耶稣在加利利湖边首次收的门徒，他们是四名渔夫。

在故乡城里见过类似的渔夫，他们衣衫褴褛，胡子拉碴，在那里叫卖新鲜鱿鱼），平息风浪①，圣周星期日的绿枝②（索菲亚把方济各会第二会的修女给她的绿枝送给了我，那是大王棕③叶子，蓬松而又扎手，捆在我的床柱上，那绿枝好几天都是那么湿乎乎的），以及耶稣受审、被判死刑并钉在十字架上。埃斯特万在孩提时代曾想，几只钉子穿过手掌心大概是不怎么疼的，每想及此，他便自问："我能忍痛多长时间呢？"他曾试验过上百次，用铅笔、绣花针、油壶嘴使劲扎，并不觉得很痛。但脚板厚实，如果做这种试验，一定疼得厉害。不过，钉死在十字架上很可能不是人类发明的最残酷的刑罚。但是，十字架是锚，是树④，上帝的儿子必须在同时象征地和水——木材和海洋的形状物上煎熬而死（那天上午，埃斯特万在医院那个狭窄小厅里突然发现了木材和海洋之间永恒的对话）。要塞高处响起一阵号角声，打断了他漫无边际的思考，他猛然转念想道，以

---

① 《圣经》故事：耶稣和他的门徒在湖上，突然起了风暴，耶稣斥责风浪，风浪便停息了。

② 复活节前的一周称为"圣周"，该星期日是"棕枝主日"，作为"圣周"的开始。在那天，教堂用棕树枝（或松柏树枝）装饰起来，教徒则手持棕树枝（或松柏枝）绕教堂一周，以象征当年门徒跟随耶稣进入耶路撒冷。

③ 大王棕，棕榈树的一个品种，树干高大笔直。

④ 作者关于十字架有神秘而玄妙的思考。在第二十二节，作者以埃斯特万之口，谈起桅杆、犁至及锚等与十字架之间的神秘关系，意在阐述十字架与树或木材之间的联系。在本节，作者又谈及海洋与耶稣受难像（有十字架）之间的对话，也就是海洋与木材之间"永恒的对话"，并说"十字架是锚，是树"，同时把十字架称为"同时象征地和水——木材和海洋的形状物"。

新的"神怒之日"①的吼声震撼世界的法国革命，其弱点在于没有灵验的神灵。而上帝是昔在、今在、永在的神。法国革命没有产生一个形象高大、足以倾听燃烧的荆棘②的召唤并在上帝及其选民之间立约的摩西。他没有产生，也没有在我们之中存在过。与基督徒的前赴后继、世代传承相比，为法国革命所举行的仪式，缺乏神圣性质，既无连续性，也无坚韧持久的精神。而许多世纪以来，为耶稣基督而殉难的人很多很多，其中有记载的就有那位在耶路撒冷被用石头砸死的教徒③，有在色巴德殉难的四十名古罗马军团士兵④，有殉道者弓箭手塞巴斯蒂安、牧师伊雷内奥、神学家奥古斯丁、安塞尔默、托马斯以及近代在菲律宾牺牲的菲利佩·德·赫苏斯。由于后者的缘故，在墨西哥有几所教堂里有中国基督像⑤，那是用甘蔗纤维做的圣像，如果用手摸一下，会感到软乎乎的，像是活人的肌肤，同

---

① 原文是拉丁文 Dies Irae，直译：愤怒之日。愤怒是指上帝的愤怒，故也译作"神怒之日"。但愤怒之日常与"最后审判日"相联系，因此，也有人把 Dies Irae 译作"最后审判日"。基督教认为，世界末日到来时，上帝将对一切人实施最后的审判，正义者必享永生和莫大快乐，邪恶者必受永久刑罚。另一解释，Dies Irae 是天主教为死者祈祷时一篇祷文的开头语，这有点像"呜呼哀哉"的意思。此处译者采用"神怒之日"。

② 上帝的使者（天使）从荆棘里火焰中向摩西显现，召唤他带领以色列民逃离埃及。详见《圣经·出埃及记》。

③ 指司提反，他是基督教第一位殉道者，详见《圣经·使徒行传》。

④ 色巴德，地名，在今土耳其境内。据传说，四十名古罗马兵团士兵因信仰耶稣基督，遭执政官陷害，被活活冻死在湖里。

⑤ 这位菲利佩·德·赫苏斯可能是中国人或具有中国人血统。最初，菲律宾和墨西哥都是西班牙的殖民地，两地联系密切，所以在墨西哥教堂里会有"中国基督"。

时会觉得他那体侧的枪疮红红的在流血，你会被吓得赶快把手缩回……

埃斯特万没有必要祈祷，因为他不信上帝，而是满足于有耶稣受难像做伴而觉得回到了家庭氛围之中。那个上帝因他有权继承而属于他，他可以拒绝继承，但是上帝是他同种族人的财富。"你好。"他爽朗地向她轻声说。"你好。"在他身后女院长轻声回答。埃斯特万没有讲多少开场白，就向她说明来意。"你可以作为我们的使者去锡纳马里，"女院长说，"到了那里找布罗捷教士，托他办事。他是俾约-瓦伦先生在这块殖民地唯一可靠的朋友……"埃斯特万心里说："这里发生的事奇怪得很。"

三十一

确实，随着流放犯的到来，锡纳马里变成了极其奇怪的地方，在贫穷和腐臭的恶劣现实中颇有虚幻之感。在混沌初开的草木中，那就是一个远古时代的地方，瘟疫蔓延，埋尸者和送葬者络绎不绝，在贺加斯眼中，他们构成百业人士劳碌的系列漫画。那边，神父们手拿重新出版的禁书，在丛林大教堂——印第安人的集体住所里做弥撒，大厅有点像哥特式建筑，高高的屋架支撑着用棕榈叶覆盖的屋顶。这边，议员们借助历史，引经据典地争论不休，他们总是意见分歧，四分五裂，旅馆的后院成了他们的阿格拉广场①；而后院四周是猪圈，当议员们争得脸红脖子粗的时候，那些猪就把嘴伸进栅栏里去看个究竟。那边是由了不起的皮舍格吕②（此人是否可算圭亚那的人物，埃斯特万不得而知）所代表的军队，他在向一支幽灵舰队发号施令，他忘记了这里有汪洋大海把他同他的士兵隔开了。昔日的独裁者在所有这类人中间缄默不语，他像凶残的杀人犯，被人唾弃，无人理睬，无论到哪里都被人憎恨，而他却装聋作哑，若无其事。雅各宾派的前主席、国民公会前主席、救国委员会前委员走过来了，孩子们都驻足观看。这位救国委员会前委员批准在里昂、南特、阿拉斯③实施屠杀，他签署牧月各项法令，他是富基埃-坦维尔④的军师；这个富基埃-坦维尔把丹东推上断头台后，又毫不犹豫地要求判处圣茹斯特、库东⑤和罗伯斯庇尔本人死刑。然而在卡宴的黑人心目中，这些人的死同处死一个王后⑥相比，不可相提并论，在他们的想象中，这王后是整个欧洲那么大的国家的王后。奇怪得很，过去在世上最广大的舞台上发生的悲剧，竟使俾约-瓦伦具有令人毛骨悚然的王者雄风，使他在最憎恨他的人眼中变得有

---

① 阿格拉广场，古希腊城市的公共广场，也是公民集会、论辩的场所。

② 皮舍格吕（1761—1804），法国将军。

③ 阿拉斯，法国北部城市。

④ 富基埃-坦维尔（1746—1795），革命法庭公诉人，热月政变后被处死。

⑤ 库东（1755—1794），国民公会议员，支持罗伯斯庇尔和圣茹斯特，热月政变后被处死。

⑥ 指法国国王路易十六的王后玛丽·安托瓦内特，1793年被处死。

魅力。有的人曾经被认为是他的朋友，却明显地在躲避他，可是突然会有人以最奇怪的借口来到他家，比如一个衣衫褴褛的布列塔尼①神父，或一个老吉伦特派分子，或一个因解放奴隶而破产的地主，或一个像布罗捷那样具有百科全书派②精神的有修养的教士。埃斯特万乘一艘轻便船，沿着布满沼泽和红木林的低矮海岸航行，经过一程令人厌烦的旅行后来到这里，现在在敲布罗捷教士家的门。应门的是一个瑞士农夫，他有一个通红的酒糟鼻，名叫西格，他正在等候教士，他说："教士正在照料几个垂危病人。让内这个混蛋现在才决定给他们运来药品、豆子和茴芹酒，结果这些流放犯中每天有十到十二个人吃到撑死。等比内尔到达的时候，这里就将同伊拉库博一样，变成一片广阔的墓地了。"此时埃斯特万得知，俾约深信领导委员会派来的新代表会保护他，便准备在殖民地担任重要职务，为此正在起草一份行政改革方案。傍晚时分，这个杀人魔王皱着眉头，神态自若地在锡纳马里郊外散步，他衣着整齐，同其他流放犯日益不修边幅的状况恰成鲜明对比。对别的流放犯，从他们的困苦程度和衣着不整的状况，一眼就可以看出他们被流放了多长时间。刚到的流放犯，在弯腰驼背、衣不蔽体者之中，自尊心很强，衣着整齐，像模像样：这位曾经是法官，他昂起

---

① 布列塔尼，法国西北部深入大西洋的半岛。

② 百科全书派，18世纪法国一些资产阶级启蒙思想家结成的一个派别，其主要成员有狄德罗、伏尔泰、卢梭等。因在一起编撰《百科全书》而得名。他们反对封建制度和教会神学。他们的活动为法国资产阶级革命做了舆论准备。

头，对周围求他办事的人或被整垮的人许愿说，他马上会回巴黎，去整得对手们手足无措，并惩处他们；那位倒霉的军事长官在显摆他的马披①，并且张口一个他的军官们，闭口一个他的步兵和大炮；已经彻底完蛋的人民代表以为自己又是人民代表了；被人遗忘、连他的亲戚都以为他已经死了的作家，在创作讽刺小品和报复性歌词。每个人都在埋头书写，或写回忆录，或写辩护词，或写革命史，或写出无数关于国家的理论，并且在角豆树下或竹林荫下宣读。热带丛林里这种显示自豪感、憎恨和恼怒的场面中，每个人都要吹嘘自己的官阶和头衔，其实这是在跳新的死亡之舞。接着，这种场面就被饥饿、疾病和死亡所代替。于是，这个指望有个大人物友人帮忙，那个指望有个律师为自己坚韧不拔地辩护，还有那个希望马上复核"他的案情"。但是，一回到草屋里，就查看自己被虫子叮咬的脚，发现虫子把脚上的指甲毁了；每天早晨醒来，身上多了新的溃疡、脓肿或疥疮。开头总是这样：新来的一批人，身上还保存着一些精力，组成卢梭派社区，分配任务，制订作息时间和纪律，还引用田园诗的诗句来激发勇气。他们修葺原先流放犯因死亡而留下的空草舍；他们担水砍柴，伐木垦荒。他们一面打鱼捕猎，一面计算着何时能收获第一批庄稼。法官舍不得弄脏他唯一的一套官服，军事长官也舍不得穿旧他的军装，前者穿上粗布服，后者穿上哔叽便服；很快他们的衣服上都沾满洗刷

---

① 马披，古时披在战马身上的甲胄。

不掉的树脂和植物汁液的斑点。于是，一个个变成乡巴佬，胡子拉碴，眼窝深陷。在他们除草、翻地和播种的时候，死神对他们紧追不舍。这个开始发烧，那个口吐青色胆汁，还有那个感觉肚子发胀翻腾。与此同时，野草蔓延到新开垦出的土地上，长出的庄稼被各种小野兽咬坏。这些坚持要在土地上种出庄稼的人已是面黄肌瘦的乞丐模样。这当儿又下起连绵不断的大雨，河水泛滥，草地再也不能吸收水分，一天早晨醒来，屋里已有没膝深的水。黑人乘机向这些临时移民施行法术，他们把这些流放犯当成任意占地的不速之客，要把土地从他们手里要回。每天早晨，法官、军事长官和人民代表都收到令人毛骨悚然而又无法解释的古怪东西的威胁：在草屋前放一个牛骷髅头，牛角涂成红色；或者几个南瓜，里面掏空，装满小骨头、玉米粒和铁屑；或者是几块像人脸的石头，上面镶着贝壳，像眼睛和牙齿。还有把石子包在用鲜血染红的布里；把黑母鸡头朝下倒挂在门口；或者几绺人的头发钉在门上（没有听到钉钉子的敲打声，那钉子以前没有见过，因为那里每个钉子都很珍贵，是认得出的）。天上黑云压顶，流放犯们感觉情况不妙。有的人为了使自己镇定，就回忆起布列塔尼的女巫或者在波佑伤害人的男巫 ①；然而，他们已不能安安稳稳地睡觉了，因为知道有人在四周转悠和监视，而这些人都是夜间出没，从不留下脚印，却以神秘的记号表明他们出现过。法官的官服、军事长官的军服

---

① 波佑，原文为 Poiou，疑应为"普瓦图"（Poitou），法国地区名，位于布列塔尼以南。据说在历史上，这两个地方对女巫和男巫处以死刑。

和执政官仅有的一件完整的衬衣，都被看不见的小虫子蛀坏了。有一天，他们碰到一条躲在草丛中的响尾蛇，趁响尾蛇尚未来得及像弹簧一样飞快弹出，便用衣服扑打它，可是衣服在手中都撕成了碎布片。不过几个月的时间，傲慢的法官、神气的军事长官、曾经的执政官、人民代表、顽固的神父、公诉人、刑警、过去有影响的人物、讼棍、王室叛徒和坚持取消私有财产的巴贝夫①分子，都成为衣衫褴褛的可怜虫，正在向冷漠的坟丘爬去，坟头的十字架和他们的姓名在下次雨季也将从地球上抹掉。这还不够，殖民地的下级官员还会来到这些杀人集中营里搜刮一遍。他们花言巧语，以代寄一封信，给请医生看病，给设法购买药品、烧酒或粮食等谎言，骗走结婚戒指、项链坠儿、祖传勋章，总之都是流放犯哪怕一息尚存也要加以保存、赖以生存的一两件珍宝。

天已经黑了，西格等得不耐烦，便建议埃斯特万一起去被人憎恨的俾约家，因为布罗捷教士可能在那里。直到现在，埃斯特万一直未表示有兴趣亲自去拜访这位过分出名的流放犯，但是听说他很快会在卡宴掌一点权，便决定接受瑞士人的建议。他既好奇又恐惧，怀着这种混乱的心情走进一所歪歪斜斜的房子，然而里面非常洁净，俾约坐在一张被白蚁咬坏的椅子上，正在阅读旧报纸，双眼流露着数月以来积郁的憎恶情绪。

---

① 巴贝夫（1760—1797），参加过法国大革命，热月政变后成为热月党政府的反对者，主张取消私有制，组织秘密团体，筹备武装起义，被督政府逮捕处死。

三十二

铁怪物。

——戈雅

昔日的"凶神"漠然屈尊接受了维克托·于格托人带来
的东西，那神态颇有被废黜的国王所具有的尊严。他似乎对包
裹和漆封木匣里有什么东西不大感兴趣，他请埃斯特万入席就
餐，并给他留一张床（他谦逊地说，那床上睡得不舒坦），请他
在家里留宿。接着他问，在瓜德罗普岛是否有卡宴这样的鬼地
方所没有听说过的好消息。当他得悉维克托·于格被召回巴黎
述职时，便站起来，突然大发雷霆，说："哼！……哼，这样的
事！那些蠢货现在要杀害阻止瓜德罗普岛成为英国殖民地的人
了。他们马上会失掉瓜德罗普岛，等着英国人来夺走他们这个
圭亚那吧。"（埃斯特万记起他翻译过俾约的著名演说，他在演说
中抨击"背信弃义的英国佬"企图在大西洋上布满"浮动要塞"
来控制海洋，"他使用的语言没有多大的改变"，他心里想道。）
此时，布罗捷教士来了，他为刚看到的事情脸色大变：锡纳马
里黑人卫戍部队为了尽快把当日死亡的人掩埋，挖的坑又浅又
小，只能放一只绵羊，士兵们在尸体上乱踩，把尸体硬塞进坑
里。在另一些地方，他们根本不愿意抬尸体，而是拽着死者的
脚拖到掩埋处。"还有五具尸体没有埋，捆在吊床上，都已经发
臭了，可他们说，埋了那么多腐肉，累得不想干了。今夜锡纳

马里城里死人和活人要在一起过夜。"（埃斯特万却只在想四年前俾约发表的那个演说中的另一段话："死是为了召唤平等，一个享有自由的人应该为公共事业献身，这样的牺牲将永远不断地教育人民，盛大的葬礼是为了向牺牲者致敬并加以抚慰，这样可以抹掉死亡的恐惧痕迹：死是向大自然最后告别。"）"想想吧，我们给了这些人自由！"俾约说，又冒出了自从来到卡宴后一直纠缠着他的固执想法。"不要老是说雨月法令是犯了革命人道主义的高尚错误，"布罗捷以讽刺口吻提醒道，他可以随便同"凶神"争论，口气显得放肆，"桑托纳在圣多明各的时候，以为西班牙人会侵犯那块殖民地，就自作主张宣布黑人自由了。这比你们在国民公会宣布法国海外领地的所有居民一律平等而激动得流泪要早一年。在海地，宣布黑人自由是为了赶走西班牙人；在瓜德罗普岛，是为了更有把握打败英国人；在这里，是为了制服那些企图同英国人、荷兰人联合的财主和老阿卡迪亚人，是为了避免把皮特尔角城的断头机运到卡宴来。纯粹是殖民地政策！""但结果很糟！"西格说，他由于雨月法令而失去了黑奴劳动力，"桑托纳逃到了哈瓦那。现在海地黑人要求独立。""这里的黑人同样要求独立。"布罗捷说，他回忆道，在这几个圭亚那①已镇压了两次自由主义者的叛乱，两次叛乱都说成是科洛·德布瓦策划的，这可能是捕风捉影，也许第二次叛乱是他策划的吧。（埃斯特万想到科洛企图在这一带建立黑人国

---

① 现今的圭亚那过去是英国殖民地，称英属圭亚那，现今的苏里南过去是荷属圭亚那。

便情不自禁地笑了，弄得别人都莫名其妙。）"我还记得，"西格说，"让内宣布这件'大事'时，让人把告示贴在墙上，并且粗声粗气地说：'不存在主人和奴隶了……所有直到目前被称为在逃黑人的公民，都可以回到他们的弟兄们身边，他们的弟兄将保护他们，保证他们的安全，让他们愉快地享受人的权利。曾经的奴隶可以在将要结束或开始的劳动中同他们的主人平等相待。'"他接着放低声音说："法国大革命在美洲做的全部工作，就是使十六世纪以来从未停止的黑奴大逃亡合法化。黑人并没有等待你们来无数次地宣布他们为自由民。"具备如此丰富的美洲编年史知识，对一位法国人（不过埃斯特万马上记起，他是瑞士人）而言实在难得，他叙述了南美大陆过去不断发生的黑人暴动……鼓声如雷，一场搏斗在委内瑞拉开始了。黑人米格尔领导布里亚矿工起义，在如玻璃碎珠般耀眼的白色土地上建立了王国。当一个不为罗马所承认的刚果或约鲁巴①主教，头戴僧帽、手持法杖为美洲第一位非洲人国王的妻子——黑人女子基优玛加冕时，典礼上使用的乐器不是风琴，而是用竹管有节奏地敲击地面，基优玛和米格尔都穿戴得整整齐齐……在墨西哥黑人峡谷里也响起了鼓声，总督马丁·恩里盖斯为了告诫在逃黑人，命令在韦拉克鲁斯沿海，只要抓到逃亡的黑人，"不问其罪责和暴行"，一律予以阉割……如果说这些暴动不过是昙花一现，那么，在巴西丛林深处，由最高首领刚伽-宗巴创建

---

① 约鲁巴，分布在西非尼日尔河流域一带的黑人民族。

的据点——在帕尔马里斯①的帕棱盖则坚持了六十五年，他们革新了非洲努米底亚人②的作战技巧，有时甚至使用动物恐吓白人，令拥有炮队的荷兰人和葡萄牙人束手无策，二十次军事征讨都在黑人使用木材和纤维构筑的脆弱工事前被粉碎。国王宗巴的侄儿宗比是统率军队的元帅，子弹根本打不着他，他的士兵能在树顶上行走，能像成熟的果子一样突然掉下而袭击敌人……从牙买加来的黑人逃进山区，建立了一个自由国家，于是帕尔马里斯式的战争又持续了四十年，前后差不多是一个世纪。英国王室不得不以政府对政府的方式同这帮逃入山中的人交涉，答应他们的头头——一个名叫老卡乔的驼背，解放他手下的全部人员，并让予一千五百公顷土地……十年以后，鼓声在海地响起来了：在海地角地区，据说有个独臂人——伊斯兰教徒麦克康达尔，具有变成狼的魔力，他搞了一场使用毒物的革命，在房屋里和马场上投放不知名的毒药，毒死人畜。这个恶魔在广场上被烧死不久，荷兰不得不搜罗欧洲雇佣兵，把他们开到苏里南丛林里去攻打由三名人民英雄——桑桑、波斯敦和阿拉拜领导的可怕的逃亡黑人部队。这支黑人部队威胁着这片殖民地，大有将它搞垮之势，他们崇拜古代诸神，熟悉丛林情况，会利用树木、兽皮等天然物资，遇到敌人攻击，整个村庄就在密林中消失。荷兰人发动了四次战役，疲惫不堪，也没

---

① 帕尔马里斯，既指巴西东北部阿拉戈斯地区的城市，也指17世纪由在逃奴隶建立的自治政体。
② 努米底亚人，古非洲民族，主要居住在今阿尔及利亚一带。

有完全消灭那个神秘世界……但当白人的秩序似乎已在南美大陆恢复的时候，七年前，一个名叫布克曼的黑人穆斯林教徒在圣多明各卡依曼森林中起义，烧毁房舍，捣毁庄稼。三年前，牙买加黑人为了给在特雷罗内城被处死的两个小偷报仇，举行暴动。为了镇压这次暴动，向蒙特哥贝派去了福特洛耶尔要塞的部队，还带去了军犬。恰在此时，在巴伊亚响起了新的鼙鼓声，参加"裁缝起义"①的人聚集在马昆巴神神庙里，要求平等、博爱的权利，他们的斗争同法国革命完全一样……"现在该清楚了吧，"西格做出结论似的说，"著名的雨月法令没有给这个大陆带来什么新东西，而是为一直在发生的黑人大逃亡增加了一条理由。""尤其有意思的是，"布罗捷在沉默片刻后说，"海地黑人拒绝接受断头机。桑托纳②仅仅架设了一次断头机。大批黑人拥去观看断头机是怎么砍脑袋的，看明白机械原理后，就怒气冲冲地向断头机扑去，把它砸了个稀巴烂。"教士知道哪儿是俾约的痛处，偏朝那里戳。"在瓜德罗普岛为了恢复秩序，一定采取了非常严厉的手段吧？"俾约问道，其实他对那边的情况是一清二楚的。青年答道："尤其是断头台在胜利广场架设之初。""既不饶恕男子，也不饶恕妇女，这是残酷的现实。"西格不冷不热地说。"不过，我记得那边断头台没有处决过一个女

---

① 1789 年，在巴西的巴伊亚地区，两名混血种人裁缝和两名士兵领头起义，后被镇压。

② 桑托纳（1763—1818），法国大革命时期的废奴主义者。他于 1792—1795 年是圣多明各非奴隶人口的事实上的领袖，并于 1793 年 8 月宣布解放所有奴隶。

子。"埃斯特万说道，马上觉得他这个解释不合时宜。教士极快地把话题引开，很明显是在胡诌一气："因为只有白人才严格依法惩处妇女。黑人调戏、强奸妇女，甚至将她们开膛，但不会冷冰冰地处死一个女子。至少我没有见过。""在他们看来，女人就是肚皮。"埃斯特万说。"在我们看来，女人是脑袋，"西格说，"胯上架个肚皮，那是命该如此；肩上扛个脑袋，意味着责任感。"俾约耸耸肩，表示瑞士人的妙语缺乏机智。"咱们回到原来的话题吧。"他略微笑笑说，脸部肌肉几乎没有动，他老是这么不动声色，谁也弄不清他究竟是在沉思，抑或在倾听。种植园主又开始讲述黑人逃亡的事："依我看，巴托洛梅·德拉斯·卡萨斯 ① 是大大的历史罪人。他大约在三百年前制造了一个大问题，其规模超出了法国大革命。只要黑人问题继续存在，我们的子孙就会把锡纳马里、库鲁、科纳纳马、伊拉库博的惨象看作人类所遭受的最大痛苦。现在我们把圣多明各黑人逃亡合法化了，他们反而把我们逐出该岛。接着他们要求与白人绝对平等相处。""他们永远达不到这一目的。"俾约叫道。"为什么？"布罗捷问。"因为我们不是一样的人。教士阁下，我对我做的某些慈善梦很后悔。努米底亚人 ② 较之古罗马人毕竟相差

────────────────────

① 巴托洛梅·德拉斯·卡萨斯（1474 或 1484—1566），著名的西班牙传教士，曾参加哥伦布去美洲的第一次航行。他同情并保护印第安人，但是他提出了荒谬的建议：为了使印第安人摆脱繁重的劳动，从非洲输入黑奴以代替印第安人。所以说他是"历史罪人"。
② 见第264页注释②。努米底亚人曾被古罗马人征服。

甚远。加拉曼特①人不等于雅典人。我的流放地是好客之海②，不是地中海……"此时，俾约的年轻女仆布丽希达来了，她一直在厨房和充当餐室的乱糟糟的房间之间走来走去地侍候他们。她风姿绰约，毫无黑人和夸特隆人③的痕迹，这引起了埃斯特万的注意。她可能有十三岁，身材袅娜，体态丰腴，粗布衣紧紧箍在身上。她恭恭敬敬地低声说，晚饭（一大锅煮烂的白薯、香蕉，加上腊牛肉）做好了。俾约拿出一瓶酒，这是他三天前开始享受的极大奢侈品。四人面对面坐下。埃斯特万弄不明白，究竟是什么罕见的情况使一个被憎恨的人、一个教士和一个由于具有不同思想而破产的加尔文教派种植园主这三人之间产生了奇怪的友谊。现在四人都谈论政治。他们谈到奥什④是被毒死的；波拿巴⑤的威信日益提高；在"廉洁者"的文件中查到几封信，证明他在热月事件中被打倒时，准备逃亡国外，他在国外有大量的私人财产。很久以来，所有关于今日的野心家和昨日的掌权人的无休止的小道消息，埃斯特万已经听腻了。在这个时代，所有谈话到最后都回到老题目上。埃斯特万希望有机会安静地聊聊诸如上帝之城、河狸的生活或电力产生的奇迹这类话题。还不到八点，他就觉得困顿难熬，直打瞌睡，便说声对不起，躺到俾约给他准备的草垫上了。他随手拿起一

① 加拉曼特，非洲古文明，在今利比亚境内。
② 好客之海，古希腊人对黑海的称呼。
③ 夸特隆人，指白人与梅斯蒂索人，或白人与穆拉托人的混血后代。
④ 奥什（1768—1797），法国将军。
⑤ 指拿破仑，他在热月政变后登上法国政治舞台。

本别人放在小板凳上的书，那是安·拉德克利夫 ① 写的一部小说——《意大利人或黑人忏悔者的忏悔室》。他偶尔读到一句话，内心颇有感触："唉！我再也没有家，也就是没有一群脸带微笑欢迎我的人，甚至连支持我、挽留我的朋友也没有一个！在遥远的海边，我是个可怜的流浪者！……" ②

刚过半夜他就醒了，隔壁房间里俾约-瓦伦正在写作，热得脱下了衬衣，不时使劲拍打停在他肩上或脖子上的虫子；离他不远处，年轻的布丽希达赤身裸体躺在床上，手拿一份《哲学十年》的旧杂志在扇她的胸脯和大腿。

三十三

那年十月经常刮飓风，夜里下急雨，上午酷热，中午照例有暴风雨，暴风雨过后天气更加闷热，水蒸气中有土腥味、砖坯味和泡湿的草木灰味。这个月，埃斯特万在精神上经常遭打击。布罗捷教士在卡宴短暂停留期间，染上了从锡纳马里传播来的瘟疫而仙逝了，这对他打击极大。他曾对这位活跃而放荡的神职人员寄予希望，想依靠他的影响，找到去苏里南的办法。现在埃斯特万没有一个可依靠的人了，只能被圈在这监狱般的城里，被圈在这个地区了。这里，大陆上丛林茂密，只有海洋

---

① 安·拉德克利夫（1764—1823），英国女作家。
② 原文是英文。

才是门户；然而这个门户却被巨大的证件之锁关闭着，这样的锁是最难打开的。当今这个时代，证件多如牛毛，上面盖满图章、印戳，这个人签个字，那个人画个押；证件的名称已把同义词全都使用上了：什么"路条""通行证""护照"，以及一切表示允许从一国去另一国、从甲地去乙地（有时是从一个城市去另一个城市）的词汇。昔日的税吏、什一税收取者、关卡士兵、贸易税税吏和海关官员，都可笑地成为警察和政治的近卫军（现在到处都是如此，其中有人是因为害怕革命，有人则是害怕反革命），限制人们在其所生活的这个星球上实现重要的、富有成果的、创造性的迁徙自由。埃斯特万心里想，人类脱离了古代游牧生活以后，神圣的迁徙自由反倒受一纸文件约束。想到这一点，他就恼怒、跺脚。他心里说："我可不是生来做今天这种好公民的……"在那个月里，卡宴一片混乱，枪声不断，乱哄哄的。阿尔萨斯部队要求支付拖欠数月的薪饷，让内正因被撤职而满肚子气，便指挥黑人民兵去弹压。但他对自己这么干又害怕了，便宣布这块殖民地即将被美国海军封锁，抬出了可能出现的饥饿幽灵，人们十分恐慌，粮食店门口排起了长队。"这样一来，他储存的商品可以销售一空，不会落入他人之手。"殖民地风云的老观察家奥格尔说……十一月初，比内尔乘坐起义者号三桅船到达，要塞鸣礼炮向他致敬，从此紧张气氛沉寂。国民公会领导委员会的新代表在政府大厦刚安顿下来，没有理会那些挤在屋里等候向他"汇报"许多事情的人，竟把俾约-瓦伦从锡纳马里叫来，在大庭广众同他堂而皇之地拥抱。

原本以为昔日的"凶神"早已被遗忘的人，现在大吃一惊。在卡宴，人们得悉，此二人在办公室里待了三天，连奶酪和加餐小吃都是别人送进去的。他们研究了当地一系列的问题，可能也考虑了流放犯的境况，因为库鲁有几个生病的流放犯突然被送到锡纳马里。"为时已晚，"奥格尔嘟囔道，"在库鲁、科纳纳马和伊拉库博，在情况比较好的月份里，死亡率是百分之三十。据我所知，巴约讷号船送来的一批犯人，共五十八名，只剩下两个活人了；在最后一批死亡者中有一个是学者，名叫阿夫朗，是洛瓦纳大学校长。"这位旅馆老板说得对：在到处都是黑色兀鹰、尸骨和坟丘的死亡集中营里，流放这种刑罚已超出了它所追求的目的。圭亚那四条有印第安名字的大河成为白人的广阔坟地，其中很多人是因坚持信仰天主教而死的，但在将近三百年前，白人却殚精竭虑地要美洲印第安人信仰天主教……到城里来悄悄为俾约-瓦伦购置庄园的瑞士人西格，向埃斯特万透露了一个惊人的秘密，证明雅各宾派-科德利埃派 ① 精神和"狂热情绪"在卡宴政府中已上升到何等重要的地位：比内尔在国民公会领导委员的秘密支持下，打算把特务派到苏里南去，企图在共和二年雨月法令的影响下，在那里煽动奴隶实行全面起义，之后吞并那块殖民地。这是多么无耻的背信弃义，想想吧，目前荷兰是法国在这一地区唯一忠实的同盟者。那天晚上，埃

---

① 科德利埃派，法国大革命中的一个革命团体，因其总部设在科德利埃修道院而得名。丹东、马拉先后是该团体的领袖。最初它与雅各宾派政见一致，后发生分歧，被雅各宾派镇压。

270

斯特万请瑞士人到他房间里，请他喝旅馆里最好的酒，由两个女仆——昂热斯和斯科拉斯蒂克作陪，她们未等再三恳求，就脱下了上衣和裙子，奥格尔对贵宾们这样逢场作戏一点也不大惊小怪，自己回去睡觉了。享受床笫之欢后，埃斯特万对西格说了实话，求他施加影响，给他弄张去苏里南的护照。"到了那边，"他说话的表情倒真像是他的同伙，"我是非常有用的，可以当宣传员或鼓动者。""你想离开这里，这想法很好，"对方说，"只有接近政府的投机者对这里感兴趣了。在这里不当政客，就当傀儡。你给俾约的印象很好。我们会给你弄到你所需要的证件的……"一周以后，迪奥梅德号，现在叫被征服的意大利号起锚向近邻的殖民地驶去，这次是替比内尔在那边销售由让内的舰长们在海上掠夺来的货物。

卡宴的历史完全是掠夺、瘟疫、屠杀、流放和集体死亡交替出现的历史，在卡宴这种令人压抑的污秽环境里等待逃离是很痛苦的，埃斯特万有过这种经历以后，再来到帕拉马里博街道上，便觉得是从天上掉到一座粉刷布置一新、准备过节的城里，此城有荷兰城市的节日气氛，但更多的是热带城市豪哈①的风光。大街两旁种着橘子树、罗望子树和柠檬树，一派富足的气象。用漂亮的木材盖的木屋十分美观（其中有的是三层、四层楼房），窗子没有玻璃，挂着薄纱窗帘。室内有装满衣物的大柜子，在高高挂着的薄纱帐下，摇晃着饰有金银穗子的宽吊

----

① 豪哈，秘鲁中部城市。

床。埃斯特万似乎又看到了他儿时的多枝烛台、枝形吊灯、明亮的镜子、挡风玻璃和玻璃器皿。装货平台上酒桶在滚动；后院里鹅群在鸣叫；卫戍部队的高音笛在鸣响；在西兰城堡上，一个卫兵按照日晷指示的时间，像旋转木偶一样用锤子敲钟、打点报时。肉铺里在卖乌龟肉和塞大蒜的肘子；肉铺旁边的食品店里出售各种美味佳肴（埃斯特万几乎忘却了）：波特啤酒，威斯特伐利亚厚实的火腿，鳗鱼和熏鱼，佐以香料的卤汁鳁鱼，达勒姆的芥末。河里航行的小船，船头漆成金黄色，船艄上挂着灯，裹着白色兜裆布的黑人在薄绸或热那亚大鹅绒做的篷顶下操着桨。而且在这个海外荷兰还有这样的雅兴：每天都用酸橘子把桃花心木地板擦一遍，木板把橘子汁吸进去后能散发沁人心脾的香料味。这里有天主教教堂、新教和路德宗教堂，有葡萄牙人的犹太教教堂、德国人的犹太教教堂。无论在礼拜日或节庆日、圣诞节或赦免日、犹太人的逾越节或圣星期六，教堂里钟琴齐鸣，歌声悠扬，灯火辉煌。在埃斯特万看来，这是宽容的象征，正是人类在世界某些地方不顾宗教和政治迫害而努力追求和保卫的……趁被征服的意大利号卸货和卖货的时候，埃斯特万在苏里南河两岸游逛，那里简直是帕拉马里博城的公共避暑胜地。就在那里他得知，经常有美国船来，其中就有那艘漂亮的箭号帆船。他对在帕拉马里博期间能否遇上戴克斯特船长的船并不抱任何希望（何况，在这六年中船长可能已经更换了），但是他觉得他的冒险生涯已经到了最后阶段。等那艘法国船开走以后，他将以卡宴政府的"商务代表"身份留在帕拉马里博，而任务却是在收效最好的地方散发数百份译成荷兰文的共和二年雨月法令和号召举行暴动的传单。埃斯特万已选好地方，他将把这些传单绑在大石头上，扔进河流深处，让它们永远消失。然后，他就等候一艘回巴尔的摩或波士顿且途经古巴圣地亚哥或哈瓦那的美国船。在此期间，他要设法搞一个荷兰女人玩玩。这里的荷兰女人头发金黄，体态丰满，肌肉富有弹性，穿着花边衣服，晚饭后常靠在窗口呼吸夜间的空气。有的女人在竖琴伴奏下歌唱，有的为了给串门找借口，拿着自己编织的挂毯去别人家。挂毯上织有各种图案，有令人向往的代尔夫特①的街道，有修复了的著名市政大厦的正门，或颜色绚丽的城徽和郁金香花。有人提醒过埃斯特万，这些如此热情的女人对外国人特别注意，同时她们都知道她们的丈夫在庄园里有黑皮肤情妇，他们经常在那里过夜："耶路撒冷的众女子啊，我虽然黑，却是秀美……不要因日头把我晒黑了，就轻看我。"②再说，这种暧昧的风流韵事不是个别地方才有。很多白人男子放肆干过一次以后，就像着了魔一般死盯住黑人女子不放。据传说，黑人女子对其相好的白人男子暗中施行征服手段，给他们服药，喝神秘的水，从而把他们"拴住"，最后弄得他们对白人女子丝毫不感兴趣。白人主子很乐意当种牛、多情绅士和财神的角色，把他们高尚的精子伴随着手镯、手帕、印花布裙子、巴黎香水等礼物一起送走。白人男子在黑人女仆的地方

<hr>

① 代尔夫特，荷兰南部城市，所产瓷砖享有盛名。
② 原文是拉丁文，出自《圣经·雅歌》1：5—6。

放荡不算什么了不得的事，同黑人女子勾搭不会丢面子。如果搞出许多混血孩子，就具有"多产老爷"的声誉而愈益令人敬羡。相反，白人女子如果同有色男子勾搭（这种情况很少），就会招来白眼，在南美大陆，从亚马孙河口到拉普拉塔河两岸，她们所扮演的角色不过是殖民地的苔丝德蒙娜①……被征服的意大利号开走以后，巴尔的摩货船亚马孙号从拉普拉塔河开来了，埃斯特万在帕拉马里博滞留的日子将就此结束。他在候船期间，受到一个成年女人的青睐。她爱阅读小说，像理查逊②的《克拉丽莎》和《帕美勒》，她都当作最新的小说阅读。她肌肤白嫩而温馨，却老是搽大量米粉制作的香粉，每当她的丈夫由于明显的原因而在艾格蒙庄园过夜时，她就用葡萄酒款待埃斯特万……他在带着行李上亚马孙号前两小时，到城里医院请外科主任格鲁贝大夫检查左胳膊下一个讨厌的小疖子是否属于良性。那位好心大夫给他在患处涂了软化剂，就把他送到一个大厅里。那里有九个黑人，由武装警卫监视着，他们平静地抽着发酵过的辛辣的烟草，散发着酸醋味，烟斗是用泥土制作的，烟杆已被磨损得很短，烟锅都快靠近牙齿了。这几个黑奴被查

---

① 苔丝德蒙娜，莎士比亚所著《奥赛罗》中摩尔人奥赛罗的白人妻子，奥赛罗受人挑拨，扼杀了她。

② 理查逊（1689—1761），英国作家。《克拉丽莎》全名是《克拉丽莎，又名一位青年妇女的故事》，内容是写少女克拉丽莎被一男青年玩弄，悲愤而死，后来其亲戚为她报了仇。《帕美勒》全名《帕美勒，又名美德得到了奖赏》，内容是写女仆帕美勒如何最终嫁给其男主人的故事。这两部小说都是以书信体写的，在英国和欧洲文学史上很有影响。

实企图逃窜，苏里南法院判决截去他们的左腿。年轻的埃斯特万得知此事，十分惊骇。由于该判决必须执行得干净利落，要使用科学方法，而不能使用引起有关罪犯过度痛苦或会造成生命危险的野蛮时代的陈旧办法，因而把这九名黑奴交给帕拉马里博城最好的外科大夫，由他手执锯子执行法院的判决。"如果奴隶举手企图殴打主人，"格鲁贝大夫说，"那就截去胳膊。"这位外科大夫转身对等候他的奴隶们说："第一个过来！"一个高个儿、昂着任性的头、肌肉结实的黑人站起来，埃斯特万见此情景几乎晕倒，便跑到附近酒馆里随便要点酒压惊。他望着医院正门，眼睛盯着一扇关闭着的窗，思考着那里正在发生的一切。"我们是被创造出来的最坏的畜生。"他怒气冲冲地对自己重复着这句话，对自己生着闷气，如果他有办法，他会把那座楼放火烧掉……在苏里南河中流，亚马孙号开始向下游航行，埃斯特万从船舷把几包东西扔进一条几个黑人划着的小渔船里，并对他们叫道："你们念念吧，如果你们不识字，找个人给你们念念。"那是共和二年雨月法令的荷兰文译本，他现在庆幸没有像几天前想的那样把这些印刷品扔进河里。

三十四

……辽阔的天空布满星星，船到了龙口①对面。自从开天

---

① 龙口，指苏里南河入海口。

辟地以来，这里一直是淡水与咸水交汇搏斗的地方。菲尔南多和伊莎贝尔委任的舰队司令①到过这里，他写道："淡水推拥着另一股水，不让它进去；咸水则不让淡水出来。"但是，今日与昨日一样，巨大的树干被八月的大水冲下来，撞击着岩石，向海的方向漂去，冲出淡水水流，到了广阔无垠的海面上便散开了。埃斯特万望着它们朝特立尼达、多巴哥或格林纳丁斯群岛方向漂去，这么多世纪以来，这类树干像一条长长的小船，在跳动着光点闪烁的水面上，总是朝着同一个方向漂流，去寻找乐土。在那石器时代（然而对现在很多人而言，是刚经过或正处在这样的时代），"北方帝国"②是所有那些夜间围坐在篝火旁边的人着魔般地寻找的目标。然而他们对它知之甚少。渔夫们从别的渔夫们那里得悉"北方帝国"的消息，而这类消息又是别的渔夫从更远、更靠北的渔夫们那里听说的，后者的消息则又是从更为遥远的渔夫们那里听来的。不过，物品却通过无数次交换和船运到来了。那些物品就在那里，庄严而又令人迷惑，其制作方法更是神秘。那都是些小石块（体积大小有何关系？），它们的形状本身就说明，它们是从拥有宽阔的广场、幽深的密室以及从未见过的建筑物的土地上来的；它们在观察，

---

① 西班牙阿拉贡王菲尔南多与卡斯蒂利亚女王伊莎贝尔结婚，促使西班牙这两个王国于 1469 年合并，壮大了力量，光复了被摩尔人侵占的全部领土。1492 年菲尔南多和伊莎贝尔委派哥伦布率领船队寻找直达东方的航道，从而发现了美洲。舰队司令即指哥伦布。
② 不是指美国，而是指古代墨西哥阿兹特克王国和后文所说的"玛雅人的帝国"（其地域包括墨西哥南部和中美洲）。在这里所谓"乐土"即"北方帝国"。

在挑战，在掩面而笑或在做着奇怪的鬼脸。关于"北方帝国"，人们议了又议，说了又说，渐渐以为那帝国就是自己的了。语言创造了如许多的事物，并代代相传，这些事物也就成为一种集体遗产了。那个遥远的世界是一片令人期待的土地，将来只要上苍发出出发的信号，上帝的选民一定会去那里安家落户。为了等待这一天，在龙口以南数千里之遥"众河之母"的"通天河"河口，人口日益增多如蚁聚。有的部落抛舍了许久许久以来世代居住的村庄，下山来到这里；有的部落是从"通天河"右岸来的；还有些部落原是居住在丛林深处的，他们在新月的清辉下三五成群来到这里。而先前那些历经数月，沿着水路、峡谷，在密林的浓荫里跋涉来到这里的部落，见到这些后来者则大惑不解……然后，等待的时间越拖越长。这是一项十分浩大的事业，路途非常遥远，首领们犹豫不决。儿孙们长大了，一代一代依然聚居在那里，谈论着老话题，望着那些物品，却无所作为；而等候的年代愈久，那些物品身价愈高。人们也许总是这么回忆：一天晚上，一团亮光呜呜作响，划破天空，向人们指示他们向往已久的"北方帝国"的方向。于是，人们组成上百个战斗小分队，侵入他人的领土。对方部落的男子全部被无情消灭，同时留下他们的女子以繁衍征者部落的子孙。这样就形成两种习惯：女子的习惯是做饭、生育；男子的习惯是当武士，这是男子的最大特权……这样的征程持续百年以上，他们穿越丛林、平原、峡谷，一直来到海边。这些入侵者听说，别的部落得知南方人气势汹汹的进军，早已逃到地平线那边遥远（其实并不那么遥远）的岛上去了。于是，他们有了新的目标（与原先的目标相仿），其指向是那些岛屿，也许这也是到达"北方帝国"的最佳方向。入侵者不计较时间，他们所关心的，是有朝一日到达期待中的土地，于是停下来学习航海技术。丢弃在海滩上的破烂独木舟成为供仿制的样品，他们依样挖空树干，造出第一批独木舟。为了适应远途航行，船越造越大，船头又高又尖，运载的人数可达六十人。终于有一天，陆上征程开创者的子孙们开始了海上的征程。他们分批乘船出发，浩浩荡荡地向那些岛屿驶去。他们轻而易举地穿过激流，跨过海峡，从这个岛到那个岛，屠杀当地居民——不会打仗的温顺的农夫和渔民。水手们越来越精明、大胆，学会了以星辰位置导航的技术；他们越往前航行，越觉得"北方帝国"的尖塔、广场、楼宇就在眼前了。遇到的岛屿愈来愈大，岛上山峦更多，但也更为富庶，他们觉得"北方帝国"已近在咫尺。再过三两个岛，也许是过一个岛（数起岛的数目了），就能到达期待中的土地了。先头部队已来到最大的海岛，这也许是到了征程的最后阶段了。入侵者已不必把近在眼前的奇异之乡交给自己的子孙去发现了，他们已经在目睹着奇异之乡。想及此，他们高唱划船号子，加快了划船频率。①

------

① 考古学家和历史学家们认为，加勒比人的祖先来自南美大陆。作者按照自己的想象，描述加勒比人的祖先从南美大陆向北迁徙的过程：从小安的列斯群岛逐步到达大安的列斯群岛，"遇到的岛屿愈来愈大"。"最大的海岛"指古巴岛。

278

但是，在地平线上出现了一些从未见过的奇异东西，它们两侧点缀着蜂窝状结构，高高的木杆上挂着布，那布胀得鼓鼓的，或许在飘动着，上面画着符号。十分明显，入侵者意外地碰上了另一批入侵者，无疑是从不知何处来的入侵者，后者及时赶来粉碎前者的百年美梦。大迁徙再也没有目标了："北方帝国"必将落入不速之客手中。激愤之中，加勒比人向那些巨舰扑去。其攻击之勇猛令舰上防卫者大吃一惊。他们爬上船舷，拼命冲杀，令新到达的入侵者为之愕然①。两个不可调和的历史时代在那场针锋相对的斗争中对峙，图腾人与神学人②争夺中的岛屿倏忽变成神学名字的岛屿。岛屿改变了身份，投入世界大舞台上的宗教寓言剧。新的入侵者来自当地人想象不到的大陆，他们给抵达的第一个岛命名为基督③，并在该岛海岸上用树干架设了第一个十字架。第二个岛就追溯到母亲了，称它为圣马利亚–德拉孔塞普西翁④。安的列斯群岛犹如一个巨大的彩色玻璃陈列橱窗，穿过窗玻璃的光线照射着这里的岛屿：这

---

① 实际上，最初加勒比人对哥伦布的船队是很友善的。正如哥伦布在其日记中所说，圣萨尔瓦多岛（哥伦布在美洲发现的第一个岛）上的居民还赠送他们烟叶（这是欧洲人首次接触烟叶）。

② "图腾人"指加勒比人或其他印第安部落，因为他们处于原始时代，崇拜图腾。"神学人"指西班牙征服者，因为他们信仰基督教。

③ 1492年10月12日，哥伦布率领的船队在美洲发现的第一个岛，命名为圣萨尔瓦多，意即救世主，指耶稣基督。

④ 圣马利亚–德拉孔塞普西翁，意即圣母受孕。该岛现今的名称是拉姆岛。又，作者在这一段文字中提及的岛屿名称，不一定是通常使用的名称，往往在地图上找不到。前文所说"神学名字的岛屿"是指使用《圣经》上的词语给岛屿命名，下文的"捐助者""童贞女""使徒"等也都是《圣经》词语。

是菲尔南多岛和伊莎贝尔岛①，在其四周则都是捐助者②，而使徒多马、施洗约翰、圣卢西亚、圣马丁、瓜达卢佩圣母以及赫赫有名的三圣③都先后各就各位；上万童贞女④将此海域映衬得蓝中透白，并在此海域诞生了名字为"纳维达""圣地亚哥""圣多明各"⑤之类的村镇，其数目之多犹如空中繁星⑥。这个地中海一跃而跨越数千年，成为另一个地中海的传承者，接受了小麦、拉丁文、酒、拉丁文《圣经》以及令人敬畏的基督教标志。加勒比人成为被挫败的种族，在其百年努力的辉煌期遭受致命伤，再也到不了玛雅人的帝国了。也许当加勒比人在业与孙河左岸开始大迁徙的时候，另一伙人恰恰已指定十三世纪为其出发的时间了；关于那次大迁徙，现在在海滩和河岸上，在骄阳下，仅留下加勒比人在石头上刻画的图案（无文字记载的史诗片段）……埃斯特万在黎明时分来到龙口，天上还有星星，就

---

① 菲尔南多岛和伊莎贝尔岛，分别用当时西班牙国王菲尔南多和王后伊莎贝尔的名字命名，现今的名称分别是长岛、克鲁克德岛。

② 捐助者，《圣经》词语。《圣经》上说，信徒与基督内心相通，信徒之间也心心相通，信徒们理所当然拿出产品和其他物品相互捐助。要把捐助看成上帝托付自己的责任。捐助这种美德并非人所固有，而是来自上帝的赐予。

③ 三圣，即圣父（上帝）、圣子耶稣基督和圣灵，故一般译作"三位一体"，音译则为"特立尼达"也是该区域的一个岛屿名。

④ 童贞女，在《圣经》中有多种含义。其一指耶稣之母童贞女马利亚；此外指耶路撒冷及其居民，表示其洁净和灵性的贞洁；也泛指忠于基督的人。其音译为"维尔京"，也是该区域内的群岛名。

⑤ "纳维达"意为圣诞节。"圣地亚哥"和"圣多明各"均为圣徒的名字。

⑥ 空中繁星，原文为拉丁文 Campas Stellae，疑为 Campus Stellae 的误拼。有一种说法认为，圣雅各之路的终点，圣雅各-德孔波斯特拉的西班牙语 Santiago de Compostela 即来源自该拉丁语词组。

在这里，那位舰队司令见到自太古以来淡水与咸水的搏斗。"淡水推拥着另一股水，不让它进去；咸水则不让淡水出来。"那股淡水水量浩大，只能是来自广袤的大陆；而有些人确信世上存在塞维利亚之伊西多罗 ① 所编怪物志中收录的怪物，对这类人而言，那股淡水则是来自地上天堂。对那哺育着大江大河源头的地上天堂，往来于亚洲、非洲的地图绘制者们 ② 一直都在苦苦追寻，因此那舰队司令尝了尝舰只旁边的水，发现水味"越来越甜，越来越好喝"，便立即推测，泻入海中的那条河，一定是来自生命之树 ③ 的脚下。这一闪光的想法，导致他怀疑经典文献上的结论："我至今未找到，将来也永远找不到那明确指出地上天堂在此世界上位置的拉丁人和希腊人的著作，我也没有在任何世界地图上见到地上天堂。"圣贝达、圣安布罗西奥和邓斯·司各脱 ④ 都认为，地上天堂在东方，并认为，欧洲人顺着太阳运行的方向（而不是对着太阳）航行曾经到达东方。他们声称，伊斯帕尼奥拉（即圣多明各）岛 ⑤ 就是他施，

---

① 伊西多罗（560—636），西班牙塞维利亚大主教。

② 地图绘制者，寻找新航线的航海者都会根据自己的发现绘制地图，故"地图绘制者"是指包括哥伦布在内的所有航海者。又：哥伦布发现新大陆时，以为到了亚洲，直至他逝世也不知道发现了新大陆。所以这里所说亚洲，是指美洲。至于非洲之说，那是因为在发现新大陆之前，葡萄牙人和西班牙人为了寻找通往亚洲的航线，一般都是沿着非洲海岸向东航行。

③ 生命之树，《圣经·创世记》所说伊甸园中的一棵树，人吃了它的果实即长生不老。

④ 圣贝达（675—753），英国僧人兼史学家。圣安布罗西奥（340—397），米兰大主教。邓斯·司各脱（约1265—1308），苏格兰哲学家兼神学家。

⑤ 伊斯帕尼奥拉岛，见第84页注②。

就是卡埃提亚，就是阿斐，就是俄弗拉，就是西潘古①，总之，就是所有古人提及而直到目前在西班牙所圈定的天地中位置不准确的岛屿和土地（正如伊比利亚半岛受光复者的影响而发生的同样情况②）。塞涅卡③所预言的"姗姗来迟之年"已经到来了："在这些年代中，海洋将从其腰包中取出一大块土地。一个给伊阿宋④当向导的新海员将发现一个新大陆，到那时，修列岛⑤就不再是在天涯海角的岛了。"忽然，发现新大陆成为神学层面的大事。上帝恩赐之地的珍珠湾之行⑥已被重点而突出地写在以赛亚的预言书上。它证实了修道院院长华金·卡拉布莱斯⑦的预言：西班牙将有人出来重建锡安山上的圣殿⑧。世界像女人的胸脯，在一个奶头上长着生命之树。现在得知，她那永

---

① 他施、阿斐、俄弗拉，都是《圣经·旧约》中提到的地名。卡埃提亚，原文为Caethia，疑应为Catay，指中国。西潘古，古代欧洲人对日本的称呼。

② 公元8世纪初摩尔人开始侵入西班牙，直到15世纪中叶，西班牙人才将摩尔人逐出西班牙，这就是漫长的光复战争时期。在此期间，因地名反复更改而引起地理位置概念的混乱。

③ 塞涅卡（约前4—65），古罗马时代著名的斯多葛学派哲学家、剧作家，出生于西班牙南部的科尔多瓦。

④ 伊阿宋，古希腊神话中驾驶阿尔戈号船到海外寻找金羊毛的人。

⑤ 修列（Thule），古代地理学者想象中之极北地区，有世界尽头的意思。原文是la Isla de Thule（修列岛），但不是南极洲的图勒群岛。

⑥ 哥伦布第三次赴美洲，到达委内瑞拉，将其称为"上帝恩赐之地"，将现今的帕里亚湾命名为"珍珠湾"。但是译者在《圣经·以赛亚书》中并未发现与珍珠湾有关的文字。

⑦ 华金·卡拉布莱斯（1145—1202），西班牙神秘主义神学家。

⑧ 锡安山在耶路撒冷，《圣经·旧约》把锡安山称作神山或上帝的山，也把耶路撒冷称为锡安城。耶路撒冷城的圣殿曾几度被毁。所谓"西班牙将有人出来重建锡安山上的圣殿"，是暗示西班牙将强大，并能干出发现新大陆这种"神学层面的大事"。

不枯竭的源泉可以满足所有人的饮水之需，而且不仅恒河、底格里斯河和幼发拉底河发源于斯，连作为大树干漂流入海通道的奥里诺科河也发源于斯。人们经过漫长的等待，终于在大河的源头发现了地上天堂（现在可以抵达、登岸并观赏其全部丰姿了）。在这朝阳映照、水面澄澈的龙口，那位舰队司令领会了淡水与咸水永远搏斗的缘由，不禁满怀喜悦地高呼："国王、王后，诸亲王及其王国，谢恩吧，感谢救世主耶稣基督赐予我们这样的胜利。举行游行吧，举行庄严的庆典吧，在寺院里插满绿枝和鲜花。基督在天上或地上看到至今沉沦的人民即将得救，将欣喜万分。"欧洲由于缺少黄金而使人终日卑贱地劳碌，这片土地上丰富的黄金将结束人类的劳碌命。先知们的预言将会实现，古人的猜测和神学家们的愿望将得到证实。在世界的这块地方，淡水和咸水之间永久的搏斗是在宣布，经过数百年痛苦的等待以后，终于抵达乐土了……龙口的咸水曾经吞噬了许多离开淡水而去寻找那飘忽不定的乐土的远征队，而那乐土是那么飘忽，最后竟藏到巴塔哥尼亚 ① 冰冷的湖水下了。埃斯特万现在在龙口，他把胳膊支在亚马孙号船舷上思考着，他对面是布满森林的壁立海岸，伊莎贝尔和菲尔南多的舰队司令在追寻乐土时见到的也是这样的海岸，至今丝毫未变。随着时代色彩的不同，为了适应经常变化的欲望，神话的特点也随之发生变化，但万变不离其宗：在当今（任意的当今）会有、应该有、

---

① 巴塔哥尼亚，阿根廷南部高原。

283

必须有一个"美好的世界"。加勒比人曾经按照他们的方式想象出那个"美好的世界",伊莎贝尔和菲尔南多的舰队司令在喧嚣的龙口,被来自远方的淡水所振奋,也想象出一个"美好的世界"。葡萄牙人梦想有个令人羡慕的祭司王约翰①的王国,正如卡斯蒂利亚平原②上的孩子有一天晚上吃了佐以黄油和大蒜的硬面包后,便梦到了豪哈谷地一样。百科全书派把古印加人③社会当成"美好的世界";几位不戴假发、脚穿搭袢鞋、谈吐简洁而又清晰的美国大使来到欧洲并以自由的名义向人们祝福时,大家就以为美国是"美好的世界"。不久以前,似乎在东方升起了伟大的火柱,埃斯特万在它的照耀下奔向一个"美好的世界",而现在却两手空空回来了。他疲惫不堪,在对一些具有人情味事件的回忆中徒然寻找慰藉。在航行中,随着日子一天天过去,他愈益觉得过去是一场历时很久的噩梦,是充满杀人放火、迫害和惩罚的噩梦。骆驼口吐猎兔犬的作者——卡佐特④宣示了这场噩梦;而本世纪是如此漫长,竟积聚了数世纪来关于时代末日的许多征兆,这也宣示了这场噩梦。噩梦的斑斓色彩、喧嚣鼓噪和滔滔不绝的演说仍在对他穷追不舍,逼得他身

---

① 祭司王约翰,欧洲中世纪神话人物,指阿比西尼亚王或鞑靼王。

② 卡斯蒂利亚平原,西班牙中部地区。

③ 最初西班牙人来到南美大陆时,发现那里早已存在一个强大的帝国——印加帝国,其疆域大致包括秘鲁、厄瓜多尔、玻利维亚以及哥伦比亚、智利、阿根廷的部分领土。

④ 卡佐特(1719—1792),法国作家,其传世之作是《魔鬼恋人》。他声称具有预言能力,因站在法国大革命的对立面而被推上断头台。"骆驼口吐猎兔犬"出处不详。

心交病，犹如在一场致命恶病之后产生了后遗症——焦虑在胸中郁结以致心率异常、脏腑功能失调。过往的经历在他脑海里都是苦难，混乱和骚动，战鼓声和呻吟声，呐喊声和刀光剑影，这一切在他看来堪比地震、集体歇斯底里大发作，以及仪式的狂热……那座熟悉的房子永远在那个拐角处，漆成白色的高大铁栅栏是这座房子的特有饰物；随着一阵庄严的吱吱嘎嘎的铰链声，沉重的大门向他打开了。"我回来了，不再在野蛮人里生活啦。"埃斯特万对索菲亚说。

第五章

三十五

有无道理都一样。

——戈雅

"是你！"索菲亚一见他便叫道。他长得肩宽、高大，两手坚硬而粗糙；他被太阳晒黑了，像海员一样，肩上背着帆布包，里面是他为数不多的私人物品。"是你！"她接着便凑过嘴去吻他刮得不干净的双颊、前额和脖子。"是你！"埃斯特万说道。面对现在拥抱他的女子，他惊讶、愕然。她完全是个成熟、稳重、温柔的女子了，同他印象中昔日臀部窄小的女孩形象是那么不同，那时候她当表姐尚可，当年轻的母亲则太年幼；说她是女子，可她还是个小女孩：昔日的索菲亚是天真无邪的游戏伙伴，能减轻他的病痛。他环顾四周，现在重新发现了一切，但是却有一种难以名状的陌生感。他日思夜想要回家，却没有感到期望的激情。原来熟悉的一切（都太熟悉啦），对他都变得陌生了，他的躯体不会重新同那些东西接触了。这里，在织有白鹦鹉、独角犀、猎兔犬图案的壁毯下方，放着往日的竖琴；那边是那些有斜面边框的大穿衣镜和一面饰有磨砂花纹边

289

框的威尼斯镜子；再那边是书房，现在书都放得整整齐齐。他在前面走着，后面跟着索菲亚，他们来到餐厅，餐厅里有大橱柜，墙上有食品静物画——水果之间点缀着野鸡和野兔。他向位于厨房隔壁、自幼是他的那间房走去。"等一等，我去取钥匙。"索菲亚说。（埃斯特万记起来了，在本地这样的老房子里，有一个习惯，就是死人的房间要锁起来永不打开。）门一开，他见面前是尘封的一团乱糟糟的东西，都是木偶和物理仪器之类，地上、椅子上和铁床上，到处都是。那张铁床过去很长一段时间是他犯病受苦时躺的地方。那个褪色的气球还挂在绳子上；小剧场的舞台上，供演出《司卡潘的诡计》①用的地中海海港布景一如往日未动。那边，在猴子乐队周围有昔日破碎的雷顿瓶、气压计和导管。埃斯特万突然重新看到童年时代（或幼稚的少年时代，都一样）的情景，不由得啜泣起来。他把头靠在索菲亚的膝上，像幼年时期倾诉那倒霉的病痛那样，哭了很长时间。他们记起了已经忘却的相互之间发生的若干往事，谈了一些情况，然后通过挂着油画的门厅，回到大客厅。门厅里的油画上，小丑们依然在为狂欢节打闹凑趣，在为去金星的旅行逗乐加油；有一幅画是宏伟而空旷的广场，广场上方没有天（没有高高的天空映衬），是让·安东·卡隆②的风格；在这幅油画旁边，是一幅仿冒夏尔丹③的餐具食品静物画，画的是锅、水果筐、两

---

① 《司卡潘的诡计》，法国古典主义时期著名剧作家莫里哀写的一出闹剧。该剧主人翁司卡潘足智多谋，爱打抱不平。

② 让·安东·卡隆（1521—1599），法国画家。

③ 夏尔丹（1699—1779），法国画家。

只苹果、一块面包和一根葱，画面还是那么鲜艳悦目。贺加斯^①画的稀奇古怪的人物还是挂在老地方，再向前走，是一幅名为《斩决圣丢尼修》^②的画，在热带的强烈光照下，其画面色彩不但未见暗淡，似乎反而异常鲜明。"前不久，我们把这幅画重新修复上釉了。"索菲亚说。"我看出来了。那流的血好像是新的。"埃斯特万说。但是再往那边，原先挂的是收获小麦和葡萄的画，现在挂着新油画，其风格冷漠，笔调滞涩，画的是古代史上有教育意义的场面——暴乱和演说，这恰巧是埃斯特万近几年在法国亲身经历的许多事情。"这类东西也到这儿来了？"他问道。"现在大家都很喜欢这样的画，"索菲亚说，"它不仅色彩好，还包含着思想，展示着榜样，能促使人思考。"埃斯特万突然在那不勒斯匿名画师的作品——《一座大教堂里的爆炸》前站住，内心翻腾起来。这幅画是极为偶然地落入这家人手中的，它违反造型艺术的规律，与其他绘画的主题都不相同，是一幅预言性油画，它已预示了如许之多熟悉的事件，他被此画高度集中的表现力惊呆了。依照往日教导他的教义，如果大教堂代表其自身（里面有圣器箱、神龛），一旦发生爆炸，即使是迟缓的爆炸，也肯定会把受膜拜的祭坛、神像和圣器炸毁；如果大教堂代表一个时代，一次强烈的爆炸必定能炸塌它的主要墙壁，连那些制造骇人炸弹的人也会被埋入瓦砾堆中。如果大

---

① 贺加斯，原文为 Hoggart，疑为英国画家威廉·霍加斯（William Hogarth）之误。
② 丢尼修系古希腊雅典最高法官，后当主教，于1世纪末殉难。

教堂代表基督教，埃斯特万却发现，在大教堂被炸成碎片而向下坍塌的可怕画面上，竟有一排坚固的柱子原封未动，这表明在历尽劫难之后或在劫难即将来临之际，它们具有抗争、坚持和重建家园的决心。"你以前一直喜欢看这幅画，"索菲亚说，"可是我觉得这幅画荒唐，令人不快！""荒唐和令人不快的，是这个时代。"埃斯特万说。他忽然记起还有个表兄，就问起卡洛斯的情况。索菲亚说："他一早就同我丈夫到乡下去了，很晚才会回来。"埃斯特万脸色顿变，那表情既惊讶又难过；她见此情景，吃了一惊，便以毫不在乎的轻松语调，滔滔不绝地叙述（她很少如此）一年以前是如何同她丈夫结婚的，他现在是卡洛斯商行的合伙人。说着，她指指注进墙里的便门门洞，门是单扇的，旁边有个花坛，花坛里两棵棕榈树像两根与其余建筑物无关的柱子。原来，卡洛斯摆脱堂柯斯梅后，当那纯粹是吓唬人的反共济会浪潮平息以后，就想找个合伙人；他以分摊给合伙人相当可观的利润为条件，请他来工作，并以此取得其所缺乏的贸易知识。就这样，卡洛斯在共济会中结识了一个人，此人很能干而又熟悉经济。"共济会？"埃斯特万问。"你听我说下去。"索菲亚说着，便开始赞扬她的丈夫：他到商行工作不久，就把局面扭转了，并且抓住古巴经济蒸蒸日上的时机，三倍五倍地增加商行的盈利。"你现在是富翁了！"她向埃斯特万叫道，十分兴奋，两颊绯红，"真正的富翁！这你得感谢（咱们得感谢）豪尔赫。我们是一年前结婚的。他的祖父母是爱尔兰人，跟奥法里尔[①]家族是亲戚。"埃斯特万听到索菲亚强调同古巴岛上古老而有权势的家族之一的亲戚关系，感到很不快。"你们现在还经常聚会联欢吗？"他悻悻地问。"你别犯傻！一点儿也没有改变。豪尔赫同咱们一样。你同他肯定合得来的。"接着她说，她现在很满意，为能使一个男人幸福而感到快乐，为有个伴侣而感到安适。末了，像是想要原谅自己的变节[②]，她说："你们是男人。你们都是要成家的。你别这样瞧着我，一切同过去一样。"但是，埃斯特万瞧着她，感到十分悲哀。他从未料到，索菲亚嘴里竟能说出一连串资产阶级的老生常谈："使一个男人幸福"，"女人在生活中有个伴侣便感到安适"。"索菲亚"[③]这个名字表明，拥有这个名字的女人具有令人欣羡的智慧和丰富的知识；然而，她却信口开河，这岂不令人失望。在埃斯特万的想象中，索菲亚这个名字是受拜占庭朝廷庇护的，是隐蔽在生命树的枝叶中而受保护的珍宝，是白璧无瑕的女子所具有的珍宝。现在，她也许因受孕而暗喜（或许，自从进入青春期，她的天真烂漫就已经消失），并由此而得到肉体上的满足，这位往日的大姐、年轻的母亲、明澈娟秀的女子，成了贤妻，她

---

① 奥法里尔（1754—1831），西班牙将军，生于哈瓦那。在拿破仑占领马德里后，倒向法国扶植起来的政府，并担任国防部长。

② 所谓变节，是指索菲亚在少年时曾发誓不结婚（详见本书第一章第三节），而现在却有了丈夫。

③ "索菲亚"在希腊文中的意思是智慧，所以才引出埃斯特万后面一连串的感慨。拜占庭原先是古希腊人在博斯普鲁斯海峡西岸所建的殖民城市，西方人一般称它为"东方帝国"，后来成为东罗马帝国。

爱得专一，性情温良，一心想着她那备受爱护的肚子和她未来儿女们的幸福，她的丈夫与一个百余年来以剥削广大黑奴而致富的大家族有亲戚关系，她却为此而感到骄傲。埃斯特万在重新跨进"她"的家时感觉自己是陌生人（外人），在作为这个家庭的主宰者和太太的女人面前，就更感觉自己是陌生人（外人）了。家里的一切都是按照她的喜好，安排得整整齐齐，打扫得干干净净，都保护得好好的，绝不会被磕碰损坏。"这里的一切都有爱尔兰味儿。"埃斯特万心里想着，便请求许可（要"请求许可"了），要洗澡。索菲亚按照习惯陪他到洗澡间，站在那里同他聊天，直到他衣服脱得只剩下小裤衩了才避开。"这有什么神秘的，我见过不知多少次了。"她说道，同时笑着把香皂从隔板上方扔给他。埃斯特万后来到厨房、储藏室转了转，拥抱了罗莎乌拉和雷米休，他们同他离开他们时一样兴高采烈，十分激动：她长得风姿绰约，他已是中年黑人，注定要在这人间王国劳碌一辈子。之后，他和索菲亚两人单独在一起吃了午饭。他们很少说话，或者谈的都是些琐事，互相望着的时候居多，有那么多事要谈，反而不知道谈什么好了。埃斯特万笼统地谈了到过的地方，都没有细说。当由于长期分离而被冲淡的亲密气氛恢复后，他开始讲了，可是要把他在这些动乱年头里的切身感受作个口头回顾，却需要一些时日。现在那些年月过去了，他反倒觉得时间很短促。但是，某些东西老化得很快，尤其是某些书。他在图书室的书架上拿起雷伊纳尔长老写的书一看，不禁哑然失笑。奥尔巴克男爵①的著作、马蒙泰尔②关于印加人的滑稽戏，还有伏尔泰的悲剧，仅在十年前很有现实意义，甚至具有鼓动性，而现在他都觉得离得很远，已经过时了，犹如十四世纪的药典在今天已太陈旧一样。但是，被事态的发展搞得紊乱模糊、支离破碎得令人难以想象而又褒贬不一的，莫过于《社会契约论》。他打开那本《社会契约论》，书上每一页都有他亲手（是他在过去）画的感叹号、写的评注和注解。"你记得吗？"索菲亚把头靠在他的肩上说道，"以前我看不懂。现在我完全看懂了。"两人来到楼上房间。埃斯特万仿佛看到她同一个陌生人亲密的情景，那张宽大的"夫妻双人床"把这夫妻俩紧紧拴在一起了；两个床头柜上放着封面装帧不同的书；在索菲亚的拖鞋旁放着一双熟山羊皮拖鞋。他又感到自己是外人了。索菲亚想让他住在隔壁房间里，"那是豪尔赫的书房，但是他从来没有使用过"。然而埃斯特万到往日住的老屋子里去了。他把物理仪器、八音匣、木偶都堆在一个墙角里，把吊床挂在两个环上。过去，这两个环上拴的是拧成绳子一样的床单，犯气喘病的时候，他把头靠在上面休息。突然，索菲亚向他问起维克托·丁格。"别提维克托·丁格了，"他说着，伸手到海员包里去掏，"这是他写给你的信。他对我们可狠呢。"他往衣服口袋里塞了几个钱，就上街了。他急于呼吸城里的空气，从船上登

---

① 奥尔巴克（按法语音译）或霍尔巴赫（按德语音译）(1723—1789)，德国哲学家，无神论者，长期在法国居住。
② 马蒙泰尔（1723—1799），法国文学家，著有《印加人》。

岸时，他就觉得哈瓦那城变样了。他走了片刻，来到大教堂前面。教堂的柱顶盘是石制的（石头在交给石匠雕琢前本已十分美观），上面的花纹是不太像样的巴洛克式的。教堂周围是带有栅栏和阳台的宫殿，从这教堂可以看出这座城池建筑风格的主宰者在喜好方面的演变。他一直走到傍晚，在写字楼街、宗教法官街、商贩街上游逛，从基督广场走到圣灵教堂，从维修一新的保拉林荫广场走到练兵场，清闲的人已在夕阳中坐在连拱廊下喝咖啡聊天了。一架新从欧洲运到的钢琴叮叮咚咚的声音从一家窗子传出，窗下聚集了一群闲人。理发师在理发店门口弹着吉他；在一家院子里，一个戴着大头娃娃面具的人在演戏骗钱；某个既是天主教徒又极体面的贵妇人为了牟利，让两名体态诱人的黑人女奴卖淫（这种情况在城里很普遍），这两名女奴见他走来，便向他拉生意。埃斯特万掂掂身边带的钱，就同她们走进一所可疑房子的阴影中……他回到家时已是夜里。卡洛斯立即上前与他拥抱。他没有多大变化，似乎有点儿成熟了，有点儿阔起来了，也许有点儿富态。"咱们商人哪，是不太动窝的……"他笑着说。索菲亚马上把她丈夫拉来：他是个瘦个子，看起来大概有二十五岁的样子，其实有三十三岁了；皮肤细嫩，相貌堂堂，额宽唇薄，是个美男子，然而那张嘴似有不屑与人交谈的冷漠感。埃斯特万原以为他是个能说会道、浅薄无知、可怜巴巴的商店学徒，现在一见此人，成见顿消。他发现，无论是他的举止、态度和衣着，都显示着温良恭俭而又略带抑郁的风度；并且注意到，他偏爱领子宽松的深色衣服和貌似不修边幅的发型，这是近年来在德国或英国留学青年中流行的特色（豪尔赫恰巧曾在英国留学）。"你敢说他不漂亮？"索菲亚温情脉脉地望着丈夫说道……那天晚上，为了吃第一顿全家团圆饭，家庭主妇搬出许多银餐具和多枝烛台。埃斯特万见端上来一盘盘烹调得法的鸡鸭和制作精良的调味汁，便说："我看一定是宰了一头大肥牛。"这使他们想起以前他们三个少年在这餐厅里吃晚餐的情景，那时候他们想象是在波茨坦的宫殿里，在卡尔斯巴德①的浴室里或者在维也纳郊区某座洛可可式宫殿里。索菲亚解释道，这些软糕点、甜点心和酒味巧克力馅饼是专为那个在欧洲生活过因而善于品尝美味佳肴的人做的。埃斯特万回忆了一番，不得不承认（以前没有觉察到），他对讲究色、香、味，讲究调配蔬菜和香料，讲究使用余味无穷的香精这样的烹饪术，最初确曾为之倾倒，但这种感觉历时短暂；也许由于埃斯特万曾经接连数月不得不将就着吃巴斯克饭的辣椒、鳕鱼和飞禽的缘故吧，他已习惯吃农家饭和海员餐，喜欢原汁原味，而不爱吃他所蔑称的"黏黏糊糊的调料"。他说，在火灰中煨烤的红薯干净、香甜，油煎的青香蕉金黄金黄，枣椰心是奇异的高空嫩芦笋，包含着一棵树的精华。他大谈海龟宴、野猪宴、大讲刺海胆、红木树上的牡蛎，对于用新鲜凉菜就着劣质面包吃，以及小海蟹油炸后压成粉再撒上盐吃，都大加夸赞，讲得津津有味。他尤其留恋沙丁鱼，半夜里捕捞上来还是活蹦乱跳的，放在炉火上烤熟，在甲板上就着生葱头和黑面包吃，边吃

---

① 卡尔斯巴德，捷克的一个城市。

边抓着酒囊喝酒。"我整整一下午拼命研究烹调书，结果吃力不讨好。"索菲亚笑着说……咖啡是在大厅里喝的，埃斯特万很怀念往日这大厅里的混乱景象。很明显，这个爱尔兰人的孙子，作为家庭主妇的丈夫，给家里规定了某些关于整洁的规矩。此外，索菲亚对他百依百顺，来来去去，一会儿给他的烟斗点火，一会儿靠着他的圈椅在一张小凳上坐下。丈夫一言不发，微笑等待，索菲亚忙个不停（现在她去取坐垫了），可以看出，他们正在等候他像古代旅行者一样叙述他的冒险故事。这些人离革命舞台非常遥远，因此他必须当故事员了。但是一开口就不好办，开了头，就会坐在沙发上讲到天亮。"给我们讲讲维克托·于格吧。"卡洛斯终于说。埃斯特万明白，尤利西斯 [①] 今晚逃避不了讲述他艰难困苦的长途旅行了，便对索菲亚说："给我拿一瓶最普通的酒来，另外再冰镇一瓶，留待稍后喝，因为故事长着呢。"

三十六

不要大喊大叫。

——戈雅

他以欢快的语气开始讲述，回忆起从太子港到法国途中

[①] "尤利西斯"是按拉丁文的音译，按希腊语音译为"俄底修斯"或"奥德修斯"。尤利西斯是荷马的长篇叙事诗《奥德赛》中的主人公，讲的是希腊联军采用木马计攻陷特洛伊城后，尤利西斯历经十年漂泊，重返家园的故事。

的周折。那船上载的都是难民，而且他们几乎全是圣多明各岛上一个有权有势的山梅花俱乐部共济会会员。这些博爱主义人士——中国人、波斯人和阿尔贡金人①的朋友，发誓在黑人起义被镇压以后，一定要同那些率先举火烧毁他们庄园房舍的忘恩负义的仆人算账，严加惩处。他们那副赌咒发誓的样子瞧着确实滑稽。接着，埃斯特万以嘲弄的口吻叙述了他在巴黎干的"勾当"，他的梦想和希望，活动和体会，并且引述了一些逸事。譬如，有个公民想在法国边境造一座巨大的纪念建筑物，上面塑一尊威猛的青铜巨人，其狰狞面目令人心生畏惧，那些独裁者见到这尊铜像就会指挥吓得半死的军队撤退。又如，在国家处于危急关头的时刻，人们竟在一次代表大会上浪费时间，议论什么对妇女称呼"女公民"，其缺点在于分不清是否系"小姐"。他讲述了喜剧《愤世嫉俗》②被安上了革命化的结局：阿耳塞斯特回来了，突然与其所处的社会和解了。他嘲笑在他离开法国本土后出版的一本名为《小埃米略》的小说所取得的成就，他在瓜德罗普岛读过这本小说，内容讲的是镇上一个孩子被带到凡尔赛，惊讶地得知，王位继承人也吧嗒吧嗒地咂嘴③……他原想保持轻松幽默的语调，但是渐渐地，叙述的事情和趣闻都带上了阴暗的色彩。红色帽徽变成暗红，自

---

① 阿尔贡金人，北美一个印第安人部落。
② 《愤世嫉俗》，莫里哀写的喜剧，上层社会对此剧评价极高，但普通观众不喜欢。该剧的主人翁阿耳塞斯特是个愤世嫉俗者，爱上了美女塞莉麦娜，并要求她也同样痛恨他们所处的社会，结果闹得不欢而散。
③ 意思是说，王子也同普通孩子一样。

由之树的时代被断头台时代所替代。在一个难以确定但是可怕的时刻，人的灵魂被置换了：有的人，头天晚上还是个温良敦厚之辈，第二天早晨醒来就变成凶神恶煞；摇唇鼓舌者，一夜之间成为掌生杀大权的判官。然后就是大乱，想想大乱发生的地方，就觉得这大乱更不可思议：恰巧发生在似乎是文明昌盛之邦，发生在建筑物美轮美奂、大自然温和幽美、手工艺无与伦比、语言如诗如歌的国家。任何其他国家的人民都不可能像法国人那样漠视断头机砍头的场面。可是，法国对异教徒的惩治与西班牙相比是温和的，其圣巴多罗缪之夜①同菲利佩国王②对新教徒的大屠杀相比，是小巫见大巫。他想到远方，一个俾约-瓦伦古怪地出现在埃斯特万面前。只见俾约站在花园里，后面的背景是一根根高大的柱子，周围是乌东创作的雕像，然而花园里草木并不繁茂，有一个阿兹特克祭司，浑身粘着血污，形象古怪，高举着黑曜石刀。这场革命必定是出于千百年来潜藏的冲动，从而导致人类最具野心的冒险行为。但是，这场革命所付出的牺牲太大了，埃斯特万为之战栗："我们对死者忘记得太快啦。"忘记了在巴黎、里昂、南特、阿拉斯（他列举了如遭奥朗日城③劫难的所有城市的名称）的死难者，忘记了大西洋上奴隶船里、卡宴流放犯集中营里以及其他

---

① 圣巴多罗缪是法国的一个宗教节日。在16世纪的一个圣巴多罗缪之夜，在法国曾发生过对新教徒的大屠杀。
② 菲利佩国王，指西班牙国王菲利佩二世（1527—1598）。
③ 奥朗日城，法国东南部小城。在古代是军事要地，现在尚存古罗马时期的露天剧场、凯旋门。

地方的死难者；此外，被绑架者、被谋杀者、失踪者等等不计其数，还不包括活死人——对生活绝望者、才干被埋没者、事业上的失败者，他们没有自杀的必要勇气，只能苟且偷生。他赞颂不幸的巴贝夫分子们，把他们看作忠于平等理想的纯洁的最后革命志士；与巴贝夫分子同时代的人虽然还在殖民地宣扬博爱和自由，但其实是玩弄政治手腕，以保住自己的土地并攫取新的土地，两相对照，这是多么可悲。各地大大小小的教堂一度曾因无神论猖獗而遭关闭，后来重新开放了，此事表明这位耶和华老头儿通过了考验，取得了胜利。崇拜他的人现在可以说，在法国发生的事，实际上是耶和华对那些哲学家显示愤怒罢了。那些哲学家在本世纪①最后几周，竟敢拽耶和华老头儿的胡子，称摩西是骗子，圣保罗是混蛋；他们还居然像维克托·于格在一次讲话中说的那样，暗示说，根据奥尔巴克男爵的研究，耶稣的真正父亲是古罗马军团的一名小卒。他讲到最后，痛苦地喝干仅剩的一杯酒，说："这场革命失败了。也许下次革命是好的。但是，如果我们遇到下次革命爆发，他们得在大白天打着灯笼找我。我们必须提防那些漂亮话，提防漂亮话虚构的美好世界。咱们这个时代被废话压垮了。乐土就在人们自己身上。"说到这里，埃斯特万想起了奥赫，他经常引用他的导师马丁内斯·德·帕斯夸利的话："人类只有通过唤醒自身被物欲麻醉的神奇能力才能觉醒……"客厅里，玻璃和镜子上映

---

① 指 18 世纪。

出了黎明的曙光。星期日最早的晨曲唱起来了，北风在黎明中呼啸。在孩提时代熟悉的钟声中，现在夹杂着新建大教堂低沉的钟声，像在过去乱糟糟的大厅里那个幸福年代一样，夜飞快地过去了。现在，四人都裹着夜间陆续取来的毯子，静悄悄地坐在圈椅里，沉浸在各自的思绪中，不急于去睡觉。"我们可不同意。"索菲亚突然以尖酸的声音说，这实际上表示要开展辩论了。埃斯特万认为有必要问她，"我们"指的是谁。"三个人。"索菲亚答道，眼光向旁边扫了一圈，把他排除在家人之外。她开始独白，像在自言自语。卡洛斯和豪尔赫的表情都明显地表示赞同。一个人没有政治理想就不能生活；人民的幸福不是唾手可得的；严重的错误的确有，但这些错误对于将来是有用的教训。她明白，埃斯特万经受过某些痛苦（因此很同情他），但他可能是一种浮夸的理想主义的牺牲品；她承认，革命过程中发生的过火行为确实很糟，但是，人类要夺取伟大的成功，就必定会有痛苦和牺牲。总而言之，地球上任何伟大的事业，不流血是办不到的。"这话是圣茹斯特在你之前说的。"埃斯特万叫道。"因为圣茹斯特年轻，同咱们一样。当我想到圣茹斯特时，使我钦佩的，是他离开学校课桌才不久。"她对于表弟讲的情况（当然是关于政治方面的）都清楚，也许她比他更清楚，因为他对发生的事件仅有片面、狭隘的认识，而且这种认识往往因接触到细小的丑事和不可避免的幼稚行为而被扭曲，然而这类丑事和幼稚行为丝毫不能使这场伟大非凡的革命逊色。"这么说，我下过地狱，就没有一点儿价值了？"埃斯特万叫道……

她仅仅想说，从远处观察，对事情看得更客观些，感情冲动的成分也就少一些。她对美丽的寺院遭破坏、漂亮的教堂被烧毁、神像被砸、彩色玻璃窗被打碎，深感惋惜。但是，如果为人类幸福所要求，古建筑可以在地球上消失。埃斯特万一听"幸福"这个词就大动肝火："请注意，就是你们这样虔诚的信徒、幻想主义者、死啃人文主义著作的人、加尔文教派的信徒自己把断头台架设起来的。""但愿我们很快能在这座愚蠢、腐朽的城池里的练兵场上架起一座断头台。"索菲亚回敬道。她愿意看见此岛上这许多无能官僚、奴隶的剥削者、傲慢的财主以及衮衮诸公，脑袋一个一个掉下来。此岛被现代史上最糟糕、最堕落的政府所封锁，对外界一无所知，被遗弃在天涯海角，只能做雪茄烟盒上的招牌。"这里必须杀几个人。"卡洛斯表示赞同。"不止几个。"豪尔赫说……"我什么都料到了，"埃斯特万说，"可就是没有料到会在这里碰上一个雅各宾派俱乐部。"其余三人解释道，还没有达到这种程度；但无论怎么说，他是遇到了消息很灵通（再次提到这一点，使埃斯特万很光火）而且是坚定的实干家。一个人必须有时代意识，有生活目的，在变化中的世界里以某种方式行动。这几年卡洛斯致力于创建一个小小的男女混合共济会（因为人太少，必须拥有聪明、杰出的妇女），其追求的政治目的，是散发那些培育法国革命的哲学著作及此次革命的若干基本文件——《人权宣言》、《法国宪法》、重要演说和爱国教材等等。他们给他拿来了几张散页和一些小册子，上面使用的是老式字体，排版粗糙，这表明是新格拉纳

达 ① 或哈瓦那（也许是拉普拉塔河或普韦布拉·德洛斯安赫莱斯 ②）印刷厂做的这项地下工作。对这些文字他太熟悉啦，从词语搭配的特点、某些词序变化的恰到好处，以及他费了好大工夫才找到的一个相应的形容词，他认出是在皮特尔角城根据维克托·于格的指示，由他翻译后交勒约父子排印的。现在，在这个时刻，他又看到了这些由大陆印刷厂印刷的译文……"讨厌！"③ 他在圈椅之间磕磕碰碰地出去时叫道。穿过院子时，他看见通向商行门上的钥匙孔里插着钥匙。他产生了对那地方的好奇心，因为在某种意义上这商行也是属于他的。今天是星期日，货仓里也许没有人。在过去，盐水味、发芽的土豆味、咸肉干味和葱头味是他最讨厌不过的，而现在闻着好像是泥土的腐殖质味，清香且有生气，原来这是船的底舱味、港口的谷仓味和密封仓库味。酒在沿着槽缝往下滴，拉曼恰奶酪表皮变成了绿色，存放奶油的大肚瓮闪着油光。但是这一切都前所未见地有条不紊。根据每种货物的情况，或排成行，或堆成垛，或挂起来：上面，在雪松木梁上挂着火腿和蒜头；粮食包堆成墙，地上是一桶桶鳗鱼和卤制食品。再往那边原来是院子，现在已经盖了屋顶，里面一个个货架上放满商品样品。经营范围扩大了，有盐罐、珍品匣、墨西哥制的银烛剪、英国产的薄壳

---

① 新格拉纳达，指今哥伦比亚、厄瓜多尔一带，在西班牙殖民统治时期称新格拉纳达。
② 普韦布拉·德洛斯安赫莱斯，指墨西哥的普韦布拉市。
③ 原文为法文。

瓷、从阿卡普尔科①来的中国商品、机械玩具、瑞士钟表，以及阿兰达伯爵老窖酒。埃斯特万朝账房走去，在那里，账簿、墨水瓶、铅笔刀、托盘、尺子和天平都各据其位，等候着第二天使用它们的人。他看到两张特大的桌子放在最好的一个房间里，心里便想，第三张这样的大桌子是给他自己的，也许会放在桃花心木衬壁旁边，那墙上挂着父亲的油画像，他是这家商行的创始人，皱着眉头（他总是如此），神态严厉，代表着企业的精神，令人肃然起敬。他想到了自己未来光辉的日子，他将在大米和豆子样品的包围中工作，既要算账，又要计量发货，还得同一两个拖欠款项的人或外地零售商拌嘴；恰在此时，在屋外，太阳照得海湾水面上闪闪发光，开往纽约或合恩角②的快帆船正在驶过。他明白了，他对"那事儿"③并非关心到能为之献出他最美好岁月的程度。他厌恶在海上漂流，厌恶惶惶不可终日的生活，厌恶两袖清风的生活方式。现在他逃离了地狱，还不适应（没有感到）实际的或已恢复了的正常生活。他回到他的卧室。索菲亚正坐在木偶和物理仪器堆中等候着他，不忍心去睡觉，脸上显出十分哀伤的神色。"你生我们的气了吗，"她说，"就因为我们有信仰？""信仰是每天都在变化着的事，你们会大失所望，活活气死！"埃斯特万说，"你们知道该唾弃什么，仅此而已。正因为如此，你们就什么都相信并寄予

---

① 阿卡普尔科，墨西哥南部太平洋沿岸港口城市。
② 合恩角，在南美洲最南端（智利境内）。
③ 泛指革命或法国资产阶级大革命。

希望。"索菲亚吻了他，就像在他幼年时给他在吊床上穿衣服时那样："谁愿意怎么想都可以，咱们还同以往那样亲。"她走出房间时说。现在剩下埃斯特万独自一人了，他发觉，同以往那样亲是办不到的。有的时代就是为了屠杀羊群，就是要让人们互相不懂对方的语言，就是要把各部落分散到各地去。

三十七

日子一天天过去，埃斯特万下不了去商行的决心。"明天去。"他说道，好像在向对他并不提出任何要求的人表示歉意。而到了第二天，他又到城里去游荡，或者乘小艇穿过海湾去莱格拉镇。在那里，卖烤小猪的柜台上摆着浓浓的甘蔗汁和葡萄清酒，这使他想起往日打牙祭的盛况。在一个停放船只的小海湾里，发绿的废船像冬日夜间的乞丐一样，一艘靠着一艘；这些船是因破旧而被遗弃的，平和的海浪老是摇晃着它们，拍打着千疮百孔、被紫色海生植物膜和海带覆盖的船舷。在一些地方还留存着曾一连数月关押耶稣会教士的棚寮废墟，那些耶稣会教士是被西班牙王国驱逐出来的，是被从遥远的安第斯山区修道院，经波托贝洛 ① 押送来的。商贩们在自由自在地做买卖，销售午祷词、谢恩供品、巫术用具（磁石、煤玉、锁链和珊瑚）。在那里，每个基督教堂里都有一个黑人自用副堂，就

----

① 波托贝洛，巴拿马港口城市。

在圣器室后边，供着奥巴塔拉、奥楚姆或耶马雅①，无论哪位教区神父也不能反对自由黑人把非洲古老的神像放在教堂的神坛上供奉。有时候，埃斯特万回家时会顺便走进大剧院看看，那里有一个西班牙剧团，在轻快的歌声中演出反映令人向往的马德里小市民生活的戏剧，然而他去马德里的通道因战争而被切断了……圣诞节前夕，豪尔赫的亲戚邀请索菲亚、卡洛斯和埃斯特万到一个庄园去过圣诞节，那是个古巴岛上被认为最兴旺发达的庄园之一。卡洛斯和豪尔赫因年底生意太忙走不开，决定让索菲亚由埃斯特万陪同先走，他们则在城里再待八天左右，等做完生意再走。这个主意埃斯特万觉得不错，因为他一直感到，索菲亚因丈夫在场而同他保持距离；而卡洛斯忙于商务，晚上又经常参加共济会集会，即使不去开会，也因忙了一天，晚饭以后就坐在圈椅里打盹，佯装在听别人聊天，因而他与卡洛斯还没有恢复以往亲密无间的关系……"现在我又找到你啦。"在去阿特米萨的路上，埃斯特万和索菲亚单独在马车里时，埃斯特万说道。道路不好，两人在胶布车篷下摇摇晃晃，仿佛在摇篮里一样。他们在旅馆和客栈里用餐，以点菜为乐趣，点的菜要么是最大众化的，要么都是别人很少点的，例如一碟褐色的辣椒酱油、烤鸽子等。索菲亚在家庭晚餐上是不喝酒的，而现在，却在零售酒摊名目众多的烧酒和葡萄酒里寻找外观漂亮的酒瓶。她脸上泛红，太阳穴冒汗，像往日那样哈

---

① 奥巴塔拉、奥楚姆或耶马雅，均为非洲某地区黑人供奉的神。

307

哈笑着，放下了少妇和家庭主妇的架子，仿佛从外松里紧的审查制度中解放出来了一样。旅途中，埃斯特万不得不讲起维克托·于格，并向索菲亚问起带来的那封信。"没有什么内容，"她说，"我原指望他信里会写些什么。你了解他，尽写些俏皮话，可书面的俏皮话就失去了风趣。他内心是悲伤的。他说他没有朋友。""孤寂是对他的惩罚，"埃斯特万说，"他以为成了大人物就可以不要朋友了。连罗伯斯庇尔本人也没有这样。""他总是自以为了不起，"她答道，"因此，当他把自己抬得太高的时候，就露出了马脚：他没有那么大的本事。他想当个悲壮的英雄，结果成了小丑。此外，他的活动舞台不好，罗什福尔、瓜德罗普岛……一级一级地爬上去！""他是个等闲之辈，很多事实证明了这一点。"埃斯特万把自己记得的、可以丑化他那傲气十足的形象的事，一股脑儿倒了出来，譬如随便哪天听到那么一句笨拙的话啦，一个轻薄的表现啦，同女仆睡觉啦，以及某种懦弱的表现，比如那赫赫有名的一天，安东尼奥·富埃威胁他说，如果他未经邀请而去海盗共济会，他就拿鞭子抽他，维克托吓得一声不吭，尴尬地笑笑。此外，他由崇拜罗伯斯庇尔转而模仿他……他对往日的这位朋友提出种种指责，正因为他爱他，他的缺点就愈加不可容忍："我倒是想说他的好话，但是不能，他干的许多事把我对他的印象搞坏了，这类事太多了。"索菲亚听着，以她的方式表示赞同，发出轻轻的哼哼声，这可以理解为对一件残忍事件、失误、下流事或滥用职权表示惊讶、否定、惊奇或蔑视："咱们不谈维克托了。他是一场大革命的坏

308

胎。"不管怎么说，他攒了钱，同富婆结了婚，"埃斯特万提醒道，"他干了这么多坏事，并且犯上作乱，巴黎的班房正等着他呢，且不说新的恐怖政权的官老爷们又定了什么规矩。""咱们别谈维克托了。"但是，走了三四十里路以后，他们又谈起了维克托·于格，又一起数落起他来："他是个庸人……""我不知道咱们那时候怎么会觉得他很有意思……""他没有一点儿文化修养，演说中尽引用刚在一本书上看到的内容……""他是冒险家……""那时候他使咱们惊讶，因为他是从远方来的，到过不少地方……""不过，他是勇敢的……""大胆的……""起初他是个狂热分子，但也许他是出于野心而伪装的……""他是一头政治畜生……""就是这一类人给一场革命抹黑……"

豪尔赫亲戚家的住宅简直是一座罗马宫殿，房子周围有棕榈树和咖啡园，沿着房子的外廊是一长溜陶立克式①立柱，走廊里饰有瓷盘、古杯、塔拉韦拉②马赛克，还有种满海棠的花园。在大厅、中央院子里的柱廊和几个餐厅里，可以安排百余人住宿而绰绰有余。天天大宴小宴，从早到晚厨房里的火从不熄灭。早餐刚完就是午餐，每餐之间有点心小吃；要吃巧克力吗？马上送到；要喝雪莉酒③吗？马上端来。花园里，汉白玉雕像掩映在石榴树、三角花和其他茂密的攀缘植物之中，望着

---

① 陶立克式，一种古希腊的建筑风格。
② 塔拉韦拉，西班牙地名，以产瓷器闻名。
③ 雪莉酒，西班牙赫雷斯产的著名葡萄酒。

令人心旷神怡。波莫娜和猎神狄安娜①守护着一个在一条小溪开阔处形成的天然水池，水池周围长满蕨类植物和芋头。路边栽满杏树、角豆树、大王棕的林荫大道伸向远方，消失在绿荫中。在花木丛中隐现着一个爬满蔷薇花藤的意大利式藤架，一个供着某个女神的希腊式小庙，可能还有一个幽深的黄杨林，在那里，每当夕阳西下、影影绰绰之时，景色令人流连忘返。主人对嘉宾招待周到，但又不过分客气而使人感到拘束。当地待客的老规矩，是由着客人随便活动。有的人骑马溜达，有的人打猎或散步；更多的人分散在广大的庄园内，有下棋的，有看书的。挂在高塔上的一只钟指挥着大家的生活，招呼大家去吃晚饭或自愿参加聚会。盛大的晚宴一般在十点钟结束，接着在房子后面的广场上点燃华灯，一支有三十名黑人乐师的乐队开始演奏，这些乐师是由一位德国音乐大师——曼海姆②乐队的老提琴手训练出来的。在星空下（星星似乎太多了），或演奏海顿的一部交响乐的高雅序曲，或欢快地齐奏斯塔米茨或坎那比希③的快板乐章。有时候，有几位嗓子好的来宾客串，竟能演出泰勒曼④的小歌剧或佩尔戈莱西⑤的《女佣作主妇》。

---

① 波莫娜，古希腊神话中的花园女神。狄安娜，古希腊神话中的月亮和狩猎女神。

② 曼海姆，德国城市名。

③ 斯塔米茨（1717—1757），坎那比希（1731—1798），均为作曲家、小提琴家，也都是早期古典时期重要的音乐流派"曼海姆乐派"的代表人物。

④ 泰勒曼（1681—1767），德国作曲家。

⑤ 佩尔戈莱西（1710—1736），意大利作曲家。

"光明世纪"①的最后几天，时间就是这样消磨的；这个世纪里发生了如许多的事件，仿佛经历了三百年似的。"生活真美好！"索菲亚说，"但是在这些树木后面，存在着不可容忍的东西。"她指指一排高高的柏树，每棵柏树都像竖立在草木丛中的墨绿色方尖碑，那边隐藏着另一个世界——奴隶们的棚寮世界，有时候他们敲起鼓来，那响声犹如远方在下冰雹。"我同你一样感到遗憾，"埃斯特万答道，"但是咱们的力量不足以使用别的方式来处理。而别人，那些握有充分权力的人，在这方面已经失败了……"十二月二十四日下午，有几个人热衷于安排圣诞纪念活动，隔会儿就到厨房查看火鸡是否已在炉火上烤得焦黄，调味汁是否有香精味。埃斯特万和索菲亚来到铁栅栏围成的庄园入口处，等候不久即将抵达的卡洛斯和豪尔赫。突然下起了阵雨，他们躲到一个蔓藤花棚下避雨，那里新开放的圣诞花一片火红，雨点落下，地面升腾起一片泥腥味，也引出路上落叶的清香。"雨水止住过去了。地上百花开放，百鸟鸣叫的时候已经来到。"②埃斯特万记起少年时读的《圣经》，低声背诵着。此时他感觉头晕目眩，产生愉悦感，使他觉得返璞归真了：现在你一切都明白了。你对几年前在你心中酝酿的一切都明白了。你，曾经如此执着地追求超越你理解力的真理，瞧瞧

①　"光明世纪"，指18世纪。罗大冈先生指出，法国史籍所说的"光明世纪"，是指18世纪的启蒙运动。启蒙运动是一场思想运动，不是文学潮流，但与文学有密切关系。法国资产阶级革命爆发于1789年，可是这场斗争的思想准备早在18世纪初期已经开始。
②　出自《圣经·雅歌》2：11—12。

她的脸，就会懂得唯一你应该懂得的事。她，是你认识的第一个女人，是你拥抱的母亲，而你从未见过你的生母。她，是了解你身体逐渐变化长大的姐姐，这只有一个十二万分热爱着你并与你一起长大的人，才能办到这一点。埃斯特万把头靠在她的肩上，似乎她的肩就是他自己的肩；他呜呜地痛哭流涕，索菲亚吃了一惊，抱住他，吻他的额头和脸颊，把他往自己身边拉。但是，现在寻找她的嘴的，是一张焦急、渴望、过于贪婪的嘴，她用手推开他的脸，猛烈地挣脱了他，站在他对面，注意着他的反应，就像监视着敌人的一举一动似的。埃斯特万痛苦、呆滞地望着她，但是他眼里有着炽热的火焰。索菲亚感到他是把她自己当成一般的女人而死命盯着瞧的，便往后退了一步。现在对方在对她说话，对她讲着他刚刚理解的事，刚刚在他自己身上发现的什么。他的声音再也不是过去的声音，他在说着从未料到的、难以容忍的话，她不但不为之感动，反而觉得那都是俗套话。听着他那涉及偷香窃玉的惨痛经历、永远满足不了的渴望，以及他这个从穷乡僻壤回来的汉子默默等候着过去错过的事情之类令人厌恶的自白，她不知该干什么，该说什么，不禁羞臊难忍。"住口！"索菲亚满脸怒气，吼道。他满以为对方喜欢他讲的那些话，结果适得其反，在她听来一切都很虚伪。他越说越快，她则接连说"住口！"声音越来越高，到了顶点，不能再高了。双方沉默，充满痛苦；他们的心都在激烈地跳动，仿佛两人一起干了件力气活似的。"你把一切都搞砸了，把一切都毁了。"她说道。现在是索菲亚哭了，她冒着雨跑开了……他倒在地上，夜幕已经降临，一切都将与以前不同。在疯狂中爆发的事产生了信任障碍、难堪的沉默和白眼，这种状况将永远不会改变，他怎么受得了？他想，最好一走了之，尽管他清楚他没有力量这么做。时代已变得十分险恶，就像中世纪一样，旅行者出门是自寻倒霉。而埃斯特万清楚，"冒险"这个词包含着多么讨厌的内容……雨停了，草木丛中亮起了灯光，出现了化装的人群：牧民和脸上涂着面粉的磨坊工人来了，假扮的黑人来了，十二岁女娃娃装扮的老妪来了，大胡子汉子和头戴硬纸帽的人来了。他们摇动着响葫芦、铃铛、手鼓和铃鼓。合唱的都是女孩子的声音。

> 老太太来啦，
> 带来了圣诞礼物。
> 她以为很多，
> 我们却嫌少。
>
> 葡萄叶儿绿了，
> 柠檬花儿开了，
> 主的母亲啊，
> 我们赞美你。

在三角花花坛后面，大烛台、煤油灯和威尼斯吊灯把房子照得通明。现在要边饮朋沴，边守候午夜来临。钟楼上的钟打了十二响以后，每人将必须照例吃十二颗葡萄。接着，没完没了的晚宴才开始，晚宴后还得坐在那里吃用核桃夹子夹开的榛子和杏仁。黑人乐队今夜将演奏新的华尔兹舞曲，乐谱是昨夜才送到的，今天一大早他们就排练了。埃斯特万不知该怎样逃避那场面才好，孩子们找他，仆人们叫他，请他去参加游戏或喝酒，别人都已在灯火通明的长廊里喝得兴致勃勃，大声谈笑了。这时传来了急促的马蹄声。雷米休驾着沾满泥巴的车子在大路那头出现了。但是车里没有人。他一见埃斯特万，立即刹住车，告诉他说，城里蔓延新瘟疫，豪尔赫染病，晕厥后卧床不起。这场瘟疫是由于欧洲战场上死人太多而引起，并由几艘俄国船带来的。俄国船是最近抵达的，他们要用从未见过的商品为彼得堡的富豪们换取他们极爱吃的热带水果。

三十八

家里散发着药味。在大门口就闻到远处厨房里有芥末和亚麻籽味儿。过道和楼梯上，来来去去的人递送着汤药、芥子泥、药水和樟脑油，退烧用的蜀葵和百合水没有把高烧降下来，有时病人在高烧中说胡话。索菲亚和埃斯特万尽快往回赶，一路上忧心忡忡，两人几乎没有说话；回到家，他们发现豪尔赫病情十分严重。但这不是孤立的情况，新瘟疫使城里半数人病倒了，而且死亡率很高。病人见到妻子，以虚弱的眼神望着她，抓住她的手，似乎在她的手里能找到救命药一样。为了防止穿堂风，房门是关着的，房里的空气很闷，令人窒息，尽是药味、酒精和蜡烛气味。蜡烛一直点着，因为豪尔赫害怕在黑暗中睡去就再也不会醒来。索菲亚给他盖好被，哄他睡着，在他发烧的额上敷一块浸了醋的布，然后去商行听卡洛斯详细讲述医生们的治疗建议，其实，对如何同直至目前尚未了解的瘟疫做斗争，医生们知之甚少……人们在失眠和守夜中进入了新世纪，这是给人以希望的日子，也是令人气馁的日子。教士们似乎受神秘的声音召唤，出现在瓷砖门厅里，表示要送来创造神迹的圣像和圣物。所有家具，凡是有平板台面的，上面都放着处方笺、药瓶，以及供拔火罐用但已烧了一半的火捻子。索菲亚虽然镇定，但很痛苦，她寸步不离丈夫的床头，尽管有人一再警告她此病极易传染。她的防范措施仅仅是用香料水在自己身上擦一番，嘴里衔一枝干石竹花苞。她照料病人之周到、态度之温柔，使埃斯特万想起他少年时代犯气喘病的岁月。现在，索菲亚的爱（可能是在不知不觉中预示着母性感情）已属于另一个男子。这一明显的事实，使他更觉痛苦，因为现在他比过去更有理由眷恋往日的幸福乐园。过去，他对享受这乐园里的幸福习以为常，以为这幸福是理所当然地属于他的；而这种幸福感又纯属他自己的体会，因而面对眼前的事实，他就感觉他的乐园已彻底地失去了。索菲亚一夜一夜地守在那里，不睡觉，只在圈椅里打个盹，豪尔赫嘘一口气就能把她叫醒。有时她走出房间，满脸愁容。"他在说胡话。"说着，她就哭了。当他苏醒后，就以突如其来的力量紧紧抓住生命不放，两肋刺痛时，他以顽强的意志忍受着，并叫道，他决不让死神征服。当她见到这种情景时，她又有了勇气。在他暂时好转时，就谋划未来的生活：不能把青春消耗在生意场上。人不是为此而生。健康一旦恢复，夫妇俩就去外国，实现总是往后拖延的旅行。他们要去西班牙、意大利，他将在西西里岛温和的气候里调养身体。他们将永远远离这有害健康的海岛，在这岛上人们总有染上与过去肆虐欧洲的时疫相类似的疾病的危险。埃斯特万知道了他们这些打算，当他想到这些计划可能实现，也许他们从此永远不会回来时，便感到十分痛苦，因为他已没有任何雄心壮志。他之所以现在还活着，唯一的原因是她在这里。轮到他接待随时来家里探望病人的来访者时，他就大谈惨痛的亲身经历。他对谁都很冷漠，与别人谈话时心不在焉；如果来访者是后起的博爱派，则更是如此。这些博爱派人士参加由他的亲人创建的小小的男女混合共济会活动，而他回到哈瓦那后，始终顽固地拒绝参与。他早就抛在脑后的思想又冒出来了，尽管现在这里的环境似乎在有组织地冲淡这些思想：昨天还在购买黑奴并驱使他们在庄园里干活的人，却关心起奴隶的命运；在腐败的殖民政府庇护下大发横财的人，却非议殖民政府的腐败；渴望国王赐予贵族封号的人，却开始议论独立的可能性。在这里的有钱有势者中，普遍产生了在欧洲促使那么多贵族为自己架设断头台的同样的精神状态。鼓吹革命的书籍由于法国大革命朝意外的方向发展而早已过时，然而这里却在阅读那些书籍，这简直落后了四十年……过了三周，病情出现一线希望，这倒不是说病情有所好转；病情是严重的，如果是别人，早就一命呜呼了，不过病情已经稳定。医生们通过对许多病例的观察，取得了一些经验，决定对病人们采用类似治疗肺炎的办法。就在这样焦虑的日子里，一天下午，他们听到了叩打大门门环的声音。埃斯特万和索菲亚走到院子的栏杆那里，探身观看是谁在放肆地叫门。原来是船长克勒布·戴克斯特，他身穿蓝色长礼服，手戴典礼手套。他不知道家里有病人，箭号在哈瓦那港停靠后，像以往一样，事先不通报就来了。他的出现，使人回忆起愉快的过去，埃斯特万高兴地拥抱他。这位美国人得悉现在的情况后，表示惋惜，并坚持要把船上经试验有效的海员热敷药取来。索菲亚设法说服他不要去取，因为豪尔赫服用了诱导剂而处于高烧状态，无论多么轻微的热敷药都承受不了。但是克勒布·戴克斯特坚信他的药疗效良好，回去取了；掌灯时分，他拿着一些有腐蚀性酸味的油膏回来了。餐桌上多放了一副刀叉，出现了珍贵的杯子和一个英国大汤盆，在这家人家开始了几周以来第一次令人开怀的晚宴。豪尔赫睡着了，由让人请来的第二圣芳济会修女看护着。"会好起来的，"卡洛斯说，"我的心告诉我，他已经脱离危险。""但愿上帝听到你的祈求。"索菲亚说，使用了她不常用的说法，这种说法出自她之口就具有令人宽慰的神效。但是，埃斯特万不清楚她所提及的神是《圣经》里的耶和华还是伏尔泰的神，抑或是共济会的伟大建筑师，因为在刚过去的光明世纪中，对神的看法就是这样混乱。埃斯特万难免要讲述他在加勒比海上的活动，不过这次很高兴，情绪也很好，因为克勒布船长熟悉他大冒险的舞台。"当然，法国和美国之间的战争状态不会持续太久了，"船长说，"已经在进行和平谈判。"至于瓜德罗普岛，自从维克托·于格拒绝向佩拉迪和德福尔诺交权而最后被押送走以后，那里的局面长期处于混乱状态。在那里，政变是家常便饭，而过去的白人老爷死灰复燃，同新的白人老爷公开进行战争，收复了过去的特权。此外，在法国殖民地的普遍倾向是恢复旧制度，尤其现在，维克托·于格刚刚就任国民公会领导委员会驻卡宴的代表。"你们不知道？"美国船长见他们惊愕，便问。他们以为维克托·于格已是个被征服了的人，身败名裂，也许被抓起来了，也许被判处死刑。现在却得悉，此人在巴黎赢得了战斗，以胜利者的姿态回到了美洲，成了新的两角帽的主人①，掌握了新的权力。这位美国佬说，消息一传开，在整个圭亚那刮起一阵恐怖之风。锡纳马里、库鲁、伊拉库博和科纳纳马的流放犯失去了在灾难中幸存的希望，举起祈祷文，高声向上苍祈祷，恳求上帝让他们从新的苦难中解脱。人们感到恐怖，犹如又来了个反基督教分子。于是不得不在卡宴各地张贴安民告示，告知人民时代变了，再不会重演瓜德罗普岛的事件，新代表将在慷慨大度、主持正义的精神支配下，努力保障殖民地人民的幸福。（"哼。"埃斯特万哼了一声，看出了老一套的圆滑辞令。）令人啼笑皆非的

---

① 当时法国政府官员穿的制服，戴两角帽。

是，维克托·于格为了显示他的德政，在他那条船的船头上，在明显的位置安排了一支军乐队，吹吹打打来到卡宴；而以前却是在船头上架设断头机来到瓜德罗普岛吓唬当地老百姓的。现在奏响了戈塞克谱写的喧闹的进行曲、巴黎的流行歌曲、高音笛和小号演奏的粗俗舞曲，而在六年前是安斯先生在船头上试验断头机，人们屡屡听到的是砍头铡刀从架子顶上落下时发出的骇人响声。维克托·于格是单身一人来的，把妻子留在法国，也许他根本没有结婚，关于这一点克勒布·戴克斯特不太清楚，因为他是从帕拉马里博带来的消息，那地方现在对同法国那位代表为邻十分担心。可是，令人惊奇的是，那位代表竟表现得宽宏大量，他看望流放犯，大大改善了他们的悲惨生活，并向他们许诺，他们中许多人很快可以返回祖国。"狼装扮成羊了。"埃斯特万说。"他纯粹是执行当权人物命令的政治工具。"卡洛斯说。"无论怎么说，他是了不起的人物。"索菲亚说。克勒布·戴克斯特很早就走了，因为他那条船必须在黎明前起锚，一个月以后，南行途中在哈瓦那停靠时再作长谈；到那时将以美酒庆贺病人康复。埃斯特万亲自驾车把他送到码头……回来时，他看见卡洛斯在门口。"快去找医生！"他说，"豪尔赫窒息了。我怕他过不了今晚。"

三十九

　　病人依然在死亡线上挣扎。简直不可想象，那个苍白脆弱、快要断气的人竟有如此顽强的生命力。他发着高烧，喘不过气，在说胡话时居然还有气力叫喊着抗拒死亡。埃斯特万好几次见过印第安人和黑人死去，那情况完全不同。他们像身负重伤的牲口，一声不吭地倒下，对周围的一切逐渐失去感觉，像早就甘心被最后击倒一样，愈益心切地希望别人让他们安静地待着；豪尔赫却相反，他抽搐着，诉说着，哼哼着，不能接受对他人而言十分明显的事实。数百年来，人类文明已编撰了许多清醒地解释并镇定地接受死亡的理由，然而似乎又使人类在面临死亡时彻底丧失了沉着的头脑。现在随着时钟的运转，死亡在无情地走近，他却依然说服自己相信，死亡不是终结，而是一种过渡形式，在死亡之后，就是来世。豪尔赫自己要求神父到场，神父把他嗫嚅着说出的断断续续的语句当作他最后的忏悔。罗莎乌拉看出医生们已束手无策，便说服索菲亚让她把一个老年黑人男巫领到家里。"有什么用！"少妇说，"奥赫倒是不小看巫师……"巫师用香料水"清扫"房间，把几个海螺扔到地板上，看那些海螺口是朝上还是朝下，最后从市场附近的草药铺里买来几根草。不管怎么说，应该承认，他这一套减轻了病人的憋闷感，使一时濒临死亡的心脏重新活跃起来……但是不能抱太多的希望。病人躯体的机件逐个失灵。黑人巫师给的药水只能暂时减轻病痛。殡仪馆的人料到病人活不长，便老到房子附近窥探情况。埃斯特万看到卡洛斯的裁缝拿着几件丧服来的时候，并不感到吃惊。自从丈夫病倒以后，索菲亚就向她的裁缝定做了许多丧服，足足有几大筐，放在尽里面的一个房间里，并在那里穿上又脱下。也许出于内心的迷信，她下不了决心把丧服取出来。埃斯特万理解她：定做这些黑衣服，就是举行了消弭灾祸的仪式。事先把衣服取出，等于接受不愿接受的事实。每个人都应该哄骗自己：黑色丧服在家里一定不会再出现了。但是三天后，病人的心脏功能无可挽回地失灵了。下午四点刚过，黑色丧服就从大门进屋了：有修女们的黑色丧服，有教士们的黑色长袍，有友人们、商行的客户们、共济会的弟兄们、熟人和职员们的黑色丧服，总之，殡仪该有的大大小小全套黑色装备；更有实实在在的黑人穿着的黑色丧服。这些黑人四代以来早就同这家保持着牢固的关系，现在像被遗忘的幽灵从远处居民区出现，来到院子的连拱廊下加入哭丧人群。在那等级森严的社会里，守灵是唯一能砸碎社会地位和人种障碍的仪式，为死者生前刮过脸的理发师可以在死者棺椁旁同古巴总兵、贵族医院院长、波索斯·杜尔塞斯伯爵或国王新近赐予侯爵衔的有钱庄园主平起平坐。看见来了几百个陌生人（那天晚上哈瓦那商界人士都到这大房子来了），索菲亚感到慌乱。她因连日熬夜而消瘦了，表情因内心痛苦而变得冷漠，无须哭哭啼啼和做给他人看的眼泪就能庄重得体地充当寡妇的角色，对此埃斯特万深感钦佩。各种不同的花香混合在一起，变成了蜡臭味，加上蜡烛味和屋里残留的芥末、樟脑之类的药味，少妇可能被这些气味熏得头晕了，她脸色苍白，双眉紧蹙，穿一身灰不溜秋的丧服，然而却保持着与她身上一切弱点相反的美。她的额角可能过分任性，双眉太浓密，眼睛过分坦率，双臂过长，纤细的双腿也许难以支撑她的臀部。但是，即使在她目前的痛苦状况下，她依然从内心深处焕发着完美的女性光华；埃斯特万看到了这一点，明白了她那强烈的人情味之秘密所在。大厅里停放着尸体，他为了逃避一片嘤嘤的祈祷声，走到院子里。他回到自己的房间里，在那个时刻，房间里的木偶与整个悲伤气氛形成鲜明对比，显得极为荒唐。他一骨碌躺到吊床上，脑子里却摆脱不了一个固执的念头：明天家里就少了一个人。数天前令他痛苦的旅游计划成了空话。从现在起，要有一年的服丧期，还要做弥撒来纪念亡灵，并且必须上坟祭扫。他将有一年时间来说服其余人改变生活。聊聊少年时代的生活倒是容易的，然而卡洛斯太惦念他的商行，也许只能陪伴他们两三个月。以后他自己将设法同索菲亚到欧洲某地去一起生活，他想去西班牙。现在同以前相比，已不太受法国战争的威胁了，法国人跳过地中海，荒唐地在埃及大打出手。① 凡事急不得，不可凭一时的感情冲动行事，而要使用永不枯竭的虚伪手段，必要时就撒谎，像模像样地扮演达尔杜弗②的角色……他回到黑乎乎的守灵大厅里，同继续从大门进来的吊唁人士握手、拥抱。躺在那里的本来是个不速之客，明天将把他扛在肩上送走，而他无须犯下内心希望看到他肉体被消灭的诅咒罪（如同古代哲学

---

① 1798 年 5 月，法国为了打击英国在地中海以东的利益，由拿破仑带兵入侵埃及。

② 达尔杜弗，法国戏剧家莫里哀写的讽刺喜剧《伪君子》中的主人翁。他是个宗教骗子，以奸诈的手段骗取黄金和美女。

家对处死不吉利的人那般文绉绉的说法）。关起门来服丧，会把家庭圈子缩小到原来的范围，重新营造昔日的气氛，或许会回到往日的混乱状态，仿佛时间倒退了一样。等长长的守灵之夜过去以后，等送葬完毕而宣告悼亡经、十字架、供品、丧服、蜡烛、覆盖灵柩的绒布、鲜花、丧事登记册以及安魂曲谱都一一收起来以后（人们会评论，这个人是穿着全套制服来的，那个人说了些什么，另一个人哭出了声，呜呜咽咽地说人如蝼蚁……），等葬礼完毕，在烈日下大理石碑反射的刺眼的光线映照中，经过握了上百只汗腻腻的手而感到的疼痛之后，就会重新建立过去那样自然的关系……卡洛斯、埃斯特万和索菲亚在结束了繁重的丧葬事宜后，又坐到餐厅里的大桌子旁（是在一个星期日），等候向附近旅馆订的晚餐。雷米休因在墓地而未能去市场采购，从旅馆端来一个盖着布的托盘。掀开布，露出了杏仁鱼、杏仁糖、烤小鸽子、蜜饯点心等等，这些都是埃斯特万亲自点的（他说，必不可少的菜，要不惜任何代价办到）。"多么凑巧！"索菲亚说，"我似乎记得，在他死了以后，咱们吃的是同样的菜……"（她没有说下去，因为在家里是从来不谈起父亲的。）"就是那些菜，"埃斯特万说，"旅馆里的饭菜变化很少。"他还提醒表姐，两条胳膊在桌上摆的姿势不好，好像她恢复了过去不雅观的姿势。她什么菜都尝了一点，眼睛望着桌布，手机械地摆弄着杯子。她因接连几天守夜而筋疲力尽，便早早回卧室了。人死以后，已无必要冒传染瘟疫的危险，所以她让仆人架起她当姑娘时使用的单人床，这张床一直放在阁楼上，那

323

里还有几筐丧服没有打开使用。"索菲亚真可怜！"当剩下两个男子单独在一起的时候，卡洛斯说，"在这样的年龄就成了寡妇！""她很快会再婚的。"埃斯特万一面说，一面抚摩着用金线裹着的一颗灰色种子，在他当水兵的日子里，这颗种子是他避风防灾的护身符……在后来的日子里，他按时到商行去，坐在豪尔赫的办公室里，假装对生意经突然产生了高度兴趣。在那里同市场上的商人或内地来的人接触过程中，他获悉了惊人的事件。整个古巴岛上正在悄悄地发生骚动，有钱的庄园主们天天提心吊胆，生怕有黑人的阴谋组织在鼓动黑人像圣多明各岛上的黑人一样闹事。有谣言说，有一个神出鬼没的穆拉托人头头，其姓名不得而知，在农村活动，在发动糖厂工人。"许多人口袋里都有法国坏蛋的宣传品。"夜里一些神秘的人在城里墙上张贴传单，以"思想自由"的名义欢呼法国革命，并宣布即将在公共广场上架起断头机。任何一个黑人（无论是疯子或醉酒者）稍有暴力的表示，就被看作有叛乱意图。此外，船只带来委内瑞拉和新格拉纳达政局动荡的消息。到处都刮起了谋反之风。据说，卫戍部队处于戒备状态，从西班牙运来的一批大炮用于加强太子要塞①的炮台……"别瞎说！"卡洛斯在别人告诉他这类消息时就这么说，小心翼翼地把谈话引到生意方面去，"这个大村子②里的人就会胡言乱语。"

① 太子要塞，在哈瓦那城东北海滨。
② 卡洛斯把哈瓦那比作一个大村子，意思是那里落后、闭塞。

四十

令人痛心的现实。

——戈雅

　　有一天晚上，卡洛斯和索菲亚都不在家，去参加他们男女混合共济会的活动了。埃斯特万有点儿感冒，坐在大厅里，手边放一大杯朋沏，阅读一本半个世纪以前托雷斯·维亚罗埃尔①出版的预言汇编集的旧书——《萨拉曼卡大历书》，出版者为了推销他的历书，大吹大擂，称他是炼金术、魔术、自然哲学和轮回转世学说博士。他惊讶地发现，此人以骇人的准确性预言了法国国王的垮台：

　　　　数呀数，

　　　　一千六百年，

　　　　再过一百年，

　　　　到了一七九四年，

　　　　恰是法国倒霉年。

　　　　国王和太子，

　　　　宝座保不住，

　　　　扑通一声向下颠！

---

① 托雷斯·维亚罗埃尔（1693—1770），西班牙作家、诗人、医生、数学家，萨拉曼卡大学教授。

他接着看维亚罗埃尔的自传，他那流浪汉式的经历十分有趣。这位诗人生活道路坎坷，当过隐士们的跟班，当过学生、斗牛士、江湖医生、舞蹈演员、遗嘱执行人、数学家，在波尔图①当过兵，当过大学讲师，最后身披道袍当了修道士。埃斯特万读到闹鬼的神秘故事，这些鬼在马德里一家大宅第里捣乱，把墙上挂的画扔到地上。此时他发现，晚上的阵雨在一阵狂风的催赶下，下得更紧了；他又专心致志地看书，楼上一扇窗在乒乒乓乓地响，似乎已经打开了。埃斯特万心里想，这太凑巧了，读到书上讲鬼怪之处，家里的窗就响起来了。窗子还在响，十分讨厌。埃斯特万走到楼上，原来是索菲亚现在睡觉的房间里有一扇落地窗开着。他没有早点儿去关，实在是太大意了，因为雨从正面打来，如瓢泼一般落到地板上，床下的地毯已经泡湿。在柜子附近，瓷砖铺得不平处已成水坑。而几筐丧服恰好在这水坑里，筐子尚未打开过，干燥的藤条已贪婪地吸足了水。埃斯特万把筐放到桌上，但是发现筐子泡得太湿了，他觉得必须马上把里面的衣服取出。他打开第一个筐，把手伸进去，以为里面都是黑衣服，不料都是花哨的衣服，其中有缎子的、绸子的，并且有花饰，可他从未见过索菲亚如此爱俏。他掀开第二个筐盖子，里面都是做工极为精细的衬衫和内衣，都是用昂贵的布料和柔软的织物做的，并且配以巴伦西亚②的花边。埃斯特万惊呆了，产生了窥探他人秘密的犯罪感，便重新

① 波尔图，葡萄牙城市。
② 巴伦西亚，西班牙东部沿海城市。

把筐盖上，放回原处，然后下楼去取墩布擦地板。他擦着地板，眼睛却不住地看那些藤条筐。这一筐筐衣服是豪尔赫在隔壁房间里发烧、出虚汗的日子里运进屋里的。当然，在守灵的时候，他的表姐是穿着丧服的。但一共是三套轮换穿的，索菲亚竟会如此悭吝、寒酸，这实在太奇怪了。那时候埃斯特万想，她或许是出于自我惩戒的心理才这么做的。现在却发现她给她自己做了如此昂贵的衣服，既不适宜又不实用，这暴露了她的另一种思想状态。他不知如何统一她同时存在的两种不同的思想状态。那里放着足以在舞会和剧院里引人瞩目的衣服，长筒袜有好几打，还有凸绣的拖鞋、奢华的首饰，无论为出风头抑或卖弄风骚都足够用了。他掀起那个尚未打开的筐子的盖，里面放的都是最普通的日常衣服——平时出门在非正式场合穿的衣服和料子考究（都是又亮又滑的）、做工精细的居家衣服。这里还是同样的谜：所见的衣服中没有黑的，没有一件同丧葬或表示哀悼相称的衣物。索菲亚对当今时代妇女时装变化之迅速是了解的。城里正处于经济繁荣的新阶段，妇女都知道欧洲流行什么时装。索菲亚明知一年必不可少的服丧期（更糟的是，在服丧期间必须穿素色衣服）过后，她的衣服就不时髦了……埃斯特万正在从最坏的假设想起（甚至想，他的表姐过着不为其表弟知晓的双重生活），提出问题难为自己的时候，听到马车由马车门进来的声音。索菲亚出现在房门口，吃惊地站住了。埃斯特万一面对着水桶拧墩布，一面向她讲述所发生的事。"这些衣服肯定都湿了。"他指着筐说。"我自己会把衣服取出来的。让

327

我独自待着吧。"说罢，她把他向门口推去，道了声晚安，便锁上了门。

　　次日，埃斯特万在商行里脑子集中不到工作上，正在这时，街上发生了骚动。有人在大喊："黑人们学起海地黑人的样儿造反啦。"一听这么说，人们纷纷关窗。小贩们扛起货柜仓皇逃回家，有的把玩具装上小推车推起就跑，有的把祭坛器皿装入麻袋扛起就走。一辆马车拐弯时太急，哗啦一声翻了车，引起一阵吵嚷声。女人们在门口议论纷纷，说哪里死了人，哪里发生了强奸事件。人们这里一堆，那里一撮，交谈着极为矛盾的消息：已有两营兵被派到城墙那边阻击奴隶队伍；有几个法国煽动者从巴尔的摩乘船来到这里，在城里活动；在阿尔塞纳尔区发生了火灾。人们很快得知，这一阵骚动是由于混血种人和美国海员争吵引起的。美国海员在知名的拉洛拉烟花巷中嫖够、喝足、赌痛快以后，砸坏了柜子和镜子，一个钱不付，还揍了赌场老板，打了鸨母，扬长而去。一帮刚果黑人提着灯笼去保罗教堂祭拜他们的保护神，碰见此事，卷了进去，打将起来。砍刀、棍棒大施其威，又来了巡逻队员一阵冲杀，地上就躺倒了几名负伤者。一小时后，这个多事之区的秩序恢复了。但是督军趁机狠煞开始令他担忧的事，让手下人在街头宣布将对以下可疑者采取严厉措施：散布叛乱思想者、张贴传单者（这是最多的）、主张废除奴隶制者，以及发表辱骂西班牙国王言论者……"还在闹着革命玩儿呐。"那天下午埃斯特万回到家就这么说。"玩儿点什么总比什么都不玩儿好。"索菲亚尖刻地反驳道。"至少我没有任何需要掩盖的秘密。"埃斯特万瞪了她一眼，说道。她耸耸肩，背转身去。她的表情变得生硬、任性。吃晚饭时，她缄默不语，回避着别人审视的目光，但并无做了亏心事被人发现而显出心虚的样子，而是表现出一个女子拒绝做任何解释的高傲态度。那天晚上，埃斯特万和卡洛斯在下棋，胜负难分；索菲亚埋头看一本厚厚的天体图。"箭号今天下午到了，"卡洛斯突然说，同时把黑象向埃斯特万仅剩的一只马逼近一步，"明天那个美国佬会来吃饭的。""你还记着这事儿呐，这倒不错，"索菲亚从她那辽远的星系那边答道，"咱们会在桌上多放一副刀叉。"

次日晚餐时埃斯特万回到家，以为家里一定灯火辉煌。但是走进大厅，发现不对头。戴克斯特来回踱着步，神态紧张，向卡洛斯做着奇怪的解释；卡洛斯瘫作一团，一副哭相，他那开始发胖的身子在忧愁时显得十分滑稽。"我毫无办法，"那美国人张开胳膊叫道，"她是寡妇，是成年人。我应该把她当成旅客。我同她谈过了，她不听。即使她是我的女儿，我也毫无办法。"接着他讲了详细情况：她在米拉雅公司买了船票，付足了钱。她的证件是一位共济会弟兄办的，上面盖着应有的公章。她是去巴巴多斯的，到了那里就离开箭号，上一艘去卡宴的荷兰船。"是去卡宴，"卡洛斯惊呆了，"您说，她是去卡宴！不是去马德里，也不是去伦敦、那不勒斯！"他发现埃斯特万来了，便对他谈起此事，仿佛埃斯特万已知道了一样："她疯了。她说讨厌这个家，讨厌这个城市。就这么一声不吭，不辞而去。两小时前，她带着行李上了船。"他去船上劝过她。"结果是对牛弹琴。我不能把她拖回来呀，她要走。"他转过身对戴克斯特说："您是船长，有权拒绝旅客上船。这总是可以办到的。"船长见他那样坚持，认为他是在怀疑自己的诚恳，便生气了，提高嗓门说："无论是在法律上还是在情理上，我都不能拒绝她。由她去吧。谁也不能阻挡她去卡宴。这次不走，下次也会走。把大门关上，她会跳窗走。""为什么？"另两人叫嚷着追问他。戴克斯特使劲把他们推开，说："我干脆告诉你们吧，她很清楚为什么要去卡宴，而且恰恰是去卡宴。"他像生气的讲道者那样，用食指一指，说出一句《圣经》谚语："言者无心，泄露天机。"这么一句不轻不重的话激怒了埃斯特万，他抓住船长的长礼服衣领，要他把话干脆利落说清楚，不要吞吞吐吐。戴克斯特说了句粗话，事情就全明白了："你和奥赫去圣地亚哥码头上找婊子的时候，她在船上同另一个人勾搭上了。我的船员都对我讲了，多丢脸啊。我对那事儿很生气，就赶快开船走了……"埃斯特万无须再问什么了，一切都联系起来了。她得知某人在美洲附近的土地上重新掌握生杀大权后，就马上定做华丽的衣服，这事就可以解释了。他明白了她为什么向他提出许多问题，她随便骂那个人几句，就获悉了她所希望了解的情况——他的生活、他的成就和错误。她虚情假意地承认他是个怪物，是个可恶的人，是一头政治野兽，便一点一点地套出了关于那个下了台又官复原职者的情况——他的姿态、欲望和行为。她一直顽强地精心掩饰她那颗被压抑、遏制的心，直到后来，欲望迸发，连身边躺着病危者也顾不得了。在这整个过程中，在丧仪的花圈和蜡烛中，混杂着她那购买贴身穿的内衣这种既含混而又非常明白的想法，这事多么令人恶心。突然，索菲亚在埃斯特万眼里成了一个沉沦的女人，她在一个她曾在清白的少女时代加以拒绝的男人身下感觉舒服、惬意，这种形象是十分丑陋、下流而难以想象的。他记得有一天晚上，她到了妓女们活跃的地方就表示十分厌恶，其实那些妓女不过是在人类交配中扮演侍者的角色（也许是最无私的）。埃斯特万难以在一个人身上把两种人格捏合在一起：一个是，从她所受的宗教教育来看，是肮脏行为，对之表示愤慨，气得面红耳赤；另一个是，不久之后，为了达到自己的愿望而弄虚作假，勾结外人。"这都是你的不是，把她嫁给一头蠢驴。"埃斯特万叫道，现在他在寻找对造成这可耻私奔事件负有罪责的人。"那桩婚事本来就不好嘛，"戴克斯特一面说，一面对着一面镜子用手抚平被拉皱的领子，"丈夫和妻子在床上打交道以后，别人就可以判断他们会不会吵架。这完全是做戏呀，缺什么就演不像。只要瞧一下他的一双手就会明白：像天主教修女的手，手指软弱无力，连东西都抓不住。"埃斯特万想起索菲亚如何殚精竭虑地扮演贤妻角色（在她丈夫快死时还如此），她那俯首听命、殷勤周到和恰如其分的态度，都是同她独立不羁的性格格格不入的。他认为，这桩婚事本身意味着向一股可恶的社会习惯势力投降，这是难以容忍的；她结婚时已不是处女，对此他简直感到高兴。同时他又觉得，尽管是私奔远方，但是家里的面子会丢尽。他见卡洛斯束手无策，垂头丧气，一副哭相，便站起来说："无论如何我要去把她弄回来。"戴克斯特说："白闹腾，什么结果也不会有，她有权走。"卡洛斯说："你去吧。做一番最后的努力……"埃斯特万砰的一声拉上门，出门直奔码头。他走到箭号的泊位时，被刚捕捞上来的鱼味熏得喘不过气：原来在他周围有一筐筐棘鬣鱼、石板鱼和沙丁鱼，鱼鳞在火把下闪着光。有时卖鱼人把手伸进麻袋里抓出一把鱿鱼，放在秤上称。索菲亚站在靠着陆地的船头甲板上，依然穿着黑色长丧服，似乎对向她飘去的鱼鳞和血污气味毫无感觉，她仿佛是神话中的女英雄，望着海上渔民给她送去的供品而无动于衷。埃斯特万看到那一动不动的女人，火气就消了。她毫无表情，看着他走近，那凝视着他的眼神使他不知所措。突然，他感到害怕。他害怕可能从她嘴里听到某些振聋发聩的话而瘫软无力。他不敢爬到她站着的甲板上去，默默地望着她。"下来。"他终于说。她转过身，脸向着港口，上身靠在船舷上。对面岸上，陌生的街区里万家灯火；后面，城市犹如一盏巴洛克式的灯，连拱廊里的灯光与红色、绿色和橙黄色的玻璃交相辉映。左边是通向黑暗海面的阴暗通道：那是凶险的海域，战乱不息，鲜血染红了这个"千岛地中海"，在那里航行担惊受怕。她将向使她意识到她自身存在的人走去。现在站在下面码头上那个哼哼唧唧的人给她带来了信，信中他向她诉说了在胜利中感到的寂寞。在那里，在他所在的地方，有许多事可做；他那样气质的人一定在开拓大事业，他一定有可以发挥每个人才干的宏图。"下来，"下面又在喊，"你太自信了。"回家就意味着怀疑自己的力量，等于第二次失败。她尝够了寒夜冷衾的味道，尝够了强作笑颜的苦头。"下来。"向后，有老宅院，像蚌壳似的粘在身上；而那边却是霞光，一片光明，没有叫卖声和铃铛声。这里是教堂，枷锁，日复一日讨厌的忙碌生活；而那边却是巨人们居住的壮烈天地。"下来。"那声音又在喊。索菲亚离开船舷，躲进甲板上的阴影里，埃斯特万提高嗓门，继续同她说话。但是渔民们的叫嚷声掩盖了他的独白，他的话断断续续地传到她的耳朵里，说什么大家盖起来的房子现在要毁了。"倒好像在好姐弟之间可以盖起一座真正的房子似的。"她想道。埃斯特万搂着船的龙骨，继续说着，然而无人在听。那巨大的木质船体散发着海盐、海带和海洋藻类的气味，潮湿的船帮有弹性，柔软得像女人似的。上方的船头饰是女人，涂得像石膏一样白，眼睛周围画了浓浓的蓝眼圈。原来站在船头上的女子却看不见了，她将在黎明时带着奇异的财富起程，她恢复了欲念，挣脱了有损她美貌和欢乐的凄苦生活，她将越出家庭范围，把家中的秘密暴露殆尽，把秘密告诉另一个男人，可能他已在等候着她了。埃斯特万本想发脾气的，却变成向她哀求了，一想及此，他就觉得自己一钱不值，仿佛赤裸裸地一无所有（她对他赤裸的身子见得太多了，已无必要估计他裸体的价值）。她在上面等待着升帆，等待着风把帆吹胀。她向奇异的种子①走去，船的航迹将把种子催发。她如同《创世记》里的女子，既是接收者，又是收藏者，同男子亲近，最后必定抛下父母之家出走……人们开始注意他，竖起耳朵听他说话，并且在以为听懂的时候哈哈大笑。"弄明白了吗？"船长问。"清楚啦！"埃斯特万答道，"祝大家一路平安。"

四十一

现在他站在靠近码头的拐角处，因遭败北而犹豫不决，羞愧难当。他反复琢磨着应说而未说的话。船就在那里，离得很近，船身四周火把通明，它那夜间的形象有点吓人。船头上画的美人鱼有两条尾巴，分别伸到两边船帮上，她时隐时现，当灯光照到她那死人般的脸上时，就像她是从坟墓中被拉出来的。埃斯特万觉得，有许多话未说而在胸中郁积、翻腾，像在滔滔不绝地演讲，又像在责备、警告、训斥，然后由暴怒而至谩骂，在使用了几个极为粗俗的词儿后，再也找不出别的言辞了，而她能顶住任何呵斥（她的性格是能这么做的）。他仍将如刚才那样一筹莫展。现在他脑子里出现了坏主意。已经是八点钟了，戴克斯特船长的船将在清晨五点起锚。还有九个小时，或许有

---

① 所谓奇异的种子，暗指维克托·于格。后面《创世记》里的女子则指夏娃。

334

足够的时间来采取什么措施。埃斯特万在愤恨之中制造了行使其责任的理论：他"有责任"阻止索菲亚到达卡宴。必须毫不犹豫地采取极端手段以制止道德上的自杀。她这样冒险，等于跌入地狱。索菲亚是成年人，但卡洛斯可以借口她患精神病而在法律上有权制止她出逃。这是有先例的，数月前，一位名门年轻寡妇企图同一个在大剧院演唱小歌剧的丑角逃往西班牙，就是这样被抓回家的。凡是为了制止有损体面家庭荣誉的事，极易取得有关当局的协助。桃色事件在殖民地社会最为受人厌恶，当情人或放荡女人发生纠葛而扰乱他们的安宁时，他们总是请出法警来。教会在这类事件中也颇为活跃，会出面拦阻罪犯……为了制止发生不可容忍的事件，埃斯特万决心采取任何手段，他跑得汗流浃背，上气不接下气地来到家里。一进门，发现有几个警察模样的人，在那里板着面孔，无疑，他们是在搜查。他们到处乱窜，翻箱倒柜，从马厩一直到楼上，无不如此。从楼梯上走下一个人来，头上顶着一包印刷品。搜查人员把印刷品传看着，证明那是《人权宣言》和《法国宪法》，是索菲亚保存在床底下的。"走吧，"罗莎乌拉走近埃斯特万说，"卡洛斯老爷由楼上平台逃走了。"小伙子不动声色地向几步之遥的门廊走去，想逃出家门。但是大门口埋伏着两个人："不许跑。"他们对他说，并把他堵到大厅的一个角落里看管起来。

他们把他撂在那里，接连几小时都没有过问他，只顾在他面前走来走去，翻看着墙上油画后面、地毯下面有什么东西，似乎不知有他这个人在场。他们用铁钎在花坛的软土上扎，检查土下是否埋着箱子。还有一个人从图书室取出书来，检查书脊，摸摸有多厚，最后把伏尔泰、卢梭和布丰①的若干著作以及所有用法文出版的散文（诗歌就不大要紧）扔到地上，这就算挑选好了。直到凌晨三点钟，搜查终于结束。证据非常充分，证明这家是共济会阴谋分子、革命著作传播者、王室敌人的一个窝子，他们图谋在海外领地搞无政府主义，反对教会。"太太在哪里？"现在密探们都在问，他们根据情报人员的报告，认定她是最危险的阴谋分子。罗莎乌拉和雷米休回答说，他们什么也不知道，说她一早就出门了，往常总是在家的，但这次恰好这么晚还没有回来。有一个人说，必须检查所有停泊在港口的船只，防止逃跑。"那是白费时间，"埃斯特万在墙角那边提高嗓门说，"我的表姐索菲亚同这事根本没有关系，你们的情报不准。这些文件就是今天下午我塞到她床底下的，她不知道。""你的表姐住在外边？""这是她的私人生活问题。"检查人员互相以讽刺意味看了一眼。"死人扔进了坑，活人找新欢。"有一个人说罢，哈哈大笑。但是他们又说要到船上去……此时，他们要埃斯特万在纸上写几行字。他对此要求吃了一惊，随手写了圣胡安·德·拉克鲁斯的几行诗，这几天他刚读过，记得清楚："啊！谁很快会看到自己被剥夺这含情脉脉的爱！"……"字迹是一样的。"一个审讯者手持一本《社会契约论》晃晃，

---

① 布丰（1707—1788），法国博物学家，以关于自然史的著作闻名，并以"风格即人"的理论传世。

336

几年前埃斯特万在书页边上记下了一些辱骂王室的想法。现在所有人的注意力都集中到他身上了："我们知道你是经过长途旅行回来的。""对。""你到哪里去了？""马德里。""骗人！"有一个人说，"在你表姐的写字台抽屉里我们找到两封在巴黎写的信，当然，你在信里表示了很高的革命热情。""这有可能，"埃斯特万说，"但是后来我去马德里了。""让我来问他，"有一个人说着，扒开别人，走到前面，"我既不是加利西亚 ① 人，也不是加泰罗尼亚 ② 人。"他接着便问起街道、集市、教堂和其他地方，埃斯特万都不知道。"你从来没有到过马德里。"那人得出结论说。"这有可能。"埃斯特万说。又有一个人出来问："你在巴黎靠什么生活？因为西班牙同法国处于战争状态，你家里人给你寄钱，你是收不到的。""我靠翻译谋生。""翻译什么？""各种东西。"已经是四点钟了。他们又对索菲亚不在家觉得难以解释，认为有必要去船上看看……"真蠢，"埃斯特万突然拍拍桌子叫道，"你们以为在哈瓦那抄家就可以扫除世界上的自由思想了！已经太晚了！谁也阻挡不了正在前进中的事业！"他大声重复着这几句话，再夹进博爱、平等之类的词，喊得他脖子青筋暴起。有一名书办急忙把他的话记下来。"很有意思，很有意思。咱们开始互相了解了。"审讯者说。他们的头头就加快了提问的节奏，追问埃斯特万："你是共济会员？""是的。""你背弃耶稣基督和我们的神圣宗教？""我的上帝是哲学家们的上

---

① 加利西亚，西班牙西北部一个省。
② 加泰罗尼亚，西班牙东北部一个省。

帝。"你同意并且传播法国革命思想？""完全是这样。""我们在上面找到的传单是在哪里印刷的？""我不会讲的。""是谁翻译成西班牙文的？""我。""这些《美洲卡尔曼纽拉歌》也是你翻译的？""可能是吧。""什么时候翻译的？"此时一个硬是留在楼上想再找点东西的搜查员出现了："这位太太扇子真不少，"说着便打开一把，扇面上画的是攻克巴士底狱的场面，"这还不算，还有一套匣子和针盒，这些玩意儿的颜色十分可疑[①]。"埃斯特万见到那些三色玩意儿，便想起少年时的热情竟能使像索菲亚这样性格倔强的人搜集几年前已在世界上流传的那些东西，不禁为之感动。"这个女人无论如何都要把她抓到。"头头说。他们又说要去码头……于是埃斯特万就一口气把所有情况抖搂出来：从维克托·于格到哈瓦那说起，讲得详详细细，把叙述拉得很长，书办匆忙记录，字迹歪歪扭扭。他讲了他同布里索和达尔巴拉德之间的私人接触，在巴斯克地区进行的宣传工作，同后来成为叛徒的马切纳和马丁内斯·德·巴耶斯特罗斯这些混账东西的友谊。接着讲了去瓜德罗普岛，勒约父子的印刷所，卡宴的情况，在卡宴期间有幸同法国王后的死对头俾约-瓦伦接触过。"书办，记下，记下。"头头说，对这样的坦白感到满意。"Biyo（俾约）是用希腊文的y[②]？"书办问。"用'elle'[③]，"埃

---

① 所谓"颜色可疑"，是指法国国旗上的红白蓝三种颜色，也就是后面说的"三色玩意儿"。

② "俾约"法文为Billaud，读音近似西班牙文的Biyo。西班牙文中称y为希腊文y。

③ "elle"，是西班牙语辅音ll（两个小写的L）的名称。

斯特万说着，便开始上起法语课来了，"用'elle'，因为……"""不要为一个什么字母争论。"头头把袖子向上一捋，叫道，"你是怎么回哈瓦那的？""无论什么事到共济会员手里都容易办到。"埃斯特万答道，并继续往下讲，把自己抬高成搞阴谋活动的大人物。但是随着时钟的指针快接近五点的时候，他的话越说越离奇。审问他的人不能理解，此人不但不为自己辩解，反而对他的罪行全部供认不讳，这样很可能将他戴木枷处死。现在，埃斯特万算是讲完了，便讲起粗俗的笑话，说到了波旁家族的荡妇们，说到和平亲王 ① 给国王陛下戴了绿帽子，还说什么拴在卡洛斯国王屁股上的爆竹不久就会噼噼啪啪响的。"这是个狂热分子，"所有人都说，"要不是狂热分子，就是疯子。在美洲到处都有罗伯斯庇尔这类人物。咱们如果不小心，这里很快会发生大屠杀。"埃斯特万依旧讲着，一会儿说有的行动没有实现，一会儿又吹牛说他亲自把革命文件送到委内瑞拉和新格拉纳达。"记下，书办，记下。一句话也不要漏掉。"头头说道，他已没有什么要问的了……已经五点半了。埃斯特万要求派人陪他上屋顶平台，那里栏杆顶上一个旧杯子里有他个人的一件物品。他们以为又能找到什么新证据了，有几个搜查员便跟他去了。杯子里只有一个马蜂窝，马蜂飞出，蜇了不止一人。埃斯特万朝港口方向张望，别人骂他，他根本不理：箭号已经起锚了，原先船系在缆桩上停靠的泊位已经空出来了……他回到

---

① 和平亲王，指戈多伊，他因在 1795 年与法国达成和平协议而获"和平亲王"称号。

大厅，说："书办，请记下：我向我信仰的上帝坦白，我刚才讲的全是假话。除了我到过巴黎外，关于其余我所说干过的一切事情，你们永远找不到任何证据。你们拿不出任何证人和文件。我之所以讲了那一切，是为了帮助一个人逃跑。我做得值得。"头头说："你不戴木枷死，也得蹲休达 ① 大牢，谁也救不了你。不管怎么说，我们押解过一些人去非洲采石场。""我才不在乎我的生命如何呢！"埃斯特万说。他在《一座大教堂里的爆炸》那幅画前站住，画面上被炸起的大块柱石依然悬在梦魇般的空中，他想道："连现在我将去砸碎的石头 ②，这幅画里也有。"他抓起一张小板凳朝那油画砸去。那幅画被砸了一个窟窿，扑通一声掉到地上。"你们把我带走算了。"埃斯特万说，他已筋疲力尽，实在需要睡觉，只想睡觉，即使在班房里睡觉也行。

---

① 休达，地名，是西班牙在摩洛哥的飞地。
② 指在采石场砸石头。

第六章

四十二

　　海浪从南方静静地、有节奏地涌来，织起了饰有薄薄泡沫的布匹，又随即将其撕破，那泡沫犹如暗色大理石上的纹理。绿色的海岸已留在后面了。现在船在深蓝色水面上航行，水面是那么蓝，仿佛是由几种相互融合中的物质（尽管是冬季亮晶晶的物质）合成的，随着来自非常辽远处的搏动而起伏着。整个海面上看不到生物的影子，而在海底却是高山峡谷，那景象犹如在远古以前，在混沌初开时初次创造的海面一样。然而却只有生物麋集的加勒比海有时候会显出无生物居住的海洋面貌。仿佛被一种神秘的需要所驱使，鱼儿逃离水面，水母沉到水下，海藻不见了，在人的面前只剩下无限的概念：永远在向后移动的地平线，空间，以及在空间更远处天上的星星。只要提到"天"，就给创造此词的人以诚惶诚恐的庄严感，也许此词是在人们刚具有疼痛、恐惧或饥饿概念后首先创造的。这里，在荒凉的海面上方，天空显得十分凝重，依然点缀着远古以来就见到的那些星座。人类在漫长的岁月里，设计了天上的神话，又在永恒的神话创造者的奇思妙想中确定星星的方位而逐渐加以识别、命名，把天空塞满了熊呀、狗呀、狮子呀这类动物，这可真需要像儿童那般放肆才敢这么做。索菲亚双臂支在箭号船舷上，脸向着天空这么想着。不过，像她留在家中图书室里的天体图集那样，把永恒收入宝贵的书里，倒是简化永恒的一种方式；在天体图上，半人马和天蝎、天鹰和天龙好像在激烈地搏斗。人们从星座的名字可以追忆起人类最初创造神话时所使用的语言；那些神话被忠实地保存了下来，当信仰基督的人们出现时，天空已住满了异教徒①，在天上再也找不到容身之地了。那些星星被赠给了安德洛墨达和珀耳修斯、赫拉克勒斯和卡西奥庇亚②。有的星星是祖先的财产，但不能转让给提比哩亚湖③的普通渔民，而这些渔民无须利用星星导航而把船开到一个地方，那里有人不怕流血、准备创立一个无视星宿存在的宗教……当昴星团的星星暗淡的时候，黎明来临了，千万个碧玉兜鍪④向船边涌来，给无数长长的红彩带镶上了黑边，在水下映出了身着被洞穿的锁子甲伦巴第⑤步兵形象，从外貌看，他们必定是奇异的中世纪武士。海面的水纹很像盔甲的表

---

① 西方对星星和星座多以神话人物的名字命名，而这类人物与基督教无关，所以说"住满了异教徒"。

② 汉语中的仙女座、英仙座、武仙座、仙后座，在西方分别称为安德洛墨达、珀耳修斯、赫拉克勒斯和卡西奥庇亚（均为神话人物名字）。

③ 提比哩亚湖，在《圣经·新约》中，此湖也叫加利利湖。所谓"祖先的财产"，是因星座的名字中有与渔猎有关的名字，如猎户座，网罟座、南船座，因而被引申为渔夫们的祖先。耶稣接受洗礼后在加利利湖地区传道，并收四个渔民为他的弟子。所谓"无视星宿存在的宗教"，那是因为天上没有以基督教圣徒名字命名的星座。下文所说的"有人"是指耶稣。

④ 作者把海浪的形状比作古代战士的头盔，并与后面所说的伦巴第步兵相呼应。

⑤ 伦巴第，意大利北部地名。

层，而那些武士形象在光线的反射作用下，如同被水纹刺穿一样：或从肩部直至臀部，或从颈项直至膝盖，或从耳朵直至大腿。而戴克斯特却称这些形象为"军舰"。这支水下军队见箭号船来到，就闪开通道，一俟船驶过，立即聚拢；他们来自无名之地，天天静悄悄地行军，直至阳光直射时，武士们的头颅立即崩裂，彩带随即消融……上午十点左右，船进入新的海域：戈尔戈纳斯诸岛海域。这些岛的布局形如鸟的翅膀，在其映照下的白色海浪上方翱翔。接着出现一群群棕褐色海蚌①，蚌壳或张或闭，饥态毕露；跟着来到的是一群群海螺，它们吸附在木排上，像一团团固化的泡沫……突然下起了阵雨，海上面貌顿时改观，海水变得灰绿而浑浊。在雨点飞溅中升起一阵咸水味儿，雨点打到甲板上就被木头吸干了。雨点打到布帆上，发出犹如冰雹落到石板上的响声，而绳子却绷得更紧了，每根纤维都在吱扭吱扭地响。雷声由西向东运动，经过船的上空时，轰隆隆响个不停，直至下午三四点钟，才带着乌云远去。海面像在黎明时一样，如同高原上的湖泊，一平如镜，五彩缤纷。箭号像犁头一样，接连数小时在平静的海面上耕耘，掀起形态奇异的泡沫，在船身后面留下长长的尾波，以此证明此处曾有船经过。傍晚时分，海底已漆黑一片，船在水面上以白描技法勾画着尾波，在那又成了荒漠的海面上绘出道路和岔口。海面是那么荒凉，谁见了都会以为自己是当时唯一的航海者。第二天

---

① 这里所说的"海蚌"和后面的"海螺"，均指岛礁的形状。

345

清晨将进入磷光区，那里海底有无数亮光，飘忽闪烁，呈现各种图像：或如铁锚，或如葡萄串，或如银莲花，或如细发，或如一把钱币，或如祭坛上的长明灯，或如远处的彩色玻璃，或如水下大教堂，它们都沐浴在深水的冷光中……在这次旅行中，索菲亚不像上次那样（她记得也是站在船舷旁，微风从船头徐徐吹来）由于有少年的苦恼而感到惶惑不安。她是经过反复考虑后才下了决心的，她是在朝着她所想象的目标走去。船航行了两天，在这两天中，离家出走使她心绪不宁，第三天醒来时却产生了自由的轻松感。拴在身上的绳子已经被挣断，走出了一成不变的日常生活，进入了不受时间限制的旅程。她将很快在自己选定的环境中开始等候了多年的伟大事业。仿佛她是在这条船上开始了她生活的新阶段，她为处在新的起点、处在自己生活的门槛而高兴。她又闻到昔日强烈的沥青味、盐水味、面粉味和麦麸味，这些气味使她忘却飞逝而去的时光。在船长戴克斯特的餐桌上，她重新嗅到熏牡蛎、英国苹果酒、大黄馅儿饼和彭萨科拉的枇杷味儿时，便闭起眼睛，回忆首次海上旅行的感觉。但是航行的方向不同。杜桑·卢维杜尔①竭力与美国建立贸易关系，然而美国商人不相信这位黑人头头的偿付能力，放弃了那个危险的市场，不过仍然卖给他们武器弹药，因为这种生意一向是现金交易，即使没有做面包的面粉，他们也付款。见到牙买加海岸时，船没有停留，直驶而过；几天前

————————————

① 杜桑·卢维杜尔（1743—1803），18世纪末海地黑奴革命领袖。

346

船已在辽阔的安的列斯群岛海面上朝拉瓜伊拉^①港方向航行了。仅存的一批瓜德罗普岛海盗船每天下午在安的列斯群岛海面上出没，不过，他们的船名已经改了，或曰拿破仑号，或曰坎波弗尔米奥号，或曰征服埃及号。一天上午，发现有一艘小艇朝箭号飞驶而来，形迹可疑，大家以为一定会出事了。但一看，原来是一艘僧侣单桅船，由一位穿着宽大吊带裤的方济各会传教士指挥。短暂的忧虑随即化为欢笑；此船有点神秘，好几年前就在加勒比海地区进行走私活动了。除此之外，他们遇到的就是在哈瓦那和新巴塞罗那^②之间来回贩运咸肉干的轻便船，这类船经过时，留下强烈的熏肉味。索菲亚为了缓解她那急于到达目的地的焦急情绪，便设法阅读戴克斯特书房里的几本英文书，这些书同饰有金合欢、柱子和神龛的共济会作裙一起放在那个旧玻璃柜里。但无论是《夜》的气氛，还是奥特朗托^③城堡的压抑气氛，这时都同她的情绪格格不入。读了几页，她就把书合上了，不清楚到底读了些什么内容，只觉得浑身燥热，失去了任何想象力……一天早晨，大家看到远处模糊的绿色横在地平线上，绿色中有一个紫色隆起物。"那是加拉加斯的马鞍山，"戴克斯特说，"咱们离南美大陆大约只有三十海里了。"在海员中出现了宣告接近停泊港时的骚动：暂时没事的就忙着洗

---

① 拉瓜伊拉，委内瑞拉港口城市。
② 新巴塞罗那，委内瑞拉港口城市。
③ 奥特朗托，意大利东南与阿尔巴尼亚之间的海峡。这里是指英文书里提到的城堡。

脸、刮胡子、理发、刷指甲、洗手。剃头刀、梳子、肥皂、缝衣针等等都拿到甲板上来了，香水直向头上洒。这个在缝补破衬衣，那个在补鞋，还有人手持妇女化妆镜照自己晒黑的脸膛。所有人都坐不住了，这倒并不全是因为一路顺风到达目的地而感到兴奋的缘故。在越来越清晰的海岸山脉的山脚下，站着那女人雕像，尽管不易辨认，模模糊糊，看不清脸庞，但已明显看出那是在海港的海岸上，高出港湾上所有的房屋；船朝着雕像驶去，桅杆上的帆都鼓鼓的，似乎在宣告海员们到了。此时，海岸上的人一看到这些船帆，港口里的人家便急忙去井边打水，女人们赶紧梳妆打扮，洒香水，换衣服。在小渔船来来往往的海面上，无须语言就可以对话。箭号掉转船头，与海岸山脉平行航行，这些山从云端而下，直达海边，十分陡峭，看不到山上有庄稼。有几处巨大的石壁洼进去，这表明那里有海滩，因被夹在壁立的山崖之间而变得阴暗，山崖上草木茂密，令海滩昏暗如处夜间。这些水流平缓处散发着尚未醒透的大陆上奇特的潮气，海洋植物的种子最后被海浪抛掷到这样的地方就搁浅不走了。现在，山峦在向后退，但仍然遮挡着它后面的景物，只露出一条窄窄的地带，其上有道路，房舍掩映在挺立的椰子树、海葡萄树和杏树之中。绕过一个仿佛用整块石英雕琢而成的高丘，就看见拉瓜伊拉港，它像巨大的半圆形剧场向海洋张开，居民的房子像剧场里的阶梯，一级比一级高……索菲亚真想上岸直奔加拉加斯，但是路太远、太累。箭号停留时间很短。海员们有空闲了，便急于去有人盼望着他们的地方，就放下小艇，同匆忙去办理例行手续的戴克斯特船长一道上岸。"您不用照顾我。"索菲亚见船长在注意海员们的焦急情绪时就这么说。她向坡度很陡的街道走去。街道沿着干涸河道的岸边蜿蜒而上，房子都有木栅和屏风，这使她想起古巴圣地亚哥的房子，而且居然遇到饰有雕像的漂亮小广场，她为之赞叹不已。她坐在一张石凳上，望着马帮朝着有金合欢树遮阴的山路走去，金合欢树稀稀落落，一直散布到雾中的山巅。山顶下有个城堡，其上有瞭望楼。这个城堡同防卫新大陆西班牙港口的很多城堡极为相像，似乎出自同一建筑师之手。"不久前那里还关着从马德里押来的几个共济会员。他们是所谓'圣布拉斯事件'的闹事人，他们想在西班牙搞革命，"一个缠着她买缎带的加那利群岛小贩对她说，"说起来您不信，这帮人在牢里还在策划阴谋……"事态就是这样发展着，她没有弄错，情况紧急。现在她比以前更急于结束这次旅行，唯恐到得太晚：那位干大事业者已像希伯来人跨越红海①一样，分开林海，开始行动了。埃斯特万对她说过多次的事得到了证实：面对热月反动，维克托带着译成西班牙文的《宪法》和《美洲卡尔曼纽拉之歌》进入南美大陆，像以前一样，把旧大陆正在熄灭的火焰带来了。若要明白这一点，只需看一下风向：风暴从瓜德罗普岛刮到圭亚那，又从圭亚那刮到委内瑞拉，在一般情况下，就会由此刮向南美大陆的

---

① 据《圣经·出埃及记》，以色列人在上帝保护下过红海时，海水自动分开，使他们能顺利走过红海。

另一边——有巴洛克式宫殿建筑的秘鲁王国。正是在那里，人们通过耶稣会教士之口，发出了南美大陆要独立的最初呼声，索菲亚读过一个名叫比斯卡多·古斯曼①的人的著作，此人在其著作中要求南美大陆独立，而对这种独立的要求只能理解为革命。一切都很清楚，维克托来到卡宴，标志着这样一种形势的开端：平原上有浩浩荡荡的骑兵部队冲锋陷阵，湍急的河流中有艨艟进击，能征惯战的将士在翻越崇山峻岭。在腐朽的欧洲夭折的事业，将在这片土地上实现，这样的史诗正在这里诞生。那些也许正在家中咒骂她的人将会知道，她的愿望是不能以强加于普通妇女做缝补浆洗的家务模式来衡量的。他们将大谈家丑，但根本没有想到此家丑的规模远比他们所想象的要大得多。这一次要玩儿"打它个稀里哗啦"了，要向将军、主教、官员和总督们射击。

两天后，箭号起锚，靠近玛格丽塔岛航行，依靠英国领地的保护，在格林纳达岛与多巴哥岛之间穿过，向巴巴多斯方向驶去。一路风平浪静，最后，索菲亚来到布里奇敦②。她发现，这个世界同她直到现在为止在加勒比海所见到的，大不相同。在这个荷兰城市里，无论气氛还是建筑，都同西班牙城市不一样，港口里停靠着来自斯卡伯勒③、圣乔治④和西班牙港⑤贩运

---

① 比斯卡多·古斯曼（1748—1798），耶稣会会士，作家，倡导秘鲁独立的先驱。
② 布里奇敦，今巴巴多斯首都。
③ 斯卡伯勒，多巴哥岛上的港口城市。
④ 圣乔治，今格林纳达首都。
⑤ 西班牙港，今特立尼达和多巴哥首都，位于特立尼达岛。

木材的宽单桅船。这里流通着有趣的钱币，叫"苹果便士""海王便士"，都是最新铸造的。当她发现有一条共济会街和一条犹太人教堂街时，竟以为置身于旧大陆上的某城市之中了。她住在一个汗涔涔的穆拉托女人的干净居室里，这是戴克斯特船长推荐的。在告别午餐上，她十分兴奋，什么都吃，无论是送来的黑啤酒、马德拉群岛的酒还是法国酒，她都喝几口。午饭后，她和戴克斯特两人乘一辆马车在郊区兜风。他们在这被驯服的安的列斯岛的道路上行驶了几小时。岛的四周是舒缓的海浪，这里没有任何高大的东西，没有任何压人的气势，没有任何威胁人的东西；岛上的土地以至海岸都种上了庄稼；这里的甘蔗像绿油油的小麦，野草温柔，具有草坪的文质彬彬，连棕榈树也不像热带树木了。绿树掩映中静谧的宅院，其柱子都是希腊寺庙式的，屋檐上长的草覆盖了屋檐，由窗口望去，大大小小的豪华客厅里都挂着那釉彩在过分明亮的光线下闪亮的人像。有的瓦房很小，如果一个小孩由窗口探出身，就可以把全家共进晚餐的场面挡住，甚至连一个棋盘在屋里也能成为占地过大的障碍物。岛上有被藤蔓覆盖的废墟，在狂风呼啸的夜里鬼魅们集中到这里哭泣（车夫说，整个岛是鬼魅之地）。尤其在海边，几乎就在海滩上，有几个荒凉的墓地，那里种着柏树，坟丘是用灰色石头砌的（如果同西班牙装饰精美的陵墓相比，就显得很寒碜了），据说在这些坟丘中埋着一个名叫埃乌多尔夫斯的男子和一个名叫爱尔维拉的女子，他们是死于海难的，一定是一个浪漫爱情故事的主角。索菲亚回忆起《新爱洛

351

绮丝》①，而船长想的却是小说《夜》。圣约翰堡离得很远，马又累了，到那里去必须换马，那么回家就会很晚，但是索菲亚却甜言蜜语地哄着车夫把车赶到小小的石砌圣约翰堡，连船长都觉得这样做未免有点过分。在圣约翰堡教堂后面有一块石碑，墓志说的是一个大人物在此岛意外死亡，时间是在几百年前了："希腊近数代之帝胄、本教区教士菲尔南多·帕莱奥洛戈之墓，从一六五五年至一六五六年……"因在路上喝了一瓶酒而有点儿兴奋的克勒布·戴克斯特脱帽致敬。傍晚了，夕阳把在岩石上撞击而化为飞沫的巨大海浪染红，索菲亚在教堂花园里折了几枝三角花，并将其放到坟上。维克托·于格初次到哈瓦那家里时，曾洋洋洒洒地谈及此坟。他说坟中埋的是拜占庭帝国皇帝一位不知名的孙子，那位世界闻名的皇帝宁愿在战场上壮烈地倒下，而不愿受得胜的奥斯曼土耳其人侮辱。灰色石碑上镌刻着君士坦丁堡的十字。过去，另一个人②的手曾摸过石碑上的阴纹碑文，现在又有一只手在摸那碑文……这即兴的仪式似乎拖得太长了，为了打断这个节目，克勒布·戴克斯特提醒道："多凑巧，圣索菲亚大教堂③的最后一位真正的主人来到这个岛

---

① 法国女子爱洛绮丝（1098—1164）因私自与其老师相爱结婚，遭其亲属激烈反对，被迫进入修道院，其夫被阉割，当了修道士。卢梭写了一部书信体小说，情节与此相似：贵族小姐朱丽与家庭教师相爱，遭父亲反对，酿成悲剧。
② 指维克托·于格。
③ 圣索菲亚大教堂，一般称为索菲亚大教堂，原为拜占庭帝国东正教和宫廷教堂兼君士坦丁堡牧首的主教座堂，在今伊斯坦布尔。戴克斯特船长在这里是同索菲亚打趣，因为她的名字恰好与该教堂的名字相同，故而说她是该教堂的"真正的主人"。

上……""晚啦。"车夫说。"好吧,咱们回去。"她说。她的名字竟在另一个人的遐想中突然出现,她对此感到惊奇。即使不把此事当作预示,也是一种非同寻常的巧合。等待她的将是美好的命运。自从一天晚上有个人乒乒乓乓敲门以来,她的前程就在悄悄地孕育了。有的话不是偶然吐出的,而是一种神秘的力量在神的嘴里塑造的。索菲亚。

四十三

索菲亚被告知,黎明后不久,就可以看见一块名叫"炮兵军士长"的巨岩。她在拂晓时就站在巴达维亚共和国[①]号甲板上了。这是一条荷兰旧货船,重新取了这么漂亮的名字,一年到头都从森林密布的南美大陆给林木被砍光的巴巴多斯岛布里奇敦的细木工运输桃花心木,为美化奥伊斯廷斯[②]的房子运去板材,那些房子以诺曼底式的飞檐闻名。她在港口住所一连等了好几个星期的船,心急如焚,在那小城的街上都溜达腻了,却又得知法国和美国已签订和平条约,这使她大为恼火,如果她早知道这消息,旅行路线就可以简单些,她可以在哈瓦那搭乘一艘恢复卡宴航线的美国船。不过,面对着预告南美大陆在即的巨岩和小岛,她把一切都忘到九霄云外了。鲣鸟和海鸥飞

---

① 巴达维亚共和国,1795—1806 年期间荷兰的国名。
② 奥伊斯廷斯,巴巴多斯岛南部旅游胜地。

来飞去，活跃了早晨的气氛。前面就是埃斯特万过去在信中对她描述过的母女岛，此时海岸上的树木和人渐渐看得清了。目的地就要到达了，在这一刻，在索菲亚眼里一切都是华美迷人的，是脱俗非凡的，仿佛世界上的一切绿色都集中起来欢迎她了。上船检查的军官们得悉有一女子独自一人离开哈瓦那那样繁华的都市而愿意到卡宴落户，都觉得有点蹊跷，但是当索菲亚提起维克托·于格的名字时，怀疑随即变为尊敬。进城来到奥格尔旅馆时，已是夜里了，街道已在沉睡之中。她在旅馆留了个心眼，没有提起她与埃斯特万的亲戚关系，因为她心里记着，她来帕拉马里博具有私奔性质……次日早晨，她给维克托·于格带去口信，告诉他她已到达。他已由国民公会领导委员会代表变为执政官代表了。黄昏后不久，有人给她带来一张便条，那是草草写在公用信笺上的："欢迎。明日有车去接您。维。"索菲亚原本是等着他急匆匆地跑来叫她，却来了这么两句话，这令她夜不成寐。一个醉汉在街上走过时院里一只狗叫了起来。那醉汉一面走，一面搔着疥疮，大声说着吓人的预言：义人①将遍布各地，弑君者将受到惩罚，所有人都将在最后的审判中被带到上帝面前，而这最后的审判将在新斯科舍一个谷地进行（为什么？）。当醉汉的声音在远处消失、那只狗又睡下了的时候，她感到旅馆里所有木板上都有看不见的虫子在钻洞、咬啮。从一棵树上掉下的果子，重重地落在倒扣着的木

---

① 义人，基督教以此指信仰上帝并按照教义行事的人，即所谓"因信称义"。

桶上。在旅馆前面，两个印第安人在争吵，声音大得可怕。这一切都极不利于一个心事重重的人休息。因此，第二天早晨车到时，索菲亚觉得瘫软无力，困倦难忍。她以为车是直奔政府大厦的，而马却拉着车以及她的箱子和行李袋向一个码头走去，那里有一艘高帮单桅船在等候，船上有坐垫、船篷和挡风帆布。她得知，船要开往距此数小时的一个庄园去。这一切她都没有料到，然而当她看到全体船员对她都毕恭毕敬时，又略感欣慰。指挥这条船的是一位青年军官，名叫德圣阿弗里克。在旅途中，他列举了维克托·于格到任以来该殖民地所取得的成就：推动了农业生产，货物满仓，到处是太平盛世景象。几乎所有流放犯都已被遣返法国，作为他们所受苦难的纪念，在伊拉库博留下了一大片墓地，坟前墓碑上镌刻着著名革命者的名字……午后三四点钟的样子，船进入两岸都是沼泽地的河道，水面上漂着白睡莲似的叶子，紫花刚刚露出水面。少顷来到一个码头上，从那里可以远远望见，在一座山丘上，在柠檬树和橘子树掩映中矗立着一座阿尔萨斯式的大房子。在一大群殷勤小心的黑人女仆安排下，索菲亚住进了二层楼的一个套间里，里面墙壁上有做工精细的旧图片，图片内容都是在旧制度下发生的事情：那慕尔被围①，伏尔泰戴上桂冠②，不幸的卡拉斯之家，还有土伦③、罗什福尔、埃克斯岛和圣马洛④的海滨风光。趁喊喊喳喳

---

① 那慕尔，比利时南部城市。
② 1778年伏尔泰某次在巴黎演出他的剧作后，人们给他戴上了桂冠。
③ 土伦，法国地中海沿岸港口城市。
④ 圣马洛，法国西部渔港。

喳说个不休的女仆们把她的衣服塞进柜子之机，索菲亚朝田野一边的窗口探身观看：窗下是种满玫瑰的花园，不远处是果园和甘蔗田，荒草野林在四周形成一道粗犷的高墙。路边长着一些桃花心木，树干高大，呈银白色；路边还有长着秘鲁香脂树、肉豆蔻、黄胡椒之类的树丛。

焦急地等候了几小时后，终于有一条船划着桨在码头停靠了。暮色中，大路上有一个人走来，渐渐可以看清他身上闪闪发光的金银丝带之类的饰物，军人似的衣服，插着翎毛的帽子增加了他的身高。索菲亚匆匆走到门廊，却没有留意大门口有一群黑猪正在兴高采烈地践踏花圃，把郁金香连根拔起，在刚浇过的地上打滚，愉快地哼哼唧唧叫着。这些畜生见门打开了，便一窝蜂冲进去，沾满泥巴的躯体在索菲亚的裙子上蹭过去。她拍手顿足，大喊大叫，试图阻止这些畜生进行。维克托快步跑来，火冒三丈，说："谁把猪放出来的？真不像话！"他走进大厅，抽出佩剑，用剑的平面拍打、驱赶企图走进房间和上楼的畜生，这时仆人们和几个黑人也从屋里出来帮忙。最后，他们或拽耳朵，或拉尾巴，或用脚踢，或把猪举起，才把这群猪一头一头赶出屋去，闹得它们呜里哇啦乱叫一阵。通向厨房、餐厅等的门都关上了，等猪的叫声稍小一点的时候，维克托指指沾上泥巴的衣服，说："你瞧，把衣服换了吧，我让人把这里打扫干净……"索菲亚回到房间里，一照镜子，觉得十分狼狈，想到在旅途中日思夜想的"大会师"，竟突然变成这般模样，便呜呜地哭了起来；为见面而定做的衣裙沾满泥巴，撕出了裂口，并且有一股猪粪臭。她把衣服脱下，把鞋扔到最暗的角落里，又气呼呼地把袜子拽下。她浑身上下都有猪臭味、泥巴和粪便味。在这种时刻发生这样的事，她觉得实在太尴尬了，不得不让人把洗澡水送到楼上。这次被迫的洗澡一定有点儿可笑，澡盆里哗啦哗啦的洗澡声在楼底下都听得见。最后，她胡乱穿上什么衣服，一瘸一拐地下楼来到大厅里，根本顾不得什么姿势了，心里可是像没有做好出场戏的演员那般难过。维克托握握她的手，让她在身边坐下。他已脱下了那身闪闪发光的衣服，换上一套有钱种植园主穿的宽大衣服：白裤子、大开领衬衣、印花布外衣。他说："对不起。不过我在这里一直是这样的。绶带和号志之类的东西不能老戴在身上。"他问起埃斯特万。他知道，那小伙子是离开帕拉马里博了，所以大概是在哈瓦那。他想介绍一下从他瓜德罗普岛下台以来的生活情况，便叙述了他造反反对德福尔诺和佩拉迪的经过，后来他被解除武装，送进班房，押解上船。到了巴黎，他以有力的辩词粉碎了佩拉迪本人的指控，最后他被执政官波拿巴相中，派来领导卡宴政府……他讲啊，讲啊，像过去那样口齿伶俐，似乎要把所有压抑在胸中的话全都说出来似的。在谈到他最近生活的某些细节时，一再用以下的话表示是机密："这件事我对你讲，只对你讲，因为我不信任其他人。"他谈到了政府中上上下下的人和许多经验教训，并说，要想真正行使权力，就不可能有朋友。"也许有人说我在瓜德罗普岛手段毒辣，在罗什福尔也是如此。只能这样，革命不是动嘴，而是实干。"维克托不停地说着，只在征求对方意见时才说"是不是？""你觉得不对吗？""你是否这样看？""你原来不知道？""他们对你说了吗？""那边他们知道吗？"索菲亚则在仔细观察着他身上的变化。他已经胖了许多，尽管他身架结实，可以增加一点脂肪，表面上看像是肌肉。他脸上富态，表情却是冷酷的。他的皮肤略带土色，保持着往年有决断、体魄健壮的特点……餐厅的门打开了，两个女仆刚把烛台放到餐桌上。晚饭是冷餐，盛在厚实的银器里，这类银器只可能来自墨西哥或秘鲁某个总督搭乘的船只。"明天见。"维克托对女仆们说。接着他以略带亲切的口吻说："现在请你谈谈你自己吧。"但是，说到她的生活时，索菲亚在脑海中想不出一个称心的形象、一件有意思的事情。面对对方有声有色的生活，面对一个在行动上同赫赫有名的人物联系在一起的人，她自惭形秽。现在她觉得此人前程远大，与之相比，自己有一个当老板的弟弟，有一个丧失了勇气而背弃了信仰的表弟，不过她觉得表弟的背弃信仰算不了什么，该以怜悯之心予以包涵，何况她自己的婚史也十分可叹。她当过家庭主妇，除了同锅碗瓢盆打交道，一事无成。她曾经期待有所作为，仅此而已。岁月流逝，平淡无奇，波澜不惊。"怎么样，讲讲吧？"他鼓励她说，"讲讲吧？"但是她产生了一种固执情绪，没有吱声。她想装出微笑。她望着蜡烛的火焰，指甲抓挠着桌布，伸手去取酒杯而又端不起来。"讲讲吧？"突然维克托向她走来。烛光摇曳，人影晃动，她感到被对方抓住、搂紧，对方贪婪的亲吻勾起她少年时奔放的感情……他们回到桌边，两人都汗流浃背，头发蓬乱，互相拉拽着、笑着。他们使用过去的语言——在圣地亚哥港所使用的语言说话。当初在圣地亚哥港，他们不顾海员们卑下的好奇心，冒着舱底的酷热和臭气，躲到甲板之间的狭窄卧舱里，那里的木板像这里的木板一样，散发着新刷的油漆味。海边吹来的风使屋里充满海水味儿。附近传来水坝的流水声。这所房子如同林海中的一艘船，一阵阵的风如浪涛一般以摧墙拔树之势冲击着门窗。

四十四

　　索菲亚惊喜地发现了她自己的性感世界。突然，她的胳膊、肩膀、胸脯、两肋和膝窝仿佛都开口说话了。全身获得了新的意识，听命于慷慨和欲望的冲动，毫不征求精神的赞同，却因委身于人而欣喜若狂。腰肢被搂时感到快感，肌肤在预感到对方向自身接近时就亢奋起来。她在那惬意的夜间被弄得散乱的头发，现在也成为可以赠予他的物品，让他可以用手满把满把地抚弄它。凡是真诚的人都有这样的长处：慷慨，甚至不惜倾其所有，尤其在搂搂抱抱和肌肤相亲的时刻，在面对所受物之奢华，在感受着爱抚、娇宠、愉悦的时刻，在面对如此厚重的礼物而唯恐无以回报的时刻，都会产生身无分文的极度贫困感。情人的语言，追本溯源，就是使用赤裸裸的言辞，就是在使用诗的语言之前，首先含糊不清地说出一个词——对炽热的太阳、在翻耕了的土地上流淌的河水、田地里的种子以及像梭子一般挺直的谷穗表示感恩的词。而此词又产生于触摸，这种触摸如产生触摸动作本身一样初级而单纯。人体的节奏与造物的节奏非常吻合：当突然降下一阵雨，或当夜间花儿开放，或风向发生变化，或在黎明或在黄昏产生欲望的时候，肉体会觉得进入了新的氛围，在其中互相拥抱会更新初次约会的体验。一切相同，一切如常，然而一切总是不同。今夜有今夜的排场和狂喜，它不是昨夜，也不是明夜；从现在开始的今夜依然扑朔迷离，慢条斯理。两人躺着，置身于时间之外，缩短或拉长着每个钟点的长短，感受着相隔万里心心相印所具有的持久、永恒的价值，体验着其"现在外在的"表现：那是风暴的激越，鸟儿的持续啼鸣，黎明时突然送来的森林气息。也许这不过是一阵狂风，一阵短促的响声，一丝微风，而这一切都会在上升到高潮后下滑至感恩的半睡眠状态（喜悦的安宁），这一过程似乎经历了一整夜。这对情人记得，他们以暴风雨般的节奏搂抱在一起数小时，而又是暴风雨般的节奏压缩了搂抱的时长，他们醒来时才明白只是在数分钟内感到有风，而且是由于临窗的树木摇曳所致……回到日常生活里的索菲亚觉得对自己掌控自如。她真愿意他人能分享她内心的幸福、她的愉快和至善至美的宁静。肉体得到满足后，她以平静的心态赞叹肉体的爱所表现的"机敏"，注意到周围的人、书籍和事物。她听说，某些东方教派认为，肉欲的满足是超凡成仙的必要步骤，她发觉随着她自身理解力无可怀疑地得到提高，终于相信超凡之说了。她曾自愿把自己封闭在她习以为常的家中四壁、坛坛罐罐和兄弟亲朋之间，经过那几年的封闭生活后，她的精神走出家庭，从而发现任何事物都有可供思考的缘由。某些经典作品直至现在只对她讲述寓言故事，而重读那些作品便发现神话的原始实质。她丢开当代玩弄辞藻的作品，扔下同时代人那么爱读的情感小说，而去查阅这样一类著作——那些以持久的特点或有效的象征手法规定男女在充满敌对事件的世界上和睦相处方式的著作。现在她拥有了关于圣枪和圣杯的奥秘①，而原先她是把它们看作含混不清的象征。她觉得她的存在变得有用了，她的生活终于有了方向和意义。是的，她由于只考虑今天充分的幸福而不思及明天，虚度了许多日子，许多星期。但她在那些日子里，总是梦想有朝一日要同与之结下不解之缘的男子共同做一番大事业。她在想，一个掌控着如此实力的人，不久就会开创一两项光辉的事业。可是，他的行为在很大程度上取决于欧洲的形势。然而目前从巴黎来的消息中不见有任何转机。那边的形势发展那么快，等报纸到达卡宴时，消息都过时了，也许拿在手里阅读的时候，消息早已与现实不相符合了。此外，波拿巴似乎对在美洲继续搞革命并不关心，他的注意力集中在近处的问题上。由于同样

① 圣枪（此处"枪"是指长矛，故又称"圣矛"），耶稣被钉在十字架上时，一名刑场百夫长用长矛刺进耶稣的侧腹，因此杆长矛是唯一伤害过耶稣的武器，沾了耶稣的鲜血而成为圣枪，法力无边。传说，手持圣枪可令周围五十米内的人尽皆俯首听命；谁拥有圣枪即可取得不世之功，甚至主宰世界的命运。圣杯，据说是指在最后的晚餐耶稣用过的杯子。

的原因，维克托·于格把他的大好时光耗在行政管理实务方面：建设灌溉工程、筑路、推动与苏里南的贸易、发展当地的农业。原来的种植园主们满意了。现在呈现一片欣欣向荣的景象。在卡宴，已好久不使用共和历而重新按格列历①办事了。这位执政官代表星期一去城里，星期四或星期五回庄园。索菲亚每天花数小时管理家务，发号施令，定做一些木器家具，美化庭院，并且通过一位活跃的瑞士代理商西格购买在帕拉马里博培育的郁金香根茎，其余时间则在书房里度过。书房里除了有讨厌的工事构筑学、航海技术、物理和天文学读本这类书籍以外，少不了有一些优秀著作。这样过了几个月，维克托每个星期回家都没有带回稍能搅乱殖民地平静、繁华生活的消息。

九月的一天，索菲亚对谨慎的乡村隐居生活破了例，去卡宴采购物品。那里发生了什么怪事。从黎明起，沙尔德圣保禄修道院里响起了尖利的小铃铛声，接着城里其他各处的钟也敲响了。那些钟原来不知藏在何处，可能放在阁楼上或仓库里，现在都在用锤子、木棒、马蹄铁之类的东西敲打着（因为那些钟都还没有挂起来）。一群教士和修女由一艘新抵达的船登上了岸。一直罕见的教士大军似乎要把这座城湮没，他们身穿法衣，头戴教士帽，衣服有黑色的、浅灰色的、浅咖啡色的、灰色的，还有的教士戴着人们已经忘却了的念珠、圣牌、披肩和弥撒书，

---

① 格列历，即公元纪年法。

他们在街上走过时受到行人的鼓掌欢呼。有几个教士走过时，对探出窗口观看的好奇者祝福。还有的教士唱起赞美诗，想以此压倒嘈杂的声音，但是他们唱得不齐。索菲亚对这样的场面感到吃惊，便来到政府大厦，她应该在这里同维克托·于格碰头。然而，在他的办公室里只见到西格，他坐在一张圈椅里，手边放着一瓶甘蔗酒。这位代理商咋咋呼呼地打着哈哈欢迎她，一面解开上衣扣子，一面说："夫人，教士队伍真好看哪！不管哪个教区都可以摊到一个神父！随便哪个医院都可以摊到修女！宗教游行的时代回来了！已经签订宗教条约了！巴黎和罗马互相拥抱！法国人又成为天主教徒了。现在要在灰衣修女礼拜堂做感恩大弥撒。在那里您会看到政府的全体官员，他们将穿着最好的制服，低头倾听教士用拉丁语祈祷：'上帝，我们赞美你，我们尊敬你，请看顾我们。'① 可是您想想，为了砸烂今天所恢复的这一套，死了一百多万人！……"索菲亚回到街上，还有旅客从那艘教士船上下来，他们打开红红绿绿的阳伞，同时黑人搬运工们把包袱、箱子擦到头上。在奥格尔的旅馆前，有几个神父在归拢他们的行李，用格子花大手帕擦着汗。突然发生了有点儿奇怪的事：最后上岸的两个圣叙尔比斯修道会教士受到他们同行的大声训斥。"宣誓教士！"② 其他教士对他们两个叫道，"你们是犹大！犹大！"接着捡起小溪里的菠萝皮、小石子、脏东西向刚上岸的那两个教士砸去。"滚开！去丛林里

---

① 原文为拉丁文。
② 宣誓教士，指在法国大革命时期向共和国宪法宣誓，表示拥护革命的教士。

睡觉!宣誓教士!宣誓教士!"而这两个圣叙尔比斯修道会教士毫不示弱,拳打脚踢,想进旅馆,于是一群黑衣教士气势汹汹地把他们围住,现在这两个对革命宪法宣誓过的教士被逼得贴墙而站,胡乱回敬着那些"不屈服的""真教士"的叫骂。宗教条约已给予"真教士"们基督战士的荣誉,赞扬他们顶住迫害,在地下行使圣职,不愧为地下助祭们 ① 的后代。宪兵来了,他们用枪托把这群教士驱散。似乎秩序已经恢复了。这时从附近一个肉铺走出一个青年教士,把一桶新鲜血水(刚宰了一头牛)哗啦 声倒在两个圣叙尔比斯修道士头上。现在这两个头上一片通红,血水流满全身,而他们则把臭血块、血污全都蹭在旅馆的白墙上。钟声又响了,听完感恩弥撒,维克托·于格穿着一身笔挺的制服走出灰衣修女礼拜堂,后面跟着他手下的官员……"你都知道了?"他在政府大厦见到索菲亚时就问道。"全都相当粗野。"索菲亚答道,并向他叙述了两个圣叙尔比斯修道士的事。"我要下令把他们送回去,在这里他们是不会安生的。""我觉得你的责任是保护他们,"索菲亚说,"他们一定会比别人更感激你。"维克托耸耸肩说:"在法国本土,没有一个人瞧得起宣誓神父。""你有香火味儿了。"她说……他们回到庄园,一路上讲话不多。一到家,就看见"俾约夫妇"(大家都这么称呼他们)和他们那条忠实的狗——帕西恩夏,他们中午就到了。他们经常不打招呼就来看他们,而且一住就是几天。"菲利蒙和

---

① 最初基督徒遭受迫害,但他们在罗马、那不勒斯、巴黎等地郊区,利用墓窟、坑道等举行宗教活动,固有"地下"之说。

鲍西斯 ① 又来打搅你们了。"昔日的凶神说,自从他与他的女仆布丽希达同居以来,他就爱用这种说法。索菲亚看出来了,最近几个月内鲍西斯在菲利蒙家里权力越来越大。这个黑女人十分机灵,对俾约-瓦伦体贴入微,对他的一言一行都大惊小怪地赞不绝口。他的庄园名叫奥维耶,靠近海岸,庄园里的人都恨他。这位前国民公会主席在过去的一段时间里情绪会突然低落,这块殖民地上有很多人匿名把巴黎报纸邮寄给他,因为报上还不时以恐怖的笔调提到他的名字。俾约-瓦伦接到报纸就犯病,叫嚷道,他是肆意诬蔑的牺牲品,谁都不会理解他所起的历史作用,谁都不可怜他。布丽希达见他哭哭啼啼的可怜相,就机灵地用一句话对付他,这比任何别的话都能安慰他:"阁下,这是怎么回事?你经历了那么多凶险,倒反而被那些畜生写的东西吓坏了?"俾约就破涕为笑。由于能博得他的欢心,布丽希达在奥维耶庄园说一不二,对仆役们很傲慢,对雇工们很凶狠,监视得很紧,什么都管,完全成了那块领地的女主人,她的管理技能令人惊讶,庄园出产颇丰……索菲亚在厨房里见她像在自己家里那样发号施令,催着做饭。她穿一身在卡宴能买到的最好衣服,手腕上戴金手镯,脚腕上套银脚镯。"哎呀,亲爱的!"黑女人叫道,同时把舀汤尝咸淡的大木勺放下,"你像天仙一般美!难怪他越来越爱你。"索菲亚皱皱眉,她不喜欢布丽希达这种热乎劲儿,因为这样完全把她置于一位权要人物情妇

---

① 菲利蒙和鲍西斯,古希腊神话中的一对恩爱夫妻,白头偕老。死后,丈夫菲利蒙变成一棵橡树,妻子鲍西斯变成椴树。

的地位了。"有什么吃的？"她问道，无法掩饰那种主人对厨娘说话的口气，尽管她很尊重这位"小俾约"……在客厅里，俾约-瓦伦刚刚获悉宗教条约以及那天上午在卡宴发生的一切。"还有这种事！"他吼道，一面说一面用拳头捶打英国硬木桌子，"咱们算臭到家了！"

四十五

在加勒比海地区传出了一则该死的消息，它犹如夏天在刮得昏天黑地、摧城欲倒的飓风到来前一声拖得很长的可怕响雷，激起了呼声，点燃了火把：公布了共和十年花月三十日法令，该法令宣布在美洲法国殖民地恢复奴隶制，同时宣布共和二年雨月十六日法令无效。产业主、庄园主、地主马上获悉了对他们利害攸关的事（他们的消息比船走得还快），都欣喜若狂；他们还得知，将恢复一七八九年以前的殖民地制度，这样，那狗屁革命所干的人道主义就一扫而光了。在瓜德罗普岛、多米尼加岛和玛丽-加朗特岛，人们在发布这条消息时要鸣炮、放焰火；同时数千名"昔日的自由公民"在棍棒交加下重新被送进原来栖身的棚寮。昔日的白人老爷们带着猎犬到山野去搜索原先的奴隶，给他们戴上枷锁，交工头们看管。这种搜索十分猖獗，很多在君主制时代获释而后来成为小店主或拥有小块土地的奴隶，害怕在混乱中被当成奴隶抓走，纷纷收拾细软，准备逃往巴黎。但是，一个新法令——穑月五日法令及时制止了他们的逃跑企图，该法令禁止任何有色人种进入法国。波拿巴认为，在宗主国的黑人太多了，他担心会给欧洲血统掺进"自从摩尔人入侵以来在西班牙扩散的血液特色"①……一天上午，维克托·于格在办公室同西格在一起时接到这个消息。这位代理商说："马上会有大批黑人逃亡。""咱们不让他们有时间逃跑。"维克托答道，并立即给附近庄园主、民兵军官送去急信，要求他们在翌日赶来出席秘密会议。这是为了抢占先机，在事实上恢复奴隶制之后，再公布花月法令……在难以压抑的狂喜中制订好行动计划后，等到黄昏，城门关上了，附近庄园全被军队占领；晚上八点钟，炮声一响，所有因雨月十六日法令得到解放的黑人都被主人和士兵包围，一个个被抓起来押送至马雨利河两岸的小平原上。到半夜时分，那里已集中了数百名黑人，他们瑟瑟发抖，惊恐万状，不知此次强迫集中是搞什么名堂。谁想离开那被吓得半死、大汗淋漓的人群，就被拳打脚踢，或遭枪托殴打。最后，维克托·于格来了。他站在一个桶上，用火把照着，好让大家都看到他。他慢悠悠地翻开写着花月法令的纸，用庄严、缓慢的语调宣读了法令。那些听得比较清楚的人，随即把它翻译成当地土话，并口口相传，立即人人皆知。接着他告诫在场的人，谁企图拒绝服从当原先的奴隶，就将受

---

① 公元 8 世纪初，阿拉伯人（即摩尔人）侵入西班牙，直到 15 世纪中叶，摩尔人才被驱逐出西班牙，故在西班牙产生了西班牙人与摩尔人的混血种人。

到最严厉的惩处；并说，第二天他们的主人要来认领，把他们带回各自的庄园、住户；无人认领的，将被公开拍卖。黑人堆里顿时响起一片痉挛、激愤的哭声（是集体痛哭，像一群被追捕的野兽在号叫），这时官员们在震耳欲聋的小军鼓声中退场了……然而到处都有人在黑夜中逃入荒山野林。那些在首次围捕中没有落网的人逃进山里，他们偷盗独木舟、小划子，沿河溯流而上；他们没有武器，几乎一丝不挂，然而决心回到白人不能抓到他们的地方，去过他们祖先的生活。他们经过远处的庄园时，就把消息告诉自己人，于是，十个一伙、二十个一群，撂下手里的活，扔下种植假蓝靛和丁子香的土地，加入了逃亡黑人的行列。数以百计的黑人，带着老婆孩子逃进林海，寻找可以建立营寨的地方。在逃亡途中，他们在溪流中撒下毒鱼草，让鱼被毒死后腐烂，污染河水。在那条湍急的河流那边，在那座布满瀑布的山那边，将产生新的非洲，将使用被遗忘的语言，崇尚割礼，膜拜基督教以前的原始诸神。在林莽之中，他们将追溯历史源流，回到被供在深邃洞穴里的大乳房、大肚皮多产女神统治世界的时代，他们将从头学会渔猎和根据天体方位确定节日的技能……卡宴、锡纳马里、库鲁以及奥亚波克河和马罗尼河两岸都处在恐怖之中。不屈服的或反抗的黑人被打死、肢解、砍头或处以酷刑。许多人被钩子钩住肋骨挂在屠宰场里。各地都发起了广泛的猎杀人的活动，在烧毁茅屋的熊熊烈火中，高明的射手以枪杀人取乐。烈火从村寨蔓延到田野，火光映红了西方，在这块因流放犯人而留下了许多插着十字架的墓地上，现在出现了骇人的绞刑架，或者更为糟糕的，是在繁茂的树枝上挂着一串串尸体，尸体肩上停留着兀鹰。卡宴又变成令人厌恶的土地。

索菲亚在星期五得悉星期二发生的事，她是以恐惧的心情接到这个消息的。她一直希望在这里，在这个新思想的前哨堡垒，找寻到一切，现在却成为泡影，这怎么不令人失望，又是何等难以令人忍受。她曾梦想在勇敢、有正义感、顽强而又忘却神明的人中间使她自己成为有用的人，因为他们无须同神立约① 就能管理属于他们的世界。她原以为找到了一项巨人般的事业，人们为之奋斗而不惜流血牺牲，而她只需参与这样的工作：逐步恢复当代最激进的书籍曾经向她指出应该废除并似乎已被废除的事物。但是重建寺院后，紧接着就给奴隶们重新套上了枷锁。在这个大陆原本可以挽救已在大洋彼岸失败了的事业，然而那些有权力制止恢复奴隶制的人却明哲保身，随波逐流。此人在瓜德罗普岛战胜过英国，面对在法国和美国之间挑起一场战争的危险也没有退缩过，而在卑劣的花月三十日法令前却步了。八年前，为了废除奴隶制，他表现出坚忍不拔、近乎超凡的毅力。而现在，在恢复奴隶制时又表现了同样的毅力；

---

① 原文是 Alianza（联盟）。在汉语《圣经》中，"联盟"作为《圣经》词语，是指国家或民族之间订立盟约。"立约"作为《圣经》词语，亦称"结约"，是指上帝和人之间达成有关双方权利和义务的协议。但在现代版的西班牙文《圣经》中，无论"联盟"或"立约"，均使用 pacto。因此，根据上下文的意思，此处译为"立约"。

他能以同样冷静的头脑既做好事也做坏事，而且做得都很绝，对此她感到惊讶。他可以是奥穆兹，又可以是阿里曼①，能统治黑暗，又能统治光明。随着时代的变化，他可以突然变成自己的对立面。"倒好像我是这项法令的作者了。"维克托说，他这是首次听到她连珠炮般的斥责，同时内疚地记起他之所以能爬上高位完全是依仗可贵的共和二年雨月法令。"倒不如说，你们这帮人都不想继续革命了，"索菲亚说，"有一个时期，你们想在美洲的土地上进行革命。""也许当时是受布里索思想的影响，他想在世界各地搞革命。但是，尽管他拥有各种手段，尚且不能说服西班牙人；我当然不是想在利马或新格拉纳达搞革命的人。此人（他指最近在他办公室里挂起的波拿巴像）有权代表大家说话。他说：'革命的小说我们已经写完了，现在轮到我们写它的历史。我们需要考虑的，就是在执行革命的原则方面，哪些具有现实性，哪些具有可能性。'""用恢复奴隶制来开始写这部历史，是非常可悲的。"索菲亚说。"我感到遗憾。但是，我是政治家。如果恢复奴隶制是政治的需要，我就应该倒向这种需要……"直到星期日他们还在争吵，索菲亚认为这种翻手为云覆手为雨的做法，损害一个人的形象。面对这样的局面，她又回到原来的思想上面了，感到恼怒、急躁、失望。正在这时，西格出现了，打断了一场有害的谈话。他在门口像报贩一样大叫大嚷："简直不可相信，但是确有其事。"他在脱一件旧

---

① 奥穆兹是拜火教慈善之神，阿里曼则是邪恶之神。

冬季大衣——一件返潮的皮衣，毛皮翻领已遭虫蛀，是他雨天使用的衣服；那天确实在哗哗地下雨，雨是从山区来的，也许来自极为遥远的地方，那里巉岩入云，人迹罕至，是大河的发源地。"简直不可相信，但是确有其事，"他重复道，同时收起了像用莴苣叶做的绿雨伞，"俾约-瓦伦购买奴隶。他已经是卡东、特朗什蒙坦涅、依波里托、尼哥拉斯、何塞、林多洛这些人的主人了，他有三个以上的女奴干家务活。咱们在进步呐。当然，当过国民公会主席的人干什么都能讲出个道理来：'我完全明白了（他学着俾约狂妄的口气），黑人生来就有许多坏习气，他们缺乏理智和感情，只懂得用恐怖手段强加的秩序。'"这个瑞士人以为他模仿往日凶神的讲话方式颇为有趣，便哈哈大笑起来。"算啦。"维克托拉长着脸说，向西格要过他在猪皮皮包里带来的几张图纸……很快开始了伟大的工程，可能是按照那些图纸搞的。几百名黑人被带到庄园，在皮鞭驱赶下，在向森林争来的大块土地上犁地、掘土、填平、补齐。在植被界线不断后退的土地上，百年大树被砍倒，而这些都是有象征意义的神树，树顶上居住着鸟儿、猴子、昆虫和爬行动物。然后点起一把火，砍倒的树被烤得直冒烟，而树皮还没有被烧透。牛来了，在熙熙攘攘的田野上，把还在冒着汁液、伤口上长出新芽的长长的树干，拉进新建的锯木厂。一个个巨大的树根，带着泥土被挖出来，再用斧子砍碎，树根上伸出枝枝丫丫，似乎想抓住些什么。周围烟熏火燎，砍伐声、号子声和叫骂声混成一片；几匹马在把载着一根崩断斧的运木拖车向坡下拉，使尽力气，浑身是汗，口吐白沫，马鼻子和脖子上歪斜的套包都碰到蹄子踩踏的地面了。有了足够的木料，就搭起脚手架，在这些刀砍斧凿的木架上架起平台、跳板，这意味着有人想造个什么建筑。于是，一天早晨，那个奇怪的圆形回廊诞生了，尽管还是个骨架，却已勾勒出未来圆形建筑物的轮廓。从纵横交错的梁判断，那是座塔，它在向上升高，却不知有何用途。在那边的河里，在睡莲之间，一群黑人在用石头铺设船码头的地基，有时挨了鳄鱼扎，痛得哇哇叫，有时遇上电鳐放电，将他们抛出水面，或者有一些灰褐色动物紧紧咬住他们的下腹部不松口。这里是平台、台阶、下水道、拱形门，旁边都放着许多雕琢好的石头。苦工们凿石头时，稍有疏忽，打到手上，血流如注，錾子凿几下就崩坏了，非得重新淬火不可。到处都在竖柱架梁，敲敲打打，大兴土木。四周尘土飞扬，锯末、沙石满地。索菲亚不知道维克托想干什么，搞这么多工程，在施工中又经常脱离原图纸修改。维克托的口袋鼓鼓囊囊，都插着图纸卷，他说："我将战胜这块土地上的大自然，在这里竖起雕像和立柱，筑起道路，挖出鱼塘，眼望所及之处都要开发。"可是索菲亚明白，这里丛林连绵不断，直至亚马孙河的发源地，也许直达太平洋沿岸，而他却雄心勃勃地要在这丛林地区搞一个像样的公园，布置雕像、柱廊；将来照料不周，公园马上会被荒草吞没，雕像和柱廊将成为藤蔓攀缘的支架，无数植物将不停地使石块错位，墙垣坍塌，陵墓湮没，最后使整个公园消失。她为此而叹息。大西洋和太平洋之间林海浩瀚永恒，而此人却要表现其一粟之存在。"能开出十块萝卜地,我就高兴啦。"索菲亚说,故意刺激这位建设者。"你倒像个乡村算命先生。"他答道,依然埋头看图纸。

四十六

土木工程在烟尘和泥淖中继续进行。庄园里锯子和滑轮,锤子和镐头,嗞嗞啦啦,叮叮当当,响成一片。索菲亚对这些声音十分讨厌,躲进屋里,拉上窗帘,用大披肩蒙住窗口,再用屏风挡上。庄园里自从来了大批讲土话的黑人苦工后,布下了卫队和哨兵。她或坐在梯子顶端,或躺在地毯上,或卧在新做的桃花心木桌子上,只顾读书。书房里除工事构筑学之类的书籍以外,所有的著作她都读遍了。那些这个"学"那个"学"的书,讲的都是代数、几何,书中的图画都是对枯燥的学术做说明用的,画中的那些人背上分别标着"A"和"B",是用形象说明定理,也许同天体运行路线或罕见的电现象有关。因此她感谢青年军官德圣阿弗里克经常为她向巴黎书商比松订购书籍,弄来有趣的新书。不过,在那些日子里,从法国来的书中,除一两本(堪察加半岛、菲律宾、挪威海岸的峡湾、麦加)游记和关于探险、海难的小说以外,没有什么出色的书,而且这几本游记和小说之所以出名,还是由于大家读腻了政论、说教和宣传的书籍,读腻了防身法、回忆录、颂词,以及近年来出版的这个那个真传之类的书籍。平顶柱子、人工溪流上的拱形桥、勒杜①式的小亭都开始在周围土地上形成，但是这类有比例、有轮廓的建筑风格，同顽强而颇有敌意的林莽难以调和。索菲亚对这些土木工程根本不感兴趣，她回避现实，在想象中不是乘坐库克②船长的拉佩鲁斯号船航行，就是跟随马戛尔尼勋爵③在鞑靼沙漠探险。适于闭门读书的雨季过去了。在远方神秘丛林上空呈现华丽晚霞的季节回来了。但是现在的晚霞太令人烦恼。那余晖标志着既无方向、又无目的的日子到了尽头。她听德圣阿弗里克说，在这片苦难的土地那边，耸立着布满瀑布的高山。但是她知道，没有道路通向那里，而在林莽中又有许多充满敌意、回到原始生活中的人，他们射箭百发百中。她满怀着实干、过有用而充实生活的愿望而来，结果却落入丛林，被封闭在地球上最无用、最不为人知的地方。时代已经胜利地、轰隆隆地、无情地来到昨日还被划分为总督区、特别自治区的美洲④，将它往前推进；而今日，那些肩负时代而来，为了胜利不怕流血，将时代赐予它、强加于它的人，却躲进账簿里，忘却了时代的到来。搞这种游戏的人似乎已经忘记自己艰难而荣耀的过去，闹得许多人狼狈不堪、面子丢尽。有人说"那个

---

① 勒杜（1736—1806），法国建筑师。

② 库克（1728—1779），英国航海家，曾三次在大洋洲探险。

③ 乔治·马戛尔尼勋爵（1737—1806），英国政治家、外交家，曾在1793年受英国国王乔治三世派遣，出使中国，并于同年9月14日觐见乾隆帝。

④ 西班牙曾经将其美洲殖民地划分为几个总督区加以统治。其他宗主国可能将其美洲殖民地划为特别自治区。

'过去'太过火啦"。但是，说到那些过火行动，就会想起某些人，他们现在的煊赫名声已同他们虚弱的形象不相称。当有人说，这块殖民地随时会受到荷兰或英国的攻击时，索菲亚反而希望他们很快打过来，战事一旦发生，无论多么残酷，都会使沉睡的富翁们从他们的生意经和农务中醒来。在别的地方，生活在前进、变化，受到怨恨或赞美，从而在改变着风格、爱好、习惯和生活节奏。但是这里却倒退到半个世纪以前的生活方式上去了，仿佛世界上什么事也没有发生，甚至连富裕移民的衣服从布料到裁剪，都同一百年以前一模一样。索菲亚处于可恶的停滞的时间之中（她有过这种经历）——今天同昨天一样，同明天一样。

夏天拖拖拉拉、慢慢吞吞地过去了，它那炎热的天气一直延伸到同往年相仿的秋天。某个星期二，催黑人上工的钟声响过了好长时间，仍然没有一点动静，哨兵们举着鞭子到棚寮去找，发现里面空无一人。那些守夜狗都被毒死而躺在地上，嘴边是最后吐出的泡沫。牛都被拉出了圈，大概是摇摇晃晃走了几步就倒下死了。马都鼓着肚子，脑袋塞在食槽下边，鼻孔流着血。少顷，附近庄园的人来了：到处都发生同样的事。奴隶们逃进丛林了，他们在夜间挖掘地道，神不知鬼不觉地把木板卸下，在这里那里放火，把看守们引开。这时索菲亚才记起，前天夜里密林深处鼓声隆隆，但是谁也没有注意，以为那可能是印第安人在举行什么野蛮仪式。由于维克托·于格在卡宴，便急忙派信差去找。移民们十分奇怪，过了一个星期，执政官代表还没有回来，他们近来越来越害怕充满忧虑和威胁的黑夜。一天下午，河面上出现了一支从未见过的船队，有小艇、小划子和轻便平底货船，船上满载士兵、给养和武器。维克托·于格径直走回家，把所有能讲述最近事态的人都找来，一面听一面记，同时在他仅有的几份地图上寻找地点。接着召集军官们，开了参谋部会议，就关于对增加过快的逃亡黑人营寨进行无情的征讨，做出了安排，规定了纪律。索菲亚在门口望着他，见他恢复了过去的权威，讲话有条有理，目标明确，又成了往日的军事首领了。但是，这位军事首领把他的意志、重新鼓起的勇气用于可耻、残酷的勾当。她面有愠色，来到花园里。兵士们拒绝住进黑人味太浓的棚寮，便在花园里支起帐篷，露天宿营。这些兵士同索菲亚直到现在所见的温顺、驯服的阿尔萨斯兵不同，他们皮肤晒得黝黑，脸上有伤疤，爱夸夸其谈，高声喧哗，看女人时那目光简直在把人家的衣服扒光。这似乎是一种新的军人风度，尽管傲慢无礼，却有男子气概和镇定沉着的仪态。青年军官德圣阿弗里克见她来到这伙人之中，在惊讶的同时当她的保镖。她从他嘴里得知，这些兵士是雅法瘟疫①的幸存者，是在远征埃及以后被派来这块殖民地的，他们虽然健康状况仍然不佳，但被认为特别适应圭亚那的气候，而阿尔萨

_____

① 雅法，巴勒斯坦地区地中海沿岸城市，即现在的特拉维夫-雅法（特拉维夫原先是雅法城的郊区）。1798年5月拿破仑远征埃及，1799年3月占领雅法，但发生了瘟疫。

斯兵则大批病倒。现在她惊恐地望着这些传奇式的兵士，他们曾在布满象形文字的墓穴中睡觉，嫖过科普特和马龙教徒的妓女，并吹嘘熟悉《可兰经》，嘲弄过仍在大柱子寺庙里供奉着的狼脸、鸟脸的神。原来他们是经历过大冒险的，是从阿布基尔城、他泊山、圣约翰–阿克城 ① 经地中海过来的。索菲亚不知疲倦地问这个人、问那个人，打听他们在法国军队打到金字塔脚下这种空前壮举中的见闻和感想。她真想坐在伙房旁边，同他们一起喝汤（现在正大勺大勺地向钵里舀），在鼓上掷骰子，瞧着骰子像冰雹一样噼噼啪啪地落到鼓面上；喝他们在刻有阿拉伯文的军用水壶里装的烧酒。"夫人，您不能在这里，"德圣阿弗里克说，他从一段时间以来竭力向索菲亚献殷勤，"这些人爱闹事，庸俗。"但是，她依然为某个故事或吹嘘的某个英雄事迹所吸引。那些从可怕的瘟疫中活过来的男子在美化各自的英雄业绩时，都设法使她记住他们那副骇人的嘴脸，她感到他们都在争夺她，在脑子里把她剥得一丝不挂、乱摸一气，对此她暗暗欢喜（她并不因此而觉得羞赧）……维克托见她回来，尖刻地问："你去当随军酒贩了？""酒贩也是干事儿啊。"她说。"干事儿，干事儿！你老说这废话，倒好像我这个男子汉干得还少！……"维克托来来去去地发布命令，确定目标，指示把部队装备由河道运出。索菲亚真有点佩服他的精力了，然而当她想起在这屋里组织的是什么：对黑人的大屠杀，她突然

---

① 阿布基尔是埃及城市。他泊山在今巴勒斯坦境内。圣约翰–阿克是巴勒斯坦地区地中海港口城市，今称阿克。

377

想哭，便躲进房间里，立即哇哇地哭了起来。在屋外，远征埃及的兵士堆起一堆堆干椰子，点起火驱赶蚊子。整夜只听到喧闹声、笑声和来来去去的脚步声。到了黎明，起床号吹响了，一支由小艇、划子和轻便平底货船组成的船队起航了，躲避着旋涡激流，向上游而去。

六个星期过去了。有一天晚上，在淅淅沥沥的雨声中，回来了几条船。从船上下来几个筋疲力尽、发着高烧的人，他们浑身是泥，臭气难当，缠着土色绷带，胳膊拄在绷带上。很多人是用担架抬下来的，他们或被印第安人的箭射中，或被黑人用刀砍伤。维克托最后一个到达，他颤抖着，拖着两条腿，两条胳膊搭在两名军官的肩上。他倒在一张圈椅里，要了一条毯子，立刻又要了一条，把身子裹起来，但裹着毛毯和羊驼毛斗篷仍然发抖。索菲亚发现，他眼睛红肿。他咽唾沫困难，似乎咽喉肿胀了。"这根本不是打仗，"终于他以沙哑的声音说，"可以同人打仗，但不能同树木作战。"德圣阿弗里克没有刮胡子，肤色发青，咕嘟咕嘟喝干一瓶酒后，单独对索菲亚说："简直是灾难。营寨里空无一人，但是我们随时都会遭到几个人袭击，他们杀死我们几个兵就逃之夭夭。我们到河里去，他们从岸上向我们射箭。我们不得不在水淹到胸部的沼泽地行军。更糟的是后来发生了埃及病。"他解释说，雅法瘟疫的幸存者带回一种奇怪的病，这种病曾在半个法国肆虐。病征是发高烧，先是关节痛，接着全身都痛，最后双眼染病，眼珠发炎，眼皮化脓。明天还

378

有伤病员来。他们都是被丛林里的树木和原始武器击败的，猴骨制的标枪、竹箭、长矛和农民用的砍刀竟向现代化的炮兵挑战。"你向丛林开炮，一炮打去落下许多烂树叶。"他想着那些动弹不得和被砍伤的人，记起明天要把维克托和重伤员送到卡宴去；索菲亚则为讨伐失败而高兴，她收拾衣服，由青年军官德圣阿弗里克帮忙，把衣服放进有尖刺须芒草味儿的筐里。她预感到不会回到这房子里来了。

四十七

卡宴宣布发生了埃及病。沙尔德圣保禄修会的医院已住不下那么多人，便只有向圣罗克、圣普鲁登特、圣卡洛斯·博罗米欧等圣徒①祈求，每次发生瘟疫大家都会记起他们。人人都在咒骂那些带来新瘟疫的兵士，不知他们是从哪个木乃伊墓穴中带出来的，也不知道是哪个狮身人面像和香料防腐剂世界的病。死神进城了，从这家到那家，死的人越来越多，得病者激增，谣言越传越可怕。有人说，远征埃及的兵士对于被调出法国极为恼火，就想消灭这块殖民地的居民而加以占领；他们用

---

① 圣罗克，指罗克·冈萨雷斯·德·圣克鲁兹（1576—1628），巴拉圭的耶稣会会士，天主教尊封的殉道士和圣人。圣普鲁登特，可能指圣普鲁登西奥，6世纪时西班牙塔拉佐纳地区的主教。圣卡洛斯·博罗米欧，指卡洛·博罗米欧（1538—1584），米兰大主教。他们可能又是卡宴等城市供奉的护佑圣徒。也就是说，不能进医院的病人，只能求助于神灵。

污秽物制成软膏、药水和油膏，要给哪家送去瘟病，就用这些制品在那家墙上做记号。于是任何污迹都能引起疑心。有人在白天把出汗的手搭在墙上而留下了汗渍，过路人看见了就用石头砸他。一个印第安人由于手指太黑并有油腻，被为尸体守夜的人在凌晨用木棍打死。医生们说，这种病并不像雅法病为害之烈，但是大家仍称其为"雅法之灾"。反正早晚得死，不如及早行乐。于是闺房洞开，谁愿意进去都可以。死期将至，先找寻肉体的快乐。人们在灾难之中吃喝狂舞。有人在一夜之间把数年贪污积攒的钱花个精光。藏有金路易的人，吹嘘自己是雅各宾派，把金路易拿上牌桌作赌注。奥格尔向那些在客房里等候情夫的太太敞开供应酒水。城里响着丧钟，同时舞会和宴会上乐队彻夜吹吹打打。黎明时，载着棺材的车子、大篷车和旧四轮车出来了，棺材板上涂的沥青还在往下滴，车子为了在街上通过，必须先把从屋里搬出的桌椅板凳搬开。两个灰衣修女着了魔，竟在码头上卖淫；那个阿卡迪亚老头，身上越是只见骨头不见肉，越是钻研《以赛亚书》和《耶利米书》①，他在广场和街道上呼喊道，接受上帝审判的时候到了。

维克托·于格的双眼被浸泡了蜀葵水的厚绷带蒙住，他像盲人一样在政府大厦的房间里走动，手抓着椅背，跌跌撞撞，哼哼着，摸索着。索菲亚望着他，发现他身体虚弱，哭哭啼啼，

① 《以赛亚书》和《耶利米书》，均为《圣经·旧约》中的一部分。圣徒以赛亚和圣徒耶利米警告道，谁不服从上帝的命令，谁就招致毁灭。

城里无论什么嘈杂声都令他胆战心惊。湿绷带蒙着眼睛已经够难受的了，还发着烧，但是他拒绝卧床休息，因为害怕就此坠入黑暗深渊。不管碰到什么东西，他都要碰碰、摸摸，掂掂重量，为的是使自己感觉还活着。埃及病已侵入他强壮的躯体，只有靠他自身的力量与病魔抗争。"不好不坏。"每天早晨大夫在试验一种新药的效用后总是这么说。政府大厦已由军队团团围住保护起来，不准闲杂人员进去。仆役、卫兵和政府官员都被疏散了。在那座墙上贴满布告和宣言的楼里，索菲亚独自同这位当局长官住在一起，他叫苦连天，忽而说骨头麻木了，忽而说痛得要命，眼睛烧灼得受不了……她在窗口望着送葬的队伍走过。（"不是所有人都会死，但人人都会遭到打击。"①——她记起维克托·于格在哈瓦那家里为了让她练习法语发音而向她朗诵的一个叫拉封丹②的作家的诗，便朗诵起来。）她知道，她在那里待着，是无谓的胆大妄为。但是，不畏危险是为了向她自己演一出表示忠贞的戏，而她对于忠贞已无多大把握了。面对他的恐惧情绪，她自身越来越壮大。一个星期以后，她认为她是不会染上埃及病的。她想到在这块殖民地上横行的死神赐予她的优惠待遇，便感到骄傲、幸运。现在她除了向圣罗克、普鲁登特、卡洛斯三位圣徒祈祷外，还祈求圣塞巴斯蒂安③保

---

① 原文为法文。

② 拉封丹（1621—1695），法国 17 世纪著名寓言作家。

③ 圣塞巴斯蒂安（256—288），天主教的圣徒，传说他为一位失明的女孩恢复了视力。

佑，这样她在卡宴城里就多了一位保佑者。*神怒之日，神怒之日到了。*①有人面对伊拉库博、科纳纳马和锡纳马里的恐怖事件曾经袖手旁观，他们每忆及此，便深有中世纪的负罪感②，因此，那位阿卡迪亚老头无论走到哪条街上，都有人手举木棒将他赶走。维克托坐在圈椅里起不来了，他处于盲人的黑暗之中，双手摸索着，讲着垂死者的话："我要穿上我的国民公会专员衣服入土。"说着便摸索着从柜子里把那套衣服取出给索菲亚看，之后把上衣披到肩上，把有羽饰的帽子戴在缠着绷带的头上，说："在这不足十年的时间里，我以为是我的命运在作怪，我被那些我所不认识的、翻云覆雨的人推上如许多的舞台，多得连我自己也不知道在哪个舞台上轮到我表演了。我穿过的衣服多得连我自己也不知道哪件是我的。"他鼓起咕咕作响的胸脯，说："但是有一套衣服我最喜欢穿，就是这一套。它是那唯一我看得比我自身还重要的人披在我身上的，他们把他打倒以后，我的脑子就糊涂了。从那时起，我不再动脑子考虑什么了，跟机器人一样，只要给拧紧发条，我就下棋、走路、吹笛、擂鼓。还有一个角色我没有扮演过：瞎子。现在我正在扮演。"接着，他扳着手指头轻声说："我当过面包师、商人、共济会员及共济会分子、雅各宾派、战斗英雄、叛乱分子、囚犯，获释后当了国民公会领导委员会代表、执政官代表……"当数目超出

---

① 原文为拉丁文，详见第254页注①。
② 此处说恐怖事件是指大批流放犯被折磨而死。所谓"中世纪的负罪感"，是指害怕受报应，更害怕最后审判日。

指头数时，他便嘟嘟囔囔说些令人费解的话。维克托尽管有病，并且缠着绷带，但当他披着国民公会专员制服时，便重现了当年某天晚上在哈瓦那砰砰敲门者的某种青春气息、力量和坚强性格。过去的那个人变成现在这个人——贪婪、多疑的统治者，他被墓穴之气熏得昏庸了，厌弃无用的财富和虚荣的高位显职，讲着祭奠亡灵的讲道者所使用的语言。"这套衣服过去是很美的。"索菲亚一面说，一面抚平帽子上的羽毛。"过时啦，"维克托答道，"只可以当寿衣用了。"有一天，医生使用一种在巴黎治疗埃及病眼疾有奇效的新方法：敷以新鲜带血的小牛肉肉末。"你像古代悲剧中杀害自己亲人的凶手了。"索菲亚一见那个从卧室出来的新人物，想起了俄狄浦斯①，便对他说了这样的话，对她而言怜悯之心的时代已经结束了。

天明醒来时，维克托不发烧了，他要了一杯酒……带血的肉末脱落了，他觉得神志清醒。他似乎被世界之美惊呆了。他摆脱了盲人身处黑暗之苦，就在政府大厦的房间里踱来踱去，又跑又跳。他望着树木、藤蔓和猫儿等等，仿佛它们是刚被创造出来的，而他犹如亚当，必须给它们一一取名字似的。埃及病带走了它的最后几名牺牲者，死者都被匆匆运到墓地，没有任何丧葬仪式，草草埋掉了事。大家举行盛大弥撒，向罗克、

---

① 俄狄浦斯，古希腊神话人物。他因除掉怪物斯芬克斯而登上王位，但无意中应验了"杀父娶母"的神示，得悉真相后在悲愤中刺瞎双眼，最后在流浪中死去。

普鲁登特、卡洛斯和塞巴斯蒂安诸圣徒表示感恩；然而有些人不信神，忘了祈祷词和祈求词，他们暗示，与其求神，不如在脖子上挂一串大蒜头。两艘船入港了，炮台鸣炮致意。"你是个崇高的人。"维克托对索菲亚说，并命令她收拾行李回庄园。但是这位女子却避开他的目光，取出一本她最近阅读的阿拉伯游记，把一段从《可兰经》摘出的话指给他看："瘟疫在犹大地区 ① 德瓦尔坦城肆虐。大部分居民出逃。神对他们说：'你们都应死。'他们就都死了。数载后，神应以西结 ② 之请，使他们复活。但他们脸上都保存着死亡印记。"她略停一下，说："我讨厌在死人之中生活，瘟疫离开以后，我仍然讨厌。你们脸上早就带着死亡印记。"她背对着他（在明亮的长方窗上投下了她的身影），滔滔不绝地讲着她要离去的意愿。"你想回你家？"维克托惊讶地问。"我为寻找一个美好的家而离开了那个家，我是决不会回去的。""你现在寻找的美好的家在哪里呢？""我不知道。在人们以另一种方式生活的地方，而这里一切都有死人味儿。我要回到活人的世界去，到人们有信仰的世界去。我对失去希望的人不抱任何希望。"政府大厦里，仆役、警卫、官员们都回来了，恢复了发号施令、勤杂和清洁工作。光线又由打开帘子的玻璃窗射进来，照出了向窗口升去的斜柱状尘埃微粒。她说："现在你又要向丛林征讨了。必然如此，因为你的

---

① 犹大地区，古代巴勒斯坦南部的名称。

② 以西结，一名以色列祭司，他历数以色列人的罪，预告他们必遭应得的惩罚，耶路撒冷城将被毁，然后再重建。

职务要求你这么干。你离不了你的权势，但是我不愿意观看这类戏了。""革命坑害了不止一人。""难道革命所干的好事就是这个：坑害了不止一人？"索菲亚说着，开始从衣架上取下她的衣服。"你拒绝什么，接受什么，我现在都明白了。"炮台在向一艘新来的船（那天早晨的第三艘船）鸣炮致敬。"倒好像是我叫它们来的。"索菲亚说。维克托在墙上捶了一拳，叫道："快把你的垃圾收拾好，你愿意到哪里去都可以，滚！""谢谢！"索菲亚说，"我希望看到你这副模样。"他抓住她的胳膊，推推搡搡，拽着她在房间里乱转，最后把她推倒在床上。他扑到她身上，使劲搂着她。她却毫不反抗：那是个冷漠、呆滞、无感情的躯体，它任人摆布，只求赶快结束。他像以前在这种情况时瞧她那样，望了她一眼，他们的眼睛离得太近了，什么也看不清，她把脸闪到一边。"好吧，你还是走了好。"维克托滚到一边，还在喘着气，感到不满足，心里升起莫大的悲哀。"你别忘了开通行证。"索菲亚平静地说，从床的一边滑下，向藏着表格的写字台走去，"等一等，墨水瓶里没有墨水。"她扯平袜子，整一整衣服，拿起一个墨水瓶，用笔蘸上墨水，递给维克托。她继续摘下挂着的物件，同时留意着他以发颤的手填写完证件。"就是这玩意儿？"他又问，"咱们之间没有什么了？""有，留下了若干形象。"索菲亚答道。这位长官走到门口，脸上露出可怕的表示和解的笑容："不跟我走吗？"见她不作声，他说声"一路平安！"便啪嗒啪嗒走下楼去了。楼下有一辆车在等候着送他去码头……剩下索菲亚孤零零一人，她面前是散乱的衣服。

在缎子和花边那边，放着国民公会专员的制服。那是维克托在失眠时老爱拿给她看的。那套衣服放在面料破损的圈椅上，裤子放在上衣下面，上衣上有三色绶带，帽子放在空空的裤腿上，仿佛这无人穿戴的衣服是一个已经消失的某个时代重要人物的家庭遗物。在欧洲城市里，过去显贵们的衣服就是这样放着展览的，现在世界发生了如此大的变化，讲解员们在讲解时，不用"从前有一次"开头了，而代之以"革命前"和"革命后"了，为此各博物馆非常高兴。那天夜里，索菲亚为了逐渐重新适应寂寞的生活，便委身于青年军官德圣阿弗里兑，此人从她到达这块殖民地那天起，就以维特①式的仰慕心情爱着她。她重新感到她是自己躯体的主人，以她自愿的行为结束了长期迷惘的阶段。在下星期三乘船去波尔多之前，她将另找新欢。

---

① 维特，指歌德所著《少年维特之烦恼》里的主人翁。

第七章

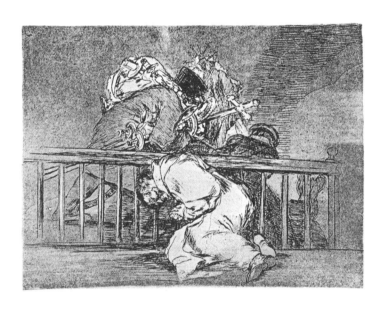

有暴风从旷野那边刮来，把屋子吹倒，屋里的人都被压死，只有我一个人幸免，来向你报信。

——《约伯记》第一章第十九节

　　大厅里，在吉他伴奏下，仆人们正在猛跳踢踏舞，此时一个远方来的人把一只冻僵的胳膊从裹着的几层苏格兰毯子里探出来，伸手抓住富恩卡拉尔街的大门门环上水神形象的沉重门锤。敲门声像放炮铳一样在屋里震响，然而上面的打闹声越来越大，还冒出了一个唱诗班指挥的公鸭嗓，那声音怎么也唱不准《走私者中心》这首歌的调子。那冻僵的手抓住冰冷的青铜门锤，继续敲着，同时一只穿厚皮靴的脚踢着门，震得门上的油漆碎片落到门口冰冷的石阶上。一名喷着酒气的男仆下楼开门，举着烛台照来人的脸。他见到一张同楼上一面墙上挂的照片相像的脸，吃了一惊，一面连声赔不是、作解释，一面请这位极令人扫兴的来客进门。他没有想到这位老爷这么快就到了，如果知道他来，他会赶到邮政大楼去等候他的。今天是一年的开头，是马努埃尔们的节日①（他的名字是马努埃尔），他曾向

---

① 此处的意思是，元旦是圣徒马努埃尔的诞辰，根据基督教国家的习俗，凡这天出生的人名字都是马努埃尔，所以是马努埃尔们的节日。

上帝祈祷，求上帝保佑老爷一路平安而来，然后就上床睡觉了。突然来了几个熟人，他们有点爱打闹，不过都是好人。他们一到，二话没说，就唱歌、喝酒，喝的都是"他们自己带来的"，而且只喝"自己带来的"。他请老爷稍候几分钟，他去让那帮混账王八蛋从仆役专用楼梯滚出去……来人把仆人推到一边，径自走上通向大厅的宽敞楼梯。大厅里家具都搬到一边，地毯卷起来靠墙放着，当地普通人家的姑娘和流里流气的小伙子们正闹腾得欢，胡扭乱舞，丑态百出，大杯大杯地饮酒，乱吐乱啐。从堆在墙角的空瓶数量，可以看出他们的兴致正高。这个姑娘在大声叫卖着根本没有的炒栗子，一个婆娘站在沙发上扯着嗓门唱小曲，有个女人在同那边的男人调情，一群醉汉紧紧围着一个嘶哑着喉咙刚唱完民间小调的盲人。那男仆大吼一声："都滚出去！"众人立即发现了那苏格兰毯子卷上伸着的脑袋，知道来者是有地位的人，当即一哄而散，纷纷跑下楼去，顺手拿走了所有盛满酒的瓶子。现在那仆人一面连声说着无济于事的抱怨话，一面匆匆把桌椅放回原位，铺好地毯，十分利索地把空酒瓶拿走。他在一早就生起火的壁炉里加了点木柴，随即拿起笤帚、鸡毛掸子和抹布，设法抹去在圈椅、地板上留下的胡闹痕迹，以及洒在钢琴盖上的酒味液体。"都是好人，"仆人嘟囔着说，"他们是不会拿人家东西的。但是他们没有受过什么教育。这里不像别的国家那样教导人尊重他人……"终于这位远方的来人卸下最后一条毯子，走近壁炉，并且要了一瓶酒。酒拿来后，他看到了，它同狂欢者们喝的酒一模一样。但是他并不完全确定：因为他的眼睛刚看到一幅他非常熟悉的画。正是那幅《一座大教堂里的爆炸》，画面上有一处曾经被弄破，现在看来已经凑合着用糨糊修补了，不过补得皱皱巴巴的。他走到隔壁房间里，后面跟着那位仆人，他举着换上新烛的烛台。那是间图书室，在书架之间有一个盾形武器架，上面挂着几顶无檐圆筒头盔和带檐尖顶头盔，都是意大利制作的，然而架子上没有武器；从挂钩屈曲的样子看，武器一定都是被猛力拽下的。两张大圈椅的布局是供谈话用的，放在一张长桌的两边。桌上有一本打开的书，一杯喝剩一半的酒，随着里面马拉加①酒的挥发，在玻璃杯壁上留下了酒的颜色。"自从我有幸给老爷写信以来，什么都没有动过。"仆人一面说，一面打开另一扇门。现在这位远方来的人是在一个女人的房间里，里面床铺未加整理，好像她刚起床似的。睡懒觉的床上床单凌乱，从扔在地板上的睡衣和从柜子里翻出来而乱成一团的衣服看，可以猜想她穿衣很匆忙；现在衣服中少了的那件，一定是她挑中而穿走的。"那件衣服有点像烟草色，有花边。"仆人说。两人走到一条宽敞的走廊里，走廊向外的窗玻璃上结着一层白霜。"这是他的房间。"仆人一面说，一面找钥匙。这位外地人所看到的，是一间狭窄的房间，陈设非常简单，只在床对面墙上挂一条壁毯，壁毯上的图案是一群猴子在举行一场滑稽的音乐会，有弹钢琴的，有拉提琴的，有吹笛的，有吹号的。在一个床头小柜上放着几瓶

---

① 马拉加，西班牙东南地中海沿岸地名。该地产名酒。

药、一壶水、一把勺。"水倒掉了，因为发臭了。"仆人说。房间里一切都像营房里那样整齐、清洁。"他总是自己整理床铺和东西，不喜欢仆役进来，连生病时也这样。"来客回到大厅，说："你把那天的情况谈一谈。"这位仆人想使来客忘掉打闹吃喝的场面，在叙述中夹杂了许多对主人们的善良、慷慨和有气派之类的奉承话，令人听着索然无味，尽管他竭力想把情况报告清楚。情况同这位仆人以前在信中说的一样，那封信是他请人代写的。这位仆人对情况可以说是一无所知，代写信者不了解情况，他根据仆人提供的少量事实，加进了他自己的许多似乎更加明白却未必准确的假设。那天上午，在街上热烈的气氛推动下，仆役们离开了厨房、洗衣间、储藏室和车库。后来，有几个回来了，有的再也没有回来……来客要了纸笔，把所有同房子主人因种种原因而有交往的人都记下：医生、送货人、发型师、裁缝、书商、帘幔装饰师、药剂师、香水贩、商人、手工工匠，连一个经常卖扇子的女扇贩这样的情节也没有忽略，对那个店铺就在附近的理发师更没有放过，因为此人对二十年来在富恩卡拉尔街上所有住过的人及其生活和轶事无不清楚。

事情就是这样发生的。

——戈雅

　　他根据在商店、作坊了解的，在附近一个小酒馆里（几杯酒下肚，陈芝麻烂谷子都能翻腾出来）听来的，以及各色人等介绍的情况，拼凑出了一段带着空白和残缺的历史，犹如根据各种片断情况编纂起来的古代编年史……（据一位公证人说，他在不知不觉中成为这段历史的开场白的作者）阿尔科斯伯爵夫人府邸内自从发生了鬼魅作怪的事而闹得无人不知、无人不晓以后，长期无人居住。时间一天天地过去，那座漂亮的宅院里由于那个缘故依然空无一人，形如孤岛。那个街区的商贩们都很怀念宅院主人举办联欢会和舞会的那些日子，每逢那样的日子，装饰品、五彩灯、盛馔佳酿销量激增。因此，那天下午看见那宅院房子的窗口亮起灯的时候，被当成一件喜事。居民们聚拢来，好奇地观看一帮仆役忙忙碌碌地把箱子、包裹从车库向阁楼上搬，在天花板上挂新吊灯。第二天来了油漆工、裱糊工、粉刷工，架起了梯子、脚手架。所有房间都通了通风，鬼魅之气都消散了。大厅里挂上了窗帘，气氛显得愉快，一名身穿制服的马夫牵来了两匹雄赳赳的枣红马，拴到马厩里，那里又散发出草料、燕麦和豌豆味儿。于是有人得知，有一位土生白人贵妇人，不怕鬼怪，租下了这座宅院……马约尔大街的一个花边女贩传出了消息，大家马上知道，阿尔科斯府邸的女主人是古巴人。她是个美丽的女子，大大的黑眼睛，独身居住，

393

既不会客，也不与市府和宫廷人士交往。她的眼神总是忧郁的，然而并不在宗教里寻找安慰，人们注意到她从不去做弥撒。从她拥有众多仆役和家里的豪华摆设看，她是有钱人。然而她穿着朴素，不过在购买花边和布料时，不论价格多高，总要买最好的……花边女贩所知道的就是这些情况。弹吉他的理发师帕科，其理发店是城里最佳闲聊场所之一，现在听听他得到的消息：此古巴女子来马德里是为了办一件微妙的事——要求赦免几年前被关在休达大牢里的一个表弟。据说，她的表弟在美洲是个颠覆分子、共济会员。他是亲法分子，拥护法国革命，印刷颠覆性传单和歌曲，企图破坏西班牙王国在海外领地的统治。这位古巴女子离群索居，对从阿尔科斯府邸前经过的宗教游行和抬过去的耶稣像，竟不屑从窗口看一眼，必定有搞颠覆和无神论的嫌疑。甚至有人说，在阿尔科斯府宅内砌了共济会侮慢神灵的柱子，甚至举行黑弥撒。警察听到这类消息后，对那座宅邸监视了好几个星期，然后不得不向上级报告，那里不可能是阴谋颠覆者、反基督教者和共济会的集会场所，因为没有任何人在那里开会。阿尔科斯府邸过去由于闹鬼而成为神秘的房子，如今住进了一个美丽的女子，仍然是一座神秘的房子。有时候她步行去附近商店或在圣诞节前去马约尔广场附近购买托莱多①花生糖时，男人们都想近前一亲芳泽……现在听一位老医生讲吧，有一个时期他到阿尔科斯府邸出诊：他是被请去给

---

① 托莱多，西班牙中部地区城市，那里产的花生糖很有名。

一个体格原本很强壮的男子看病的，男子由于在休达大牢里关押过，经国王赦免刚出狱，但健康大受损害，他腿上有脚镣的印记，患间歇热；儿童时期患气喘病，有时复发，只有吸喇叭花瓣卷的烟才能缓解，那花瓣是特里布莱特街区一个药房老板向古巴订购的。后来，经过复原治疗，那男子慢慢恢复了健康，阿尔科斯府宅就不再请那医生去了……现在轮到一位书商讲讲情况了：埃斯特万不愿意读哲学和经济学家的著作，也不愿意看论述近年来欧洲历史的著作。他阅读游记、奥西昂的诗、《少年维特之烦恼》以及莎士比亚作品的新译本。他记得他对《基督教真谛》一书最感兴趣，称之为"了不起的书"，让人用天鹅绒布精装起来，并且为了不让别人翻阅他在书眉上写的批注，在边上做了个小小的金锁口。卡洛斯读过夏多布里昂 [①] 写的这本书，他不明白为何埃斯特万这个不信神的人对这部前后不连贯、内容杂乱、对并非真正信教者缺乏说服力的书感兴趣。他到处寻找这部书，最后在索菲亚房间里找到五卷中的一卷。他浏览一遍后惊讶地发现，这个版本的第二部分，有一个离奇的故事，题目是《勒奈》，这在哈瓦那最近购得的另一版本中是没有的。这卷书上没有批注，然而有好些段落和句子是用红墨水画出的："这种生活起初我很喜欢，不久就变得难以忍受了。我厌倦老一套的场面、老一套的思想。我开始探索我的心灵，询

---

① 夏多布里昂（1763—1848），法国作家，消极浪漫主义的代表。出身贵族，在法国大革命时期拥护波旁王朝。王政复辟时期，任外交大臣。后面所说《勒奈》是《基督教真谛》中的一章。

问我渴望什么……""在这天底下，我没有父母、朋友，也可以说，我没有体验过爱。我餍足于过度丰裕的生活……我下谷地，上山岗，以我愿望的全部力量呼唤未来火焰般的理想目标……""必须把她想象为我在世界上唯一爱着的人，我的全部感官和我童年时痛苦的回忆都与她融为一体……""一种怜悯感将其吸引到我身边……"卡洛斯心里开始产生怀疑。现在他询问一个侍候过索菲亚的女仆，旁敲侧击，不显出对这方面有多大兴趣，或许会让此女仆讲出某个真相的秘密：毫无疑问，索菲亚和埃斯特万之间感情深厚，安适、亲密地在一起生活。在冬天寒冷的日子，院里喷水池结了冰，他们俩在她的房间里一起烤火吃饭；夏天，他们乘坐马车长时间兜风，遇到小吃摊就停下喝杏仁茶。有时候也看到他们去赶圣伊西德罗庙会，看热闹，十分高兴。他们手拉手，亲如姐弟。她记得，他们没有吵过嘴，也没有见他们激烈争论过。这类事从未发生过。他干干脆脆直呼她的名字，她也只叫他埃斯特万。长舌妇们（总是有的，厨房里、储藏室里都有）从未说过他们两人之间关系过分亲密。没有，不管怎么说，没有见过这类情况。他由于生病，夜里睡不好觉时，她不止一次在他身边，陪到清晨。除此之外，两人相处如姐弟。只是人们觉得奇怪，一个如此美貌的女子不肯结婚，因为如果她愿意结婚，肯定会有门当户对的追求者……"有些事情是弄不清楚了。"卡洛斯一面想，一面重新阅读红色天鹅绒布精装书中画出的句子，对这些句子可以作许多不同的解释。"阿拉伯人或许会说，我这是白费工夫，就像有人想寻找空中飞鸟和水中游鱼的痕迹那样徒然。"

现在必须重现那个没有结尾的日子。那天他们两人似乎融化在血肉横飞的骚动之中了。这出戏的开头一场只有一个见证人:一个做手套的女人,她不知道会出什么事,一早就来到阿尔科斯府,把几副手套交给索菲亚。她惊讶地发现,整个宅院内只有一个老仆人在家。索菲亚和埃斯特万在书房里,胳膊支在打开的窗口,用心倾听外面的声音。城里是一片混乱的喧闹声,尽管在富恩卡拉尔街上没有发生任何异常现象,但是可以看到,有的店铺突然关上了门,同时在房子后面的街道上,似乎聚集了许多人。忽然,骚动蔓延开来,一群群乡下男子出现在街角,后面跟着女人、孩子,他们高呼"打倒法国佬"的口号,从各家屋里冲出手持菜刀、木棒、木工工具的人,总之一切可以砍杀、刺伤、打人的家伙都拿出来了。这时,四面八方响起了枪声,而人群在感情冲动之中向马约尔广场和太阳门拥去。一个不停地叫喊的神父手持大折刀,走在人群前头,并不时转过身向大家叫道:"打倒法国佬!打倒拿破仑!"①全马德里人民突然都奔上街头造反了,这是那么意外,那么汹涌,然而并未有人散发传单或演讲去鼓动他们。需要说的千言万语都体现在他们的行动中,体现在女人们尖利的呼声中,体现在集体的迈进和群情激愤中。蓦地,人流仿佛停滞了,似乎被它自己的旋涡所迷惑了,周围枪声越来越激烈,同时第一次响

_____

① 1807年法国入侵西班牙,占领了马德里和西班牙大片领土,并建立了伪政权。

起闷雷般的炮声。"法国佬派出马队来了。"几个在初次交锋中脸、胳膊和胸脯被砍伤的人叫道，但是，流这点血远不能吓住前进的人群，他们加快脚步，朝枪炮声表明双方打得激烈的地方走去……就在此时，索菲亚离开窗口。"咱们到那边去！"她叫道，同时从盾形武器架上扯下马刀和匕首。埃斯特万想拦住她："你别瞎来，他们在开机关枪。你拿这些废铁一点儿用处都没有。""你不愿意去就在家里待着！我去！""你去为谁战斗？""为那些走上街头的人！"索菲亚叫道，"总得干点儿什么！""干什么？""干点儿事！"埃斯特万眼看着她激动地冲出家门，袒露着一个肩膀，高举马刀，她那冲劲和奋不顾身的精神，他从未见过。"等等我！"他叫道，同时绰起一支猎枪，奔下楼去……这就是所能了解的全部情况。之后，就是骚动的怒吼声、枪炮声，人群奔窜，一片混乱。法军步兵冲锋了，胸甲骑兵冲锋了，波兰宪兵冲锋了。造反的人群用白刃还击，男男女女冲近战马，用折刀捅穿马的胁部，不少人被四面同时冲到的军队包围，便跑进人家家里或翻墙越脊逃跑。有的人从窗口向攻击者掷下燃烧着的木柴、石块、砖头、铁锅，浇下烧开的油。一尊炮的炮手逐个倒下，但是大炮没有停止轰击，男人们倒下了，激愤的女人们接上去点燃炮捻子。火焰、铁器、钢刀，凡是能砍杀的工具和爆炸的装置，都起来造它们主人的反了，整个马德里被笼罩在浩劫、地震的氛围中，湮没在"神怒之日①到了"的呼号声巨浪中……之后，夜幕降临，那是在曼萨

---

① 原文是拉丁文。

纳莱斯和蒙克洛阿区进行罪恶的大屠杀、集体枪决、集体毁灭人的黑夜。现在的枪声是在一声号令下，以恐怖的节奏，朝着被鲜血染红而显得极其恐怖的大墙瞄准①、射击而发出的，响声集中、整齐，不那么凌乱了。五月初的那天夜里，时间在枪杀和恐怖中缓慢地消逝。街道上躺满尸体和在地上呻吟的重伤员，邪恶的小个子巡逻队员们走过就添上一刀，把他们砍死。巡逻队员们的衣服被撕破了，制服上的金银丝带被扯断了，头盔也破损了，他们各自提着灯，借着暗淡的灯光，在全城巡逻，清理战场，执行着徒劳的任务——在满街的死人堆中找到某个死者……无论是索菲亚还是埃斯特万，再也没有回到阿尔科斯府。再也没有人知道他们的踪迹，也不知道他们的骨殖埋在何处。

卡洛斯调查了两天，得悉一点情况后，就让人把箱子封起来。箱子里放着一些物品，几本书、几件衣物，这些东西的形状、颜色以至于皱褶，尚能表明逝者之存在。楼下有三辆马车在等着把她和他的行李送往邮政大楼。阿尔科斯府邸被交还它的主人，又无人居住了，门一扇一扇地关上、锁好，夜色降临这个宅院（那年冬季天黑得早），壁炉一个一个地熄灭，燃着的木柴从壁炉中取出，然后用嵌有银丝的红色厚玻璃瓶里的水将其浇灭。最后一扇门关上了，那幅油画《一座大教堂里的爆炸》被遗忘在原处（或许是故意把它忘在那里的），失去了任何作

---

① 在西班牙和拉美国家，枪毙人的刑场上有一堵大墙，被枪毙者站在大墙前，由此西班牙语 paredón（大墙）产生一个引申义：枪毙。

用，完全成为大厅里暗红色贴墙锦缎上的一个黑影，被潮气浸湿的画布上仿佛在渗着鲜血。

　　1956—1958 年于瓜德罗普岛、巴巴多斯岛、加拉加斯

关于维克托·于格的历史真实性

由于维克托·于格不见于法国革命史（忙于描述从国民公会至雾月十八日这个时期 [1] 内欧洲发生的事件而无暇顾及辽远的加勒比海地区），本书作者认为，对此人物的历史真实性作若干说明是有益的。

据说，维克托·于格是马赛人，是一个面包师的儿子，甚至有理由认为，许多代以前某个黑人是他的祖先，然而这一点是不易证实的，从皮泰阿斯 [2] 和腓尼基船老大们的时代以来，恰巧是在马赛，海洋永远是吸引人去冒险的地方，他被海所吸引，乘船去美洲，并以见习水手身份在加勒比海航行了几次，后来被提拔为商船大副，往来于安的列斯群岛，通过观察、探索和学习，最后决定放弃航海生涯，在太子港开办了一家大百货公司（或商行），各种商品都是通过买卖、交换、走私而汇集和购买来的，例如，以咖啡换丝织物，以珍珠换香草，正如

---

① 1792 年 9 月 20 日成立国民公会，1799 年 11 月 9 日（共和历雾月 18 日）拿破仑发动雾月政变。

② 皮泰阿斯，公元前 4 世纪马赛航海家。

在这个阳光灿烂的世界上，现在在各港口依然在进行的很多交换一样。他真正进入历史的时间，是从那个百货公司被海地革命者烧毁的那天晚上开始的。从那时起，我们可以一步一步跟踪他所走的路程，正如本书所叙述的一样。关于收复瓜德罗普岛的章节是严格按照编年体叙述的。所有关于他同美国的战争（那时美国佬称之为"海盗战争"），所采取的海盗行动、海盗们的姓名和舰只的名字，都是以作者在瓜德罗普岛和巴巴多斯岛图书馆搜集的文件以及拉丁美洲作家顺便提及维克托·于格的作品中所找到的简短但有启发性的资料为基础的。

关于维克托·于格在法属圭亚那的表现，在流放犯们的回忆录中有丰富的资料。在这部小说的情节结束后，维克托·于格向荷兰投降（事实上是不可避免的），并把那块殖民地拱手让给了荷兰，因此，他在巴黎受到军事委员会的审讯。维克托·于格被体面地赦免以后，又在政治舞台上活动过。我们知道他同富歇 ① 有联系，我们也知道，拿破仑帝国崩溃时他还在巴黎。

但是，从这里开始就找不到他的踪迹了。皮埃尔·维图 ② 在二十余年前专门写了一篇关于他的论文，但一直没有发表；除他以外，历史学家中很少有人关注过他，其中有几人告诉我们，一八二〇年他客死在波尔多附近，他在那里"有一些土地（？）"。

---

① 富歇（1758—1820），法国警察组织的创立者。1792 年当选为国民公会议员。曾支持拿破仑雾月政变。
② 皮埃尔·维图（1908—1995），法国记者。

迪多①的《世界书志》则说，他死于一八二二年。但是，对维克托·于格记忆犹新的瓜德罗普岛人却肯定地说，在帝国垮台以后，他回到圭亚那，又收回了他的财产。根据瓜德罗普岛研究人员的意见，他的死似乎缓慢而又痛苦，可能患的是麻风病；但是从一些明显的症状看，他很可能是得了癌症②。

那么，维克托·于格究竟是怎么死的？我们仍然不清楚，有关他的出生情况同样知道得很少。但无疑，他在行为上的差异（在第一阶段他是坚定、真诚、勇敢的；在第二阶段则灰心丧气，内心矛盾，唯利是图，甚至厚颜无耻）为我们提供了一个非凡人物的形象；他以他自己的表现确立了戏剧性的两种不同性格。因此，作者认为，在一部涉及整个加勒比地区的小说中，反映这个鲜为人知的历史人物的生活，是很有意思的。

阿·卡彭铁尔

---

① 迪多，18世纪巴黎著名出版商，在印刷技术上有所创新。

② 作者注：本书第一版在墨西哥刊出时，我在巴黎有幸认识了维克托·于格的一位嫡亲后裔，他拥有关于这位人物的重要家庭文件。从他那里我得知，维克托·于格的墓在离卡宴不远的地方。我查阅了这些文件，其中一份透露了一个惊人的情况：一位美丽的古巴女子多年忠贞地爱恋着维克托·于格，而更令人惊讶的事实是，她的名字叫索菲亚。